적과 흑 1

이 도서의 국립중앙도서관 출판예정도서목록(CIP)은 서지정보유통지원시스템 홈페이지(http://seoji.nl.go.kr)와
국가자료공동목록시스템(http://www.nl.go.kr/kolisnet)에서 이용하실 수 있습니다.
(CIP제어번호: CIP2009003153)

세계문학전집
017

Stendhal : Le Rouge et le Noir

적과 흑 1

스탕달 장편소설
이규식 옮김

문학동네

진실, 쓰디쓴 진실.

　　　　　　　　—당통

차례 ▋

적과 흑 2_ 제2부

제1부

1장 소도시

수천 명을 함께 묶어놓으라.
너무 가혹히 다루지 말고.
그러나 감옥이
어디 즐거울 수 있으랴.
—홉스

베리에르라고 하는 작은 도시는 프랑슈 콩테 지방에서 가장 아름다운 곳의 하나로 꼽을 만하다. 붉은 기와가 덮인 뾰족한 지붕의 하얀 집들이 언덕 경사면을 따라 펼쳐져 있고, 울창한 밤나무 숲은 아주 작은 언덕의 굴곡까지도 드러내고 있다. 예전에 스페인 사람들이 세웠으나 지금은 폐허가 된 요새의 수백 피트 아래를 두(Doubs) 강이 흐르고 있다.

베리에르 북쪽은 높은 산으로 둘러싸여 있는데, 이 산들은 쥐라 산맥에서 가지를 친 것들이다. 베라 산의 뾰족한 봉우리들은 10월 들어 첫추위가 오자마자 눈에 덮여버린다. 베라 산에서 쏟아져 내려오는 급류는 두 강으로 합류하기 전에 베리에르를 가로질러 가며 수많은 제재소에 동력을 제공한다. 매우 단순한 제재소이긴 하지만 부르주아

라기보다는 농민에 가까운 베리에르 주민들에게 많은 혜택을 주고 있다. 그러나 베리에르 시가 부유해진 것은 제재소 때문은 아니다. 나폴레옹 실각 이후 거의 모든 집들이 문간을 새로 단장할 만큼 여유가 생긴 것은 뮐루즈라는 무늬가 들어간 피륙 제조 덕택이었다.

베리에르에 들어서자마자 보기에도 무시무시한 기계가 내는 시끄러운 소음에 귀가 먹먹해진다. 포도를 뒤흔드는 듯한 소리를 내면서 스무 개의 육중한 쇠망치가 위아래로 움직이는 것은 베라 산에서 흘러내리는 거센 물줄기의 힘으로 움직이는 바퀴의 힘 때문이다. 이 쇠망치 하나하나가 매일 셀 수 없을 정도로 많은 못을 만들어낸다. 이 커다란 쇠망치 밑으로 자잘한 쇠 부스러기를 쉴새없이 집어넣어 못으로 만들어내는 일을 젊고 신선한 느낌을 주는 처녀들이 맡고 있다. 프랑스와 스위스를 갈라놓는 이 산악지방에 처음으로 발을 들여놓은 여행객들이 가장 놀라는 것이 바로 이토록 힘들어 보이는 작업을 처녀들이 맡고 있다는 사실이다. 베리에르 시에 들어선 나그네가 큰길을 올라가는 사람들의 귀를 때리는 이 어마어마한 못 공장이 누구의 것이냐고 물으면 사람들은 느릿한 말투로 대답한다. "아, 그 공장은 시장님 거요."

두 강에서 언덕 꼭대기로 뻗어 올라가는 큰길에서 나그네가 잠시 발길을 멈춘다면 틀림없이 점잔을 빼며 뭔가에 골몰해 있는 남자를 보게 될 것이다.

이 남자를 볼라치면 이 동네 사람들은 모두 모자를 재빨리 벗어 올린다. 그는 머리가 희끗희끗하며 회색 옷을 입고 있다. 그는 여러 가지 훈장을 받았는데, 이마가 넓고 매부리코라 하더라도 전체적으로 균형을 잃지는 않은 얼굴이다. 처음 볼 때 풍기는 인상에서 소도시 시장의 위엄과 오십 고개의 중년 남자에게서 발견할 수 있는 매력이 한데 어우러져 있음을 엿볼 수 있다. 그런데 파리에서 온 사람이라면 이 남자에게서 볼 수 있는 스스로 만족해하는 태도며 뭔지 모르게 답답하고 창의적이지 못한 분위기에 기분이 상할 것이다. 그리하여 마침내 이 사나이는 빛을 받을 때는 더없이 정확하고 반대로 자기가 갚아야 할 경우에는 최대한 느려터진 인물임을 알게 될 것이다.

베리에르 시장 레날 씨는 이런 인물이다. 그가 느긋한 걸음으로 길을 건너 시청으로 들어간다. 그리하여 나그네의 눈길에서 사라진다. 그러나 나그네가 다시 걸음을 옮겨 백 보쯤 더 올라가면 무척 아름다운 집 한 채와 그 집과 닿아 있는 쇠 철책 건너에 어마어마한 정원이 보일 것이다. 그 너머로 부르고뉴 능선이 이루어내는 지평선은 보는 사람의 눈을 즐겁게 하기 위해 만들어진 것처럼 보인다. 이 시원한 전망은 나그네가 벌써 질식할 듯 느끼기 시작한, 하찮은 금전상의 이해관계로 인한 답답한 분위기를 잊게 해줄 것이다.

나그네는 그 집이 레날 씨의 저택이라는 것을 알게 된다. 베리에르 시장 레날 씨는 이즈음 완공한 이 아름다운 석조주택 건축 비용을 못 공장에서 나오는 수입으로 충당했다. 들리는 이야기에 의하면 레날 씨의 선조는 스페인 계통으로, 루이 14세가 이 지방을 정복하기 훨씬 전부터 여기에 정착했다고 한다.

1815년부터 레날 씨는 자기가 공장 경영자라는 사실에 부끄러움을 느꼈다. 그리고 그해에 베리에르 시장이 되었다. 계단식으로 층층이 두 강까지 연결되어 멋진 정원의 여러 부분을 떠받치고 있는 테라스 형

태의 돌담들 또한 철물 제조에서 레날 씨가 얻은 견문의 소산이었다.

독일의 공업도시인 라이프치히, 프랑크푸르트, 뉘른베르크 등을 둘러싸는 그림같이 아름다운 풍광을 프랑스에서 찾아보려는 기대는 애초에 하지 말아야 한다. 프랑슈 콩테 지방에서는 돌담을 쌓을수록, 자기 영지에 돌을 차곡차곡 쌓아올리면 올릴수록 이웃의 존경을 더 받는다. 돌담으로 가득 찬 레날 씨의 정원은 자투리 땅 일부를 엄청난 값을 치르고 샀다 해서 더욱더 찬양을 받고 있었다. 예를 들어 지금 네번째 테라스의 돌담을 쌓고 있는 땅만 해도 육 년 전에는 소렐 제재소가 있던 곳이다. 베리에르의 거리로 들어서는 사람이면 누구나 첫눈에 지붕 전체를 차지할 만큼 커다란 판자에 엄청나게 큰 글씨로 적어놓은 소렐이라는 이름을 보게 되는데, 두 강변과 어울리지 않는 위치에 자리잡은 이 제재소는 시내에 접어드는 사람들의 주목을 끌었다.

레날 시장은 대단히 자존심 강한 사람이었지만, 이 다루기 힘들고 고집 센 소렐 영감 때문에 골치를 썩였다. 제재소를 다른 곳으로 옮기도록 하는 데 많은 돈을 썼다. 제재소에 동력을 공급하는 공유 하천 문제에 이르러서는 자신이 파리에서 누리는 신임을 이용하여 하천을 다른 곳으로 돌릴 수 있었다. 182×년의 선거 덕택에 가능한 일이었다.

레날 시장은 제재소에서 아래쪽으로 500피트 떨어진 두 강변에 있는 4아르팡*의 땅을 소렐 영감에게 주었다. 새로 받은 땅의 위치가 전나무 목재 거래에는 훨씬 편리했지만 소렐 영감(그가 돈을 번 뒤부터 모두 이렇게 불렀다)은 이웃 레날 씨의 토지에 대한 광적인 소유욕과

---

* 넓이의 단위. 1아르팡은 35~50아르.

초조감을 은밀하고 교묘하게 이용하여 6000프랑이나 받아냈다.

이런 일들이 이 지방의 양식 있는 사람들의 비판을 야기한 것은 사실이다. 한 번은(지금으로부터 사 년 전 어느 일요일이었다) 시장 복장으로 교회에서 돌아오던 레날 씨가 멀리서 세 아들에 둘러싸여 싱글벙글하며 자신을 쳐다보는 소렐 영감을 보게 되었다. 그 웃음은 시장의 마음을 쓰라리게 했다. 그때부터 그는 소렐 영감과의 거래가 좀 더 싸게 이루어질 수 있었다는 생각을 하게 되었다.

베리에르에서 사람들의 존경을 받으려면 많은 벽을 축조하면서도 매년 봄철 파리로 가는 길에 쥐라 계곡을 찾는 석공들이 이탈리아에서 가져오는 설계법을 쓰지 않는 것이 중요하다. 그런 개량 설계법을 이용하여 담을 쌓는 자는 영원히 멍청이라는 평판을 들을 것이고, 프랑슈 콩테 지방에서 사람들의 명예를 배분한다고 할 수 있는 현명하고 분별 있는 인사들에게 영영 신임을 잃을 수도 있다.

사실 이 분별 있는 사람들이 이 지역에서 권태로운 전제를 행사하고 있다. 파리라고 불리는 거대한 공화국에 살았던 사람들에게 지방소도시에서의 체류가 참을 수 없게 여겨지는 것은 이 전제라는 고약한 단어 때문이다. 그 폭군적인 여론(여론은 무슨 얼어죽을 여론!)은 아메리카 합중국에서처럼 프랑스의 소도시에서도 어리석기 그지없는 것이다.

2장 시장

두 강에서 백 피트 정도 위쪽에 있는 언덕을 따라 조성된 공공 산책로에 규모가 큰 옹벽 하나가 꼭 필요했다. 이것은 행정가로서 레날 씨의 명성을 고려할 때 다행스러운 일이었다. 이 산책로는 기막힌 위치 덕분에 프랑스에서도 가장 아름다운 경치 중 하나를 조망할 수 있다. 그런데 봄이 오면 산책로에 빗물이 고여 고랑이 파이고 웅덩이를 이루어 산책로로 사용할 수 없게 되었다. 누구나 느끼던 이 불편은 레날씨에게 그의 시정(市政)을 불후의 것으로 만들 다행스럽고 꼭 필요한 과제를 부여하였다. 바로 높이 20피트, 길이 30~40투아즈*짜리 축대를 쌓아올리는 일이었다.

---

* 길이의 옛 단위. 1투아즈는 약 1.949미터.

전전(前前) 내무대신이 베리에르 산책로 보수에 극력 반대했기 때문에 레날 씨는 축대에 난간을 조성하기 위하여 세 번이나 파리를 왕래해야만 했다. 지금 그 난간은 지상 4피트 높이로 솟아 있다. 전현직 대신들의 반대에 도전이라도 하듯 그 난간은 잘 다듬은 석판으로 장식되어 있다. 나는 얼마나 자주 그 푸르스름하고 아름다운 회색 돌담에 가슴을 기대고 전날 떠나온 파리의 무도회를 생각하며 두 계곡에 눈길을 주었던가! 왼쪽 강기슭 저쪽으로 대여섯 개의 계곡이 굽이치고 있고, 그 밑으로 작은 개울들이 눈에 잡힌다. 그 여러 개울이 이 폭포 저 폭포로 흐르다가 두 강으로 떨어지는 것이 보인다. 이 산악지방에서는 햇볕이 몹시 뜨겁다. 그래서 햇볕이 머리 위에서 내리쬘 때면 테라스 위에 잘 자라난 플라타너스 그늘이 나그네의 몽상을 숨겨 덮어준다. 나무들의 빠른 성장과 푸른빛의 아름다운 녹음은 레날 시장이 시의회의 반대를 무릅쓰고 산책로 너비를 6피트 이상 넓히면서 거대한 축대 뒤에 만들어놓은 땅 덕분이다(그가 급진 왕당파이고 나는 자유파라 하더라도 이 점에서는 그를 칭송한다). 그런 까닭에 레날 시장과 유복한 베리에르 빈민수용소장 발르노 씨의 생각으로는 이 테라스야말로 파리 근교 생 제르맹 앙 레의 테라스와 견줄 만했다.

나로서는 '충성 산책로'에 관하여 한 가지 짚고 넘어갈 것이 있다. 이 공식 명칭이 열다섯 곳 내지 스무 곳의 대리석판에 쓰여 있는데, 이것 덕분에 레날 씨가 훈장을 하나 더 탔다. 충성 산책로에 관하여 내가 쓴소리를 하고 싶은 것은 울창한 플라타너스를 전지(剪枝)할 때 생가지까지 잘라버린 야만스러운 조치 때문이다. 플라타너스를 볼품없이 둥글넓적한 채소처럼 다듬느니 영국에서 보듯 멋진 모습으로 자라도록 내버려두어야 할 것이다. 하지만 시장의 의지는 전제적이다. 그리고 시가 관리하는 나무들은 일 년에 두 번씩 무자비하게 전지를 당한다. 이 지역 자유주의자들의 말에 의하면, 과장도 있겠지만 마슬롱 보좌신부가 전지한 나뭇가지들을 자기 소유로 하면서부터 시 정원사들의 손길이 더욱 무자비해졌다는 것이다.

이 젊은 성직자는 셸랑 신부와 인근 사제들을 감시하기 위하여 브장송에서 몇 해 전 파견된 사람이다. 이탈리아 원정군에서 복무하다가 퇴역 후 베리에르에 은거중인 늙은 외과 전문 군의관(이 사람은 시장의 말에 의하면 생시에 자코뱅인 동시에 보나파르티스트였다)이 어느 날 용기를 내어 시장에게 아름다운 나무들을 정기적으로 자르는 조치에 대하여 항의했다.

그러자 레날 씨는 레지옹 도뇌르 훈장을 받은 군의관과 이야기하기에 적합한 위엄 있는 어조로 대답했다.

"나는 나무 그늘을 좋아합니다. 그래서 그늘을 만들기 위하여 '내' 나무를 전지하는 것입니다. 호두나무 같은 유익한 나무라도 그것이 '수익을 가져오지 않는 한' 나는 그것이 다른 것을 위해 만들어져 있다고 생각하지 않습니다."

'수익을 가져온다.' 이것이야말로 베리에르에서 모든 것을 결정짓는 위대한 말이다. 이 한마디 말이 주민 사분의 삼 이상의 습관적인 생각을 나타낸다.

'수익을 가져온다'는 것이 당신에게 그토록 아름다워 보이는 이 작은 도시에서 모든 것을 결정하는 근거이다. 이 도시를 찾아와 도시를 둘러싼 계곡의 서늘하고 깊은 아름다움에 매료된 외지인은 우선 주민들이 '아름다움'에 예민할 것이라고 상상한다. 그들은 입만 열면 자기 고장의 아름다움을 자랑한다. 주민들은 아름다움을 중시한다는 사실을 부인하지 못한다. 그러나 그것은 고장의 아름다움이 외지인들을 끌어들여 돈을 쓰게 해서 숙박업자들을 부유하게 만들고 결국 '입시세(入市稅)'의 메커니즘에 따라 '시 수익 증대'로 이어지기 때문이다.

어느 맑은 가을날, 레날 씨는 아내와 팔짱을 끼고 충성 산책로를 걷고 있었다. 근엄한 말투로 이야기하는 남편에게 귀 기울이면서도 레날 부인의 눈길은 세 아들의 움직임을 근심스럽게 뒤쫓고 있었다. 열한 살가량 되어 보이는 큰아이는 자주 난간으로 다가가 거기에 기어오르고 싶은 눈치를 보였다. 그럴 때마다 부드러운 목소리가 "아돌프!" 하고 이름을 불렀고, 아이는 야심에 찬 계획을 포기하곤 했다. 레날 부인은 서른 살가량 되어 보였지만 아직 무척 아름다웠다.

"파리에서 온 그 신사라는 친구, 꽤 후회하게 될걸."

레날 씨가 평소보다 창백한 안색을 한 채 공격적인 어조로 말했다.

"나도 궁정에 아는 사람들이 없는 게 아니잖소……"

앞으로 200여 쪽 분량으로 시골 이야기를 하고 싶지만, 나는 시골 대화의 장황스러움과 '재주 부리는 신중함'으로 여러분을 괴롭히는 야만적인 행동은 하지 않을 것이다.

베리에르 시장이 그토록 꼴 보기 싫어하는 파리에서 온 신사란 다름 아닌 아페르 씨로, 이틀 전 베리에르 감옥과 빈민수용소뿐만 아니라 시장과 지역에서 행세깨나 하는 지주들이 무료로 운영하는 병원에까지 침투하는 수단을 찾아낸 인물이었다.

"하지만 당신은 성실하고 가난한 사람들을 위해 양심적으로 일하는데 그 파리 신사가 당신께 어떤 위해를 끼치겠어요?"

레날 부인이 조심스레 말했다.

"그자는 다만 비난을 퍼붓기 위해 온 거요. 그런 다음 자유파 신문에 기사를 써젖히겠지."

"당신은 자유파 신문은 읽지 않잖아요, 여보."

"그렇지만 사람들이 자코뱅파 기사에 대해 우리에게 얘길 하거든. 그런 것들이 우리 일을 산만하게 만들고 좋은 일을 못 하게 방해한단 말이야. 난 절대 사제를 가만둘 수 없어."

3장 사제

덕성스럽고 술책을 부리지 않는 사제는
마을의 신이다.
— 플뢰리

    베리에르의 사제는 여든이 넘은 나이지만 산간지방의 신선한 공기를 마시며 살아온 덕분에 아직 건강한 신체와 강철 같은 성격을 소유하고 있으며 아무 때고 감옥, 시립병원, 심지어는 빈민수용소까지도 마음대로 출입할 권리를 가졌다는 것을 알아둘 필요가 있다. 사제 앞으로 쓴 소개장을 가지고 파리를 떠난 아페르 씨가 이 기묘한 도시에 도착한 것은 현명하게도 아침 여섯시 정각이었다. 도착하자마자 그는 곧 사제를 찾아갔다.

    귀족원 의원이면서 그 지방에 영지를 가장 많이 소유한 라 몰 후작이 써보낸 소개장을 읽으며 셸랑 사제는 한동안 생각에 잠겨 있더니 이윽고 혼잣말처럼 낮은 목소리로 중얼거렸다.

    "나는 늙었지만 이 지역 사람들에게 사랑받으니 그들도 나를 어찌

할 수 없을 겁니다."

곧이어 노령에도 불구하고 좀 위험스럽지만 멋진 행동을 하려는 기쁨을 드러내는 성스러운 불길이 이는 두 눈으로 파리 신사를 향하여 말했다.

"나와 함께 갑시다. 다만 간수장이나 빈민수용소 감시인들이 있는 데서는 우리들이 보는 것에 대하여 아무 의견도 내지 마셨으면 하오."

아페르 씨는 자신이 매우 용기 있는 인물과 인연을 맺었음을 깨달았다. 그는 이 존경할 만한 사제를 따라 감옥과 양육원, 수용소를 방문하고 많은 질문을 했다. 그리고 납득하기 어려운 답변을 듣기도 하였으나 그것에 대하여 어떤 비난의 눈치도 주지 않았다.

이 방문은 여러 시간 동안 계속되었다. 사제는 아페르 씨를 점심 식사에 초대했으나 아페르 씨는 편지를 써야 한다는 이유로 거절했다. 이 용감한 노인에게 더이상 폐를 끼치고 싶지 않았던 것이다. 오후 세 시경 두 사람은 빈민수용소 시찰을 마치고 감옥으로 돌아왔다. 거기서 그들은 키가 6피트에 다리가 휜 거구의 간수가 문가에 떡 버티고 있는 것을 보았다. 간수의 천박한 얼굴은 두려움으로 인하여 더 흉측해 보였다.

"아, 신부님과 같이 계신 분이 아페르 씨입니까?"

간수가 사제를 보자마자 물었다.

"그렇소. 하지만 그게 무슨 상관이오?"

사제가 대답했다.

"사실 제가 어제 아주 분명한 명령을 받았습니다. 밤새 말을 달려온 헌병이 아페르 씨를 감옥에 들여보내지 말라는 도지사님의 명령을 가져왔지요."

"누아루 씨, 분명히 말하는데 나와 함께 있는 이분은 아페르 씨가 맞소. 그리고 나는 밤이고 낮이고 아무 때나 이 감옥에 들어갈 권리가 있다는 것을 알고 있지요?"

"예, 신부님."

간수는 낮은 목소리로 말하고 몽둥이가 두려워 억지로 복종하는 불도그처럼 머리를 숙이며 덧붙였다.

"단지 신부님, 전 처자가 있습니다. 누가 밀고라도 한다면 저는 쫓겨나게 됩니다. 이 자리밖에 먹고살 길이 없어요."

"내 자리를 잃는다면 나 역시 딱할 거요."

사제가 점점 더 흥분한 어조로 말했다.

"신부님하고는 사정이 다르지요. 신부님은 연수입이 팔백 리브르* 가 넘고 양지 바른 곳에 좋은 땅도 있다는 걸 다들 알고 있어요."

간수가 격렬한 어조로 대꾸했다.

이틀 전부터 온갖 해석이 붙고 갖가지 방식으로 과장되어 작은 베리에르 시의 증오에 찬 모든 정열을 뒤흔들어놓은 사건은 이러했다. 그리고 이 사건이 지금 레날 씨가 자기 아내와 나눈 대화의 주제로 쓰인 것이다. 아침에 레날 씨는 빈민수용소장 발르노 씨를 대동하고 격렬한 불만을 토로하기 위해 사제관을 방문하였다. 셀랑 신부는 아무에게도 보호받지 못하였다. 그는 두 사람이 쏟아붓는 말의 의미를 모두 알아들었다.

---

* 프랑스의 옛 화폐 단위. 연금 액수 등을 나타낼 때 프랑 대신 쓰였다.

"좋습니다, 여러분. 그렇다면 내가 나이 여든에 이 지역에서 쫓겨나는 세번째 사제가 되겠소. 내가 여기에 온 것이 오십육 년 전이오. 내가 처음 왔을 때 보잘것없는 장터에 불과했던 이곳에서 나는 거의 모든 주민들에게 영세를 주었소. 지금도 날마다 젊은이들의 혼배성사를 집전하고 있지만, 예전에 그들의 할아버지 할머니 들도 내가 결혼시켰어요. 베리에르는 내 집과 같습니다. 파리에서 왔다는 그 낯선 사람을 만났을 때 나는 생각했지요. '이 사람은 실제로 자유주의자일지도 모른다. 파리에는 워낙 자유주의자가 많으니까. 그러나 이 사람이 우리 고장의 가난한 사람과 죄수 들에게 무슨 해를 끼칠 수 있단 말인가.' 이렇게 말입니다."

레날 씨, 특히 빈민수용소장 발르노 씨의 비난이 더 거세어지자 노사제는 떨리는 목소리로 소리쳤다.

"그렇다면 나를 쫓아내시오. 그래도 나는 이 고장에서 살 거요. 내가 사십팔 년 전에 연수입이 팔백 리브르 되는 밭을 물려받았다는 사실을 모두 알 거요. 나는 그 수입으로 살 수 있어요. 여러분, 나는 말이오, 나는 내 직책을 이용해서 전혀 돈을 모으지 않았소. 어쩌면 그렇기 때문에 내가 그 직책을 잃게 된다는 말을 들어도 전혀 겁나지 않아요."

레날 씨는 자기 아내와 매우 금슬이 좋았다. 그런데 "파리에서 온 사람이 죄수들에게 무슨 해를 끼칠 수 있겠어요?"라고 아내가 수줍게 되풀이해 말한 것에 대하여 무어라 대답해야 할지 몰라 막 화를 내려는 순간 아내가 외침 소리를 냈다. 건너편 포도밭 위로 20피트 이상 되는 벽이 솟아 있는데, 둘째 아들이 그 테라스 벽 난간에 막 기어올라 달려가고 있었던 것이다. 아이가 놀라서 떨어질까봐 아이에게는 말을 걸지 못했다. 자신의 용맹에 웃음 짓고 있던 아이는 어머니가 파랗게 질려 있는 것을 보고 산책로로 뛰어내려 어머니에게 달려갔다.

이 작은 사건이 대화의 흐름을 바꾸어놓았다.

"제재소 집 아들 소렐을 반드시 우리 집에 둬야겠소."

레날 씨가 말했다.

"저 녀석들이 장난이 점점 심해져서 우리가 힘이 드니 소렐 군이 아이들을 돌볼 거요. 젊은 사제라 할 정도로 라틴어에 능통하다니 아이들 성적도 좋아질 것 같소. 사제 말로는 성격도 건실하다고 하고. 삼백 프랑의 봉급과 식사를 제공하겠소. 레지옹 도뇌르 훈장을 받은 늙은 외과 군의관이 귀여워해서 그의 품성에 다소간 의심을 품기도 했소. 그 군의관은 소렐의 사촌이라면서 그 집에 묵었던 인물이거든. 실제로 그 작자는 자유주의자들의 염탐꾼이었는지도 모르지. 산간지방의 공기가 천식에 좋다고 하면서 여기 와 있었지만 그건 입증되지 않은 이야기고, 부오나파르테의 이탈리아 원정 때 모든 전투에서 싸웠으면서도 그 당시 제정에는 반대 서명을 했다니 말이오. 그 자유주의자가 소렐의 아들에게 라틴어를 가르쳐주고 자기가 가졌던 상당한 분량의 책을 물려줬다기에 난 목수의 아들을 우리 애들 곁에 둘 생각은 전혀 하지 않았소. 그런데 사이가 틀어지던 바로 전날 사제가 말하기를 그 젊은이가 신학교에 들어갈 목적으로 삼 년 전부터 신학을 공부하고 있다더군. 그러니 그 젊은이는 자유주의자가 아니고 라틴어 학자인 셈이지."

레날 씨는 속을 떠보듯 아내의 눈치를 살피면서 외교관 같은 어조로 말을 이어갔다.

"발르노 소장만 해도 요즘 사륜마차용으로 노르망디 산 말을 두 필 사서 으쓱대지만 아직 아이들 가정교사는 두지 못했거든."

"그 사람이 가정교사를 뺏어갈 수도 있겠네요."

"당신 내 계획에 찬성하는 거지?"

아내의 이 기특한 생각에 미소로 감사를 표한 뒤 레날 씨가 말했다.

"자, 이제 이 일은 결정된 거요."

"어머나, 여보, 결정도 참 빠르네요."

"내가 한 성격 하잖소. 사제도 그 점을 잘 알았을 거요. 아무것도 숨기지 맙시다. 우리 주위엔 자유주의자들이 득실거리고 있어요. 저 포목상들은 모두 날 질시하오. 분명 그렇소. 그리고 그중 두셋은 벼락부자가 되고 있소. 어쨌거나 나는 레날 씨 아이들이 '가정교사'의 인솔하에 산책 나가는 걸 그 사람들에게 보여주고 싶소. 그러면 그들도 생각이 달라질 거요. 할아버지는 어린 시절에 가정교사와 공부했다는 이야기를 자주 하셨지. 가정교사를 두면 백 에퀴, 그러니까 오백 프랑의 돈이 들겠지만, 그건 우리 체면을 지키기 위해 꼭 필요한 돈으로 쳐야 할 거요."

이 갑작스러운 결정은 레날 부인을 생각에 잠기게 했다. 레날 부인은 훤칠한 키에 날씬한 몸매의 소유자로, 이 산간지방 사람들 말에 따르면 이 고장 제일의 미인이었다. 부인의 행동거지 일거수일투족에는 어딘지 소박하고 젊은 기색이 드러났다. 파리 남자의 눈에는 순진하고 생기가 가득한 이 소박한 우아함이 달콤한 관능까지 불러일으킬지도 모른다. 그러나 자신의 아름다움을 그런 눈으로 본다는 것을 알게 되면 레날 부인은 몹시 부끄러워할 것이다. 남자들의 추파나 애정 같은 것을 레날 부인이 마음으로 받아들인 적은 한 번도 없었다. 돈 많은 빈민수용소장 발르노 씨가 한때 접근하려 한 일이 있었지만 성공하지 못하였다. 이 일로 부인의 미덕이 더욱 빛나게 되었다. 발르노 씨는 혈색 좋은 얼굴에 구레나룻을 기른 건장한 젊은이로, 시골에서는 호남이라고 불리는 거칠고 상스럽고 소란스러운 사내들 중 하나였다.

겉으로 보면 변덕스러운 성격 같지만 실상 매우 수줍어하는 레날 부인은 발르노 씨의 소란스러운 거동과 시끄러운 목소리가 질색이었다. 베리에르에서 이른바 향락이라고 부르는 것을 멀리한 까닭에 사람들은 부인이 자기 가문에 지나치게 긍지를 느낀다는 평판을 내리기도 했다. 그러나 부인 자신은 그런 생각을 별로 해본 적이 없었다. 물론 주민들이 덜 찾아오는 것에는 매우 만족해했다. 레날 부인이 다른 여자들처럼 남편을 잘 구슬려 파리나 브장송에서 오는 예쁜 모자를 사서 쓰는 기회도 놓쳐버린 까닭에 이 지역 부인들 사이에서는 바보로 불린다는 사실도 숨기지 않겠다. 아름다운 정원을 홀로 걷도록 놔둔다면 그녀는 전혀 불만이 없었다.

레날 부인은 남편을 판단하거나 남편이 싫증난다고 시인해본 일도 없는 순진한 영혼이었다. 그녀는 남편과 아내 사이가 자기들 이상으로 정다울 수는 없을 거라고 속으로 생각할 뿐이었다. 특히 아이들에 관한 계획을 자기에게 들려줄 때 남편이 좋았다. 큰아들은 군인으로, 둘째는 법관으로, 막내는 성직자로 만들겠다고 했다. 요컨대 그녀는 자기가 알고 있는 모든 남자 가운데 레날 씨가 가장 권태롭지 않은 남자라고 생각했다.

남편에 대한 이러한 판단은 합당했다. 숙부로부터 물려받은 대여섯 개의 농담을 구사하는 덕택에 베리에르의 시장은 재사이며 특히 점잖다는 소문이 자자했다. 그의 숙부인 늙은 레날 대위는 혁명 전 오를레앙 공*의 보병연대에 근무한 사람으로, 파리에 가면 오를레앙 공의 살롱에 드나들 수 있었다. 거기서 그는 몽테송 부인, 유명한 장리스 부인, 팔레 루아얄**의 창시자인 뒤크레스트 씨 등을 만난 적이 있었다. 레날 씨가 이야기하는 일화에는 이런 인물들이 너무 자주 등장하곤 했다. 그러나 매우 미묘한 이런 일들을 이야기하는 것이 그에게 점점 힘든 일이 되자, 얼마 전부터는 오를레앙 가문에 연관되는 일화는 아주 중요한 경우에만 반복했다. 게다가 레날 씨는 돈 이야기를 할 때를 제외하고는 매우 공손한 사람이어서 베리에르에서 가장 귀족적인 사람으로 간주되는 것도 합당한 일이었다.

---

* 7월 혁명과 더불어 왕위에 올라 2월 혁명 때까지 군림하였다(재위기간 1830~1848).
** 루브르 궁전 옆에 있는 여러 건물과 정원.

4장 아버지와 아들

이렇게 된 게 내 탓인가?
— 마키아벨리

'마누라는 정말 머리가 좋아!' 다음날 아침 여섯시 소렐 영감의 제
재소로 내려가면서 시장은 생각했다. '내가 우월성을 지키려고 그런
이야기를 꺼내긴 했지만 라틴어에 통달한 어린 사제 소렐을 데려오지
않으면 쉴새없이 설쳐대는 저 빈민수용소장이 나와 같은 생각으로 그
젊은이를 가로챌 거라고는 미처 생각지 못했잖아. 만일 그랬다면 그
작자가 얼마나 의기양양하게 자기 집 가정교사를 자랑했을까! 그 친
구, 우리 집에 오면 수단을 입을까?'

이런 생각에 골몰하던 레날 씨는 키가 6피트쯤 되는 농부를 멀리서
바라보았다. 농부는 이 꼭두새벽부터 두 강 줄기를 따라 예인도(曳引
道) 위에 부려놓은 나무의 치수를 재는 데 열중하는 듯싶었다. 농부는
시장이 다가오는 것을 보고도 별로 반가워하지 않았다. 목재가 길을

막고 있었고, 그건 규정위반이었기 때문이다.

바로 그 남자, 소렐 영감은 자기 아들 쥘리앵에게 온 묘한 제안에 무척 놀라기도 했으나 몹시 만족스러워했다. 그러나 소렐 영감은 이 산간지방 사람들이 교묘하게 속내를 위장할 때 보이는 그 불만스럽고 침울하고 무덤덤한 기색으로 시장의 말을 들었다. 스페인 지배 시절에 노예였던 그들은 지금도 이집트 노예들에게서 볼 수 있는 특징적인 외관을 지니고 있었던 것이다.

소렐 영감의 첫 대답은 우선 자기가 암기하고 있는 모든 칭송의 인사말을 길게 늘어놓는 것이었다. 외모에 태생적으로 배어 있는 거짓과 사기꾼 기질이 비치는 기색을 배가시키는 부자연스러운 미소를 지은 채 쓸데없는 온갖 인사말을 늘어놓으면서도 늙은 농부의 부지런한 머릿속은 왜 이런 중요 인사가 내 말썽꾸러기 아들을 자기 집에 데려가려고 할까 하고 이유를 궁리하느라 분주했다. 소렐 영감은 자기 아들 쥘리앵이 몹시 못마땅했다. 그런데 레날 씨가 그런 아들놈에게 식사는 물론 의복까지, 게다가 연 300프랑이라는 예상치 못한 보수를 제안해온 참이었다. 의복 건은 소렐 영감이 수완을 발휘하여 느닷없이 주장하고 레날 씨가 동의한 사항이었다.

이런 요구사항에 시장은 놀랐다. 소렐 영감이 의당 자기 제안에 만족하고 기뻐해야 함에도 그러지 않으니, 누군가 다른 쪽에서도 제안을 해온 것이 분명하구나 하고 생각했다. 발르노가 아니면 누가 그런 제안을 할 수 있단 말인가? 레날 씨는 소렐 영감에게 즉석에서 결론을 짓자고 압박을 가했으나 헛일이었다. 교활한 늙은 농부는 완강하게 거절했다. 마치 시골에서는 돈 많은 애비가 별볼일 없는 아들과 상의하는 것이 마땅한 일이라는 듯이 아들과 의논해봐야겠다는 것이었다.

수력 제재소는 강가에 있는 헛간 같은 건물이었다. 지붕은 네 개의 굵은 나무 기둥에 걸친 골조로 지탱되고 있었다. 건물 복판 8~10피트 높이에 톱이 있어서 상하로 움직이는 것이 보이며, 간단한 기계장치가 나무를 그 톱 밑으로 밀어넣는다. 강물의 힘으로 움직이는 바퀴 하나가 이 이중의 기계장치, 상하로 오르내리는 톱과 톱을 향하여 목재를 부드럽게 밀어넣어 판자로 잘려져 나오게 하는 장치를 움직인다.

공장에 이르자 소렐 영감은 벽력같은 소리로 쥘리앵을 불렀다. 아무 대답이 없었다. 거인같이 장대한 큰아들과 둘째 아들이 제재소로 날라갈 전나무 밑동을 무거운 도끼로 네모나게 다듬는 모습만 보였다. 목재 위에 그어놓은 검은 줄을 정확히 따라가면서 도끼를 내리찍을 때마다 커다란 나뭇조각들이 튀었다. 두 아들은 아버지 소리를 듣지 못했다. 소렐 영감은 건물 쪽으로 다가갔다. 건물 안으로 들어가 쥘리앵이 앉아 있어야 할 톱 근처에서 아들을 찾았으나 거기에 없었다. 5~6피트 위 대들보에 말을 타듯 올라앉아 있는 쥘리앵의 모습이 눈에 띄었다. 모든 기계장치의 작동을 주의깊게 감시하지 않고 책을 읽고 있었던 것이다. 소렐 영감에게 그것보다 화가 나는 일은 없었다. 두 형들과 달리 육체노동에 어울리지 않는 쥘리앵의 날씬한 몸매는 그런대로 용서해줄 수도 있겠지만 책 읽는 버릇만큼은 밉살스럽기 짝이 없었다. 소렐 영감은 글을 읽을 줄 몰랐던 것이다.

두어 번 쥘리앵을 불렀으나 소용없었다. 젊은이는 톱이 내는 소음 이상으로 책읽기에 주의력을 집중했으므로 아버지의 무시무시한 소리를 듣지 못했던 것이다. 마침내 소렐 영감은 나이에 걸맞지 않게 톱에 잘리고 있는 목재 위로 날렵하게 뛰어올라갔고, 거기서 지붕을 가로 받치고 있는 대들보 위로 올라갔다. 그가 쥘리앵이 들고 있는 책을 냅다 후려치자 책이 시냇물로 떨어졌다. 다음 순간 첫번째만큼 매서운 일격이 쥘리앵의 머리로 날아들어 쥘리앵은 균형을 잃어버렸다. 쥘리앵은 12~15피트 밑에서 움직이고 있는 기계의 지렛대 가운데로 떨어져 하마터면 몸이 산산조각날 뻔했으나, 떨어지려는 순간 아버지가 왼손으로 그를 붙잡았다.

"이런 게으른 놈! 그래, 톱은 지켜보지 않고 허구한 날 나쁜 책이나 읽고 지랄이냐? 책은 저녁에 신부 집에 가서 얼쩡거릴 때나 읽어라, 이놈아."

얻어맞아 피가 흐르고 얼이 빠진 듯했지만 쥘리앵은 톱 옆의 자기 자리로 다가갔다. 매를 맞아 아픈 것보다는 그토록 좋아했던 책을 잃어버린 것이 서러워서 눈물이 글썽거렸다.

"내려와, 이 짐승 같은 놈아. 할말이 있다."

기계의 소음 때문에 쥘리앵은 이 명령을 또다시 듣지 못했다. 소렐 영감은 기계 위로 다시 올라가기 싫어서 호두를 터는 데 쓰는 기다란 장대를 찾아와 그것으로 아들의 어깨를 내리쳤다. 쥘리앵이 내려오자마자 소렐 영감은 거칠게 아들을 몰아 집으로 밀어붙였다. '아버지가 무슨 짓을 할지 알 수 없군.' 쥘리앵은 생각했다. 집으로 가면서 그는 자기 책 『세인트 헬레나 회상록』이 떨어진 개울을 쓸쓸하게 바라다보았다. 그 책은 그가 무엇보다도 아끼던 책이었다.

뺨이 붉게 달아오른 쥘리앵은 눈을 내리깔고 있었다. 그는 열여덟에서 열아홉 살 정도의 청년으로, 보기에 허약했고 매부리코에 윤곽이 고르지는 않지만 섬세한 인상이었다. 조용할 때는 깊은 생각과 열정을 담고 있는 커다란 검은 눈이 지금 이 순간에는 더할 나위 없이 사나운 증오의 표정으로 불타오르고 있었다. 아래쪽까지 빽빽하게 덮여 있는 짙은 밤색 머리칼은 이마를 좁아 보이게 하였으며 성날 때에는 심술궂은 인상을 주었다. 인간의 수없이 다양한 용모 가운데 이보다 더 인상적인 특징을 보여주는 부분도 아마 없을 것이다. 날씬하고 균형 잡힌 몸매는 힘보다는 경쾌함을 드러냈다. 그는 어린 시절부터 극도로 사색적인 표정에 안색이 지나치게 창백해서 그가 살아남지 못하거나 살아남는다 해도 가족들의 짐이 될 거라는 생각이 들게 할 정도였다. 집에서 모든 가족에게 멸시받아온 쥘리앵은 형들과 아버지를 증오했다. 일요일에 광장에 모여 놀 때면 언제나 지곤 했다.

그의 준수한 용모가 처녀들로 하여금 다정한 목소리를 내게 한 것은 불과 일 년도 되지 않았다. 나약한 존재로 모든 사람에게 무시받아온 쥘리앵은 언젠가 플라타너스 문제로 시장에게 감히 항의한 적이 있는 그 늙은 외과 전문 군의관을 숭배했다.

군의관은 가끔 소렐 영감에게 쥘리앵 몫의 하루치 품삯을 줘가며 라틴어와 역사, 즉 그가 알고 있는 1796년 이탈리아 전쟁의 역사를 쥘리앵에게 가르쳤다. 죽을 때 그는 레지옹 도뇌르 훈장과 반급 연금의 미수액 그리고 삼사십 권의 책을 그에게 물려주었다. 그 책들 가운데 가장 귀한 것이 시장의 신임으로 물줄기를 돌린 개울로 방금 떨어진 바로 그 책이었다.

집에 들어서자마자 쥘리앵은 아버지의 억센 손이 어깨를 움켜잡는 것을 느꼈다. 또 얻어맞을까 두려워 부르르 떨렸다.

"거짓 없이 대답해라."

아버지는 어린아이의 손이 납으로 만든 장난감 병정을 돌리듯이 한 손으로 아들을 가볍게 자기 쪽으로 돌려세우며 거친 목소리로 말했다. 쥘리앵의 눈물 그득한 검은 눈이 마음속까지 훤히 들여다보려는 늙은 목수의 작고 심술궂은 회색 눈과 마주쳤다.

5장 협상

그는 어물쩍 사건을 수습했다.
— 엔니우스

"이 책벌레 같은 놈아! 바른대로 대라. 어디서 레날 부인을 알게 됐고 언제 그 여자에게 말을 걸었는지."

"말을 건 적 없어요. 교회에서 보기만 한걸요."

쥘리앵이 대답했다.

"이 뻔뻔한 놈아, 그래도 그 부인을 줄창 쳐다보기는 했겠지."

"아니에요, 교회에서 저는 하느님만 바라본다는 걸 아시잖아요."

다시 따귀를 얻어맞지 않기 위해 위선적인 태도를 보이며 쥘리앵이 덧붙였다.

"그래도 기필코 무슨 연유가 있을 게다."

심술궂은 농부는 이렇게 말하고는 잠시 입을 다물었다.

"이 못된 거짓말쟁이 녀석, 네놈은 도대체 알 수가 없단 말이야. 사실 이제 널 떨쳐버리게 됐다. 우리 제재소는 더 잘 움직이겠지. 넌 신부인지 누군지를 잘 구워삶아서 좋은 일자리를 얻게 됐다. 가서 짐을 꾸려라. 널 레날 씨 댁으로 데려가마. 거기서 그 집 애들의 가정교사 노릇을 하는 거야."

"보수는 어떻게 받나요?"

"먹여주고 입혀주고 삼백 프랑이다."

"하인 노릇은 싫어요."

"이놈 봐라. 누가 너한테 하인이 되라고 했냐? 내가 아들을 하인으로 보낼 성싶으냐?"

"그런데 난 누구와 식사를 하게 될까요?"

이 질문이 소렐 영감을 당황하게 했다. 얘기를 하다보니 오늘 아침 레날 씨와의 흥정에서 필경 신중치 못한 일을 저지른 듯싶었다. 그는 쥘리앵에게 버럭 화를 내고는 그저 먹는 것밖에 모른다고 책망하며 비난을 퍼부은 뒤 다른 두 아들과 의논하러 그 자리를 떠났다.

쥘리앵은 잠시 후 각자 도끼에 몸을 기대고서 아버지와 의논하고 있는 형들을 보았다. 한참이나 그들을 바라보고 나서 아무것도 짐작할 수 없음을 알아차린 쥘리앵은 들키지 않도록 제재소 반대쪽으로 가서 자리를 잡았다. 자신의 운명을 바꿔놓은 이 뜻밖의 통고에 대해 좀 생각을 해보려 했으나 침착할 수 없음을 느꼈다. 그의 상상력은 레날 씨의 아름다운 저택에서 보게 될 것들을 그려보는 데 온통 빠져 있었던 것이다.

하인들과 함께 밥을 먹는 처지가 되느니 차라리 모든 것을 포기해야겠다. 쥘리앵은 생각했다. 아버지는 내게 강요하겠지. 차라리 죽는

게 낫겠다. 15프랑 8수를 모아놨으니 오늘밤 도망치자. 이틀이면 헌
병에게 들킬 염려가 없는 샛길을 통해 브장송에 도착할 거고, 거기서
군대에 입대하여 필요하면 스위스로 가자. 그러나 그런다면 내겐 더
이상 출세도 야망도 없겠지. 모든 것으로 나를 이끌어줄 그 멋진 사제
신분도 갖지 못하겠지.

하인들과 식사하는 것에 대한 이러한 두려움은 쥘리앵에게 자연스
럽지 않았다. 출세하기 위해서라면 그는 더 고통스러운 일도 참아냈
을 것이다. 그는 이런 반감을 루소의 『고백록』에서 끌어왔다. 그 책은
쥘리앵의 상상력이 세계를 그려볼 수 있게 도와주는 유일한 책이었
다. 『대군회보집(大軍回報集)』과 『세인트 헬레나 회상록』 등이 이 책
과 함께 그의 애독서였다. 그는 이 세 권의 책을 위해서라면 죽음도
마다하지 않았을 것이다. 늙은 군의관의 한마디 말로 인하여 쥘리앵
은 세상의 다른 모든 책을 거짓으로 여겼으며 사기꾼들이 출세를 위
해 쓴 것으로 간주했던 것이다.

불같은 영혼을 지닌 쥘리앵은 흔히 어리석음으로 이어지기 쉬운 놀
랄 만한 기억력을 가졌다. 장차 자신의 운명이 셸랑 노사제에게 달려
있다고 확실히 믿은 쥘리앵은 그 노인의 환심을 사려고 신약성서를
라틴어로 통째로 암기해버렸다. 또한 조제프 드 메스트르의 『교황론』
도 암기하고 있었으나 그 어느 것도 별로 믿지는 않았다.

서로 약속이나 한 듯이 소렐 영감과 쥘리앵은 그날 둘 다 대화를 피
했다. 쥘리앵은 저녁에 사제관으로 신학 수업을 하러 갔으나 자기 아
버지에게 들은 그 이상한 제안에 관해서는 아무 말도 하지 않는 것이
신중하다는 생각을 했다. 어쩌면 함정일지도 모르니 잊어버린 척하는

것이 낫겠다는 생각도 했다.

다음날 아침 일찍 레날 씨는 늙은 소렐을 불렀다. 소렐은 두 시간 가까이 기다리게 해놓고 문에서부터 인사말과 뒤섞인 수많은 변명을 늘어놓으며 마침내 모습을 드러냈다. 온갖 이의를 늘어놓은 덕분에 소렐은 자기 아들이 주인 내외와 함께 식사를 하게 될 것이며 손님이 오는 날에는 따로 방에서 아이들과 함께 식사를 할 것임을 알아차렸다. 시장에게서 정녕 서두르는 기미를 간파함에 따라 점차 까다로운 조건을 내세우고 싶어진 소렐 영감은 놀라움과 의심에 가득 차서 자기 아들이 거처할 방을 보여달라고 했다. 아주 깨끗하게 꾸며놓은 큰 방이었는데 벌써 아이들 셋의 침대를 분주히 옮기고 있었다.

이런 상황은 늙은 농부에게는 한줄기 빛과도 같았다. 그는 곧 확신에 차서 자기 아들이 입을 옷을 보여달라고 요구했다. 레날 씨는 책상 서랍에서 100프랑을 꺼냈다.

"이 돈으로 댁의 아들이 뒤랑 씨 양복점에 가서 검은색 양복 한 벌을 맞춰 입게 하시오."

"시장님 댁에서 그애를 도로 데려갈 때도 그 양복은 그애 것이지요?"

갑자기 예의도 잊어버린 농부가 말했다.

"물론이오."

"네, 그렇군요! 그렇다면 이제 한 가지 일만 합의하면 되겠군요. 우리 아들에게 주실 돈 말인데요."

소렐은 말끝을 길게 끄는 어조로 이야기했다.

"뭐라고요?"

레날 씨가 분개해서 외쳤다.

"그건 어제 이미 합의하지 않았소. 삼백 프랑 주기로. 나는 그 돈이 많다고 생각하오. 아마 너무 과할지도 모르지."

"그건 시장님의 제의였지요. 그걸 부인할 생각은 전혀 없지만서도."

소렐 영감은 또 느릿하게 말했다. 그는 프랑슈 콩테 지방의 농부를 모르는 사람에게는 놀라울 뿐인 천재적인 힘으로 레날 씨를 빤히 바라보면서 이렇게 덧붙였다.

"좀더 나은 다른 자리를 알아봐야겠는데요."

이 말에 시장은 안색이 변했지만 곧 다시 침착해졌다. 족히 두 시간 동안 한마디 헛되이 내뱉는 이야기도 없이 복잡한 대화를 나눈 끝에, 마침내 농부의 교활함이 살기 위해 그것을 필요로 하지 않는 부자의 술수를 이겼다. 쥘리앵의 새로운 생활을 규정할 많은 조항들이 정해졌다. 봉급이 연 400프랑으로 결정되었을뿐더러 매월 첫날 선불로 주도록 타결되었다.

"자, 그러면 매달 삼십오 프랑씩 주겠소."

레날 씨가 말했다.

"우리 시장님처럼 부유하고 너그러우신 분이라면 우수리 없이 셈해서 삼십육 프랑까지는 주셔야죠."

농부가 아양 떠는 목소리로 말했다.

"좋소, 이젠 끝냅시다."

레날 씨가 말했다.

화가 치민 시장이 이번만은 단호한 어조를 띠었다. 농부는 더이상 나가지 말고 멈춰야 한다는 것을 알아차렸다. 그러자 이번에는 레날 씨가 공세를 폈다. 그는 아들 대신 받으려고 몹시 서두르는 늙은 소렐에게 첫 달치 급료 36프랑을 절대로 주지 않으려 했다. 레날 씨는 이 모든 협상에서 자기가 해낸 역할을 아내에게 모두 이야기해야 한다는 데 생각이 미쳤다.

"아까 당신에게 건네준 백 프랑을 돌려주시오. 뒤랑 씨는 내게 빚이 좀 있소. 내가 아드님과 함께 가서 검은색 양복을 맞추리다."

레날 씨는 기분이 좋지 않은 어조로 말했다.

이렇게 단호하게 나오자 소렐 영감은 신중하게 다시 공손한 말투로 돌아갔다. 그 비위 맞추는 말은 십오 분이나 걸렸다. 더이상 얻을 게 없다는 것을 결정적으로 알고 나서야 그는 물러갔다. 그는 이렇게 마지막 인사를 했다.

"아들놈을 성(城)으로 올려보내도록 하지요."

주민들은 시장의 환심을 사려고 할 때면 그의 집을 그렇게 부르곤 했다.

소렐 영감은 제재소로 돌아와서 아들을 찾았으나 아들은 거기 없었다. 무슨 일이 일어날지 경계심을 품은 쥘리앵이 한밤중에 집을 나갔던 것이다. 그는 자신의 책들과 레지옹 도뇌르 훈장을 안전한 곳에 두고 싶었다. 그래서 베리에르를 굽어보는 높은 산악지역에 있는 젊은 목재 상인 친구 푸케의 집에 그 모든 것을 옮겨놓고 돌아오는 길이었다.

그가 다시 나타나자 아버지가 말했다.

"이 못된 게으름뱅이야, 내가 몇 해 전부터 외상으로 먹여준 밥값을 내게 갚을 마음이 너에게 조금이라도 있는지는 하느님만이 아실 거다. 네놈의 누더기를 꾸려서 어서 시장님 댁으로 꺼져버려라!"

얻어맞지 않은 것에 놀란 쥘리앵은 서둘러 떠났다. 그러나 무서운 아버지의 눈길에서 벗어나자마자 걸음을 늦췄다. 잠시 교회에 들르는 것이 자신의 위선에 유용할 거라고 판단했다.

위선이라는 단어에 놀랐는가? 하지만 이 무시무시한 단어에 이르기 전에 농촌 청년의 영혼은 숱한 역정을 거쳐왔다.

아주 어린 시절부터 기다랗고 흰 망토를 걸치고 긴 검은색 갈퀴를 늘어뜨린 투구를 쓴 채 이탈리아에서 돌아오던 제6용기병 연대 병사들이 자기 아버지 집 창살에 말을 매는 것을 본 쥘리앵은 군인이라는 신분에 열광했다. 그 뒤로 그는 늙은 군의관이 들려주는 로디 다리 전투며 아르콜레 전투, 리볼리 전투 이야기를 흥분해서 듣곤 했다. 그는 노인이 자기 훈장을 향해 던지는 불타는 시선도 눈여겨보았다.

쥘리앵이 열네 살 되던 해에 베리에르 시는 작은 도시 규모에는 장엄하다 할 수 있는 교회를 짓기 시작했다. 특히 대리석으로 된 네 개의 원주는 쥘리앵에게 강한 인상을 남겼다. 이 대리석 기둥들은 치안판사와 브장송에서 파견된 젊은 보좌신부(이 사람은 수도회 첩자로 알려졌다) 사이에 끝간데없는 증오를 야기함으로써 이 고장에서 유명해졌다. 그 일로 치안판사는 자리를 잃을 지경에 이르렀다. 적어도 사람들이 떠드는 바에 따르면 그랬다. 그는 거의 이 주일에 한 번씩 브장송에 가서 주교를 만난다는 실세 사제와 감히 분쟁을 일으키지 않았는가?

그러는 동안 식구가 많이 딸린 가족의 가장인 치안판사는 부당해 보이는 몇 건의 판결을 내렸다. 이 판결들은 모두 입헌신문을 읽는 주민들에게 불리하게 내려졌다. 집권파가 이긴 것이다. 3프랑에서 5프랑짜리 벌금을 물리는 판결이기는 했지만 그 소액 벌금 중 한 건을 쥘리앵의 대부(代父)인 못장수가 물게 되었다. 그 사람은 화가 나서 이렇게 외쳤다. "그 치안판사는 이십년 이상 그토록 정직한 사람으로 통해왔는데 이렇게 변하다니!" 쥘리앵의 친구인 군의관은 이미 세상을 떠난 뒤였다.

갑자기 쥘리앵은 나폴레옹 이야기를 하지 않게 되었다. 그는 성직자가 될 계획을 알렸고, 그때부터 사제에게서 빌린 라틴어 성서를 암기하느라 골몰하는 그의 모습을 아버지 제재소에서 언제나 볼 수 있게 되었다. 쥘리앵의 진척에 경탄한 선량한 노사제는 그에게 신학을 가르치면서 온 저녁 시간을 보내곤 했다. 쥘리앵은 사제 앞에서는 경건한 감정만을 나타내 보였다. 출세하지 못할 바에는 차라리 천번 만번 죽겠노라는 불요불굴의 결심이 그렇게 창백하고 그렇게 부드럽고 소녀 같은 용모에 숨어 있음을 그 누가 짐작이나 할 수 있었겠는가?

쥘리앵에게 출세란 우선 베리에르를 떠나는 것이었다. 그는 자기 고장을 몹시 싫어했다. 거기서 보는 모든 것은 그의 상상력을 꽁꽁 얼어붙게 했다.

어려서부터 그는 흥분의 순간을 맛보았다. 그럴 때면 자신이 언젠가 파리의 예쁜 여인들에게 소개되고 어떤 눈부신 행동으로 그녀들의 관심을 끌 수 있으리라는 감미로운 공상에 빠지곤 했다. 찬란한 보아르네 부인의 사랑을 받았던 가난한 시절의 나폴레옹처럼 자기라고 왜 그런 여인 중 하나의 사랑을 받지 못하겠는가? 여러 해 전부터 무일푼의 이름 없는 중위가 칼 하나로 세계를 제패했다는 생각을 하지 않고 지낸 적은 아마 단 한 번도 없었을 것이다. 이 생각은 그가 심각하게 여겼던 불행에서 그를 위로해주었으며, 그 생각을 할 때면 기쁨이 배가되곤 하였다.

교회 건축과 치안판사의 판결이 갑자기 그를 환하게 밝혀주었다. 그에게 떠오른 생각 하나가 몇 주일이나 그를 미치광이처럼 만들었고, 마침내 그것은 정열적인 영혼이 스스로 만들어냈다고 여기는 첫 개념의 전지전능함으로 그를 사로잡고 말았다.

'보나파르트가 유명해졌을 때 프랑스는 침략의 두려움을 겪고 있었다. 군인의 공훈이 필요했고 또 그게 유행이었다. 요즘에는 마흔 살 가량의 성직자들이 연봉 십만 프랑, 즉 나폴레옹 사단의 이름 있는 장군들보다 연봉을 세 배나 더 받는다. 그들에게는 자기들을 보좌할 사람이 필요하다. 지금까지 머리 좋고 정직한 사람이었던 치안판사가 나이가 드니 서른 살 먹은 젊은 보좌신부의 비위를 거스를까 두려워 명예롭지 못한 판결을 내리지 않는가! 그러니 사제가 되어야 한다.'

이미 이 년 전부터 신학을 공부해왔지만 새로운 신앙심의 한복판에 놓인 쥘리앵은 한 번은 영혼을 불태우는 정념의 불길 때문에 본심을 드러내게 되었다. 셸랑 사제 댁에서 있었던 사제 만찬에서 그 착한 사제가 쥘리앵을 동료들에게 비범한 천재라고 소개하자, 쥘리앵은 나폴레옹을 열광적으로 찬양하고 말았던 것이다. 그 일이 있은 후, 그는 오른팔을 가슴에 붙들어매고는 전나무 둥치를 옮기려다 삐었다고 말하면서 두 달 동안이나 팔을 그렇게 불편한 위치에 붙이고 다녔다. 이렇듯 자신에게 체벌을 가하고 나서야 그는 스스로를 용서했다. 작은 짐 꾸러미를 팔 밑에 끼고 베리에르의 웅장한 교회로 들어가고 있는 젊은이는 그런 인물이었다. 열아홉 살이지만 허약한 외모의 이 청년은 누가 보면 기껏해야 열일곱 정도로 보였을 것이다.

교회는 어둡고 적막했다. 축제 기간이라 모든 유리창에 진홍빛 천을 쳐놓았다. 그로 인해 햇빛이 스며들자 더없이 장엄하고 더없이 신앙적인 특징을 드러내는 눈부신 빛의 효과를 자아냈다. 쥘리앵의 몸이 부르르 떨렸다. 교회 안에서 그는 가장 훌륭한 외양의 의자에 혼자 자리잡았다. 거기에는 레날 씨의 문장이 새겨져 있었다.

기도대 위에서 쥘리앵은 읽으라고 거기 펼쳐놓은 듯한 인쇄된 종이 한 장을 눈여겨보았다. 그는 눈길을 돌려 다음의 문장을 보았다.

'브장송에서 집행된 루이 장렐의 최후의 순간과 처형 상보(詳報)……'

종이는 찢겨 있었다. 뒷면에서는 문장의 첫 단어가 눈에 들어왔다. '첫걸음.'

'누가 이 종이를 여기 갖다놓았을까?' 하고 쥘리앵은 생각했다. "가엾고 불행한 사람, 이 사람은 내 성(姓)과 끝 글자가 같네……" 그는 한숨을 쉬며 이렇게 덧붙여 말하고서 종이를 구겨버렸다.

교회를 나오면서 쥘리앵은 성수반 근처에서 피를 본 듯했다. 그러나 그것은 성수였다. 창을 가린 붉은 커튼 때문에 피로 보였던 것이다.

마침내 쥘리앵은 자신의 은밀한 두려움이 부끄러워졌다.

"내가 겁쟁이인가? 무기를 들라!"

그는 중얼거렸다.

늙은 군의관의 전쟁 이야기 속에 그토록 자주 반복되던 '무기를 들라!'라는 말은 쥘리앵에게는 영웅적으로 들렸다. 그는 일어서서 재빨리 레날 씨 댁으로 걸어갔다.

단단히 결심을 했지만 레날 씨의 집을 스무 걸음 앞두고 그는 말할 수 없는 소심함에 사로잡혔다. 철책으로 만든 문은 열려 있었다. 그 문은 어마어마해 보였다. 그 안으로 들어가야만 했다.

그 집에 도착하는 것으로 인하여 마음이 심란해진 사람은 쥘리앵만이 아니었다. 레날 부인의 극도로 소심한 마음은 역할상 앞으로 부인과 아이들 사이에 끊임없이 개입할 낯선 사람 생각에 혼란스러웠다. 부인은 아들들을 자기 침실에서 습관적으로 재워왔다. 그런데 오늘 아침 가정교사에게 배당된 방으로 아이들의 작은 침대가 운반되는 것을 보자 흐르는 눈물을 막을 길이 없었다. 막내아들 스타니슬라스 크사비에의 침대만이라도 다시 자기 방으로 옮겨달라고 남편에게 졸랐으나 뜻을 이루지 못했다.

여성의 예민함이 레날 부인에게는 극단의 지점까지 나아가 있었다. 그녀는 아이들을 때릴 야만의 언어인 라틴어를 안다는 유일한 이유로 자기 아이들을 야단칠 임무를 맡은 상스럽고 머리도 제대로 빗지 않는 더없이 불쾌한 인간의 모습을 상상했던 것이다.

6장 권태

내가 무엇인지,
무엇을 하는지
더이상 알 수 없어요.
— 모차르트, 〈피가로의 결혼〉

레날 부인은 남자들에게서 멀리 떨어져 있을 때면 자연스럽게 우러
나오는 활기차고 우아한 태도로 정원으로 통하는 유리 문을 열고 나
오는 참이었는데, 그때 아직은 앳되어 보이는 젊은 농부의 모습이 눈
에 띄었다. 그는 몹시 창백해서 금방 울고 난 듯했다. 새하얀 셔츠에
아주 정결한 자줏빛 윗도리를 팔에 끼고 있었다.

젊은 농부의 얼굴빛이 너무 희고 눈길이 너무 부드러웠으므로, 처
음에 레날 부인의 다소 공상적인 생각으로는 어떤 처녀가 남자로 변
장하고 시장에게 뭔가 부탁하러 오지 않았나 할 정도였다. 대문에 멈
추어 선 채 초인종에 손을 댈 엄두도 내지 못하는 것이 분명한 이 측
은한 사람이 가엾게 생각되었다. 레날 부인은 가정교사가 온다는 사
실 때문에 씁쓸하던 심정에서 잠시 벗어나 그 청년에게 다가갔다. 문

쪽으로 돌아서 있던 쥘리앵은 부인을 보지 못했다. 귀 근처에서 부드러운 목소리가 들려왔을 때 그는 깜짝 놀랐다.

"이보세요, 어떻게 온 거죠?"

쥘리앵은 얼른 몸을 돌렸다. 우아함이 가득 찬 그 눈길에 놀라 수줍음을 웬만큼 잊게 되었다. 그러고 나서는 아름다움에 정신이 홀려 모든 것을, 심지어 자기가 여기에 온 이유까지도 잊어버렸다. 레날 부인이 다시 같은 말을 물었다.

"저는 가정교사로 왔습니다, 부인."

눈물을 흘린 것이 못내 부끄러워 열심히 눈물을 닦으며 마침내 그가 대답했다.

레날 부인은 어안이 벙벙한 채 서 있었다. 둘은 바싹 붙어 서로 바라보고 있었다. 쥘리앵은 이처럼 옷을 잘 입은 사람을 본 적이 없었고, 이토록 살결이 눈부신 여인이 다정하게 말을 걸어온 적은 더구나 없었다. 레날 부인은 이 청년이 처음에는 창백하다가 이제는 뺨이 발그레해지고 눈에 눈물 방울이 그렁그렁한 모습을 쳐다보았다. 그러고는 철없이 쾌활한 처녀처럼 웃어댔다. 그녀는 자기 자신을 비웃었다. 이루 말할 수 없이 행복했다. 자기 아이들을 꾸짖고 매질할 불결하고 꾀죄죄한 사제라고 생각했던 가정교사가 바로 이 사람이라니!

"그런데 선생께서는 라틴어를 잘하신다고요?"

마침내 그녀가 말했다.

'선생'이라는 말에 너무 놀라 쥘리앵은 잠시 생각에 잠겼다.

"네, 부인."

그는 수줍은 듯 대답했다.

레날 부인은 기쁜 나머지 쥘리앵에게 이런 말도 했다.

"가여운 아이들을 너무 야단치진 않겠죠?"

"제가요? 아이들을 야단친다고요? 그럴 리가 있나요."

쥘리앵이 놀라서 대답했다.

"그렇죠? 선생께서는 아이들을 친절하게 대해주겠죠. 내게 약속할
수 있나요?"

그녀는 잠시 말을 쉬었다가 순간순간 감동이 더해가는 목소리로 이
렇게 말했다.

이처럼 훌륭하게 차려입은 부인이 무척 진지하게 다시 한번 선생이
라고 불러주리라고는 꿈에도 생각하지 못했다. 젊음의 온갖 황당무계
한 공상 속에서 쥘리앵은 자기가 멋진 제복을 입지 않으면 어떤 귀부
인도 자기에게 말을 걸어오지 않을 거라고 생각했던 것이다. 한편 레
날 부인은 쥘리앵의 고운 얼굴빛, 검고 큰 눈, 오는 길에 몸을 식히려
고 공동 우물에 축이고 와서 평소보다 더 곱슬곱슬한 머리카락을 보
고 이 사람이 상상했던 모습과는 너무 다르다는 것을 알았다. 아이들
에게 거칠고 무뚝뚝한 태도로 대할까봐 그토록 두려워했던 숙명적인
이 가정교사에게서 소녀처럼 수줍은 기색을 발견한 부인의 기쁨은 실
로 컸다. 레날 부인처럼 평화로운 감정의 소유자에게는 두려워했던
것과 눈앞에 보이는 것을 대비해 보는 것은 하나의 큰 사건이었다. 이
윽고 레날 부인이 놀라움에서 깨어났다. 그녀는 셔츠 차림의 젊은 청
년과 집 문간에서 이토록 가까이 몸을 붙이고 있다는 사실에 놀랐다.

"들어오시죠, 선생."

그녀가 몹시 당황한 기색으로 말했다.

살아오는 동안 순수하게 유쾌한 감정이 이처럼 깊게 레날 부인을 감동시킨 적은 없었다. 불안한 두려움에 이어 이처럼 매력적인 일이 생긴 적도 결코 없었다. 그녀가 정성스럽게 보살펴온 아이들을 불결하고 투덜거리는 사제의 손에 맡기지 않아도 좋게 되었다. 현관에 들어서자마자 그녀는 수줍게 뒤따르던 쥘리앵에게 몸을 돌렸다. 이렇게 멋진 집을 보고 놀라는 그의 모습이 레날 부인의 눈에는 또다른 매력으로 보였다. 그녀는 자기 눈을 믿을 수 없었다. 특히 가정교사란 모름지기 검은 옷을 입어야 한다고 여겨왔던 것이다.

그녀는 신뢰감으로 행복해한 만큼 사람을 오인한 것은 아닐까 몹시 두려워서 걸음을 멈추고 다시 한번 물었다.

"그런데 선생이 라틴어를 한다는 게 사실인가요?"

이 말에 쥘리앵은 자존심이 상했고 조금 전부터 그가 느끼고 있던 매력이 사라져버렸다.

"네, 부인. 저는 신부님만큼 라틴어를 알고 있고 더러는 신부님께서 당신보다 낫다고 말씀하시기도 했습니다."

그는 냉정한 표정을 지으려 애쓰면서 말했다.

레날 부인은 쥘리앵이 매우 심술궂은 표정이 된 것을 알았다. 그는 그녀로부터 두어 걸음 떨어진 곳에 서 있었다. 그녀가 다가가 낮은 목소리로 말했다.

"처음 얼마간은 아이들이 배운 걸 모르더라도 때리지 말아주세요, 그럴 거죠?"

이토록 아름다운 부인의 거의 애원하는 듯한 감미로운 목소리는 라틴어 학자로서의 자신의 명성에 대한 자부심마저도 갑자기 잊게 했다. 레날 부인의 얼굴은 쥘리앵의 얼굴에 닿을 듯 가까이 있었다. 부인의 여름 옷에서는 향기가 풍겨나왔는데, 가난한 시골뜨기에게는 매우 놀라운 일이었다. 쥘리앵은 얼굴을 몹시 붉히고 한숨을 지으며 무기력한 목소리로 말했다.

"아무 염려하지 마십시오, 부인. 저는 모든 일에 부인의 뜻을 따르겠습니다."

그제야 아이들에 대한 부인의 불안이 완전히 가셨다. 레날 부인은 쥘리앵의 뛰어난 용모에 놀랐다. 거의 여성적이라 할 만한 생김새와 어쩔 줄 몰라하는 품새가 몹시 수줍어하는 부인에게는 전혀 우스꽝스럽지 않아 보였다.

"선생은 올해 몇 살이죠?"

그녀가 쥘리앵에게 물었다.

"곧 열아홉 살이 됩니다."

"우리 큰애는 열한 살이에요. 선생과는 거의 친구 나이가 될 거예요. 그러니 알아듣게 얘기해주세요. 한 번은 그애 아버지가 그애를 때리려 한 적이 있어요. 그랬더니 거의 일주일 동안 앓아누웠지 뭐예요. 그저 약간 손을 댄 건데 말이죠."

레날 부인이 완전히 마음을 놓고 말했다.

나와는 너무 차이가 나는구나. 우리 아버지는 어제도 나를 때렸는데. 쥘리앵은 생각했다. 돈 있는 사람들은 행복하기도 하군!

레날 부인은 벌써 가정교사의 마음에서 일어나는 사소한 낌새까지 알아차리게 되었다. 그녀는 수줍음 때문에 쥘리앵이 서글퍼 보인다고 생각하고 그에게 용기를 북돋워주려 했다.

"선생 이름이 뭐죠?"

그녀는 쥘리앵 자신이 알아차리지도 못한 사이에 매혹되어버린 우아함과 다정스러운 어조로 물었다.

"쥘리앵 소렐이라고 합니다, 부인. 태어나서 처음 낯선 집에 들어오니 떨리기만 하네요. 저는 부인의 보호가 필요합니다. 처음 얼마간은 많은 일을 너그럽게 봐주세요. 저는 너무 가난해서 학교에도 가지 못했습니다. 제 친척이자 레지옹 도뇌르 수훈자인 군의관과 셸랑 신부님 말고는 다른 사람과 얘기해본 적도 없습니다. 셸랑 신부님이 저에 관하여 잘 말씀해주실 겁니다. 형들은 저를 늘 때리기만 했어요. 그들이 저에 대해 나쁘게 말하더라도 믿지 마세요. 그리고 부인, 제가 잘못하는 일이 있더라도 나쁜 마음으로 그러는 것이 아니니 용서해주십시오."

이렇듯 오래 이야기하는 동안 마음이 안정된 쥘리앵은 레날 부인을 차근히 살펴보았다. 완벽한 매력, 그것이 성격과 자연스레 어울리면서 특히 본인이 그 매력을 전혀 생각하지 않을 때 자아내는 효과는 너무나 현저했다. 쥘리앵이 여성의 아름다움을 잘 볼 줄 알았다면 이때만큼은 부인이 스무 살 안팎으로밖에 보이지 않았을지도 모른다. 갑자기 부인의 손에 입맞추고 싶다는 대담한 생각이 들었다. 곧 그 생각에 겁이 났다. 그러나 다음 순간 이렇게 생각했다. 제재소에서 막 벗어난 가난한 노동자에게 이 아름다운 부인이 품고 있을지도 모를 경멸심을 줄여주고 나에게는 유익한 이 행동을 실행에 옮기지 못한다면 나는 비겁한 녀석일지도 몰라. 아마도 쥘리앵은 여섯 달 전부터 일요일이면 처녀들의 입방아에 오르내렸던 미남이라는 소리에 다소 용기를 얻었을 것이다. 쥘리앵이 이렇게 마음속 갈등으로 속을 썩는 동안 레날 부인은 아이들과의 생활을 어떻게 시작할지에 대하여 몇 마디 당부를 하고 있었다. 쥘리앵은 마음속으로 겪는 흥분 때문에 또다시 해쑥해 보였다. 그는 어색하게 말했다.

"부인, 절대로 아드님들을 때리지 않겠습니다. 하느님께 맹세하지요."

이 말을 하면서 그는 짐짓 레날 부인의 손을 잡아 자기 입술로 가져갔다. 이 행동에 부인은 놀랐다. 그리고 생각해보니 마음이 상했다. 날씨가 너무 더워 숄을 두른 아랫부분의 팔이 맨살이었는데, 손을 입으로 가져간 쥘리앵의 동작 때문에 팔이 완전히 드러나고 말았다. 잠시 후 그녀는 자기 자신을 책망했다. 진작 화를 낼걸 하고 생각했다.

말소리를 듣고 레날 씨가 서재에서 나왔다. 그는 시청에서 결혼식을 주재할 때의 그 엄숙하고 온정이 넘치는 어조로 쥘리앵에게 말했다.

"아이들을 보기 전에 당신과 이야기를 나누어야겠소."

그는 쥘리앵을 방으로 들어오게 하고 나가려는 아내를 만류했다. 그런 다음 문을 닫고 근엄하게 자리에 앉았다.

"신부님께 당신이 좋은 사람이라는 이야기를 들었소. 여기서는 모두 당신을 정중히 대우할 것이고, 내 마음에 들게 해준다면 장차 당신이 자리잡는 데 다소간 도움을 주겠소. 부모나 친구들은 더이상 만나지 않기 바라오. 그들의 언동이 우리 아이들에게 좋은 영향을 미치지는 않을 것이오. 여기 첫 달치 봉급 삼십육 프랑이 있소. 이 돈을 당신 부친에게 한푼도 주지 않겠다고 약속해야 하오."

레날 씨는 이번 일에서 자기보다 단수가 높았던 소렐 영감에 대하여 단단히 삐쳐 있었던 것이다.

"그런데 선생, 앞으로는 내가 시키는 대로 우리 집에서 모두들 당신을 선생이라고 부를 거요. 당신도 점잖은 집에 들어온 보람을 느끼게 될 테고. 그런데 선생, 당신이 평상복을 입고 아이들을 만나는 건 합당치 않소. 혹시 하인들이 선생을 보았소?"

레날 씨가 아내에게 물었다.

"아니요, 여보."

그녀는 깊은 생각에 잠긴 골똘한 얼굴로 대답했다.

"잘됐군. 이걸 입으시오."

그가 놀란 젊은이에게 프록코트 한 벌을 주며 말했다.

"이제 뒤랑 씨네 나사점(羅紗店)으로 갑시다."

한 시간도 더 걸려 레날 씨가 온통 검은 옷으로 차려입은 새 가정교사와 함께 돌아왔을 때 그는 아내가 아직도 같은 자리에 앉아 있는 것을 보았다. 한편 그녀는 쥘리앵의 모습을 보자 마음이 안정됨을 느꼈다. 그를 자세히 바라보면서 그에 대한 두려움을 잊게 되었다. 쥘리앵은 전혀 그녀 생각을 하지 않았다. 운명이나 사람들에 대하여 극도로 경계심을 갖고 있었지만 이 순간만큼은 어린아이의 마음이었다. 교회에서 떨던 세 시간 전부터 지금까지 그는 여러 해를 살아온 듯이 느껴졌다. 그는 레날 부인의 쌀쌀한 태도를 알아챘다. 손에 감히 입을 맞춘 것에 대해 화가 나 있다고 생각했다. 그러나 그때까지 늘상 입던 것과는 전혀 다른 옷을 입게 되어 마음이 우쭐해진 나머지 제정신이 아닌데다 기쁨을 감추려고 무척 애를 써서 그의 모든 동작에는 급작스럽고 미친 듯한 데가 있었다. 레날 부인이 놀란 눈으로 그를 쳐다보았다.

"선생, 우리 아이들과 하인들로부터 존경을 받으려면 좀 엄숙한 태도를 가지시오."

레날 씨가 그에게 말했다.

"새 옷을 입으니 거북하군요."

쥘리앵이 대답했다.

"저는 가난한 농민이라 평복밖에 입어보지 못했습니다. 허락하신다면 제 방에 혼자 있고 싶군요."

"새로 온 가정교사가 어떻게 보입디까?"

레날 씨가 아내에게 물었다.

레날 부인은 확실하게 납득하지는 못했지만 거의 본능적인 감정의 움직임으로 남편에게 본심을 숨겼다.

"저도 당신만큼이나 저 시골뜨기 청년에게 마음에 드는 구석이 전혀 없어요. 당신이 너무 친절하게 대해주면 버릇이 없어져서 한 달 안에 내보내게 될지도 모르겠군요."

"그렇다면 우리 저 친구를 내보냅시다. 물론 우리가 백 프랑가량을 손해 보겠지. 그리고 레날 씨 아이들에게 가정교사가 있다는 걸 온 베리에르 시내에서 알게 되겠지. 쥘리앵을 일꾼 복장으로 둔다면 가정교사를 삼은 목적은 결코 이루어질 수 없을 테니까. 그를 내보낼 때는 물론 나사점에서 맞춘 검은색 양복 한 벌은 뺏고 거기서 사입힌 기성복만 줘서 보내야지."

쥘리앵이 자기 방에서 보낸 시간이 레날 부인에게는 한순간 같았다. 새 가정교사가 왔다는 통지를 들은 아이들은 어머니에게 질문을 퍼부었다. 마침내 쥘리앵이 나타났다. 그는 다른 사람이 된 듯싶었다. 그가 엄숙했다고 말한다면 잘못 이야기한 것이 될 것 같고, 엄숙함의 화신, 바로 그것이었다. 아이들에게 소개되자 쥘리앵은 레날 씨 자신도 놀랄 태도로 아이들에게 이야기했다.

"여러분, 나는 여러분에게 라틴어를 가르치려고 이곳에 왔습니다."

쥘리앵은 연설을 마치며 말했다.

"여러분은 학과를 암송한다는 게 무엇인지 알고 있지요. 여기 성서가 있습니다."

그는 검은색 장정으로 된 32절형 작은 책 한 권을 아이들에게 보여주며 말했다.

"이것은 특별히 우리 주 예수 그리스도의 이야기로, '신약'이라는 부분이지요. 나는 여러분에게 자주 암송을 시킬 예정인데, 오늘은 우선 나에게 암송을 시켜보세요."

맏아들 아돌프가 책을 쥐었다.

"되는대로 아무 데고 펴보세요."

쥘리앵이 말을 이어갔다.

"그리고 어디든지 별행의 첫 단어만 말해주면 여러분이 그만 하라고 할 때까지 우리 모두의 행동규칙인 이 성스러운 책을 외울 겁니다."

아돌프가 책을 펴고 한 마디를 읽자 쥘리앵은 프랑스어를 말하듯 힘 안 들이고 전체 페이지를 줄줄 암송했다. 레날 씨가 의기양양하게 아내를 바라보았다. 아이들은 부모가 놀라는 모습에 눈이 휘둥그레졌다. 하인 하나가 거실 문 앞에 왔을 때에도 쥘리앵은 라틴어를 암송하고 있었다. 하인은 처음엔 꼼짝 않고 있다가 이윽고 사라졌다. 곧이어 부인의 하녀와 식모가 문 곁으로 왔다. 그때 아돌프는 성서를 벌써 여덟 군데나 펼친 참이었고, 쥘리앵은 여전히 한결같이 쉽게 암송하고 있었다.

"세상에, 정말 귀여운 사제 양반이네요!"

신앙심 깊고 선량한 처녀인 식모가 큰 소리로 말했다.

레날 씨의 자존심이 점차 불안해지기 시작했다. 그는 가정교사를 찬찬히 살펴볼 생각을 하기는커녕 기억 속에서 몇 마디 라틴어를 찾는 데 온통 정신이 팔려 있었다. 마침내 그는 호라티우스의 시 한 구절을 읊을 수 있었다. 쥘리앵은 성서 이외의 라틴어를 알지 못했다. 그가 눈살을 찌푸리며 말했다.

"제가 지망하는 신성한 임무는 그런 세속적인 시인의 작품을 읽는 것을 금지했습니다."

레날 씨는 호라티우스의 시구를 꽤 많이 인용했다. 그는 자기 아이들에게 호라티우스가 누구인지 설명했지만 가정교사에 경탄해 마지않는 아이들은 아버지 말에는 별로 주의를 기울이지 않고 쥘리앵만 바라다보았다.

하인들이 여전히 문턱에 남아 있자 쥘리앵은 시험을 연장해야 한다고 생각했다.

"스타니슬라스 크사비에 군도 내게 성서 한 구절을 지적해 줘야 해요."

그가 아이들 중 막내에게 말했다.

막내 스타니슬라스가 우쭐해져서 별행의 첫 부분을 겨우겨우 읽어내려가자 쥘리앵은 그 페이지 전체를 암송했다. 레날 씨의 득의만만함에 무엇 하나라도 빠지지 않게 하려는 듯, 노르망디 산 준마의 소유자인 발르노 씨와 군수 샤르코 드 모지롱 씨가 쥘리앵이 암송하는 동안 들어왔다. 이 장면은 쥘리앵에게 선생이라는 칭호를 붙일 만하게 했다. 하인들까지도 그 칭호를 감히 거부하려 들지 못했다.

그날 저녁 베리에르 주민들은 놀라운 인물을 구경하려고 레날 씨 집으로 몰려들었다. 쥘리앵은 어떤 거리감을 두고 우울한 태도로 사람들에게 답했다. 그의 명성은 삽시간에 온 도시에 퍼져 며칠 후 레날 씨는 누군가가 그를 뺏어갈까봐 두려워서 이 년간의 계약에 서명해줄 것을 제의했다.

"아니요, 시장님."

쥘리앵은 냉정하게 대답했다.

"시장님께서 저를 내보내려 하신다면 저는 나갈 수밖에 없습니다. 시장님은 아무 의무도 지지 않고 저만 묶어두는 계약은 전혀 공평하지 않아서 거절합니다."

쥘리앵은 그토록 능숙하게 처신하여 그가 도착한 뒤 한 달이 지나지 않아 레날 씨까지도 그를 존경하게 되었다. 사제는 레날 씨나 발르노 씨와 사이가 틀어져서 이제 그 누구도 나폴레옹을 향한 쥘리앵의 옛 열정을 발설할 수 없었다. 어쩌다 이야기가 나오면 쥘리앵은 혐오감을 나타낼 따름이었다.

7장 선택 친화력

그들은 마음을 상하게 하지 않고선
마음을 건드리지 못한다.
—어느 현대인

아이들은 그를 숭배했으나 그는 아이들을 전혀 사랑하지 않았다. 그의 생각은 딴 데 있었던 것이다. 아이들이 무슨 짓을 하든 그는 결코 짜증을 내지 않았다. 냉정하고 공정하며 침착한 그가 옴으로써 그 집의 권태를 어느 정도 몰아냈기 때문에 그는 사랑받는 훌륭한 가정교사였다. 그러나 그는 자신이 받아들여진 상류사회에 대하여 증오와 혐오감밖에 느끼지 않았다. 사실 테이블의 끄트머리 자리 하나 차지했다는 것이 아마 그의 증오와 혐오감을 설명해주는지도 몰랐다. 때로 화려한 만찬이 열리곤 했다. 그럴 때면 그는 자기를 둘러싼 모든 것에 대하여 증오를 간신히 억제하곤 했다. 한 번은 성 루이 축일에 레날 씨 댁에서 발르노 씨가 저 혼자 떠들어대는 꼴에 욱하고 본심이 드러나려 해서 쥘리앵은 아이들을 보러 간다는 핑계로 정원으로 빠져

나왔다. 어쩌면 저렇게 청렴을 자랑해댄단 말인가! 그는 소리쳤다. 저런 게 유일한 미덕이라고 하겠지. 그런데 빈민의 복지를 담당하면서부터 재산을 두 배, 세 배로 늘린 자에 대한 정중한 태도와 치사스러운 존경이라니! 저 작자는 다른 사람들보다 몇 곱절 더 비참한 저 불쌍한 고아들을 위해 마련한 돈까지 들어먹고 있는 게 틀림없어! 아, 짐승만도 못한 놈! 짐승만도 못한 놈! 아버지, 형들, 가족 전부에게서 미움을 받는 나 역시 고아가 아닌가.

성 루이 축일 며칠 전 충성 산책로가 내려다보이는 벨베데르라는 작은 숲에서 성무일도를 암송하며 혼자 산책하던 쥘리앵은 멀리서 한적한 오솔길로 오고 있는 두 형을 보고 피하려 했으나 허사였다. 동생의 멋진 검은 의복이며 더없이 깨끗한 맵시며 자기들에 대한 노골적인 멸시 때문에 질투심에 사로잡힌 거친 일꾼들은 동생을 피투성이가 되어 실신할 지경에 이르도록 두들겨팼다. 발르노 씨, 군수와 함께 산책하던 레날 부인이 우연히 그 작은 숲에 이르렀다. 그녀는 땅에 널브러진 쥘리앵을 보고 그가 죽었다고 생각했다. 그녀의 충격이 하도 커서 발르노 씨는 질투가 날 정도였다.

쥘리앵은 너무 일찍 레날 부인을 경계하였다. 그는 레날 부인이 매우 아름답다고 생각했으나 그 미모 때문에 그녀를 증오했다. 그것은 자신의 출세를 가로막을지도 모르는 첫번째 암초였다. 처음 만나던 날 손에 입맞춤하던 열정을 잊기 위하여 가급적 말을 적게 했다.

부인의 하녀 엘리자는 어쩔 수 없이 이 젊은 가정교사에게 반해버렸다. 그녀는 자주 레날 부인에게 가정교사 이야기를 하곤 했다. 엘리자 양의 사랑 때문에 하인 하나가 쥘리앵에게 원한을 품게 되었다. 어느 날 쥘리앵은 하인이 엘리자에게 이야기하는 것을 들었다. "그 꾀 죄죄한 가정교사가 집에 들어온 뒤부터 내겐 말도 하지 않으려는 거 야?" 쥘리앵은 이런 모욕적인 말을 들을 아무런 이유가 없었지만 미 소년의 본능으로 몸맵시 단장에 노력을 배가했다. 발르노 씨의 증오 도 더 커졌다. 그는 그런 멋내기는 젊은 사제에게 어울리지 않는 것이 라고 공공연하게 떠들고 다녔다. 사제 복장인 수단을 제외하고 쥘리 앵이 입는 것은 정장이었다.

레날 부인은 쥘리앵이 여느 때보다 자주 엘리자 양과 이야기 나누 는 것을 눈여겨보았다. 그러고는 변변한 옷가지가 크게 부족한 것이 그 원인임을 알았다. 그는 속옷이 거의 없어서 집 밖에서 되도록 자주 빨래를 할 수밖에 없었는데, 그 일에 엘리자의 도움이 필요했던 것이 다. 생각도 못 했던 이런 극심한 가난이 레날 부인에게 충격을 주었 다. 선물을 하고 싶었으나 그러기도 여의치 않았다. 이 내면의 갈등이 쥘리앵이 부인에게 불러일으킨 첫번째 괴로운 감정이었다. 그때까지 만 해도 쥘리앵이라는 이름은 다만 지성적이고 순수한 기쁨의 감정과 동의어였던 것이다. 쥘리앵의 가난 때문에 고민을 하던 중 레날 부인 은 속옷을 선물하자고 남편에게 말했다.

"무슨 바보 같은 소리요!"

남편이 대답했다.

"뭐라고! 우리 마음에 꼭 들고 우리를 잘 받드는 사람에게 선물을 하다니 될 말이오? 그런 건 그 사람이 소홀해져서 열의를 자극해야 할 때나 하는 거지."

이런 사고방식에 레날 부인은 마음이 상했다. 쥘리앵이 오기 전에 그녀는 그런 것에 관심도 없었다. 그녀는 젊은 사제의 극도로 정결하면서도 매우 소박한 매무새를 볼 때마다 '가난한 청년이 어떻게 저렇게 깨끗하게 입을 수 있을까' 하고 생각하지 않을 수 없었다.

차츰 그녀는 쥘리앵에게 결핍된 모든 것에 대하여 불쾌한 느낌 대신에 동정심을 갖게 되었다.

레날 부인은 만나고 나서 처음 보름 동안은 바보라고 여길 만한 시골 여인 가운데 하나였다. 그녀는 세상살이에 아무 경험도 없었고 남들과 얘기하려고 하지도 않았다. 섬세하고 도도한 영혼을 지닌 그녀는 우연히 섞여들어 끼게 된 상스러운 인간들의 행동에 대해서는 일체 관심을 표하지 않았는데, 그건 모든 존재에게 자연스러운 행복에 대한 본능으로 인한 것이었다.

그녀가 조금이라도 교육을 받았다면 그 활기 있고 자연스러운 정신이 사람들의 눈길을 끌었을 것이다. 상속녀로서 그녀는 예수회에 적대적인 프랑스인들에 대하여 격렬한 증오심을 품은 예수성심회의 신심 깊고 열렬한 수녀들 사이에서 양육되었다. 레날 부인은 수녀원에서 배운 모든 것들을 부조리하다고 여겨 곧 잊어버릴 만큼 분별력을 지니고 있었다. 하지만 그 빈자리를 다른 것으로 충당하지 않았기 때문에 결국 아는 것은 하나도 없었다. 많은 재산을 물려받을 상속녀로서 일찍부터 아첨의 대상이 되었고 열렬한 신앙심에 경도된 그녀는 매우 내면적인 삶의 방식을 습득하게 되었다. 가장 완벽하게 겸손하고 조금도 자기 주장을 내세우지 않는 듯 보여 베리에르의 남편들이 자기 아내로 하여금 본보기로 삼게 하며 레날 씨를 우쭐하게 만드는, 그녀의 마음에 습관화된 행동은 사실 더없이 교만한 기질에서 온 것이었다. 오만함 때문에 사람들의 입방아에 오르내리는 그 어떤 왕녀도, 겉으로 보기에 그토록 부드럽고 겸손한 이 여인이 남편의 말과 행동에 기울이는 관심보다는 훨씬 더 많은 관심을 주변 신사들에게 기울일 것이다. 쥘리앵이 오기 전까지 그녀는 실제로 자기 아이들에게만 관심을 쏟아왔다. 아이들의 병이나 괴로움, 사소한 기쁨이 브장송 성심 수녀원에 있을 때 하느님밖에는 찬양할 줄 몰랐던 이 영혼의 감수성을 온통 차지했던 것이다.

누구에게도 감히 그런 말을 한 일은 없지만, 아이들 중 하나가 열이 오르기라도 하면 그녀는 그 아이가 죽기라도 한 듯한 상태에 놓이곤 했다. 결혼 초기에는 이런 종류의 슬픔으로 가득 찬 속내 이야기를 남편에게 털어놓을 필요가 있겠다 싶어 토로해봤지만, 그때마다 남편은 여인의 어리석음에 관한 시시한 잠언 몇 마디를 늘어놓으며 너털웃음을 터뜨리거나 어깨를 으쓱할 뿐이었다. 특히 그런 농담들이 아이들의 병에 관한 것일 때 레날 부인의 가슴은 비수로 휘젓는 듯하였다. 어린 시절을 보냈던 예수회 수녀원에서 듣던 상냥하고 달콤한 아첨 대신에 그녀가 발견한 것은 이러했다. 그녀의 교육은 고통으로 이루어졌다. 이런 종류의 괴로움을 친구인 데르빌 부인에게조차 이야기할 수 없을 만큼 자존심이 강한 그녀는 남자란 모두 자기 남편이나 발르노 씨, 샤르코 드 모지롱 군수와 같다고 상상했다. 상스러움, 돈이나 지위, 훈장 등의 이해관계가 아닌 모든 것에 대한 가장 노골적인 무감각, 자기들이 반대하는 모든 추론에 대한 맹목적인 증오가 그녀에게는 장화를 신거나 펠트 모자를 쓰는 것처럼 남자에게 자연스러운 일로 보였다.

꽤 오랜 세월이 지났건만 그녀는 돈만 아는 사람들에게 아직 익숙해지지 못했다. 그렇지만 그들 가운데서 살아가지 않으면 안 되었다. 어린 시골뜨기 쥘리앵의 성공도 거기서 비롯되었다. 이 고상하고 도도한 영혼과의 공감대에서 그녀는 감미로운 즐거움과 새로움이 가진 온갖 화려한 매력을 발견했다. 레날 부인은 또 하나의 매력으로 보이는 쥘리앵의 극단의 무지와 자기가 고쳐줄 수 있는 그런 종류의 거칢을 이내 용서했다. 길을 건너다가 빠른 속도로 달려오는 농부의 수레에 깔려 죽은 가엾은 개 이야기 같은 가장 흔한 일에서도 그녀는 쥘리앵의 말이 귀담아들을 만하다는 것을 알았다. 이런 가슴 아픈 장면에서 남편은 너털웃음을 웃지만 쥘리앵은 활 모양으로 휜 예쁜 검은 눈썹을 찌푸렸다. 그녀의 눈에는 너그러움, 영혼의 고귀함, 인간성 같은 것들이 차츰 이 젊은 사제에게만 존재하는 듯이 보였다. 고귀하게 태어난 영혼에게 미덕이 불러일으키는 모든 공감과 찬탄까지도 오로지 이 한 사람에게만 품게 되었다.

파리에서라면 레날 부인에 대한 쥘리앵의 위치는 매우 신속하고 단순하게 정해졌을 것이다. 파리에서 사랑은 소설에나 나오는 산물인 것이다. 젊은 가정교사와 수줍은 안주인은 서너 편의 소설 속에서, 그리고 짐나즈 극장의 노래 가사에서라도 자신들의 처지가 해명되고 있음을 발견했으리라. 소설은 그들이 연기할 역할을 그려 보이고 따라 할 모델을 보여주었을 것이다. 아무런 즐거움이 없다 해도 조만간 쥘리앵은 허영심으로 얼굴을 찌푸리면서 그 모델을 따르지 않을 수 없었을 것이다.

아베롱이나 피레네 지역의 작은 도시에서라면 불타는 듯한 날씨 때문에 제아무리 사소한 사건이라도 결정적인 국면으로 옮겨갈 것이다. 그러나 거기보다 더 어두운 이 고장의 하늘 아래서 섬세한 마음은 돈으로 살 수 있는 어떤 향락을 반드시 필요로 하므로, 야심에 찬 가난한 젊은이 하나가 아이들에게만 골몰하여 소설 속에서 행동의 지침을 취할 생각을 전혀 하지 않는 진실로 정숙한 서른 살의 여성을 매일 만나고 있는 것이다. 시골에서는 모든 것이 천천히 진행되고 모든 것이 조금씩 이루어진다. 그것이 더 자연스러운 일이다.

레날 부인은 가정교사의 가난함을 생각하면서 자주 눈물을 흘릴 정도로 측은한 마음이 들곤 했다. 어느 날 쥘리앵은 정말 울고 있는 부인을 보았다.

"아! 부인, 무슨 나쁜 일이라도 있는지요!"

"아니에요, 몬 아미.* 아이들을 불러주세요. 함께 산책하러 가죠."

부인이 대답했다.

그녀는 쥘리앵의 팔을 잡더니 쥘리앵이 이상하게 여길 만한 자세로 몸을 기대어왔다. 그때 처음 그녀는 그를 '몬 아미'라고 불렀다.

산책이 끝날 무렵, 쥘리앵은 부인이 몹시 얼굴을 붉히고 있는 것을 알아차렸다. 그녀는 발길을 늦추었다.

"누군가 얘기하겠지만, 나는 브장송에 살고 있는 대단한 재력가 아주머니의 유일한 상속녀예요. 그분은 내게 선물을 많이 보내주시죠…… 아이들 공부도 잘돼가고…… 놀라울 정도예요…… 내 감사의 표시로 선생이 작은 선물을 받아주었으면 해요. 내복을 살 약간의

---

* 프랑스어로 '내 친구'라는 뜻.

돈에 지나지 않아요. 그런데……"

그녀는 쥘리앵을 쳐다보지 않고 말하고는 얼굴을 더 붉히며 이야기를 하다가 말을 멈추었다.

"그런데요, 부인?"

쥘리앵이 물었다.

"남편에겐 이 얘기를 해도 소용없을 거예요."

그녀는 고개를 숙이면서 말을 이어갔다.

"저는 하찮은 사람이지만 저급한 인간은 아닙니다, 부인. 이 점을 부인께서는 충분히 생각하시지 않은 듯합니다."

쥘리앵은 걸음을 멈추고 몸을 꼿꼿이 세운 채 노여움에 빛나는 눈빛으로 대답했다.

"제 금전 문제에 연관된 것을 그것이 무엇이든 레날 씨께 숨기는 경우가 있다면 저는 이 댁 하인보다도 못한 인간이 될 겁니다."

레날 부인은 깜짝 놀랐다.

쥘리앵이 계속 말을 이었다.

"시장님께서는 제가 이 댁에 살기 시작한 이후 다섯 번에 걸쳐 삼십육 프랑씩을 주셨습니다. 저는 제 금전출납부를 시장님이든 그 누구든, 심지어 저를 미워하는 발르노 씨에게도 보여드릴 준비가 되어 있습니다."

이런 무례한 말을 듣고서 레날 부인은 창백해져 몸을 떨었다. 양쪽 그 누구도 다시 이야기를 이어갈 실마리를 찾지 못한 채 산책은 끝났다. 쥘리앵의 오만한 마음속에서는 레날 부인에 대한 사랑이 더욱더 불가능해졌다. 레날 부인으로서는 그를 존경하고 찬미했는데, 그런 그로부터 힐난을 받은 것이다. 본의 아니게 쥘리앵의 자존심을 상하게 한 데 대한 보상이라는 구실로 레날 부인은 더없이 다정하게 그를 돌보았다. 이런 새로운 방식은 일주일간이나 레날 부인을 행복하게 했다. 그 결과 쥘리앵의 노여움을 어느 정도 진정시킬 수 있었다. 그는 레날 부인의 제의에서 개인적인 애정 같은 것을 전혀 알아차리지 못했던 것이다.

돈 있는 자들이란 다 그렇지 뭐. 모욕을 주고서 그런 다음에는 우스꽝스러운 짓을 하면서 모든 걸 보상할 수 있다고 믿는단 말이야! 그는 이렇게 생각했다.

이 일에 대해 아무 말도 하지 않을 참이었으나, 쥘리앵에게 선물을 제의했다가 거절당한 자초지종을 남편에게 이야기하지 않기에는 레날 부인은 마음이 너무 무거웠고 또 너무 순진했다.

"뭐라고, 당신은 하인 같은 사람에게서 거절당하고도 그냥 참을 수 있었단 말이오?"

레날 씨가 노기를 띠며 신랄하게 내뱉었다.

부인이 '하인 같은 사람'이라는 말에 항의하자 그는 설명을 덧붙였다.

"나는 신부(新婦)에게 하인들을 소개하던 고(故) 콩데 공의 말투를 따랐소. 그분은 '이 사람들은 모두 내 하인이오'라고 신부에게 말했거든. 높은 지위에 있는 사람들의 근본 원리라 할 수 있는 브장발의 회상록에 나오는 구절을 내가 당신에게 읽어주지 않았소. 귀족이 아닌 사람으로 당신 집에 기거하며 보수를 받는 사람은 모두 당신 하인인 거요. 쥘리앵 선생에게 몇 마디 하고 백 프랑을 줘야겠소."

"아, 여보! 적어도 하인들 앞에서는 그러지 마세요."

레날 부인이 떨면서 말했다.

"그러지. 하인들이 샘을 낼 테지. 당연한 일이지만."

레날 씨는 그렇게 말한 뒤 쥘리앵에게 줄 적지 않은 금액을 생각하며 사라졌다.

레날 부인은 괴로움에 기진하여 의자에 쓰러졌다. 남편이 쥘리앵을 모욕할 거야, 내 잘못 때문에! 남편이 혐오스러웠다. 레날 부인은 두 손으로 얼굴을 가렸다. 다시는 남편에게 속내 이야기를 하지 않으리라고 단단히 마음먹었다.

다시 쥘리앵을 보았을 때 그녀는 온몸을 오들오들 떨었다. 가슴이 조여와서 단 한 마디의 말도 건넬 수 없었다. 그녀는 당황스러운 마음으로 쥘리앵의 손을 꼭 잡았다.

마침내 그녀가 입을 열었다.

"그나저나 주인 때문에 불쾌하지는 않은지요?"

"불쾌하다니요? 백 프랑을 주시더군요."

쥘리앵이 씁쓸한 미소를 지으며 대답했다.

레날 부인은 불안한 듯 그를 바라보았다.

"팔 좀 주세요."

마침내 그녀는 쥘리앵이 진작 본 일이 없는 용감한 어조로 말했다.

그녀는 '자유주의적'이라는 무시무시한 평판이 나 있는 베리에르의 서점까지 대담하게 갔다. 거기서 아이들에게 줄 책을 10루이어치 골랐다. 그 책들은 평소 쥘리앵이 보고 싶어하던 것들임을 그녀는 알고 있었다. 그 서점에서 그녀는 아이들에게 각기 자기 몫의 책에 이름을 써넣도록 했다. 레날 부인이 쥘리앵에게 해준 이런 종류의 대담한 보상에 스스로 만족해하는 동안 쥘리앵은 서점에서 본 어마어마한 양의 책에 놀랐다. 그는 이토록 속된 장소에 감히 들어와본 적이 없었다. 가슴이 팔딱거렸다. 젊은 신학생은 레날 부인의 마음속에 일어나고 있는 일을 추측해볼 생각은커녕, 이 책들 중 몇 권을 얻을 방법을 골똘히 궁리하고 있었다. 마침내 아이들의 작문 주제를 위하여 지역 출신 유명한 귀족의 이야기를 전해줄 필요가 있다고 레날 씨를 설득하는 것이 가능하리라는 생각을 했다. 한 달 동안 공을 들인 끝에 이 생각이 성공을 보게 되었고, 얼마 후에는 레날 씨와 이야기를 하면서 이 귀족 시장에게는 매우 곤란할 만한 행동을 짐짓 건의해볼 수 있는 정도까지 나아갔다. 서점에 예약 구독을 함으로써 자유주의자의 재산을 늘려주는 문제였다. 레날 씨는 큰아들이 육군사관학교에 입학하면 대화중 언급될 몇몇 책을 지금부터 알아두게 하는 것도 나쁘지 않다고 시인했다. 그러나 쥘리앵은 시장이 그 이상은 나가지 않으려고 고집한다는 것을 알게 되었다. 은밀한 이유가 있으려니 했지만 알아내지 못했다.

어느 날 쥘리앵이 레날 씨에게 말했다.

"제 생각에 레날같이 훌륭한 귀족의 성(姓)이 서점의 지저분한 장부에 기재되는 것은 매우 적절치 않습니다."

레날 씨의 얼굴이 환하게 밝아졌다.

"가난한 신학생의 이름이 책을 빌려주는 서점의 장부에 기입되어 있는 것이 어느 날 발견된다면 매우 불명예스러운 일이 될 것입니다. 자유주의자들이 가장 치욕스러운 책들을 주문했다고 저를 비난할 수도 있을 겁니다. 그 사람들이 제 이름 다음에 그런 타락한 책들의 제목을 적어넣지는 않을지 누가 알겠습니까?"

그러나 쥘리앵은 계속 그 이야기를 하지 않았다. 시장이 난처하고 언짢은 표정을 지었던 것이다. 쥘리앵은 입을 다물었다. 그리고 '나는 이자를 다룰 수 있어' 하고 생각했다.

며칠 후, 아이들 중 맏이가 레날 씨도 있는데 〈코티디엔〉 신문에 광고가 실린 책에 대하여 물었다.

"자코뱅파에게 의기양양해서 떠들어댈 빌미를 주지 않고도 제가 아돌프 군의 질문에 답할 수 있도록 댁의 하인 가운데 가장 신분이 낮은 사람 이름으로 서점에 예약 구독을 하는 방법도 있겠지요."

젊은 가정교사가 이야기했다.

"거 참 괜찮은 생각이오."

레날 씨가 분명 매우 기쁜 어조로 말했다.

"그렇지만 그 하인이 소설책 같은 것을 사지 않도록 명확히 해야 할 겁니다. 그 위험스러운 책들은 일단 집에 들어오면 부인의 하녀들과 그 하인까지도 타락시키니까요."

쥘리앵은 오랫동안 바라던 일이 성공하는 것을 본 사람들에게 잘 어울리는 엄숙하고도 거의 우울해 보이는 표정으로 이야기했다.

"정치 관련 책자는 잊었나보군."

레날 씨가 위엄 있는 어조로 말했다. 아이들의 가정교사가 만들어낸 총명한 절충안에 대한 찬탄의 감정을 숨기고 싶었던 것이다.

이렇게 쥘리앵의 생활은 자질구레한 협상의 연속으로 이루어졌다. 이런 협상에서 거두는 성공이 쥘리앵에게 쏟는 레날 부인의 현저한

편애의 감정보다 쥘리앵의 마음을 훨씬 더 크게 차지하고 있었다. 그러나 그 애정이야말로 그가 원하기만 하면 쉽게 읽어낼 수 있는 것이었다.

살아오는 동안 줄곧 쥘리앵이 처해 있던 심리 상태는 베리에르 시장 댁에서도 되풀이되었다. 거기서도 그는 아버지 제재소에서처럼 함께 지내는 사람들을 멸시했으며 또 그들로부터 미움을 받았다. 매일 군수나 발르노 씨 그리고 집안의 다른 사람들이 그들의 눈앞에서 일어난 일들에 관해 이야기하는 것을 들으면서 그들의 생각에 얼마나 현실성이 없는지를 알게 되었다. 어떤 행동이 그에게 놀라워 보이면 그 행동은 주위 사람들에게서 틀림없이 비난을 받는 것이었다. 내면에서 우러나오는 그의 대꾸는 이러했다. 짐승 같은 놈들, 바보 같은 인간들! 재미있는 일은 이토록 자부심이 강하면서도 쥘리앵이 다른 사람들이 하는 얘기를 도통 알아듣지 못하는 때가 많다는 것이었다.

살아오면서 그가 흉금을 터놓고 이야기해본 사람은 늙은 군의관밖에 없었다. 쥘리앵이 약간 알고 있는 것은 보나파르트의 이탈리아 원정이라든가 외과 의술에 관련된 것이었다. 그는 젊은 용기로 외과 수술에 대한 가장 고통스럽고 세세한 이야기를 즐겨 들었다. 나 같으면 눈썹 하나 까딱 않지, 라고 생각하곤 했다.

레날 부인이 아이들 교육 이외의 대화를 처음으로 시도했을 때, 그는 다짜고짜 외과 수술 이야기를 꺼냈다. 그녀는 얼굴이 창백해져서 그만두라고 간청했다.

쥘리앵은 그 외에는 아는 것이 없었다. 레날 부인과 같이 생활하면서도 부인과 단둘이 있게 될 때면 그들 사이에는 매우 이상한 침묵이 흐르는 것이었다. 거실에서 쥘리앵이 제아무리 겸손한 태도를 하고 있어도 부인은 그의 눈 속에서 자기 집을 찾아오는 그 누구에게서보다도 지적 우월성을 발견하는 것이었다. 그와 한순간이라도 단둘이 있을라치면 그가 어쩔 줄 몰라하는 것이 눈에 띄었다. 레날 부인은 그게 불안했다. 여성의 본능으로써 그의 당황스러움이 결코 애정에서 나오는 것이 아님을 깨달았기 때문이다.

늙은 군의관이 상류사회의 이야기에서 어떤 생각을 받아들였는지는 몰라도, 여인과 함께 있는 장소에서 침묵을 지키게 되자 쥘리앵은 그 침묵이 자기의 특별한 잘못이나 되는 것처럼 굴욕감을 느꼈다. 이 감정은 둘이만 마주하고 있을 때 훨씬 더 고통스러웠다. 여자와 단둘이 있을 때 남자가 말해야 하는 것에 관하여 더없이 과장되고 더없이 영웅적인 생각에 충만해 있는 그의 상상력은 당황한 가운데 도저히 받아들일 수 없는 생각만 떠오르게 할 뿐이었다. 마음은 구름을 타고 있었지만 그토록 부끄러운 침묵으로부터 도저히 빠져나올 수가 없었던 것이다. 그리하여 부인과 아이들과 함께 오래 산책할 때면 그의 무서운 표정은 더없이 잔인한 고통으로 인하여 점점 더 험악해졌다. 그는 자신을 끔찍하게 경멸했다. 불행하게도 그가 이야기를 꺼내려 하면 우스꽝스러운 말이 튀어나와버리곤 했다. 더욱더 비참한 것은 자기의 어리석음을 깨닫고 과장해서 생각하는 것이었다. 그러나 그가 보지 못하는 것이 있었는데, 바로 자기 눈의 표정이었다. 그의 두 눈은 매우 아름답고 불타는 영혼을 드러내고 있어서, 마치 훌륭한 배우처럼 이따금 아무것도 아닌 데서 매력적인 의미를 부여했다. 레날 부인은 그가 자기와 둘이만 있을 때는 어떤 뜻밖의 일로 방심한 나머지

의례적인 말을 고를 생각을 한 경우 이외에는 결코 제대로 말을 하지 못한다는 것을 알게 되었다. 집에 출입하는 친구들이 새롭고 빛나는 생각을 소개하는 친절을 베풀어주지 않았기 때문에 그녀는 쥘리앵의 지성의 번뜩임을 감미롭게 즐기곤 했다.

나폴레옹 몰락 이후 지방의 풍속에서 외관상 우아한 분위기는 엄격하게 추방되고 말았다. 사람들은 자리를 빼앗길까 두려워했다. 사기꾼들은 수도회에서 도움을 찾았고, 위선이 자유주의 계층에까지 만연했다. 권태가 가중되었고 독서와 농사 이외에 다른 즐거움이라고는 남아 있지 않았다.

신앙심 깊은 아주머니의 부유한 상속녀 레날 부인은 열여섯 살에 좋은 가문의 귀족과 결혼하였고 여태껏 연애 비슷한 것이라고는 경험한 적도, 본 적도 없었다. 발르노 씨가 치근대며 따라다니는 것에 대하여 연애라는 이야기를 해준 사람이라고는 고해신부인 착한 셸랑 사제뿐이었다. 셸랑 사제는 연애가 매우 역겨운 것이라는 생각을 품게 했기 때문에, 연애라는 말은 그녀에게 더할 나위 없이 역겨운 방종을 뜻할 뿐이었다. 우연히 눈에 띄어 읽은 정말 몇 권 안 되는 소설 속에 나타난 것과 같은 연애는 예외이거나 또는 본성에서 완전히 벗어난 것으로 여겼다. 연애에 대한 이러한 무지 덕분에 레날 부인은 줄곧 쥘리앵에게 정신이 팔려 더없이 행복하면서도 그 어떤 사소한 비판의 감정에서도 멀찌감치 비켜나 있었던 것이다.

8장 사소한 일들

억제하기에 더욱 깊은 한숨이,
훔치기에 더없이 달콤한 훔쳐봄이,
지은 죄 없이 타오른 홍조가 있었다.
— 『돈 후안』 1가 74절

타고난 성격과 지금의 행복에서 비롯된 레날 부인의 천사 같은 부드러움도 하녀 엘리자에게 생각이 미치면 약간 달라졌다. 유산이 생긴 이 처녀는 셸랑 사제에게 고해성사를 하러 가서 쥘리앵과 결혼하겠다는 계획을 고백했다. 신부는 제자의 행운을 진심으로 기뻐했다. 그러나 쥘리앵이 엘리자 양의 제의가 자기에게 가당치도 않다고 단호한 태도로 말하자 크게 놀랐다.

사제는 미간을 찌푸리며 말했다.

"자네의 마음속에서 일어나고 있는 일에 대하여 경계를 하게. 오로지 소명만을 존중하여 이 더할 나위 없는 행운을 멸시한다면 나는 그 소명을 축복하겠네. 내가 베리에르의 사제가 된 지 꼭 오십육 년이 되었네만 모든 징조로 볼 때 면직될 듯싶네. 가슴 아픈 일이지만 그래도 나는 연 팔백 프랑의 수입이 있지. 이런 세세한 이야기까지 하는 것은 자네를 기다리고 있는 사제로서의 삶에 대하여 자네가 환상을 품지 않도록 하기 위함이네. 자네가 권력자들에게 아부할 생각이라면 자네의 영원한 파멸은 불문가지일 걸세. 출세는 할 수 있을지 모르나 불쌍한 사람들에게 해를 입히고, 군수, 시장같이 힘있는 자들에게 아첨하고 그들의 비위를 맞춰야 할 걸세. 세상에서 처세술이라고 하는 이러한 행동이 세속 사람들에게는 구원과 절대적으로 배치되지 않을 수도 있지. 그러나 우리 사제들은 이 세상에서 행운을 성취하느냐 혹은 저세상에서 그러느냐의 선택을 해야 한다네. 중도안이라고는 없네. 자, 쥘리앵, 가서 곰곰이 생각해보도록 하게. 그리고 사흘 뒤에 다시 와서 최종적인 답을 해주게. 자네 마음속 한복판에 어두운 열정이 엿보여 걱정되는군. 그런데 그 열정에는 사제에게 필요한 절제나 세속에서의 이득을 완전히 포기하겠다는 마음이 보이지 않거든. 자네는 머리가 총명하고 유망하다고 생각하네. 하지만 말일세……"

착한 사제는 눈물을 글썽이며 덧붙였다.

"성직자로서 자네의 구원을 생각하니 근심이 되어 떨리는군."

쥘리앵은 자기 마음의 동요가 부끄러웠다. 난생처음으로 자신이 사랑받고 있음을 깨달았다. 그는 감격에 겨워 울었다. 눈물을 감추려고 베리에르 위쪽의 큰 숲으로 갔다.

"내가 왜 이런 처지에 놓이게 되었을까?"

이윽고 그는 혼잣말로 중얼거렸다. 저렇게 착한 셸랑 신부님을 위해서는 백번이고 죽어도 좋을 거야. 그러나 그분은 내가 바보에 불과함을 방금 내게 증명해 보이셨어. 신부님이야말로 특히 내가 속여야 할 분이야. 그런데 그분은 내 속마음을 잘 알고 있어. 그분이 말한 그 은밀한 열정은 바로 출세하려는 나의 계획이야. 연수입 50루이를 포기하면 내 신앙심과 내 성소(聖召)를 높게 평가해주리라 기대했는데, 그분은 내가 성직자로서 적합하지 않다고 생각하고 있어.

쥘리앵은 계속 생각했다. 앞으로는 내 성격 중 내가 확실히 알고 있는 부분만을 믿을 거야. 내가 지금 눈물을 흘리지만 실은 기쁨을 느낀다고 그 누가 말하겠어! 내가 바보일 뿐임을 증명해 보인 그 사람을 내가 사랑한다고 누가 말할 수 있겠어!

사흘 뒤에 쥘리앵은 첫날부터 내세웠어야 했을 구실을 찾아냈다. 그 구실이란 바로 남을 중상 모략하는 것이었다. 그렇지만 그게 무슨 상관이랴! 제삼자를 해롭게 하는 것이기 때문에 이유를 설명할 수 없었고 처음에는 그래서 청혼을 거절했노라고 그는 사제에게 몹시 주저하면서 고백했다. 그것은 엘리자의 행실을 비난하는 말이었다. 셸랑 사제는 쥘리앵의 태도에서 젊은 수도자들을 북돋우는 열정과는 다른 세속적인 어떤 열정을 발견했다.

"이 사람아, 성소 없는 사제가 되느니 존경받고 교양 있는 선량한 시골 사람이 되도록 하게."

셸랑 사제가 다시금 타일렀다.

쥘리앵은 이 새로운 훈계에 말만큼은 그럴싸하게 대답했다. 그는 열렬한 신학생이 했음직한 말을 찾아냈다. 그러나 말하는 어투와 그의 두 눈에 드러나는 숨길 수 없는 정열은 셸랑 사제의 경계심을 북돋울 따름이었다.

그렇다고 쥘리앵의 앞날을 너무 나쁘게만 생각해도 안 된다. 그는 교활하고도 조심성 있게 위선적인 말들을 정확히 만들어냈다. 그의 나이에 비하여 괜찮은 수준이었다. 그의 말투와 몸짓은 시골뜨기들과 함께 살아온 그로서는 훌륭한 모델을 가질 수 없었으니 어쩔 수 없는 노릇이었다. 그 뒤 단수 높은 신사들과 교류하게 되자마자 그의 몸짓도 말솜씨와 다름없이 놀라울 정도가 되었다.

레날 부인은 하녀가 새로 재산이 생겼는데도 더 행복해하지 않는 것을 보고 놀랐다. 그녀는 하녀가 줄곧 사제관에 갔다가 두 눈에 눈물이 글썽해서 돌아오곤 하는 것을 보았다. 마침내 엘리자가 부인에게 결혼 이야기를 했다.

레날 부인은 병에 걸린 것만 같았다. 일종의 열병 같은 것이 잠을 이루지 못하게 했다. 부인은 눈앞에 엘리자나 쥘리앵이 있을 때만 사는 것 같았다. 이 한 쌍의 남녀의 결혼과 그후 그들의 행복한 생활만 생각났다. 불과 50루이의 수입으로 일 년을 살아가야 하는 그 집의 가난도 부인에게는 황홀한 색채로 그려지는 것이었다. 쥘리앵은 베리에르에서 2리외*가량 되는 군청 소재지 브레에서 변호사로 활동할지도 모른다. 그럴 경우 쥘리앵을 가끔 볼 수 있을 것이다.

레날 부인은 자기가 제정신을 잃어가고 있다고, 미쳐가고 있다고 진심으로 생각하게 되었다. 그래서 남편에게 이야기를 하고 마침내 자리에 누웠다. 그날 저녁, 레날 부인은 엘리자가 자기 시중을 들면서 울고 있는 것을 알아차렸다. 그녀는 그 무렵 엘리자가 몹시 미워 구박을 했다. 그녀는 엘리자에게 사과를 했다. 그러자 엘리자는 더 흐느껴

---

* 거리의 단위. 1리외는 약 4킬로미터.

울면서 부인이 허락한다면 자기의 불행을 모두 말하겠노라고 했다.

"말해봐."

부인이 대답했다.

"저⋯⋯ 마님, 그 사람이 절 거절했어요. 심술궂은 사람들이 그이에게 제 험담을 했나봐요. 그이는 그걸 믿고 있어요."

"누가 널 거절했다고?"

레날 부인은 숨이 막힐 듯한 기분으로 물었다.

"누구긴요, 마님. 쥘리앵 씨가 아니고 누구겠어요?"

하녀는 흐느끼면서 대답했다.

"신부님이 착한 처녀를 하녀라는 이유로 거절해서는 안 된다고 설득했지만 그이의 마음을 돌릴 순 없었어요. 하지만 그분 아버지도 목수밖에 더 되나요. 그이도 여기 오기 전까지 어떻게 벌어먹고 살았는데요?"

레날 부인은 더이상 아무 이야기도 들리지 않았다. 기쁨에 겨워 거의 이성을 잃을 지경이었다. 쥘리앵이 돌이킬 수 없을 만큼 단호하게 엘리자를 거절했다는 사실을 여러 번 반복해서 들었다.

"내가 마지막으로 노력을 기울여볼게. 쥘리앵 선생에게 이야기해볼게."

부인은 하녀에게 말했다.

다음날 아침 식사를 마치고 레날 부인은 자신의 경쟁자를 옹호했으나 쥘리앵이 엘리자의 청혼과 재산을 한 시간 동안이나 줄기차게 거절하는 것을 보고 감미로운 쾌감을 느꼈다.

쥘리앵은 차츰 궁색한 답변에서 벗어나 마침내 부인의 총명한 권고에 제법 재치 있는 말로 응수할 수 있었다. 부인은 그토록 여러 날 절망에 빠져 있었으므로 자기 마음에 범람하는 행복의 물살을 막을 수 없었다. 자기가 완전히 병든 사람 같았다. 자기 방에서 기운을 회복하고 마음을 정리하고 나서 부인은 사람들을 모두 밖으로 내보냈다. 그럴 만큼 격심한 심적 동요를 겪은 것이다.

내가 쥘리앵을 사랑하는 걸까? 마침내 부인은 이렇게 자문해보았다.

그러나 다른 때 같으면 회한과 깊은 동요에 잠기게 할 이런 깨달음이 그때는 단지 야릇하나 데면데면한 것으로만 여겨질 따름이었다. 방금 겪은 모든 일로 기진맥진한 그녀의 마음은 정열을 감당할 기력이 더이상 없었다.

레날 부인은 일을 하려 했으나 곧 깊은 잠에 빠지고 말았다. 잠에서 깨어났을 때는 마음이 가라앉아 있었다. 무엇을 나쁘게 생각하기에는 부인은 너무 행복했다. 고지식하고 순진한 성품을 타고난 이 착한 시골 부인은 새로운 감정이나 불행의 기미에 조금이라도 민감해지려고 마음을 썩인 적이 전혀 없었다. 쥘리앵이 오기 전까지 파리에서 멀리 떨어져 사는 착한 주부의 운명인 어마어마한 집안 살림에 골몰하던 레날 부인은 사랑의 열정이라는 것을 그저 복권을 생각하듯 분명한 속임수이며 어리석은 자들만 좇는 행복으로 알아왔다.

점심 식사를 알리는 종이 울렸다. 아이들을 데리고 오는 쥘리앵의 목소리를 듣자 레날 부인은 몹시 얼굴이 붉어졌다. 사랑을 하게 된 이후 다소 능란해진 부인은 얼굴이 붉어진 이유를 설명하기 위하여 두통이 심하다고 불평을 늘어놓았다.

"여자들이란 모두 이렇다니까. 툭하면 고칠 게 생기는 기계 같다니까!"

레날 씨가 너털웃음으로 대답했다.

이런 종류의 재치 있는 말에는 익숙해졌다. 하지만 그 목소리의 어조가 레날 부인의 비위에 거슬렸다. 부인은 기분을 돌리려고 쥘리앵의 얼굴을 쳐다보았다. 쥘리앵이 더없는 추남이었다 하더라도 이 순간만큼은 그녀의 마음에 들었을 것이다.

궁정 사람들의 습관을 따라 하기에 경황이 없는 레날 씨는 봄이 되어 날씨가 좋아지자 베르지로 거처를 옮겼다. 그곳은 가브리엘의 비극적인 모험으로 유명해진 곳이었다. 옛 고딕 풍 성당의 무척 아름다운 폐허에서 몇백 걸음 떨어진 곳에 레날 씨는 오래된 성(城)을 하나 소유하고 있었다. 그 성에는 네 개의 탑과 매년 두 번씩 전지하는 마로니에를 심은 산책로와 회양목으로 가장자리를 둘러 파리의 튈르리 공원처럼 꾸며놓은 정원이 있었다. 사과나무를 심어놓은 근처 밭도 산책로로 쓰였다. 우람한 여남은 그루의 호두나무가 과수원 끝에 솟아 있었다. 거대한 잎사귀는 지상으로부터 80피트 남짓 높이에 펼쳐져 있었다.

"저 빌어먹을 호두나무 한 그루마다 반 에이커의 수확을 손해 본단 말이야. 밀이 그 그늘에선 자랄 수 없거든."

아내가 호두나무를 보고 감탄하자 레날 씨는 말했다.

시골 풍경이 레날 부인에게는 새롭게만 생각되었다. 그 감탄은 흥분에까지 도달했다. 생기를 북돋워준 이 감정이 그녀에게 재치와 결단력을 부여하였다. 베르지에 도착한 다음다음날 레날 씨는 시청 일 때문에 시내로 돌아가고 레날 부인은 자기 돈으로 인부들을 샀다. 아이들이 이른 아침부터 이슬에 신발을 적시지 않고 산보할 수 있도록 과수원과 커다란 호두나무 밑을 순환하는 모래를 깐 작은 길을 만들자고 쥘리앵이 부인에게 제안했던 것이다. 이 제안은 구상된 지 이십사 시간도 안 되어 실행에 옮겨졌다. 레날 부인은 쥘리앵과 인부들을 감독하며 온종일 즐겁게 시간을 보냈다.

베리에르 시장은 시내에서 다시 돌아와 산책로가 만들어진 것을 보고 매우 놀랐다. 그의 도착은 레날 부인에게도 놀라운 일이었다. 그녀는 남편의 존재를 잊고 있었던 것이다. 그 뒤 두 달 동안 자기와 의논도 하지 않고 그토록 중요한 공사를 해낸 아내의 대담성에 대해 레날 씨는 화를 내며 이야기했지만 부인이 그 일을 자기 돈으로 해냈다는 데서 약간의 위로를 받았다.

레날 부인은 아이들과 같이 과수원을 뛰어다니며 나비를 잡는 일로 나날을 보냈다. 그들은 속이 환히 비치는 망사로 커다란 나비채를 만들어 가엾은 '인시류(鱗翅類)'를 잡곤 했다. 이 야릇한 명칭은 쥘리앵이 레날 부인에게 가르쳐준 것이었다. 그녀는 고다르 씨의 훌륭한 저작들을 브장송에서 주문했는데, 쥘리앵은 거기서 읽은 불쌍한 곤충들의 기이한 습성을 그녀에게 이야기해주었다.

그들은 또한 쥘리앵이 마련한 커다란 마분지판에 나비를 사정없이 핀으로 꽂아댔다.

레날 부인과 쥘리앵 사이에 마침내 대화 주제가 생겼다. 이제 쥘리앵은 침묵의 시간이 가져다주는 끔찍한 고통을 겪지 않아도 되었다.

그들은 별볼일 없는 얘기라 하더라도 늘 몹시 흥미롭게, 쉬지 않고 얘기를 나누었다. 이렇듯 활발하고 분주하고 유쾌한 생활은 일거리가 넘쳐나는 엘리자 양을 빼고는 모든 사람의 마음에 들었다. 베리에르에서 무도회가 열리는 사육제 때도 부인께서 몸치장에 이렇듯 신경을 쓴 적이 없으셨는데, 부인은 하루에도 두세 번씩 옷을 갈아입으셔, 라고 엘리자가 말했다.

누구에게도 아첨할 의도가 없기 때문에 하는 얘기지만, 기막힌 살결을 가진 레날 부인이 팔과 가슴을 많이 드러내는 옷을 골라 입었다는 사실을 부인하지는 않겠다. 부인은 몸매가 매우 아름다웠고 그런 옷차림이 매혹적으로 어울렸다.

"부인께서 이토록 젊어 보이신 적이 없었습니다."

베르지로 식사하러 온 베리에르 친구들이 이렇게 말하기도 했다 (이건 그 고장의 말투였다).

우리로서는 믿기 어려운 일이지만, 이상하게도 부인은 이렇다 할 직접적인 의도가 있는 것도 아니면서 그토록 열심히 몸단장에 신경을 썼다. 부인은 거기서 즐거움을 발견했다. 그래서 아이들이나 쥘리앵과 함께 나비를 잡으러 다닐 때가 아니면 다른 생각 없이 엘리자와 옷 만들기에 골몰했다. 부인이 단 한 번 베리에르에 갔다 온 것도 밀루즈에서 가져온 여름 옷을 사고 싶었기 때문이었다.

그녀는 친척이 되는 데르빌 부인을 베르지에 데려왔다. 결혼 이후 레날 부인은 예전 성심 수녀원 시절의 친구였던 데르빌 부인과 조금씩 친해졌던 것이다.

데르빌 부인은 사촌의 어리석은 생각에 대하여 마구 웃어댔다.

"나 혼자선 생각도 못할 일이지"라고 그녀는 말했다. 파리에서라면 튀는 생각으로 간주될 뜻밖의 생각을 해내도 레날 부인은 남편과 같이 있을 때면 그것이 어리석은 짓 같아 부끄러웠다. 그러나 데르빌 부인과 함께 있으면 용기가 생겼다. 우선 그녀는 수줍은 목소리로 데르빌 부인에게 자기 생각을 말했다. 데르빌 부인과 단둘이 오래 있게 되자 레날 부인의 정신은 활발해졌다. 조용하고 기나긴 아침 시간이 눈깜짝할 사이에 지나가버리고 두 친구는 마냥 즐거워졌다. 이 나들이에서 데르빌 부인은 자기 사촌이 들떠 있다기보다는 아주 행복하다는 것을 알게 되었다.

한편 쥘리앵은 시골에 머무르게 된 이후 자기가 보살피는 아이들만큼 나비를 따라 뛰어다니는 것을 즐거워하며 진정 어린아이처럼 살고 있었다. 그렇게 제약받고 능란한 책략을 구사하던 생활을 하다가 사람들의 시선에서 멀리 떨어져 혼자 있게 되자 그는 본능적으로 레날 부인을 전혀 두려워하지 않게 되었고, 세상에서 가장 아름다운 이 산악지방에서 그 또래들이 생생하게 느끼는 존재의 기쁨에 몸을 맡겼던 것이다.

데르빌 부인이 온 이후로 쥘리앵은 그녀가 오랜 친구처럼 느껴졌다. 그는 큰 호두나무 아래에 새로 조성한 산책로 끝자락에서 보이는 전망을 부인에게 서둘러 보여주었다. 사실 거기서 보이는 전망은 스위스나 이탈리아 호수들에서 보이는 가장 찬탄할 만한 경관 이상으로 훌륭하다고는 할 수 없지만 그만큼 손색없었다. 거기서 몇 발자국 떨어진 지점에서 시작되는 가파른 언덕을 오르면 이윽고 떡갈나무 숲이 우거진 웅장한 낭떠러지에 이른다. 그 낭떠러지는 거의 강기슭까지 뻗어 있다. 행복하고 자유로우며, 더 나아가 저택의 제왕과도 같은 쥘리앵은 자기 친구 두 명을 가파른 암벽 맨 꼭대기로 안내한 후 그녀들이 그 장관을 보고 찬탄하는 모습에 기뻐했다.

"마치 모차르트 음악을 듣는 것 같아."

데르빌 부인이 말했다.

형들의 질시와 폭압적인 아버지 때문에 쥘리앵의 눈에는 베리에르 주변의 농촌 경치가 아름다운 것일 수 없었다. 그러나 베르지에는 결코 쓰라린 추억이 없었다. 생애 처음으로 그는 주변에서 적을 보지 못했다. 레날 씨가 시내에 가 있을 때 종종 있는 일이지만 그는 낮에도 독서에 몰두했다. 밤이면 전처럼 거꾸로 세운 꽃병에 등잔불을 감추고 몰래 책을 읽는 대신 깊은 잠에 빠질 수 있었다. 낮에는 아이들을 가르치는 짬짬이 자기 행동의 유일한 지침이며 열정의 대상인 책을 가지고 그 낭떠러지를 찾곤 했다. 낙담의 순간, 그는 책 속에서 행복과 황홀, 위안을 동시에 찾아내곤 했다.

여자에 대해서 나폴레옹이 한 몇 마디와 그의 치하에서 유행한 소설의 장점에 관한 몇 가지 논의를 읽고 쥘리앵은 처음으로 그 또래의 젊은이들이라면 누구나 오래 전부터 품고 있을 몇 가지 생각을 하게 되었다.

날이 몹시 더워졌다. 그들은 집에서 몇 발자국 떨어지지 않은 커다란 보리수 아래에서 저녁나절을 보내는 것이 습관이 되었다. 그곳은 어둠이 짙었다. 어느 날 저녁, 쥘리앵은 활기차게 얘기를 하고 있었다. 그는 젊은 여인들에게 유창하게 얘기할 수 있다는 달콤함을 즐기고 있었다. 손짓을 하던 중에 그는 정원에 놓아둔 색칠한 나무 의자 등받이에 걸쳐져 있던 레날 부인의 손을 엉겁결에 건드렸다.

순간 부인이 잽싸게 손을 움츠렸다. 쥘리앵은 그러나 자기가 건드릴 때 부인이 손을 피하지 않게 하는 것이 자기 '의무'라고 생각했다. 수행해야 할 의무, 그리고 그러지 못하면 웃음거리가 될뿐더러 나아가 열등감에 짓눌릴 거라는 생각이 들자 그의 가슴속에서는 온갖 기쁨이 순식간에 사라져버렸다.

9장 시골의 저녁나절

게랭 씨가 그린 디동, 매력적인 스케치.

— 스트롬베크

다음날 레날 부인을 만났을 때, 쥘리앵은 야릇한 시선으로 레날 부인을 흡사 당장에 싸워야 할 적군처럼 노려보았다. 전날과는 너무 다른 그런 눈초리와 마주하자 레날 부인은 어쩔 줄을 몰랐다. 그녀는 그에게 잘해주었는데 그는 성난 표정을 하고 있는 것이다. 그녀는 그의 눈에서 시선을 뗄 수 없었다.

데르빌 부인의 존재로 말미암아 쥘리앵은 말수를 줄이는 대신 머릿속에 꽉 찬 생각에 더 정신을 몰두할 수 있었다. 그날 온종일 그가 한 유일한 일은 그의 영혼을 연마시켜주는 계시받은 책을 읽음으로써 마음을 굳세게 하는 일이었다.

그는 아이들의 수업을 많이 단축했다. 레날 부인이 나타나자 부인에 대하여 승리를 거둘 방책이 갑자기 그에게 떠올랐고, 그는 오늘 저녁에야말로 그녀의 손이 내 손 안에 절대적으로 머물러 있게 해야 한다고 결심했다.

해가 지고 결정적인 순간이 다가오면서 쥘리앵의 가슴은 이상하게 두근거렸다. 밤이 되었다. 그는 그 밤이 매우 캄캄하리라는 것을 알고 가슴을 짓누르던 거대한 짐을 벗어놓은 듯 기쁨을 느꼈다. 무더운 바람에 날리는 무거운 구름에 덮인 하늘은 폭풍우를 예고하는 듯 보였다. 두 여인은 늦도록 산보했다. 그들이 그날 저녁에 한 모든 일들이 쥘리앵에게는 이상스러워 보였다. 두 여인은 예민한 영혼을 소유한 사람들에게 사랑의 기쁨을 키워줄 듯한 그런 날씨를 즐겼던 것이다.

마침내 자리에 앉았다. 레날 부인이 쥘리앵 곁에 앉고 데르빌 부인은 자기 친구 옆에 앉았다. 쥘리앵은 자기가 하려는 일에 정신이 팔려 한마디 말도 꺼내지 못하고 있었다. 대화는 활기를 잃어갔다.

내게 다가올 첫 결투에서 이렇듯 벌벌 떨며 비참해질 것인가? 쥘리앵은 혼자 중얼거렸다. 자신과 다른 사람에 대하여 모두 과도한 불신을 품고 있으니만큼 그는 자기 마음이 어떻다는 것도 알고 있었다.

극심한 고뇌 속에서 그는 그 어떤 위험도 이 고뇌보다는 나을 것 같다는 생각을 했다. 불가피한 어떤 일이 생겨서 레날 부인이 정원을 떠나 집으로 돌아갔으면 하고 몇 번이나 바랐던가! 스스로 흥분을 억제하느라 기를 쓴 나머지 쥘리앵의 목소리는 자연히 변할 수밖에 없었다. 뒤이어 레날 부인의 목소리도 떨렸지만 쥘리앵은 전혀 알아차리지 못했다. 의무감이 소심함과 벌이는 무시무시한 싸움이 너무 고통스러워서 그는 자기 이외에는 그 어떤 것도 알아볼 수 없는 상태가 되었다. 성의 시계가 막 아홉시 사십오분을 쳤으나, 그는 아직 아무것도 감행하지 못했다. 자신의 비겁함에 분노한 쥘리앵은 이렇게 뇌까렸다. 오늘밤 열시를 치는 바로 그 순간에 실천에 옮기겠다고. 종일토록 다짐한 바를 이루어내고 말 테다. 그러지 못하면 내 방에 올라가 머리를 쏴 죽고 말 테야.

감정과잉으로 제정신이 아닌 듯한 기다림과 조바심의 마지막 순간이 지나가고, 머리 위에 있는 시계가 열시를 알렸다. 숙명적인 종소리하나하나가 그의 가슴속에 울려 퍼지며 육체적 동요를 불러일으켰다.

열시를 알리는 마지막 종소리가 아직 울려 퍼지고 있을 때, 마침내그는 손을 뻗쳐 레날 부인의 손을 잡았다. 부인은 즉시 손을 뺐다. 쥘리앵은 자기가 무엇을 하는지도 모르면서 또다시 그 손을 잡았다. 그자신 몹시 흥분했음에도 그는 부인의 손이 얼음같이 차가운 것에 놀랐다. 그는 파르르 경련을 일으키며 그 손을 꼭 잡았다. 부인은 손을빼내려고 마지막 애를 썼으나, 마침내 쥘리앵의 손에 잡힌 채로 있게되었다.

그의 마음에 행복이 넘쳐흘렀다. 그것은 부인을 사랑해서가 아니라무서운 고통이 끝나서였다. 그는 데르빌 부인이 알아차리지 못하게무슨 말을 해야겠다고 생각했다. 그의 목소리는 쩌렁쩌렁하고 힘이있었다. 반대로 레날 부인의 목소리는 지나친 흥분을 드러내서 데르빌 부인은 친구가 병이 났다고 생각하고 집으로 돌아가자고 제의했다. 쥘리앵은 위험을 느꼈다. 레날 부인이 거실로 들어가면 나는 종일겪었던 끔찍한 상태에 다시 빠지고 말 것이다. 나에게 유리한 조건으로 간주하기에는 너무 짧은 시간 동안 손을 잡았다. 데르빌 부인이 거실로 들어가자고 다시 제의했을 때, 쥘리앵은 자기에게 맡겨진 부인의 손을 세게 쥐었다.

이미 일어선 레날 부인이 기어들어가는 목소리로 말하며 다시 주저 앉았다.

"사실 좀 아프긴 하지만 바람을 쐬면 나을 거야."

이 말이 그 순간 절정에 이른 쥘리앵의 행복을 확인시켜주었다. 그는 가장하는 것도 잊어버리고 이야기를 시작했다. 이야기를 듣고 있는 두 부인에게는 그가 가장 상냥한 남자로 보였다. 그러나 갑자기 터져나온 그의 웅변 속에는 아직도 용기가 조금 모자랐다. 폭풍우에 앞서 불기 시작하는 바람에 피로해진 데르빌 부인이 혼자 거실로 들어가지 않을까 몹시 두려웠던 것이다. 그러면 레날 부인과 단둘이 남게될 것이다. 그는 거의 우연이라고 할 정도로 행동에 필요한 맹목적인 용기를 냈지만, 레날 부인에게 아주 간단한 말 한마디도 건넬 힘이 없음을 느꼈다. 부인의 힐책이 아무리 경미하더라도 그는 타격을 입을 것이고 그가 얻어낸 승리도 수포로 돌아갈 것 같았다.

다행히 그날 저녁 감동적이고 과장된 그의 이야기가 늘상 그를 어린아이처럼 서투르고 재미없는 사람으로 여기던 데르빌 부인에게 매력적으로 보였던 모양이다. 레날 부인은 한 손을 쥘리앵에게 내맡긴 채 아무 생각도 하지 못했다. 그저 살아서 숨을 쉴 따름이었다. 이 고장 전설에 따르면 샤를 르 테메레르*가 심었다고 전해 내려오는 그 우람한 보리수 아래에서 보낸 몇 시간이 레날 부인에게는 행복한 한

---

* 중세 말기에 프랑스 왕권에 대항한 무인. 마지막 부르고뉴 공으로, 독립귀족의 연합체인 '공익동맹'을 조직하여 여러 차례 반란을 일으켰다.

때였다. 부인은 무성한 보리수 잎 사이로 불어오는 바람 소리와 가장 아래에 있는 잎사귀 위로 드문드문 떨어지는 빗방울 소리를 감미롭게 듣고 있었다. 쥘리앵은 그를 안심시킨 한 가지 상황을 미처 알아차리지 못했다. 레날 부인은 데르빌 부인이 바람 때문에 발 밑에 쓰러진 꽃병을 세우는 것을 도와주러 일어서느라 쥘리앵에게서 일단 손을 빼지 않을 수 없었다. 그러나 다시 앉자마자 부인은 마치 두 사람 사이에 이미 약속된 일인 듯이 거리낌없이 자기 손을 쥘리앵에게 내맡겼다.

오래 전에 자정이 울렸다. 마침내 정원을 나서야만 했다. 그들은 헤어졌다. 사랑의 행복에 들뜬 레날 부인은 자신에게 거의 어떠한 자책도 하지 않을 정도였다. 행복감이 잠을 앗아가버렸다. 종일 소심함과 자존심이 마음속에서 벌였던 싸움에 지치고 녹초가 된 쥘리앵은 깊은 잠에 빠져버렸다.

다음날 그는 다섯시에 일어났다. 그는 레날 부인 생각을 거의 하지 않았는데, 부인이 그것을 알았더라면 가슴 아파하지 않을 수 없었을 것이다. 그는 '자신의 의무, 영웅적인 의무'를 수행했다. 이런 감정으로 행복에 가득 찬 그는 방을 걸어잠그고 틀어박혀 자신이 숭배하는 영웅들의 무훈담을 새로운 즐거움을 느끼며 읽어 내려갔다.

아침 식사를 알리는 종소리를 들었을 때는 『대군회보집』을 읽느라 전날 밤의 승리도 까마득히 잊고 있었다. 그녀에게 사랑한다고 말해야지, 하고 그는 거실로 내려가면서 가벼운 어조로 중얼거렸다.

그는 만날 것으로 기대했던 기쁨에 찬 시선 대신에 베리에르에서 두 시간 전에 도착한 레날 씨의 무서운 얼굴을 보았다. 레날 씨는 쥘리앵이 아침나절 내내 아이들을 돌보지 않은 데 대한 불만을 감추지 않았다. 이 잘난 체하는 남자가 성을 내면서 그것을 남에게 드러내 보여도 된다고 생각하는 것보다 추한 것은 없었다.

남편의 가시 돋친 말 한마디 한마디가 레날 부인의 가슴을 찔렀다. 쥘리앵으로서는 지난 몇 시간 책을 읽는 동안 눈앞에 펼쳐졌던 위대한 사건에 아직 몰두한 채 황홀경에 빠져 있어서 처음에는 레날 씨의 거친 말 따위에 귀를 기울일 경황이 없었다. 이윽고 쥘리앵이 퉁명스럽게 한마디 했다.

"아팠습니다."

베리에르 시장보다 훨씬 성격이 덜 예민한 사람이라도 이 대답의 어조에 기분이 상했을 것이다. 그는 즉시 쥘리앵을 내쫓음으로써 이 대답에 응수할까도 생각했다. 그렇지만 일을 너무 서둘러서는 안 된다는 격언을 생각하고 간신히 억제했다.

이 어리석은 젊은 녀석이 일종의 명성을 얻었으니, 발르노 같은 작자가 자기 집에 데려갈 수도 있고 또는 엘리자와 결혼할지도 모를 일이었다. 그 두 경우 모두 이 녀석은 속으로 나를 비웃을 수 있어. 레날 씨는 곧 이렇게 생각했다.

현명한 성찰에도 불구하고, 레날 씨는 여전히 거친 말로 불만을 늘어놓음으로써 차츰 쥘리앵을 화나게 했다. 레날 부인은 눈물이 쏟아질 참이었다. 식사가 끝나자마자 그녀는 쥘리앵에게 산책을 하게 팔을 빌려달라고 청하고는 다정하게 그에게 몸을 기댔다. 하지만 레날 부인이 무슨 말을 해도 쥘리앵은 낮은 목소리로 이렇게 대꾸할 따름이었다.

"돈 있는 사람들은 다 그렇죠 뭐."

레날 씨가 바짝 곁에 붙어서 걷고 있었다. 그가 있다는 사실이 쥘리
앵의 화를 돋우었다. 그는 갑자기 레날 부인이 유난스레 자기 팔에 몸
을 기대는 것을 알아차렸다. 그런 몸짓은 딱 질색이었다. 그는 난폭하
게 부인을 밀어젖히고 팔을 빼냈다.

다행히 레날 씨는 이런 새로운 무례함을 전혀 보지 못했다. 그 행동
은 데르빌 부인의 눈에만 띄었을 뿐이다. 레날 부인은 눈물을 흘렸다.
그 순간 레날 씨가 울타리를 넘어와 과수원 구석을 지나가던 시골 계
집아이에게 돌을 던지며 뒤쫓기 시작했다.

"쥘리앵 선생, 제발 참으세요. 우리 모두 기분 나쁜 순간이 있다는
걸 생각하세요."

데르빌 부인이 재빠르게 말했다.

쥘리앵은 더할 나위 없는 경멸이 가득 찬 시선으로 그녀를 쌀쌀맞
게 바라보았다.

이 눈길이 데르빌 부인을 놀라게 했다. 그 눈초리가 정말로 뜻하는
바를 알았다면 더욱더 놀랐을 것이다. 거기서 더없이 잔인한 복수에
대한 막연한 희망을 읽을 수 있었을 것이다. 아마도 그런 모욕의 순간
에 로베스피에르 같은 인간이 태어날 것이다.

"이 집의 쥘리앵이라는 사람은 퍽 난폭한가봐. 겁이 나려고 하네."

데르빌 부인이 나지막하게 친구에게 속삭였다.

"화가 날 만도 해. 아이들의 실력을 놀랄 정도로 향상시켰는데 아
침나절에 한 번 아이들을 가르치지 않은 게 무슨 상관이람. 여하튼 남
자들이란 너무 거칠어."

레날 부인이 대답했다.

난생처음 레날 부인은 남편에게 일종의 복수심을 느꼈다. 한편 쥘리앵을 부추기는 부자들을 향한 극도의 증오심은 폭발 직전이었다. 다행히 레날 씨는 정원사를 불러 과수원을 가로지르는 망가진 울타리를 가시나무 다발로 막는 데 열중해 있었다. 쥘리앵은 산책하는 나머지 시간 동안 두 여인의 극진한 친절에 대하여 단 한 마디도 대답을 하지 않았다. 레날 씨가 멀어지자마자 두 여인은 피곤하다는 핑계로 양쪽에서 쥘리앵의 팔에 매달렸다.

극도의 혼란으로 뺨이 붉어진 채 난처해하는 두 여인 사이에서 쥘리앵의 오만한 창백함과 어둡지만 단호한 기색이 묘한 대조를 이루었다. 그는 이 여인들과 모든 부드러운 감정들을 경멸했다.

'대체 뭐란 말인가! 학업을 끝마칠 오백 프랑의 보수도 주지 않으면서! 아! 이 일을 집어치울 수만 있다면.'

이 가열찬 생각에 골몰해 있던 그는 간혹 여인들의 친절한 말소리를 알아듣게 되면 무의미하고 어리석고 나약한 것으로, 한마디로 '여성적'인 것으로 여겨져 불쾌했다.

이야기를 위한 이야기 덕분에, 그리고 활기 있는 대화를 하려고 애쓴 덕분에 레날 부인은 남편이 베리에르에서 온 것은 소작농 한 사람에게서 옥수숫대를 샀기 때문이라는 말을 하게 되었다(이 지방에서는 침대 매트에 옥수숫대를 채워넣는다).

"남편은 다시 우리에게 오지 않을 거예요. 정원사와 하인을 데리고 집 안 침대 매트를 새로 채우는 걸 끝내느라 바쁠 거예요. 오늘 아침에 이층의 모든 침대에 옥수숫대를 넣었는데 지금은 삼층에 있겠지요."

레날 부인이 덧붙여 말했다.

쥘리앵의 안색이 바뀌었다. 그는 이상한 표정으로 레날 부인을 바라보더니 빠른 걸음으로 부인을 따로 데리고 갔다. 데르빌 부인은 두 사람이 따로 가도록 내버려두었다.

"저를 살려주세요. 부인만이 그렇게 하실 수 있습니다. 하인이 절 죽도록 미워한다는 걸 아시지요. 고백합니다만 부인, 제겐 초상화 한 점이 있습니다. 그걸 제 침대 매트 속에 숨겨놨어요."

쥘리앵이 말했다.

이 말을 듣자 이번에는 레날 부인이 창백해졌다.

"부인, 부인만이 지금 제 방에 들어가실 수 있습니다. 누가 눈치채지 못하도록 뒤져보세요. 창문에서 가장 가까운 침대 모서리를요. 거기에 마분지로 된 검고 반들반들한 작은 상자가 있을 겁니다."

"거기에 초상화가 들어 있나요!"

부인이 겨우 몸을 곧추세우며 말했다.

부인이 낙담한 기색을 얼핏 눈치채고 쥘리앵은 곧 그걸 이용했다.

"두번째 부탁을 드리겠습니다, 부인. 그 초상화를 제발 보지 마세요. 제 비밀이거든요."

"비밀이라고요."

부인이 꺼져들어가는 소리로 대꾸했다.

재산을 자랑하는 일과 돈의 이해관계에만 민감한 사람들 사이에서 자라났다 해도, 사랑하는 그녀의 마음속에는 벌써 너그러움이 자리잡고 있었다. 잔인하게 상처를 받고도 레날 부인은 더없이 순박하고 헌신적인 태도로 쥘리앵의 심부름을 이행하는 데 필요한 질문을 했다.

"둥글고 꽤 반들반들한 검은색 마분지 상자라고요."

그녀는 쥘리앵에게서 떠나며 말했다.

"그렇습니다, 부인."

쥘리앵은 위험에 처한 인간이 보여주는 굳은 표정으로 대답했다.

그녀는 죽으러 가기라도 하듯 창백한 얼굴로 성관 3층으로 올라갔다. 엎친 데 덮친 격으로 그녀는 병이라도 걸릴 듯한 느낌이었다. 그러나 쥘리앵을 도와야 한다는 생각을 하니 힘이 솟는 듯했다.

"내가 그 상자를 손에 넣어야만 해."

부인은 속으로 외치면서 걸음을 재촉했다.

그녀는 쥘리앵의 방 안에서 남편이 하인에게 얘기하는 소리를 들었다. 다행히 그들이 아이들 방으로 건너갔다. 그녀는 매트를 들어올리고 손가락이 벗겨질 정도로 힘껏 매트 속에 손을 집어넣었다. 그녀는 이런 종류의 사소한 아픔에 예민한 편임에도 불구하고, 손을 집어넣자마자 매끄러운 마분지 상자가 닿았기 때문에 아픈 것도 의식하지 못했다. 그녀는 상자를 들고 밖으로 나갔다.

남편에게 발각될 위험에서 벗어나자, 그 상자가 불러일으키는 두려움 때문에 그녀는 당장이라도 쓰러질 지경이었다.

그러니까 쥘리앵이 사랑을 하고 있구나. 그리고 나는 지금 그가 사랑하는 여자의 초상화를 들고 있구나!

방에 딸린 응접실 의자에 앉은 레날 부인은 질투심이 가져다주는 온갖 공포에 사로잡혀 있었다. 애정 문제에 대한 그녀의 무지는 이런 순간에도 유용해서 놀라움이 고통을 덜어주었다. 쥘리앵이 나타나서 상자를 받아들고는 감사의 인사도 없이, 아무 말 없이 자기 방으로 달려갔다. 거기서 그는 불을 피우고 즉시 그것을 태워버렸다. 그는 실신한 사람처럼 창백했다. 그는 방금 겪은 위험을 과장해서 생각하고 있었다.

왕위 찬탈자를 공공연하게 증오하는 사람의 집에 감춰두었다가 발각된 나폴레옹의 초상화! 쥘리앵은 고개를 흔들며 중얼거렸다. 지독한 왕당파이며 그토록 성이 나 있는 레날 씨에게 발견될 뻔했어! 경솔하기 짝이 없게도 초상화 뒷면의 흰색 종이에 내 손으로 글귀까지 써넣었어! 나의 과도한 나폴레옹 숭배를 의심의 여지 없이 보여주는 글귀를! 더구나 그 숭배의 열정 하나하나에는 날짜가 적혀 있지 않은가! 엊그제 날짜도.

자칫하면 내 모든 명성이 한순간에 추락하고 사라질 거야. 불타는 상자를 바라보며 쥘리앵은 생각했다. 평판은 내 전 재산이야. 나는 오직 평판에 의하여 살아가고 있어…… 맙소사, 이게 무슨 삶이란 말인가!

한 시간 후, 피로와 자기 자신에 대해 느끼는 연민으로 그는 마음이 누그러졌다. 레날 부인을 만나자 그는 손을 잡고 어느 때보다도 진실하게 입을 맞추었다. 그녀는 행복해서 얼굴을 붉혔으나 거의 동시에 질투심으로 화가 나서 쥘리앵을 밀쳐냈다. 바로 조금 전에 상처받았던 쥘리앵의 자존심이 그 순간 이성을 잃었다. 그에게는 레날 부인이 돈 많은 여인으로밖에 보이지 않았다. 그는 멸시하듯 부인의 손을 팽개치고 그곳을 떠났다. 그는 생각에 잠겨 정원에서 왔다갔다했다. 이윽고 쓴웃음이 그의 입가에 번졌다.

내가 시간을 자유롭게 쓸 수 있는 사람처럼 여기서 산책을 하고 있구나! 아이들을 돌보지 않고 어슬렁거리다니! 레날 씨에게 모욕적인 말을 들어야 할 판이야. 아마도 그 사람 말이 맞을 거야. 그는 아이들 방으로 달려갔다.

그가 제일 좋아하는 막내의 애정 표시가 그의 쓰라린 괴로움을 다소 진정시켜주었다.

이 아이는 아직 나를 깔보지 않아. 쥘리앵은 생각했다. 그러나 그는 이러한 고통의 감소가 새로운 나약함이라고 스스로 책망했다. 이 아이들은 어제 사온 어린 사냥개를 쓰다듬듯이 나를 쓰다듬는 거야.

10장 마음은 드높고 신세는 처량하고

그러나 정열이란
그 음침한 비밀스러움으로 인하여 드러나게 마련이니
아무리 숨겨도 헛일이라.
흡사 가장 어두운 하늘이
가장 무서운 비바람을 예고하듯이……
─『돈 후안』 1가 73절

성관의 방들을 모두 돌아본 레날 씨는 하인들에게 침대 매트를 들려서 아이들 방으로 돌아왔다. 그가 불쑥 나타난 것은 물 한 방울이 가득 찬 물병을 넘치게 하는 것처럼 쥘리앵의 성질을 돋우었다.

평소보다 더 창백하고 우울한 얼굴로 그는 레날 씨를 향하여 성급히 앞으로 나아갔다. 레날 씨는 걸음을 멈추고 하인들을 바라보았다.

쥘리앵이 말했다.

"시장님께서는 저 이외의 다른 가정교사가 아이들을 이만큼 가르칠 수 있다고 생각하십니까? 만약 그렇지 않다고 대답하신다면,"

쥘리앵은 레날 씨가 대꾸할 겨를도 주지 않고 계속 말했다.

"어떻게 제가 아이들을 소홀히 한다는 말이 시장님 입에서 나올 수 있단 말입니까?"

겁을 먹었다가 다시 제정신이 든 레날 씨는 이 애송이 시골뜨기가 따지고 드는 품새로 보아 필경 어딘가 좋은 자리를 제의받아 자기 집을 떠나려 하는 거라고 결론지었다. 쥘리앵의 분노는 자기 이야기에 끌려 점점 더 커져갔다.

"저는 시장님 없이도 살 수 있습니다."

쥘리앵은 이렇게 덧붙였다.

"선생이 이토록 흥분한 걸 보니 정말로 유감이오."

레날 씨가 약간 더듬거리며 말했다. 하인들은 열 발자국 떨어진 곳에서 침대를 정돈하고 있었다.

"제게 필요한 건 그런 말씀이 아닙니다. 아까 제게 준 치욕을 생각해보세요. 그것도 부인들 앞에서."

쥘리앵은 정신이 나간 것처럼 퍼부어댔다.

레날 씨는 쥘리앵이 요구하는 것이 무엇인지 너무나 잘 알고 있었다. 고통스러운 갈등이 그의 마음을 찢어놓았다. 쥘리앵은 정말 미친 듯이 부르짖었다.

"저는 댁을 나가도 갈 데가 있습니다, 시장님."

이 말에 레날 씨는 발르노 씨 집에 자리를 잡은 쥘리앵의 모습을 떠올렸다.

"좋소, 선생. 당신 요구를 들어주겠소. 모레가 초하루니까 모레부터 계산하겠소. 매달 오십 프랑을 주겠소."

마침내 레날 씨는 한숨을 내쉬며 큰 수술을 받으려고 외과 의사를 부른 사람 같은 표정으로 말했다.

쥘리앵은 웃음이 나오려 했고 어안이 벙벙했다. 분노가 모두 사라져버렸다.

이 짐승 같은 작자는 아직 모욕이 충분하지 않은가봐. 그는 속으로 생각했다. 이처럼 비열한 인간이 할 수 있는 최상의 사과란 이런 것인가.

입을 벌리고 그들의 이야기를 듣던 아이들이 정원으로 달려나가서 쥘리앵 선생이 몹시 화를 냈지만 매달 50프랑씩을 받게 되었다고 어머니에게 얘기했다.

쥘리앵은 화가 치밀어오른 레날 씨는 처다보지도 않고 평소와 같이 아이들 뒤를 따라갔다.

발르노 때문에 또 168프랑이 드는구나. 시장은 혼자 생각했다. 고아들 급식 운영에 관해 그에게 따끔하게 한마디 해줘야지.

잠시 후 쥘리앵은 다시 레날 씨와 마주했다.

"저는 셸랑 신부님께 꼭 할 얘기가 있습니다. 그래서 몇 시간 자리를 비우게 되어 미리 말씀드립니다."

"좋소. 하루 종일도 좋고, 원한다면 내일도 내내 괜찮소, 선생. 베리에르에 갈 때 정원사의 말을 타도록 하시오."

레날 씨는 더없이 가식적인 웃음을 지으며 대답했다.

이 녀석이 발르노에게 대답을 하러 가는구나. 레날 씨는 생각했다. 녀석은 내게 아무런 약속도 하지 않았지. 그렇지만 이 젊은 놈이 머리를 좀 식히도록 해줄 필요는 있지.

쥘리앵은 재빨리 집을 빠져나와 큰 숲으로 올라갔다. 그 숲을 거쳐 베르지에서 베리에르로 갈 수 있었다. 그는 셸랑 사제 집에 빨리 가고 싶지는 않았다. 또다른 위선의 장면을 연출하고 싶은 생각은 없었다.

그는 자기 마음속을 분명히 살펴보고 그것을 교란시키는 온갖 감정을 따져볼 필요를 느꼈다.

내가 싸움에서 이겼다. 내가 이긴 거야! 숲속에 들어서서 사람들의 시선에서 멀어지자마자 그는 중얼거렸다.

이 말이 그의 신세를 아름답게 채색하고 마음을 평온하게 했다.

나는 매달 50프랑의 보수를 받게 되었다. 레날 씨는 꽤 겁을 내고 있는 게 분명해. 그런데 무엇 때문에 겁을 먹고 있을까?

한 시간 전에 자기가 분을 못 이겨 대들었던 운 좋고 힘있는 인간을 두렵게 한 것이 무엇인가를 생각하니 쥘리앵의 마음은 다시 명랑해졌다. 한순간 자기가 걷고 있는 숲의 매혹적인 아름다움에 거의 민감해질 정도였다. 옛날에 어마어마한 바위 덩어리들이 산 쪽으로부터 이 숲 한가운데로 떨어져내렸다고 한다. 그 바위만큼이나 키가 크고 울창한 너도밤나무들이 솟아 있었다. 바위 그늘은 상쾌할 정도로 시원했으나 거기서 서너 발자국 떨어진 곳만 해도 걸음을 멈출 수 없을 만큼 햇볕이 뜨거웠다.

쥘리앵은 바위 그늘에서 잠시 숨을 돌린 후 다시 산을 오르기 시작했다. 곧이어 그는 염소 치는 사람들만 이용하는, 겨우 식별할 수 있는 좁은 오솔길을 통하여 거대한 바위 위에 올라섰다. 거기야말로 온 세상 사람들로부터 떨어진 곳이었다. 자신의 몸이 자리잡은 그 위치가 그를 미소짓게 했다. 그 위치는 그가 정신적으로 다다르려고 열망하는 지점을 그려 보여주었다. 우뚝 솟은 산의 맑은 공기 때문에 그의 마음은 고요해졌고 즐겁기까지 했다. 쥘리앵의 눈에는 베리에르 시장이 늘 지상의 모든 부자와 건방진 자 들의 대표자로 보였다. 그러나 쥘리앵은 자기 마음을 뒤흔든 증오가 그 난폭한 감정의 움직임에도 불구하고 전혀 개인적이 아니라고 느꼈다. 레날 씨를 보지 않는다면 그는 일주일 안에 레날 씨 자신은 물론 그의 성관, 그의 개, 그의 아이들 그리고 그의 온 가족을 잊어버릴 것이다. 어찌 된 셈인지 모르겠지만 나는 그에게 더없이 큰 희생을 강요했다. 일 년에 50에퀴 이상이라니! 조금 전 나는 가장 큰 위험에서 용케 벗어났다. 하루에 두 번의 승리를 거둔 것이다. 두번째 승리는 자랑거리가 못 된다. 그 이유를 알아내야 할 텐데. 그러나 괴로운 궁리는 내일로 미루도록 하자.

쥘리앵은 커다란 바위 위에 서서 8월의 태양으로 이글거리는 하늘을 바라보았다. 바위 아래 풀밭에서 매미들이 울어젖혔고, 그 소리가 멎을 때면 주위의 모든 것이 고요했다. 그는 발 아래의 넓은 땅을 굽어보았다. 그의 머리 위 큰 바위에서 날아오른 새매 한 마리가 때때로 소리 없이 거대한 원을 그리며 나는 모습이 눈에 띄었다. 쥘리앵의 시선은 기계적으로 그 맹금의 뒤를 좇았다. 새의 유유하고 힘찬 동작에 탄복했다. 그는 그 힘이 부러웠고 그 고독이 부러웠다.

그것이 나폴레옹의 운명이었다. 언제 그것이 쥘리앵 자신의 운명이 될 것인가?

11장 어느 저녁

그러나 줄리아의 매우 싸늘한 태도에는
아직 상냥함이 남아 있었다.
줄리아의 작은 손이 가벼이 떨면서
그의 손에서 빠져나갔다.
은은하게 떨리는 가벼운 감촉,
그것이 있었는지도 모를
너무도 가벼운 감촉을 뒤에 남기고.
—『돈 후안』1가 71절

어쨌거나 쥘리앵은 베리에르에 나타나지 않을 수 없었다. 사제관을 나오는 길에 우연치고는 운 좋게 발르노 씨와 마주쳤다. 그는 발르노 씨에게 봉급이 올랐다고 서둘러 얘기했다.

베르지로 돌아온 쥘리앵은 밤이 깊어서야 정원으로 내려갔다. 그의 마음은 하루 종일 그를 뒤흔든 숱한 격렬한 감동으로 피곤해 있었다. 부인들 생각이 떠오르자 무슨 이야기를 하나 싶어서 불안스러운 생각이 들었다. 보통 여자들의 온 관심을 끄는 사소한 상황에 자기의 영혼이 겨우 머물러 있음을 그는 전혀 몰랐던 것이다. 때때로 쥘리앵은 데르빌 부인이나 레날 부인에게까지도 알 수 없는 인물로 보였다. 한편 그로서는 그녀들의 말을 절반밖에 이해하지 못했다. 이것이 이 젊은 야심가의 영혼을 뒤흔든 정열의 힘, 굳이 이야기한다면 위대한 정념의 움직임의 결과였던 것이다. 이 이상야릇한 인물에게는 하루하루가 폭풍우의 연속이었다.

그날 저녁 정원으로 들어서면서 그는 아름다운 두 부인 생각만 할 참이었다. 그녀들은 초조하게 그를 기다리고 있었다. 그는 레날 부인 옆, 늘 앉던 곳에 자리잡았다. 이윽고 어둠이 깊어졌다. 그는 오래 전부터 자기 옆 의자 등받이 위에 기대어 있던 하얀 손을 잡으려 했다. 그러자 부인은 잠시 머뭇거리더니 화가 난 듯이 그에게서 손을 뺐다. 쥘리앵은 그것을 마음에 새겨두고, 쾌활하게 대화를 계속하기로 마음먹었다. 그때, 레날 씨가 다가오는 소리가 들렸다.

쥘리앵의 귀에는 그날 아침 레날 씨에게 들은 거친 언사가 아직도 쟁쟁했다. 바로 이 작자의 면전에서 그 아내의 손을 잡는 것은 재력가의 온갖 특권을 누리는 이 작자를 조롱하는 방법이 되지 않을까? 좋아, 그렇게 하자. 나는 그에게 그토록 멸시당하지 않았나!

쥘리앵의 성격에 어울리지 않던 평정심이 그 순간 재빨리 사라져버렸다. 그는 딴 생각은 전혀 하지 못한 채 레날 부인이 자기에게 손을 맡기기를 초조하게 갈망했다.

레날 씨는 분개한 어조로 정치 이야기를 늘어놓았다. 베리에르의 기업가 중에서 두세 명이 분명히 자기보다 더 부자가 되었고, 선거에서 자기를 골탕먹이려 한다는 것이었다. 데르빌 부인은 레날 씨의 이야기를 듣고 있었다. 쥘리앵은 레날 씨의 연설에 진력이 나서 의자를 레날 부인 쪽으로 바짝 끌어당겼다. 어둠이 이 모든 동작을 가려주었다. 그는 맨살이 드러난 부인의 고운 팔 옆에 손을 가까이 가져갔다. 그는 혼란스러웠고 제정신이 아니었다. 그는 부인의 아름다운 팔에 빰을 가져가 대담하게도 입술을 댔다.

레날 부인은 전율했다. 남편이 네 발자국 떨어진 곳에 있었다. 그녀는 황급히 쥘리앵에게 손을 내주고는 그를 약간 떠밀었다. 레날 씨가 부자가 되고 있는 시시한 인간들과 자코뱅파에 대하여 욕설을 퍼붓고 있을 때, 쥘리앵은 자기에게 맡겨진 손에 몇 번씩이나 열정적인 입맞춤을 퍼부었다. 적어도 부인에게는 그렇게 느껴졌을 것이다. 이 가엾은 부인은 사랑한다는 말도 없이 사랑하게 된 이 남자가 다른 여자를 사랑하고 있다는 증거를 운명적인 그날 낮에 알게 되었던 것이다. 쥘리앵이 집을 비운 동안 그녀는 줄곧 극심한 불행에 사로잡혀 이런저런 생각에 잠겼다.

이런! 내가 사랑을 하다니! 그녀는 생각했다. 내가 사랑하는 사람을 갖다니! 유부녀인 내가 사랑에 빠지다니! 그러나 한시도 쥘리앵 생각을 하지 않을 수 없게 만드는 이런 암담한 격정을 남편에게는 단한 번도 느낀 적이 없어. 사실 쥘리앵은 나에 대한 존경으로 가득 찬아이에 불과하지. 이런 열정은 덧없는 것이야. 내가 이 젊은이에게 품을 수 있는 감정이 남편과 무슨 관계가 있겠어. 그이는 나와 쥘리앵이 나누는 공상적인 이야기에 진력을 낼 거야. 그이는 자기 사업만 생각하니까. 쥘리앵에게 주려고 내가 남편한테서 뺏는 것은 아무것도 없지 뭐야.

결코 경험해본 적 없는 정열 때문에 헤매고 있긴 했지만 이 순진한 영혼의 순수함을 변질시키는 위선은 그녀에게서 찾아볼 수 없었다. 그녀는 자기도 모르는 사이에 잘못 생각하고 있을 뿐이었다. 그렇지만 미덕의 본능은 두려움을 느꼈다. 쥘리앵이 정원에 나타났을 때 그녀를 흔들던 내면의 투쟁은 바로 이러했다. 그의 목소리가 들렸고, 거의 동시에 그녀는 그가 자기 옆에 앉아 있는 것을 보았다. 그녀의 마음은 이 주일 전부터 그녀를 유혹한다기보다는 놀라게 하고 있는 매혹적인 행복 때문에 날아갈 것 같았다. 그녀에게는 모든 것이 뜻밖이었다. 하지만 잠시 후에는 쥘리앵이 나타나기만 하면 그의 모든 잘못이 지워진단 말인가 하고 생각했다. 그녀는 두려웠다. 그래서 쥘리앵에게서 손을 뺐다.

한 번도 받아본 적 없는 정열이 가득 찬 입맞춤을 받자, 그녀는 그가 아마도 다른 여자를 사랑한다는 사실을 갑자기 잊어버렸다. 이내 그녀의 눈에는 그가 아무런 죄도 없어 보였다. 의심에서 생긴 폐부를 찌르는 고통이 멈추고 결코 꿈꿔본 일조차 없는 행복이 나타나자, 그녀는 사랑의 격정과 걷잡을 수 없는 즐거움에 빠져버렸다. 부자가 된 기업가들을 내내 잊지 못하던 베리에르 시장을 빼고는 그날 밤은 모든 사람에게 유쾌했다. 쥘리앵은 음험한 야심도, 실행하기 어려운 계획도 더이상 생각하지 않았다. 난생처음으로 그는 아름다움의 힘에 이끌렸다. 그는 그의 성격에는 몹시 어울리지 않는 희미하고 감미로운 몽상에 빠져 더할 나위 없이 아름다워 보이는 손을 부드럽게 애무하면서 가벼운 밤바람에 흔들리는 보리수 잎의 살랑거리는 소리와 멀리 두 강의 방앗간에서 들려오는 개 짖는 소리에 넋을 잃고 귀를 기울였다.

그러나 이런 감동은 쾌감일망정 정열은 아니었다. 방으로 돌아가면서 그는 좋아하는 책을 다시 읽는다는 한 가지 행복만을 생각했다. 스무 살 나이에는 세상과 그 세상에서 저질러야 할 효과적인 행위에 대한 생각이 모든 것을 능가하는 것이다.

그러나 이내 그는 책을 내려놓았다. 나폴레옹의 승리에 생각이 쏠린 나머지 자기가 거둔 승리에서도 새로운 무엇인가를 발견했던 것이다. 그는 생각했다. 그렇다, 나는 한 전투에서 이겼다. 그러나 그 승리를 이용해야 한다. 퇴각하는 동안에 그 거만한 신사의 자만심을 여지없이 납작하게 해줘야 한다. 그것이 나폴레옹의 진면목이다. 친구 푸케를 만나러 가기 위해 사흘간의 휴가를 신청해야 한다. 거절하면 계약을 파기하든지 말든지 맘대로 하라고 해야지. 그자가 양보할걸.

한편 레날 부인은 잠을 이룰 수 없었다. 그때까지 진정으로 살아온 것 같지 않았다. 쥘리앵이 자기 손에 불타는 입맞춤을 퍼부었을 때 느낀 행복에서 그녀는 헤어날 수 없었다.

갑자기 무서운 말이 떠올랐다. '간통.' 가장 추악한 방탕이 관능적 사랑이라는 개념에 흔적을 남길 수 있는 모든 역겨운 것이 그녀의 상상에 무더기로 떠올랐다. 그런 생각은 쥘리앵에 관해서, 또 그를 사랑하는 행복에 관해서 그녀가 품고 있던 다정하고도 신성한 이미지를 흐려놓으려 했다. 미래가 무시무시한 색채로 그려졌다. 자신이 멸시받을 만한 여자로 여겨졌다.

그 순간은 끔찍했다. 그녀의 영혼이 미지의 세계에 다다른 것이다. 전날 그녀는 겪어보지 못한 행복을 맛보았다. 그런데 지금은 갑자기 지독한 불행 속에 빠져 있는 것이다. 그런 괴로움은 생각조차 못 해본 것이어서 그녀는 갈피를 잡을 수 없는 혼란에 빠졌다. 쥘리앵을 사랑하게 될까봐 두렵다고 남편에게 고백할까 하는 생각도 한순간 해보았다. 그러면 쥘리앵에 대하여 얘기를 해야 할 것이다. 다행히 그녀는 결혼 전날 아주머니가 해준 훈계를 기억 속에 떠올렸다. 그것은 어쨌거나 주인인 남편에게 비밀을 털어놓는다는 것은 위험하다는 충고였다. 그녀는 괴로움에 겨워 손을 뒤틀었다.

그녀는 모순되고도 괴로운 상상에 되는대로 끌려갔다. 때로는 사랑받지 못할까봐 두려워하기도 하고, 때로는 당장 내일이라도 군중에게 자기의 간통죄를 알리는 게시판을 메고 베리에르 광장 공시대에 서기라도 할 듯 끔찍한 죄의식에 고통받기도 했다.

레날 부인은 인생 경험이 전혀 없었다. 정신이 깨어 있고 분별력이 온전할 때에도 하느님 앞에 죄를 짓는 것과 사람들의 경멸이 부여하는 가장 소란스러운 낙인을 공공연히 받아 짓눌리는 것 사이의 차이를 전혀 알아차리지 못했다. 간통 그리고 그녀의 생각으로 그 뒤에 따르게 마련인 온갖 치욕에 대한 끔찍한 생각이 잠시 사라지고 전처럼 순수하게 쥘리앵과 함께 살아가는 감미로움을 생각하면, 그녀는 쥘리앵이 다른 여자를 사랑하고 있다는 무시무시한 생각에 빠지곤 했다. 그 초상화를 잃을까봐 또는 초상화의 얼굴이 밝혀져 평판이 위태로워질까봐 두려워하던 그의 창백한 얼굴이 아직도 눈에 선했다. 그토록 평온하고 그토록 고상한 용모에서 그녀는 처음으로 두려움을 간파했던 것이다. 그가 그녀나 아이들에게 그토록 동요된 기색을 보인 적은 결코 없었다. 점점 커가는 그 괴로움은 인간의 영혼이 견뎌낼 수 있는 불행의 한계에까지 다다랐다. 레날 부인은 자기도 모르게 고함을 쳤다. 그 소리에 하녀가 깨어났다. 그녀는 갑자기 침대 곁에 불빛이 나타나는 것을 보았고, 거기 서 있는 엘리자를 보았다.

"그 사람이 사랑하는 사람이 너지?"

그녀는 미친 듯이 소리쳤다.

주인의 무서운 동요에 놀란 하녀는 다행히 이 야릇한 말에 전혀 주의를 기울이지 않았다. 레날 부인은 자신이 경솔했음을 깨달았다.

"열이 있고 정신이 혼미하니 내 곁에 있어주렴."

부인이 하녀에게 말했다. 자제해야 할 필요성 때문에 잠에서 완전히 깨어난 레날 부인은 좀 편안해진 것 같았다. 반수면 상태에서 잃었던 분별력이 다시 회복되었다. 그녀는 빤히 쳐다보는 하녀의 시선에서 벗어나려고 하녀에게 신문을 읽도록 시켰다. 〈코티디엔〉 신문의 기나긴 기사를 읽는 하녀의 단조로운 목소리를 들으며 레날 부인은 쥘리앵을 다시 보면 완전히 냉정한 태도로 대해야겠다는 덕성스러운 결심을 했다.

12장 여행

파리에서는 우아한 사람들을 볼 수 있으나,
시골에서는 기개 있는 사람들을 볼 수 있다.
—시에예스

다음날 아침 다섯시, 레날 부인이 모습을 보이기 전에 쥘리앵은 그녀의 남편으로부터 사흘간의 휴가를 얻어냈다. 뜻밖에도 쥘리앵은 부인이 보고 싶어졌다. 그는 그녀의 예쁜 손을 생각하고 있었다. 그는 정원으로 내려가 오랫동안 부인을 기다렸다. 만일 쥘리앵이 그녀를 사랑했다면 2층의 반쯤 닫힌 덧문 뒤에서 유리창에 이마를 대고 있는 그녀를 보았을 것이다. 그녀는 쥘리앵을 바라보고 있었다. 굳은 결심에도 불구하고 그녀는 마침내 정원에 모습을 드러냈다. 평소 창백한 그녀의 얼굴이 생기 있는 홍조를 띠었다. 이 순진한 여인은 분명히 동요하고 있었다. 그 천상의 얼굴에 그토록 매력을 주던, 삶의 모든 비천한 이해관계를 넘어선 듯한 깊고 고요한 표정이 거북하고 노여운 감정으로 인해 변색되어갔다.

쥘리앵은 서둘러 그녀에게 다가갔다. 급히 걸치고 나온 숄 밑으로 드러난 그녀의 아름다운 팔을 경탄의 눈빛으로 바라보았다. 신선한 아침공기가 밤새 마음의 동요로 온갖 자극에 예민해진 부인의 살빛을 더욱 빛내고 있는 것 같았다. 겸손하고 감동적이면서도 하층계급에서는 전혀 찾아볼 수 없는 부인의 사려 깊은 아름다움은 쥘리앵이 한 번도 느껴보지 못했던 영혼의 힘을 드러내 보이는 것 같았다. 자신의 탐욕스러운 눈길에 놀라는 부인의 매력에 넋을 잃은 쥘리앵은 부인에게서 받기를 기대했던 정다운 응대는 전혀 생각하지 못하고 있었다. 그런 만큼 그는 부인이 그에게 의식적으로 나타내 보이는 얼음 같은 냉랭함에 더욱 놀랐다. 그런 냉정한 태도에서 자기를 본래의 위치로 되돌아가게 하려는 부인의 의도가 엿보이는 것만 같았다.

기쁨의 미소가 그의 입술에서 사라졌다. 그는 사회에서 자신이 차지하는 위치, 특히 고상하고 부유한 상속녀인 부인의 눈에 비친 자신의 위치를 생각했다. 그 순간 그의 얼굴에는 오만함과 자기 자신을 향한 분노의 표정만 떠올랐다. 이런 치욕적인 대우를 받으려고 한 시간 이상이나 출발을 미룬 데 대해 화가 치밀었다.

다른 사람들에게 화를 내는 인간은 어리석은 인간이다. 돌은 무거우니까 밑으로 떨어진다. 그는 이렇게 생각했다. 나는 언제까지 어린아이로 머물러 있어야 한단 말인가? 언제부터 돈 때문에 영혼을 파는 습관을 들였단 말인가? 저들과 나 자신에게서 존경받으려면 남들의 부유함과 거래하는 것은 내 가난뿐이고 내 영혼은 그들의 불손으로부터 수천 리외 떨어진 곳, 그들의 사소한 경멸이나 호의의 표시가 당도하기에는 너무 높은 창공에 위치해 있다는 것을 그들에게 보여주어야 한다.

마음속에 이런 감정들이 무리지어 밀려오는 동안 젊은 가정교사의 변하기 쉬운 표정은 고통받는 자존심과 잔인함의 기색을 띠고 있었다. 레날 부인은 혼란스러웠다. 그녀가 그에게 내보이려 했던 정숙한 냉담은 관심 어린 표정으로 바뀌었다. 쥘리앵의 갑작스러운 변화에 놀라서 생긴 관심 어린 표정이었다. 아침마다 주고받는 건강과 날씨에 관한 공허한 인사가 끝나자 두 사람은 동시에 말문이 막혔다. 그 어떠한 열정에도 판단력이 흐려지지 않는 쥘리앵은 자기가 그녀와의 우정관계를 얼마나 믿지 않는가를 그녀에게 보여줄 방법을 재빨리 머리에 떠올렸다. 그는 지금 떠나려는 짧은 여행에 대해서는 일언반구도 없이 그녀에게 인사만 하고 떠났다.

어제는 그토록 다정하던 눈길에서 지금은 어두운 거만함을 보고 깜짝 놀라 그가 떠나는 모습을 보고 있는데, 큰아들이 정원 안쪽으로 달려와 어머니를 포옹하며 말했다.

"우린 놀게 됐어요. 쥘리앵 선생님이 여행을 떠나신대요."

이 말에 레날 부인은 온몸이 오싹해지는 것을 느꼈다. 레날 부인은 스스로의 정조 관념 때문에 괴로웠고 나약했던 탓에 더욱더 괴로웠다.

이 새로운 사건이 그녀의 상상력을 온통 사로잡았다. 무시무시한 밤을 꼬박 지새우며 얻어낸 현명한 결심도 다 소용이 없었다. 이제는 그토록 정다운 애인에게 저항하는 것이 문제가 아니라, 영원히 그를 잃어버릴지도 모르는 일이 문제였던 것이다.

어쨌거나 아침 식사를 하러 가지 않을 수 없었다. 설상가상으로 레날 씨와 데르빌 부인은 쥘리앵이 떠난 것에 대해서만 이야기를 했다. 베리에르 시장은 쥘리앵이 휴가를 요구하는 단호한 어조에서 심상치 않은 그 무엇인가를 느꼈다는 것이다.

"그 어린 시골뜨기가 아마도 누군가로부터 가정교사 자리를 제안받은 모양이오. 그런데 그 누군가가 발르노라 해도 연 육백 프랑을 지불해야 된다는 걸 알면 조금 실망할 거요. 어제 베리에르에서 생각 좀 해보도록 사흘만 말미를 달라고 요청했을 거요. 그리고 오늘 아침 내게 답변을 하지 않으려고 그 꼬마 선생이 산으로 떠났단 말이야. 건방지게 구는 하찮은 노동자 녀석의 비위를 맞춰야 하다니, 우리 처지가 어쩌다 이렇게 됐는지."

레날 부인은 생각했다. 남편은 자기가 쥘리앵의 자존심을 얼마나 상하게 했는지는 모르고 쥘리앵이 우리 집을 떠날 것만 생각하고 있으니 난 어떻게 해야 할까? 아! 모든 게 끝났구나!

자유롭게 울기라도 하고 싶고 데르빌 부인이 묻는 것에 대답하기도 싫어서 그녀는 머리가 몹시 아프다고 하고 자리에 누웠다.

"여자들이란 늘 이렇다니까. 복잡한 기계는 항상 뭔가 고장난 데가 있게 마련이지."

레날 씨는 언제나 하는 소리를 되풀이했다. 그리고 빈정거리며 사라졌다.

레날 부인이 어쩌다 휩쓸리게 된 무시무시한 정열의 더할 나위 없는 가혹함에 시달리는 동안, 쥘리앵은 산악지방이 보여줄 수 있는 가장 아름다운 경치 한복판에서 즐겁게 산길을 오르고 있었다. 베르지 북쪽의 큰 산맥을 가로질러야 했다. 그가 걷고 있는 오솔길은 울창한 너도밤나무 숲 사이로 조금씩 가팔라지면서 북쪽으로, 두 강 계곡을 그려 보이는 험준한 산비탈로 끝없이 지그재그로 뻗어 있었다. 이윽고 나그네의 시선은 남쪽을 향하여 흐르는 두 강 줄기를 가로막는 그리 높지 않은 언덕 위를 거쳐 부르고뉴와 보졸레의 비옥한 평야에까지 다다랐다. 이 젊은 야심가의 영혼이 아무리 이런 종류의 아름다움에 무감각하다 하더라도, 그는 그토록 광활하고 그토록 장엄한 풍경을 바라보기 위하여 때때로 발걸음을 멈추지 않을 수 없었다.

마침내 그는 큰 산 정상에 당도했다. 젊은 목재 상인인 친구 푸케가 살고 있는 쓸쓸한 골짜기에 다다르기 위해서는 이 산마루 옆을 지나는 지름길로 접어들어야 했다. 쥘리앵은 푸케를 보러 가는 일을 서두르지 않았다. 푸케든 다른 어떤 사람이든 마찬가지였다. 산마루를 덮고 있는 벌거숭이 바위 속에 맹금처럼 몸을 숨긴 그는 자기에게 다가오는 모든 사람을 멀리서도 알아볼 수 있었다. 그는 거의 수직으로 뻗은 바위 비탈 가운데서 작은 동굴 하나를 발견했다. 그는 뛰어가서 그 은둔처 속에 자리잡았다.

여기서는 사람들이 나를 해치지 못할 거야. 그는 기쁨에 빛나는 눈으로 말했다. 자기 생각을 마음껏 적어보고 싶다는 생각이 들었다. 다른 데 같으면 그것은 위험하기 짝이 없는 일이었다. 네모난 돌이 책상구실을 했다. 그의 펜은 나는 듯이 움직였다. 주변을 둘러싼 그 어느 것도 눈에 들어오지 않았다. 마침내 그는 보졸레의 먼산 너머로 해가 지고 있음을 알았다.

여기서 밤을 보내서 안 될 게 뭐야? 빵도 있고 게다가 '나는 자유로워!' 그는 생각했다. 자유라는 거창한 소리가 귀에 울리자 그의 영혼은 흥분되었다. 위선 때문에 그는 푸케의 집에서도 자유롭지 못했던 것이다. 두 손으로 머리를 괴고 동굴 안에 있는 쥘리앵은 공상과 자유의 행복에 흥분되어 생애 어느 때보다도 행복했다. 그는 석양의 빛이 하나하나 꺼져가는 것을 멍하니 바라보았다. 그 광대한 어둠 한가운데서 그의 영혼은 언젠가 파리에서 경험하게 될 여러 일들을 골똘히 상상하며 방황하고 있었다. 우선 시골에서 볼 수 있는 여자들보다 훨씬 아름답고 훨씬 고귀한 재능을 가진 여인을 생각해봤다. 그녀를 열정적으로 사랑하고 사랑받는 것을 꿈꾸었다. 그 여인과 잠시 헤어지는 일이 있다면 그것은 더 큰 영광을 얻어 더욱더 사랑받기 위해서이리라.

설령 쥘리앵과 같은 공상을 하는 청년이 있다 해도, 그가 파리 사교계의 씁쓸한 진상을 목격하며 자랐다면 냉정한 아이러니로 그런 허구적 공상으로부터 깨어났을 것이다. 위대한 행동은 그런 행동에 도달하려는 희망과 더불어 사라지고, 그 뒤에는 '애인과 헤어지면 아쉽게도 하루에 두세 번씩 속을 위험이 있다'라는 잘 알려진 속담이 자리잡을 것이다. 그러나 이 젊은 시골뜨기는 자신과 가장 영웅적인 행동 사이에는 오직 기회가 없을 뿐이라고만 생각했다.

그러는 동안 밤이 깊었다. 푸케가 살고 있는 마을까지는 아직 2리외를 더 내려가야 했다. 쥘리앵은 동굴을 떠나기 전에 불을 피워서 자기가 기록한 모든 것을 찬찬히 태워버렸다.

새벽 한시에 문을 두드리자 친구는 무척 놀랐다. 푸케는 장부 정리에 골몰하고 있었다. 푸케는 키가 크고 매우 억센 윤곽에 코가 긴 아주 못생긴 청년이었으나, 흉한 용모 뒤에는 선량한 마음씨가 숨겨져 있었다.

"이렇게 난데없이 찾아오다니 레날 씨와 사이가 틀어지기라도 했나?"

쥘리앵은 어제 있었던 일을 필요한 부분만 간추려 친구에게 얘기했다.

"나와 함께 있도록 해. 자넨 레날 씨, 발르노 씨, 군수 모지롱 씨, 셸랑 신부님 같은 분들을 잘 알고 있잖아. 그들의 약삭빠른 성격도 이해하고 있지. 그러니 경매를 담당하는 데 적합하단 말이야. 자네는 나보다 산술에도 능하니 내 회계를 맡아주게. 나는 장사에서 돈을 많이 벌고 있어. 나 혼자 모든 걸 하기는 불가능하지만 동업자로 채용하는 사람이 사기를 칠까 두려워서 매일 썩 좋은 돈벌이가 있는데도 놓치기만 하지. 아직 한 달도 안 된 일인데, 생타망에 사는 미쇼라는 사람에게 육천 프랑을 벌게 해줬어. 그자와는 육 년 동안이나 만난 일이 없었는데 퐁타를리에 벌채 경매에서 우연히 만났지 뭔가. 자네 같으면 육천 프랑을, 적어도 삼천 프랑은 벌 수 있었을 텐데. 그날 자네가 나와 함께 있었다면 나는 그 벌채 경매에서 좀더 높은 값을 불렀을 거고, 그 벌채는 결국 나에게 떨어졌을 거야. 내 동업자가 되어주지 않겠나."

이 제의가 쥘리앵의 심기를 상하게 했다. 그의 공상을 방해한 것이다. 푸케는 독신이었으므로, 친구와 함께 호메로스의 서사시에 나오는 영웅들처럼 손수 밤참을 준비해 먹으면서 쥘리앵에게 자기 장부를 내보였다. 그리고 목재 장사가 얼마나 좋은 벌이인지를 증명해 보였다. 푸케는 쥘리앵의 지식과 성품을 더없이 높게 평가하고 있었다.

마침내 푸케와 헤어져 전나무 판자로 벽을 붙인 작은 방에 있게 되자 쥘리앵은 생각했다. 여기서 몇천 프랑의 돈을 벌 수 있다. 나중에 프랑스를 지배하는 추세에 따라 유리하게 군인이나 성직자가 될 수 있는 것도 사실이다. 조금씩 돈을 모으면 사소한 금전상의 어려움은 면할 수 있을 거야. 이 산중에서 고독한 생활을 하면 살롱에 모이는 족속들과 섞여 있을 때 느끼는 몸서리나는 무지에서 오는 불쾌한 감정도 조금은 털어버릴 수 있을 텐데. 그러나 푸케는 결혼을 포기했으면서도 고독이 자기를 불행하게 한다고 내게 늘 말하지 않는가. 푸케가 투자할 자금도 없는 동업자를 구하는 것은 영원히 자신의 곁을 떠나지 않는 동료를 구하려는 희망 때문인 것이 분명해.

친구를 배신할 수 있을까? 쥘리앵은 불쾌한 기분으로 외쳤다. 동정심 없이 위선을 구원의 일상적인 수단으로 삼던 그도 이번에는 자기를 사랑하는 사람에 대한 사소한 배려를 저버릴 수 없었다.

그러나 쥘리앵은 갑자기 마음이 가벼워졌다. 거절할 구실을 찾아낸 것이다. 뭐라고! 칠팔 년을 비겁하게 허송하라고? 그러면 나는 스물여덟이 된다. 그런데 보나파르트는 그 나이에 그의 가장 위대한 일들을 해냈다! 목재 시장을 뛰어다니며 세상에 알려지지 않은 채 얼마간의 돈을 벌어 미천한 몇몇 사기꾼들의 호감을 얻게 된다 해도, 그때 가서도 나에게 성공을 위한 신성한 열정이 남아 있으리라고 누가 말할 수 있겠는가?

다음날 아침, 쥘리앵은 동업 문제가 이미 결정되었다고 생각하는 선량한 푸케에게, 제단에 서야 하는 성직에 대한 소명 때문에 그의 제의를 받아들일 수 없노라고 아주 냉정하게 대답했다. 푸케는 미련을 버리지 못했다.

"잘 생각해봐."

푸케가 되풀이하여 말했다.

"동업을 하든지 혹은 자네가 좋다면 매년 사천 프랑을 주도록 하지. 그런데도 자네를 신발에 묻은 흙만큼도 여기지 않는 레날 씨 집으로 돌아가고 싶단 말인가! 자네가 이백 루이의 돈을 손에 쥐게 되면 자네가 신학교에 들어가는 것을 누가 막겠어? 얘기를 더 하지. 그때가 되면 내가 우리 고장에서 제일가는 사제 자리를 자네에게 마련해주세."

푸케는 목소리를 낮추며 덧붙였다.

"사실은 말이야, 나는 아무개, 아무개, 아무개에게 땔감을 팔고 있거든. 일급 떡갈나무 장작을 대주고도 흰 장작 값만 받고 있어. 하지만 그 이상 가는 투자는 없지."

무슨 말을 해도 쥘리앵의 소명의식을 굴복시킬 수는 없었다. 푸케는 마침내 이 친구가 좀 돌았구나 하고 생각했다. 사흘째 되던 날, 쥘리앵은 큰 산의 바위 사이에서 하루를 보내려고 이른 아침에 친구 집을 나왔다. 그는 작은 동굴을 다시 찾아갔으나 마음은 평화롭지 못했다. 친구의 제의가 마음의 평화를 앗아갔던 것이다. 헤라클레스처럼 악과 선 사이에 낀 것이 아니라 확실한 안락이 뒤따르는 비속한 삶과 청춘의 모든 영웅적 꿈 사이에 끼어 있었다.

그는 중얼거렸다.

"내게는 진정한 결단력이 없단 말인가."

그것이 그를 가장 괴롭히는 회의였다.

"팔 년간 밥벌이를 하는 사이에 뛰어난 일을 행할 수 있는 숭고한 정력을 빼앗길까봐 걱정하고 있으니, 나는 암만 해도 위대한 인물이 될 재목은 아닌가보다."

13장 속이 비치는 양말

그림처럼 아름다운 베르지 옛 사원의 폐허가 보이자, 쥘리앵은 엊그제부터 단 한 번도 레날 부인을 생각하지 않았음을 깨달았다. "내가 떠나던 날 그 여자는 우리를 갈라놓는 무한한 거리를 상기시켰지. 나를 노동자의 아들로 취급했어. 아마도 전날 밤 내게 손을 내맡긴 걸 후회한다는 내색을 하고 싶었던 모양이야…… 그런데 그 손은 너무 고와! 참으로 매력적이야! 그리고 그 여자의 시선은 얼마나 고상했던가!"

푸케와 함께 재산을 모을 수 있다는 가능성 때문에 쥘리앵의 추론은 어느 정도 쉬워졌다. 세상 사람들의 눈에 자기가 가난하고 비천한 인간으로 비친다는 쓰라린 감정과 분노로 인하여 그의 추론 능력이 예전처럼 쉽게 망가지지는 않았던 것이다. 우뚝 솟은 곳 위에 서 있는 듯, 그는 극도의 빈곤과 아직 부유함이라고 부르는 안락한 여건을 공평하게 판단하고 굽어볼 수 있게 되었다. 철인(哲人)으로서 자기 처지를 판단하기에는 한참 멀었지만, 그는 짧은 산중여행을 하고 난 뒤 스스로 '다른 사람'이 되었다고 느낄 만큼의 통찰력은 가지고 있었다.

레날 부인이 요청해서 쥘리앵은 간단히 여행 이야기를 했는데, 그 이야기를 듣고 부인이 극도로 흥분하는 것을 보고 놀랐다.

푸케는 과거에 결혼할 계획이 있었고 불행한 사랑도 경험했다. 그것에 대한 기나긴 고백이 두 친구 사이의 대화의 대부분을 차지했다. 너무 일찍 행복을 발견한 푸케는 애인이 자기 한 사람만 사랑하지 않는다는 것을 알게 되었다. 그가 하는 모든 이야기가 쥘리앵을 놀라게 했다. 쥘리앵은 새로운 여러 사실도 알게 되었다. 공상과 의심으로 가득 찬 고독한 삶이 그를 일깨워줄 수 있는 모든 것으로부터 그를 멀어지게 했던 것이다.

쥘리앵이 없는 동안 레날 부인에게 산다는 것은 견딜 수 없는 갖가지 고통의 연속이었다. 부인은 정말 병이 났다.

쥘리앵이 돌아오는 것을 본 데르빌 부인이 레날 부인에게 말했다.

"몸도 불편한데 오늘 저녁엔 정원에 나가지 마. 습한 공기를 쐬면 몸이 더 나빠질 거야."

데르빌 부인은 옷차림이 너무 소박하다고 레날 씨에게 늘 불평을 들어온 자기 친구가 살이 비치는 양말을 신는가 하면 파리에서 온 작고 화사한 신발을 신고 있는 것을 보고 놀라워했다. 사흘 전부터 레날 부인의 유일한 낙은 최신 유행의 얇고 고운 천을 재단하여 엘리자를 시켜 여름 옷 한 벌을 속히 짓게 하는 일이었다. 그 옷은 쥘리앵이 도착하고 조금 지나서야 완성되었다. 레날 부인은 곧 그 옷을 입었다. 데르빌 부인은 더는 의심하지 않았다. 사랑을 하는구나, 가엾은 것! 그녀는 중얼거렸다. 그녀는 레날 부인이 앓은 병의 이상한 증상도 모두 이해하게 되었다.

데르빌 부인은 쥘리앵에게 이야기하는 레날 부인을 보았다. 더없이 생기 있던 홍조 띤 안색이 창백하게 바뀌었다. 젊은 가정교사의 눈에 고정된 레날 부인의 눈에는 불안이 어려 있었다. 레날 부인은 쥘리앵이 떠날 것인지 머무를 것인지 자기 의견을 설명하고 통지해주기를 매순간 기다리고 있었다. 그러나 쥘리앵은 그런 생각은 염두에 두지도 않았고 그 문제에 대하여 아무 이야기도 하지 않았다. 내면의 무서운 갈등을 겪은 후, 레날 부인은 마침내 자신의 모든 정열을 담은 떨리는 목소리로 쥘리앵에게 이야기했다.

"우리 아이들을 두고 다른 데로 가려는 건 아니죠?"

쥘리앵은 레날 부인의 시선과 자신 없어하는 목소리에 놀랐다. 이 여자는 나를 사랑하는구나, 라고 그는 생각했다. 그러나 자신의 오만을 자책하는, 일시적으로 나약해진 이런 순간이 지나가고 내가 떠나는 것이 더이상 걱정되지 않으면 이 여자는 자존심을 회복하겠지. 서로의 신분에 대한 이런 생각이 번개처럼 재빠르게 쥘리앵의 머리를 스쳐갔다. 그는 망설이며 대답했다.

"너무 귀엽고 '이렇게 가문이 좋은' 아드님들과 헤어지는 것은 가슴 아픈 일이지만 아마 헤어지지 않으면 안 될 것 같습니다. 사람은 자기 자신에 대한 의무도 있으니까요."

'이렇게 가문이 좋은'(이것은 쥘리앵이 얼마 전 배운 귀족적 표현 중 하나였다)이라는 말을 하면서 그는 깊은 반감으로 흥분했다.

'이 여자의 눈에 나는 가문이 좋은 놈은 못 된다.'

그는 생각했다.

레날 부인은 쥘리앵의 이야기에 귀 기울이며 그의 재능과 준수한 용모에 찬탄을 금치 못했다. 그가 떠날 가능성을 얼핏 보이자, 레날 부인은 가슴이 찌르는 듯 아팠다. 쥘리앵이 없는 동안 만찬에 초대받 아 베르지에 왔던 베리에르의 친구들은 모두 그녀의 남편이 운 좋게 발굴해낸 놀랄 만한 청년에 관하여 서로 다투어 찬사를 늘어놓았다. 아이들의 학업 진도를 그들이 알아서가 아니었다. 성서를, 더구나 라 틴어로 암송한다는 사실에 베리에르 주민들은 경탄하지 않을 수 없었 다. 이 경탄은 아마도 백 년간은 지속될지도 모를 일이었다.

쥘리앵은 아무와도 이야기를 나누지 않았으므로 그런 사실을 모르 고 있었다. 레날 부인이 조금이라도 침착했다면 그가 얻은 평판에 대 하여 이야기하며 쥘리앵을 축하해줬을 것이고, 그랬다면 쥘리앵의 자 존심도 만족되어 부인의 새 옷이 그의 눈에 아름답게 보이는 만큼 부 인을 부드럽고 다정하게 대했을 것이다. 자기의 예쁜 옷과 그 옷에 대 한 쥘리앵의 칭찬에 기분이 좋아진 레날 부인은 정원을 한 바퀴 돌고 싶었다. 그러나 이내 더 걸을 수 없다고 털어놨다. 쥘리앵의 팔을 붙 들자 힘이 솟기는커녕 그만 맥이 탁 풀려버리고 만 것이다.

밤이 되었다. 자리에 앉자마자 쥘리앵은 예전의 특권을 행사하여 아름다운 부인의 팔에 입술을 갖다대고는 손을 잡았다. 그는 푸케가 자기 애인들에게 했던 대담한 행동을 생각했을 뿐 레날 부인을 생각하지는 않았다. '가문이 좋은'이라는 말이 그때까지도 그의 가슴을 누르고 있었다. 부인이 그의 손을 꼭 잡았으나 어떤 즐거움도 느껴지지 않았다. 그날 밤 레날 부인은 너무도 명백하게 자기의 감정을 털어놓았지만, 그는 그것이 자랑스럽기는커녕 고맙다는 생각조차 들지 않았다. 부인의 아름다움, 우아함, 신선함에도 그는 거의 무감각했다. 아마도 마음이 깨끗하고 증오의 감정이 없어야 청춘도 오래 지속되게 마련인 모양이다. 대부분의 아름다운 여인은 얼굴 표정부터 늙어버린다.

쥘리앵은 저녁 내내 시무룩해 있었다. 여태까지 그는 자신의 운명과 사회에 대해서만 불만을 품고 있었다. 그러나 푸케가 안락함에 이르는 비천한 방법을 제의해온 이후로 자기 자신에 대해서도 화가 나는 것이었다. 이따금 두 부인에게 말을 건네기도 했지만, 온통 자기 생각에만 잠긴 쥘리앵은 결국 자기도 모르는 사이에 레날 부인의 손을 놓아버리고 말았다. 이 행동이 가련한 부인의 마음을 뒤흔들어놓았다. 그녀는 그 행동에서 자신의 운명이 선언되는 것을 보았다.

쥘리앵의 애정이 확실했다면 아마도 부인의 부덕(婦德)은 그에게 대항할 힘을 얻었을지도 모른다. 그러나 그녀는 영원히 그를 잃을까봐 떨면서, 타오르는 정열에 정신이 혼미해져서, 의자 등받이에 무심코 올려놓은 쥘리앵의 손을 다시 한번 붙잡았다. 부인의 이런 행동이 이 젊은 야심가를 공상에서 깨어나게 했다. 그가 아이들과 함께 식탁의 말석에 앉아 있을 때 보호자인 체하는 미소를 띠고 바라보는 모든 거만한 귀족들을 이 장면의 증인으로 삼았으면 하는 생각이 들었다. 그는 생각했다. 이 여자는 이제 나를 업신여길 수 없을 테지. 그렇다면 이 여자의 아름다움을 즐겨야지. 이 여자의 애인이 된다는 것은 나 자신에 대한 의무야. 푸케의 순진한 속내 이야기를 듣기 전이었다면 그에게 이런 일련의 생각은 떠오르지 않았을 것이다.

이 갑작스러운 결정에 그는 마음이 가벼워졌다. 그는 생각했다. 나는 이 두 여자 중 하나를 내 것으로 만들어야 해. 데르빌 부인의 마음에 들려고 애쓰는 것이 훨씬 좋을 듯했다. 그녀가 더 사랑스러워서가 아니었다. 그녀는 나사 윗옷을 팔에 끼고 레날 부인 앞에 나타났던 노동자 목수로서가 아니라, 지식으로 존경받는 가정교사로서 쥘리앵을 봐주었기 때문이다.

그러나 레날 부인이 상상하는 가장 매력 있는 쥘리앵의 모습은 바로 눈의 흰자위까지 붉게 상기된 채 문간에 멈춰 서서 초인종을 누르지도 못하고 망설이던 젊은 노동자의 모습이었다.

자기 처지를 다시금 곰곰이 생각하는 동안에 그는 데르빌 부인을 정복하려는 생각을 품지 않아야 한다는 것을 알았다. 그녀는 쥘리앵에 대한 레날 부인의 호의를 아마도 알고 있을지도 몰랐다. 그래서 레날 부인에게로 되돌아올 수밖에 없었던 쥘리앵은 생각에 잠겼다. 나는 이 여자의 성격에 대하여 도대체 무엇을 알고 있지? 여행을 떠나기 전에는 내가 먼저 그녀의 손을 잡았고 그녀가 손을 뺐는데, 오늘은 내가 놓은 손을 그녀가 다시 잡아 꼭 쥔다는 사실, 이것밖에는 몰라. 그녀가 내게 품고 있던 모든 멸시를 되돌려줄 절호의 기회야. 이 여자에게 애인이 몇이었는지 내가 알 게 뭐야! 단지 만나기가 쉽다는 이유 하나만으로 내게 호의를 보이기로 결심했는지도 모를 일이야.

슬프다! 이것은 과도한 문명의 불행인 것이다. 약간의 교육을 받았다는 이유로 스무 살 나이 젊은이의 영혼이 벌써 자유방임과는 천리만리 동떨어져 있는 것이다. 자유방임이 없으면 사랑도 권태롭기 짝이 없는 의무에 지나지 않는데.

쥘리앵의 사소한 허영심이 독백을 계속했다. 어느 날 내가 성공했을 때, 어떤 사람이 가정교사라는 보잘것없는 일자리에 있었다고 나를 비난하면, 사랑이 거기에 나를 던졌다고 이야기할 수 있을 테니 더욱더 이 여자를 사로잡아야만 한다.

쥘리앵은 다시 한번 레날 부인에게서 손을 뺐다. 그랬다가 다시 그녀의 손을 잡고 꼭 쥐었다. 자정 무렵에 거실로 들어갈 때, 레날 부인이 낮은 목소리로 속삭였다.

"우리를 버리고 떠나려는 거죠?"

쥘리앵이 한숨을 쉬며 대답했다.

"떠나기는 해야 합니다. 전 부인을 열렬히 사랑하니까요. 그게 잘못이죠…… 젊은 사제로서 얼마나 큰 과오인지요!"

레날 부인이 그의 팔에 몸을 기댔다. 자기 볼이 쥘리앵 볼의 열기를 느낄 만큼 마음 놓고 그에게 매달리고 말았다.

두 남녀가 보낸 하룻밤은 각기 전혀 달랐다. 레날 부인은 한껏 고양된 정신적 관능의 열정에 도취되어 있었다. 일찍 사랑을 경험한 교태 있는 처녀는 사랑의 흥분에 익숙해지게 마련이다. 그런 여자는 진정한 정열을 느낄 나이에 다다라도 새로운 매력을 느낄 수 없게 된다. 그러나 소설조차 읽어보지 못한 레날 부인으로서는 행복의 모든 미묘한 차이가 새롭게 느껴졌다. 어떤 슬픈 진실도, 미래에 대한 걱정조차도 그녀의 마음을 얼어붙게 하지 못했다. 그녀는 십 년 후에도 지금

이 순간처럼 행복할 것으로 생각했다. 며칠 전 그녀를 온통 뒤흔들어 놓았던 정조 관념도, 남편에게 충실하겠다고 맹세한 것도 쓸모없어 보였다. 그녀는 성가신 손님을 보내버리듯 그런 생각을 쫓아버렸다. 나는 쥘리앵에게 아무것도 허락하지 않을 거야. 우리는 한 달 전부터 지내온 것처럼 앞으로도 그렇게 지낼 거야. 그 사람은 친구일 뿐이니까. 레날 부인은 이렇게 생각했다.

14장 영국 가위

열여섯 소녀는
얼굴이 장밋빛인데도 연지를 발랐다.
—폴리도리

푸케의 제안을 들은 뒤로 쥘리앵은 모든 행복을 잃고 말았다. 어떻게 해야 할지 결정을 내리지 못하고 있었다. 아아! 내겐 꿋꿋한 기품이란 게 없나보다. 나는 나폴레옹의 별볼일 없는 병사에 불과했을 것이다. 그래도 이 집 여주인과 작은 사랑의 불장난을 하는 것이 잠시나마 기분전환은 될 거야. 그는 이런 생각을 했다.

다행히도 쥘리앵의 내면은 이런 하찮은 사건에서도 기사도적 언어에 잘 호응하지 못했다. 그는 너무나 아름다운 옷 때문에 레날 부인이 무서워졌다. 부인의 옷은 그의 눈에는 파리 유행의 선두를 달리는 것으로 보였던 것이다. 그의 자존심은 그 어느 것도 순간의 영감이나 우연에 맡기고 싶어하지 않았다. 푸케의 속내 이야기와 성서에서 읽은 얼마 되지 않는 사랑 이야기에 따라 그는 매우 상세한 작전계획을 수

립했다. 스스로 인정하지는 않았지만 몹시 혼란스러웠으므로 그는 작전계획을 기록하기로 했다.

다음날 아침, 거실에서 잠시 동안 레날 부인과 단둘이 있게 되었다.

"당신은 쥘리앵이라는 이름 말고 다른 이름은 없나요?"

부인이 그에게 물었다.

기분을 좋게 해주는 이 질문에 우리의 주인공은 뭐라고 대답해야 할지를 몰랐다. 이런 상황은 그의 계획에는 없었던 것이다. 작전계획을 짜는 어리석은 짓을 하지 않았다면 쥘리앵의 날카로운 재치가 잘 활용되었을 것이며 불의의 질문은 그의 통찰력을 더욱 생기 있게 해주었을 것이다.

쥘리앵은 어색했고 자기의 어색한 행동을 과장해서 의식했다. 그러나 레날 부인은 곧 그것을 용서했다. 부인에게는 그것이 매력 있는 순진함의 결과로 보였던 것이다. 누구나 천재로 여기는 이 사람에게 좀 결핍되었다고 부인이 생각해오던 것이 바로 이런 순진한 모습이었다.

"저 어린 선생은 좀 경계할 필요가 있을 것 같아. 늘 생각에 잠겨 있고 정략적으로 행동하는 듯해. 좀 음침한 사람이야."

데르빌 부인은 가끔 이렇게 이야기했다.

쥘리앵은 불행히도 레날 부인에게 대답하지 못한 것 때문에 몹시 비위가 상해 있었다.

나 같은 사람은 이런 실패를 보상해야 해. 쥘리앵은 생각했다. 그리고 다른 방으로 건너가는 순간을 포착하여 레날 부인에게 입맞춤을 하는 것이 자신의 의무라고 생각했다.

그에게나 부인에게나 이보다 더 신통찮고 이보다 더 불쾌하고 이보다 더 신중치 못한 일은 없었다. 하마터면 남의 눈에 띌 뻔했다. 레날 부인은 그가 미치지 않았나 생각했다. 그녀는 무서웠고, 무엇보다도 불쾌해졌다. 이 어리석은 짓에 그녀는 발르노 씨를 떠올렸다.

'이 사람과 단둘이만 있으면 무슨 일이 일어날까?'

그녀는 생각했다. 사랑의 감정이 사그라지자 부인의 정조 관념이 되살아났다.

생각 끝에 레날 부인은 아이들 중 하나를 항상 자기 곁에 있도록 했다.

그날 하루는 쥘리앵에게 견디기 힘들었다. 그는 레날 부인을 유혹하려는 계획을 서투르게 실천에 옮기며 하루를 보냈다. 그가 레날 부인을 바라볼 때마다 그 눈길에는 늘 이유를 묻는 기색이 실려 있었다. 그러나 그는 자기가 사랑스럽게 보이지 못했을뿐더러 전혀 부인의 마음을 사로잡지 못했다는 것을 알지 못할 만큼 어리석지는 않았다.

레날 부인은 그렇게 서투른 동시에 그렇게 대담한 쥘리앵을 보고 놀라움을 금치 못했다. 이건 재능 있는 사람이 사랑을 할 때의 수줍음일 거야! 그가 지금껏 딴 여자로부터 사랑받지 못했다는 것을 상상이나 할 수 있을까! 부인은 마침내 이루 형용할 수 없는 기쁨을 느끼며 이렇게 생각했다.

아침 식사를 마치고 레날 부인은 브레 군수 샤르코 드 모지롱 씨를 접대하러 응접실로 들어갔다. 그녀는 꽤 높게 설치된 작업대에서 장식용 융단 짜는 일을 했다. 데르빌 부인이 옆에 있었다. 대낮에 부인이 이렇게 앉아 있을 때, 우리의 주인공은 지금이 장화를 신은 제 발을 슬쩍 내밀어 레날 부인의 고운 발을 눌러주기에 알맞은 때라고 생각했다. 바로 그때, 부인이 신은 살이 비치는 양말과 파리에서 온 예쁜 구두가 멋쟁이 군수의 눈길을 끌고 있었다. 레날 부인은 기겁을 했다. 그녀는 가위와 양모 털실 꾸리와 바늘을 떨어뜨렸다. 그래서 쥘리앵의 행동도 부인이 가위를 떨어뜨리는 것을 보고 그걸 막기 위해 한 서투른 행동으로 보일 수도 있었다. 다행히도 영국제 강철로 만든 그 작은 가위가 부러졌다. 부인은 쥘리앵이 좀더 가까이 있지 않은 것이 유감이라는 말을 그치지 않았다.

"선생이 나보다 먼저 가위가 떨어지는 것을 봤으니 잡을 수도 있었을 텐데요. 성의껏 하신다는 게 내게 힘껏 발길질만 해댔군요."

이 모든 것으로 모지롱 씨를 속일 수는 있었다. 그러나 데르빌 부인은 속지 않았다. 이 미소년은 참 어리석은 짓을 하는구나! 데르빌 부인은 이렇게 생각했다. 지방도시의 상식으로 보면 이런 과오는 결코 용서되지 않는다. 레날 부인은 기회를 봐서 쥘리앵을 타일렀다.

"조심하세요. 부탁이에요."

쥘리앵은 자신의 서투름을 알고 기분이 상했다. 그는 '부탁이에요'라는 말에 화를 내야 할지 말아야 할지를 몰라 한참 동안이나 혼자 곰곰 생각해보았다. 그는 어리석게도 만약 이것이 아이들 교육에 관련된 것이라면 나에게 '부탁이에요'라는 말을 할 수도 있다, 그러나 내 사랑에 응답하는 경우라면 평등하게 대해줘야 한다, '평등 없이 사랑은 있을 수 없다……'라고 생각했다. 그러고는 평등에 관한 상투어를 찾느라 골몰했다. 그는 며칠 전 데르빌 부인이 가르쳐주었던 코르네유의 시구를 성이 나서 암송했다.

사랑은 평등을 이루지,
애써 그것을 찾지는 않는다.

쥘리앵은 사는 동안 애인도 가져보지 못한 주제에 끝끝내 돈 후안 노릇을 하려 들면서 하루 종일 죽도록 멍청한 짓만 하고 보냈다. 그의 생각 중 정당한 것은 하나뿐이었다. 자기 자신과 레날 부인에게 싫증이 난 그는 정원에 가서 어둠 속에서 부인 곁에 앉아 있어야 하는 밤이 다가오는 것이 무서웠다. 그래서 레날 씨에게 베리에르에 가서 사제를 만나겠다고 이야기하고 저녁 식사 후에 출발해서 밤늦게 돌아왔다.

베리에르에 가보니 셀랑 사제는 이사 준비에 바빴다. 그가 마침내 면직되고 보좌신부 마슬롱이 그 후임자가 되었다. 쥘리앵은 선량한 사제를 거들어주었다. 그는 푸케에게 편지를 써서 성직에 대하여 느끼는 어찌할 수 없는 소명감이 처음에는 그의 친절한 제의를 받아들이지 못하게 했으나, 이와 같이 부당한 사례를 보고 나니 오히려 성직에 들어가지 않는 것이 자신의 구원에 나을 듯하다는 의사를 밝히려고 생각했다.

쥘리앵은 면직사건을 이렇게 이용하려는 자기의 교활한 생각에 스스로 흡족함을 느꼈다. 속셈대로 하면 성직자가 되는 문은 열어둔 채, 그의 정신에서 참담한 신중함이 영웅심을 능가하게 되면 푸케가 권유한 상업으로 방향을 전환할 수 있었다.

15장 닭 울음소리

사랑(amour)을 라틴어로 아모르(amor)라고 한다.
그러니 죽음(mort)은 사랑으로부터 비롯되는 것.
그리고 그 앞에는 마음을 괴롭히는(mord) 근심,
슬픔, 눈물, 책략, 죄악, 회한(remords)이 있다……
─사랑의 문장(紋章)

쥘리앵은 무턱대고 자기가 눈치가 빠르다고 생각했지만 만일 정말
로 조금만 눈치가 빨랐다면 베리에르에 다녀온 일의 효과를 보고 그
다음날 쾌재를 불렀을 것이다.

그가 없는 동안, 그가 저지른 서툰 짓들은 잊혀졌다. 그날도 여전히
그는 아주 침울해 있었다. 저녁때쯤 우스꽝스러운 생각이 하나 떠올
랐는데, 그는 실로 대담하게도 자기 생각을 레날 부인에게 전달했다.

정원에 앉자마자 주위가 채 어두워지기도 전에 쥘리앵은 자기 입을
부인의 귀에 갖다댔다. 그리고 부인을 무시무시한 곤경에 빠뜨릴 위
험을 무릅쓰고 이렇게 말했다.

"부인, 새벽 두시에 부인 방으로 가겠습니다. 할 얘기가 있어요."

쥘리앵은 자기 요구가 받아들여질까봐 떨고 있었다. 여인을 유혹하

는 역할은 그에게는 너무나 무시무시한 짐이어서, 그의 기질대로 행동한다면 며칠 동안 자기 방에 틀어박혀 더이상 부인들을 만나고 싶지 않았다. 어제 한 이해하기 어려운 행동 때문에 전에 부인들에게 준 좋은 인상을 죄다 망쳐버렸다는 것을 알아차리기는 했으나, 실제로는 어찌할 바를 모르고 있었던 것이다.

레날 부인은 조금도 과장 없이 정말로 성이 나서 쥘리앵이 감히 제안한 무례한 요구에 짧게 대답했다. 부인의 짧은 답 속에서 경멸이 느껴졌다. 아주 나지막한 부인의 대답에 '쳇' 하는 비웃음이 확실히 섞여 있었다고 그는 생각했다. 쥘리앵은 아이들에게 할말이 있다는 핑계로 아이들 방에 다녀와서는 레날 부인으로부터 상당히 멀리 떨어져 데르빌 부인 곁에 앉았다. 그리하여 레날 부인의 손을 잡을 모든 가능성을 스스로 없앴다. 대화는 심각했다. 쥘리앵은 머리를 쥐어짜며 궁리하느라 잠시 침묵을 지킨 것 외에는 용케 대화를 이어갔다. 사흘 전에 그녀가 내 것이라고 믿게 했던 모호하지 않은 애정 표시를 그녀가 다시 내게 보여주도록 할 무슨 뾰족한 수가 없을까! 그는 이렇게 생각했다.

쥘리앵은 자기가 일을 거의 절망적인 상태로 이끌어간 것에 대해 몹시 당황했다. 그러나 성공하면 오히려 더 난처한 입장에 빠질 듯했다.

자정이 되어 헤어질 때, 비관에 빠져버린 쥘리앵은 자기가 데르빌 부인의 경멸을 즐기고 있다고 믿게 되었으며 레날 부인의 경우도 마찬가지일 거라고 생각했다.

몹시 기분이 나쁘고 모욕을 당한 쥘리앵은 잠을 이룰 수 없었다. 그는 모든 가식과 모든 계획을 버리고 나날의 삶이 가져다줄 행복에 어린아이처럼 만족하며 레날 부인과 그날그날 살아갈 생각은 꿈에도 없었다.

그는 온갖 묘안을 짜느라 머리가 피곤했으나 다음 순간에는 그 묘안이 터무니없어 보였다. 요컨대 성관의 시계가 두시를 알렸을 때 그는 몹시 비참한 심경에 빠져 있었다.

성관의 시계 소리는 마치 닭 우는 소리가 성 베드로를 일깨웠듯이 그를 일깨웠다. 그는 자신이 가장 고통스러운 사건의 고비에 처해 있음을 알았다. 그는 부인에게 무례한 제안을 한 이후로 더이상 그것에 대하여 생각해보지 않고 있었다. 그토록 꼴사납게 거절당하지 않았던가!

두시에 간다고 부인에게 말했지. 자리에서 일어서면서 그는 생각했다. 나는 농군의 자식인 만큼 경험이 없고 거칠 수도 있어. 데르빌 부인은 내게 그걸 충분히 암시했지. 그러나 적어도 나는 나약하지는 않을 거야.

쥘리앵이 자신의 용기를 자랑으로 여기는 것도 당연했다. 그는 그보다 더 고통스러운 속박을 자신에게 부과해본 적이 결코 없었다. 문을 열면서 그는 너무 떨려 무릎의 기운이 쪽 빠진 나머지 벽에 몸을 기대지 않을 수 없었다.

그는 신을 신지 않고 있었다. 그는 레날 씨 방문 앞에 가서 귀를 기울였다. 코 고는 소리가 들렸다. 그 소리에 실망했다. 부인의 방에 가지 않을 핑계가 없어진 것이다. 그런데 저런, 거기 가서 뭘 하겠단 말인가? 아무 계획도 없었다. 설령 계획이 있었다 하더라도, 그는 도저히 그 계획을 실행할 수 없을 정도로 극심한 혼란을 느끼고 있었다.

죽음을 향하여 걸어가는 것보다 천배나 더 고통을 느끼면서 마침내 그는 레날 부인의 방으로 통하는 작은 복도에 들어섰다. 떨리는 손으로 문을 열었다. 문 여는 소리가 무시무시하게 들렸다.

방에는 불이 켜져 있었다. 야등이 벽난로 아래서 타고 있었다. 이 새로운 불행은 예상치 못한 것이었다. 그가 들어온 것을 본 레날 부인은 기겁을 하며 침대 밖으로 뛰어내렸다. 바보 같은 사람! 부인이 외쳤다. 그들은 잠시 어쩔 줄을 몰랐다. 쥘리앵은 자신의 허망한 계획을 잊어버리고 본성의 역할로 돌아갔다. 이토록 매력적인 여인의 사랑을 받지 못하는 것은 그에게는 불행 중 으뜸가는 불행으로 보였다. 그는 부인의 발 밑에 몸을 던지고 무릎을 껴안으며 책망에 답할 따름이었다. 부인이 아주 박정하게 힐난하자 그는 그만 눈물을 쏟았다.

몇 시간 뒤 쥘리앵이 레날 부인의 방에서 나올 때 쥘리앵의 기분은 소설 문체로 말한다면 더이상 아무것도 바랄 게 없는 심정이었다. 사실 그는 자기가 불어넣은 사랑과 부인의 매혹적인 아름다움이 만들어낸 예기치 않은 분위기 덕분에, 그의 서투른 재간으로는 도저히 바랄 수 없는 승리를 얻을 수 있었다.

그러나 가장 감미로운 순간에도 괴상한 오만함에 사로잡힌 그는 여인들을 정복하는 데 익숙한 사내의 역할을 하려 들었다. 그는 믿어지지 않는 주의력으로 자신이 가진 사랑스러운 점을 망쳐버리려고 무진 애를 쓰는 것이었다. 그는 자신이 자아낸 흥분이나 그 흥분의 강도를 높여주는 회한에 주의를 기울이는 대신에 '의무'에 대한 관념에 줄곧 사로잡혔다. 자신이 따르기로 마음먹은 이상적인 모델에서 벗어나면 끔찍한 후회를 겪고 영원한 웃음거리가 될까봐 두려워하고 있었다. 요컨대 쥘리앵을 뛰어난 존재로 만드는 점이 바로 자기 발 아래에 놓인 행복을 맛보지 못하도록 방해하는 것이었다. 그것은 흡사 매혹적인 살결을 지닌 열여섯 살 처녀가 무도회에 가려고 연지를 바르는 것처럼 미친 짓이었다.

쥘리앵이 나타나자 기겁을 하며 놀란 레날 부인은 곧이어 극심한 두려움에 사로잡혔다. 그런데 쥘리앵의 눈물과 절망에 빠진 모습이 그녀를 격렬한 혼란에 빠지게 했다.

그에게 더이상 아무것도 거부할 것이 없게 될 때까지 레날 부인은 정말로 화를 내며 쥘리앵을 떠밀었다. 그런 다음 그의 품에 몸을 던졌다. 이러한 모든 행동에 어떤 계획적인 의도가 있었던 것은 아니다. 그녀는 자신이 용서받지 못할 저주받은 여인이 된 것으로 생각하여 격렬하게 쥘리앵을 애무함으로써 지옥의 광경을 가려보려고 애를 썼다. 요컨대 우리의 주인공이 즐길 줄 알았더라면 자기가 유혹한 여인의 불타는 감각적 반응도 그의 행복에 빠지지 않았을 것이다. 한편 쥘리앵이 떠난 뒤에도 부인은 자신도 어쩔 수 없는 황홀감과 가슴을 찢는 듯한 후회의 싸움에서 벗어날 수 없었다.

아아! 행복하다는 것, 사랑받는다는 것은 결국 이런 것일 뿐인가? 자기 방에 들어서면서 쥘리앵의 머리에 떠오른 것은 이런 생각이었다. 오래 바라던 것을 막 이루었을 때 늘 그렇듯이 그의 마음은 놀라움과 불안한 혼란의 상태에 놓였다. 그 상태는 무엇인가 갈망하는 데 익숙하다가 더이상 갈망할 것을 찾지 못하게 되었으나, 그렇다고 해서 추억을 갖지는 못한 그런 상태이다. 쥘리앵은 열병식에서 돌아온

병사처럼 자기 행동의 세세한 부분을 주의깊게 되돌아보기에 골몰했
다. 내가 내 역할을 잘 수행했나?

무슨 역할인가? 바로 여자들을 멋지게 다루는 데 익숙한 남자의 역
할이었다.

16장 그 다음날

그는 자기 입술을 그녀의 입술로 가져갔다.
그리고 한 손으로 그녀의 헝클어진 머리를 쓸어내렸다.
—『돈 후안』 1가 170절

쥘리앵의 명예를 위해서는 다행스럽게도, 레날 부인은 너무 동요하고 너무 놀라서 한순간 자기에게 세상의 모든 것이 되어버린 남자의 어리석음을 눈치채지 못했다.

날이 밝아오는 것을 보고 그녀는 쥘리앵에게 돌아가달라고 부탁하며 말했다.

"아아, 어쩌면 좋아요! 남편이 무슨 소리라도 듣는다면 나는 끝이에요."

적당한 말을 만들어낼 만큼 여유가 있었던 쥘리앵은 이런 문장을 떠올렸다.

"목숨이 아까우신가요?"

"아! 이 순간은 몹시 아까운걸요! 그러나 당신을 안 것을 후회하지는 않아요."

쥘리앵은 날이 훤하게 밝은 뒤 당당하게 돌아가는 것이 위엄 있는 행동이라고 생각했다.

경험 많은 남자처럼 보이려는 어리석은 생각으로 지속적인 주의를 기울여 자신의 사소한 행동까지 관찰하는 것에도 단 한 가지 이점은 있었다. 아침 식사에서 레날 부인을 다시 만났을 때, 그의 행동은 신중함의 완벽한 표본이었다.

부인으로서는 눈자위까지 붉어지지 않고서는 그를 쳐다볼 수가 없었다. 그리고 한순간이라도 그를 보지 않고는 살 수가 없었다. 그녀는 자기가 흥분했음을 알아차렸다. 감추려 할수록 흥분은 높아만 갔다. 그러나 쥘리앵은 그녀에게 단 한 번의 눈길밖에 주지 않았다. 처음에 레날 부인은 그의 신중함에 감탄했다. 그러나 곧이어 그 한 번의 눈길이 반복되지 않음을 알고 불안해졌다. '이 사람은 더이상 나를 사랑하지 않는 걸까? 아아, 나는 그보다 늙었어. 열 살이나 위니까.' 그녀는 이렇게 생각했다.

식당에서 정원으로 나가면서 그녀는 쥘리앵의 손을 꼭 잡았다. 그 특이한 사랑의 표시에 놀라 쥘리앵은 정열적인 눈으로 그녀를 바라보았다. 아침 식사 때 그녀의 모습은 퍽 예뻐 보였다. 그는 눈을 내리깔고 그녀의 매력을 세세히 꼽아보았다. 그 눈길이 레날 부인에게 위안을 주었으나 그녀의 불안을 모두 걷어내지는 못했다. 그러나 불안감 때문에 남편에 대한 가책을 거의 잊을 수 있었다.

아침 식사 때 남편은 아무것도 눈치채지 못했다. 그러나 데르빌 부인도 그런 것은 아니었다. 그녀는 레날 부인이 자칫하면 유혹에 빠질 듯이 여겨졌다. 대담하고 신랄한 우정을 지닌 데르빌 부인은 하루 종일 레날 부인이 겪는 위험이 얼마나 끔찍한가를 암시해주는 말들을 아끼지 않았다.

레날 부인은 쥘리앵과 둘이 있고 싶어서 속이 탔다. 아직도 자기를 사랑하느냐고 묻고 싶었다. 레날 부인은 한결같이 다정한 성격이었지만, 그녀가 얼마나 귀찮은가를 데르빌 부인에게 여러 번 암시할 뻔했다.

저녁에 정원에서 데르빌 부인은 사정을 교묘하게 조정하여 쥘리앵과 레날 부인 사이에 자리잡았다. 쥘리앵의 손을 잡고 입술에 갖다댈 기쁨을 감미롭게 상상하던 레날 부인은 그에게 한마디 말조차 건넬 수 없었다.

이 난처한 일 때문에 레날 부인은 더욱더 안절부절못했다. 그녀는 한 가지 후회로 가슴을 태우고 있었다. 지난밤 쥘리앵이 자기 방에 왔을 때 부인은 그의 경솔한 짓을 지나치게 책망했다. 그래서 오늘밤에는 오지 않을 것 같아 떨고 있었다. 그녀는 일찍 정원을 떠나 자기 방에 들어갔다. 그러나 조바심을 억제하지 못하고 쥘리앵의 방 앞에 가서 문에 귀를 대고 엿들었다. 불안과 정열에 조바심을 내면서도 안으로 들어갈 용기는 없었다. 그러한 행동이 그녀에게는 최후의 타락으로 보였다. 그런 행동은 이 지방에서 추잡한 짓을 가리킬 때의 관용구로 쓰였기 때문이다.

하인들이 모두 잠든 것은 아니었다. 정숙한 레날 부인은 마침내 자기 방으로 돌아갔다. 두 시간의 기다림이 고통스러운 이백 년과 같았다.

그러나 쥘리앵은 자기가 의무라고 부르는 것에 너무 충실한 나머지 스스로 규정한 것을 한치의 흐트러짐도 없이 실천했다.

한시가 되자 그는 조용히 자기 방을 빠져나와 집주인이 혼곤히 잠든 것을 확인하고 레날 부인 방에 나타났다. 그날 밤, 그는 연인 곁에서 더 행복했다. 왜냐하면 전날처럼 수행해야 할 역할을 줄곧 생각하지 않았기 때문이다. 그는 볼 수 있는 눈과 들을 수 있는 귀를 가졌다. 레날 부인이 자기 나이에 대하여 이야기한 것이 적잖이 마음을 놓이게 했다.

"아아! 나는 당신보다 열 살이나 많아요. 그런데 어떻게 나를 사랑할 수 있나요!"

그 생각이 그녀의 마음을 짓누르고 있었으므로 아무 생각 없이 되풀이하여 말했던 것이다.

쥘리앵은 그런 걱정을 해본 적이 없지만 나이 차이는 사실이었고, 그래서 자기가 우스꽝스럽게 보이지 않을까 하는 두려움을 거의 잊게 되었다.

미천한 출신 때문에 열등한 애인으로 보이지 않을까 하는 어리석은 생각 역시 사라졌다. 쥘리앵의 격정이 그의 수줍은 연인을 차차 안심시킴에 따라 레날 부인은 얼마간의 행복과 자기 애인을 판단할 능력을 회복했다. 그날 그는 전날 밤 만남을 승리로 이끌기는 했지만 기쁨으로 만들지는 못했던 그 어색한 티를 다행히 거의 보이지 않았다. 만약 그녀가 하나의 역할을 수행하려는 그의 조심성을 엿보았다면 그 슬픈 발견이 그녀에게서 모든 행복을 앗아갔을 것이다. 하지만 그녀는 그것마저도 나이의 불균형에서 오는 슬픈 결과라고밖에는 생각하지 못했을 것이다.

레날 부인이 연애의 이론을 생각해본 적은 없었지만, 연애 얘기가 화제에 오를 때마다 나이 차이는 재산 차이 다음으로 그 지방의 농담에 자주 등장하는 상투적인 주제였던 것이다.

며칠 안 가서 쥘리앵은 그 또래의 열정에 사로잡혀 미친 듯 사랑에 빠지게 되었다.

부인은 천사처럼 마음이 착해. 그리고 그 누구도 부인보다 아름답지 않아. 그는 생각했다.

그는 어떤 역할을 수행하려는 생각은 거의 완전히 잊어버렸다. 마음을 놓은 순간에 자기의 걱정을 부인에게 모두 털어놓기까지 했다. 이런 고백은 그가 돋워놓은 부인의 정열을 절정에 이르게 했다. 그러고 보니 그가 사랑한 행복한 연적은 없었구나. 레날 부인은 더없는 즐거움을 느끼며 생각했다. 그녀는 그가 그토록 아끼던 초상화에 대하여 과감하게 물어보기도 했다. 쥘리앵은 그것이 어떤 남자의 초상화라고 맹세했다.

생각에 골똘할 만큼 마음이 침착해질 때면 레날 부인은 이러한 행복도 존재한다는 것, 그리고 그것을 모르고 살았던 것에 대하여 놀라지 않을 수 없었다.

아아! 내가 아직 미인으로 통할 수 있었던 십 년 전에 쥘리앵을 만났더라면! 그녀는 생각했다.

반면 쥘리앵은 그런 생각과는 거리가 꽤 멀었다. 그의 사랑은 아직 야심의 일부분이었다. 그것은 불행하고 그토록 멸시받는 존재가 그처럼 고귀하고 아름다운 여인을 소유하는 기쁨이었다. 연인의 매력을 바라볼 때의 그의 감탄과 흥분한 표정은 마침내 나이 차이에 관하여 부인을 다소간 안심시키기에 이르렀다. 좀더 개화된 지방에 사는 삼십대 여자라면 오래 전부터 향유했을 처세술을 그녀가 조금이라도 알았더라도, 놀라움과 자존심의 도취가 지속되는 동안만 살아 있는 것처럼 보이는 사랑이 오래 가지는 못하리라는 것을 짐작하고 몸서리쳤을 것이다.

야망을 잠시 잊는 순간이면 쥘리앵은 레날 부인의 모자며 옷에 이르기까지 열광하며 감탄하였다. 그는 그 향기를 맡는 즐거움에 싫증낼 줄을 몰랐다. 그는 거울이 붙은 부인의 장롱을 열고는 거기 들어 있는 모든 것의 아름다움이며 정돈 상태를 몇 시간씩이나 꼬박 감탄하며 보냈다. 그의 연인은 그에게 몸을 기댄 채 그를 바라보았다. 그는 결혼식 전날 결혼함에 넣어오는 보석과 옷감을 구경하기도 했다.

이런 남자와 결혼할 수도 있었을 텐데! 레날 부인은 몇 번 생각해 보았다. 그 얼마나 불덩이 같은 사람인가! 이 사람과 함께라면 삶이 얼마나 황홀할까!

쥘리앵은 여성이라는 무시무시한 무기 곁에 이토록 가까이 있어본 적이 결코 없었다. 파리에서도 이보다 아름다운 것을 갖지는 못할 거야! 그는 생각했다. 그때는 자기 행복에 아무런 이의도 발견할 수 없었다. 종종 진실한 감탄과 연인의 열광이 그에게 헛된 이론을 잊게 해주었다. 그 헛된 이론이 처음 사랑을 시작할 때 그를 그토록 부자연스럽고 거의 우스꽝스럽게 만들었다. 몸에 밴 위선에도 불구하고, 그는 자기를 사랑하는 귀부인에게 일상생활의 갖가지 예의범절에 대한 자신의 무지를 고백하고 싶은 특별한 상냥함을 경험했다. 연인의 신분이 자기 자신의 신분까지도 끌어올려주는 것 같았다. 레날 부인은 모든 사람들로부터 장래 위대한 인물이 될 거라고 촉망받는 이 재능 넘치는 청년에게 여러 가지 사소한 일들을 가르치는 데서 정신적으로 감미로운 기쁨을 발견하곤 했다. 군수와 발르노 씨까지도 쥘리앵에 대하여 감탄을 금치 못했다. 그런 그들이 부인에게는 그래도 덜 바보같아 보였다. 데르빌 부인으로 말하자면 그런 감정에서 매우 동떨어져 있었다. 그녀는 자기 짐작이 적중한 데 대해 실망했으며, 자기의 현명한 충고가 문자 그대로 돌아버린 친구에게는 오히려 밉살스러울 뿐이라는 걸 알고 이유도 밝히지 않은 채(그 이유를 묻지도 않았지만) 베르지를 떠났다. 레날 부인은 좀 울기는 했지만 곧 자기의 지극한 행복이 배가되었다고 느꼈다. 그렇게 친구가 떠나자 부인은 거의 온종일 애인과 단둘이 있을 수 있게 되었다.

너무 오래 혼자 있으면 푸케의 숙명적인 제의가 또다시 마음을 동요시키기 때문에, 쥘리앵은 애인과의 달콤한 교제에 더욱더 몰두했다. 일찍이 남을 사랑한 일도, 남에게 사랑받은 일도 없는 그로서는 이 새로운 생활의 처음 얼마 동안 애인에게 진심을 털어놓는 것이 매우 감미로운 즐거움으로 생각되었다. 그리하여 그때까지 자기 존재의 본질이었던 야심에 대하여 부인에게 고백할 뻔했다. 그는 푸케의 제의가 이상하리만큼 그를 유혹하는 데 관하여 부인과 의논할 수 있기를 바랐지만, 어떤 사소한 일로 솔직하게 고백할 길이 막혀버렸다.

17장 수석 부시장

> 오, 이 사랑의 봄은
> 불확실한 4월의 영광과 얼마나 비슷한가.
> 지금 그것은 태양의 모든 아름다움을 보여주지만
> 구름이 모든 것을 하나하나 걷어가버린다!
> ―『베로나의 두 신사』

어느 날 저녁 해가 질 무렵 쥘리앵은 귀찮은 사람들과 멀리 떨어져 과수원 깊숙한 곳에서 애인 곁에 앉아 깊은 몽상에 몰두하고 있었다. 이처럼 감미로운 순간이 언제까지나 지속될까? 그는 생각했다. 그의 마음은 어떤 신분에 정착한다는 것의 어려움에 대해 골똘히 생각하고 있었다. 유년기를 끝내고 그리 유복하지 못한 청년기의 첫 출발을 망쳐버리는 큰 불행이 다가옴을 한탄하고 있었다.

그는 부르짖었다.

"아! 나폴레옹은 프랑스 젊은이들을 위하여 하느님이 보낸 사람이었다. 누가 그를 대신할 수 있을까? 나보다 부유하다 해도 좋은 교육을 받을 다소의 여유가 있을 뿐 징병 대리인을 사거나 출셋길을 개척할 돈이 없는 가난한 사람들이 나폴레옹 없이 무엇을 할 수 있을 것인가!"

그는 깊은 한숨을 내쉬며 덧붙였다.

"숙명적인 나폴레옹의 기억이 있는 한, 우리는 어떤 일을 하든 결코 행복할 수 없으리라!"

그는 갑자기 레날 부인이 눈살을 찌푸리며 냉랭한 멸시의 표정을 짓는 것을 보았다. 그녀는 그런 사고방식이 하인들에게나 적합하다고 여겼던 것이다. 자신이 매우 부유하다는 생각 속에서 자라난 그녀는 쥘리앵도 모름지기 자기와 생각이 같아야 한다고 여기는 듯했다. 부인은 그를 자기 생명보다 훨씬 더 사랑하였으나 금전 문제는 전혀 고려해보지 않았던 것이다.

쥘리앵이 부인의 그런 생각을 알 턱이 없었다. 부인이 눈살을 찌푸리자 쥘리앵은 대번에 제정신이 들었다. 그는 녹음 속 벤치 위에 몸을 맞대고 앉은 이 귀부인에게 방금 자기가 한 말은 실은 목재 상인 친구 집에 갔다가 그로부터 들은 말이라고 슬쩍 둘러대는 재치쯤은 지니고 있었다. 그것은 신앙심 없는 사람들의 논리였다.

"그렇다면 그런 사람들과 어울리지 마세요."

레날 부인은 여전히 다소 냉랭한 기색을 지닌 채 말했고, 갑자기 더 없이 열렬한 애정의 표정으로 바뀌었다.

부인이 미간을 찌푸리는 것을 보고, 아니, 그보다는 자기의 경솔함에 대한 후회 때문에 쥘리앵을 이끌던 환상이 첫 난관에 봉착했다. 그는 생각했다. 이 여인은 착하고 부드러워. 그리고 나에 대한 감식안도 날카로워. 그러나 이 여자는 적의 진영에서 자라났어. 좋은 교육을 받았으나 자기 진로를 타개할 만한 충분한 돈이 없는 용기 있는 사람들의 계층을 특히 두려워하고 있는 게 틀림없어. 우리가 대등한 무기로 싸운다면 저들, 저 귀족들은 어떻게 될까! 레날 씨도 근본은 정직한 편이지만, 만일 정직하고 선의를 품은 나 같은 인물이 베리에르 시장이 되면 보좌신부, 발르노 씨, 그리고 그들의 온갖 교활한 짓을 제거할 텐데! 베리에르에서 정의가 승리할 텐데! 그들의 재능이 나에게 장애가 되지는 못할 거야. 그들은 끝없이 더듬거리고 있어.

그날 쥘리앵의 행복은 끝까지 지속될 수 있을 듯했다. 우리의 영웅에게는 성실함이 결여되어 있었다. 자신의 야망과 싸울 용기가 '당장' 필요했던 것이다. 한편 레날 부인은 쥘리앵의 말에 놀랐다. 교육을 너무 잘 받은 하류 계층 젊은이들 중에 로베스피에르 같은 자가 다시 나타날지도 모른다는 말을 상류사회 인사들이 자주 했기 때문이다. 레날 부인의 냉랭한 태도는 꽤 오랫동안 지속되었고, 그것이 쥘리앵의 눈에 두드러지게 띄었다. 쥘리앵의 고약한 말에 대한 역정이 사라지자 그녀는 그에게 간접적으로 불쾌한 이야기를 한 것이 걱정스러웠다. 성가신 사람들과 떨어져 행복에 겨워할 때면 그렇게도 순수하고 순진해 보이는 그녀의 표정에 이런 걱정이 짙게 엿보였다.

쥘리앵은 더이상 방심한 채 몽상에 잠기지 못했다. 더 차분해졌지만 사랑하는 마음이 다소 식어버린 그는 부인을 보러 방으로 가는 일이 경솔하다고 생각했다. 그녀가 자기 방으로 찾아오는 편이 나을 듯했다. 집 안을 돌아다니는 것을 하인이 본다 해도 부인이라면 여러 다른 핑계로 그것을 설명할 수 있을 것이다.

그러나 이 해결책 또한 불편한 점이 있었다. 쥘리앵은 신학생으로서는 결코 서점에 주문할 수 없는 책 몇 권을 푸케에게서 받아두었다.

밤에만 그 책들을 펼쳐볼 수 있었다. 부인의 방문으로 독서를 방해받고 싶지는 않았다. 과수원에서 사소한 사건이 있었던 지난밤에도 부인이 올까 조마조마하여 책을 읽을 경황이 없었다.

아주 새로운 방식으로 그 책들을 이해하기 위해서는 레날 부인이 도와줘야 했다. 그는 용기를 내어 수많은 사소한 사항들을 부인에게 질문했다. 그런 것들을 모르고는 제아무리 재능을 타고났다 해도 하류사회에서 태어난 젊은 지성은 얼마 못 가 멈춰 서기 때문이다.

별로 아는 것도 없는 여인에게서 받는 이런 사랑의 교육은 행복이었다. 쥘리앵은 오늘의 사회를 있는 그대로 바라보게 되었다. 그의 정신은 이천 년 전의 옛날이야기나 볼테르와 루이 15세가 살던 불과 육십 년 전의 사회를 그린 이야기를 읽어도 조금도 혼란스러워하지 않게 되었다. 그의 눈을 가로막던 베일이 걷히고, 그는 마침내 말할 수 없는 기쁨을 느끼며 베리에르에서 일어나는 여러 가지 일들을 이해하게 되었다.

브장송 도지사를 중심으로 이 년 전부터 아주 복잡하게 꾸며놓은 계략이 무대 전면에 등장했다. 거기에는 대단히 저명한 인물이 파리에서 보낸 서한이 뒷받침되어 있었다. 그 계략은 이 지방 제일가는 독실한 신자인 무아로 씨를 베리에르 제2부시장이 아니라 수석 부시장으로 만들자는 것이었다.

경쟁자로 대단히 부유한 제조업자가 있었는데, 무아로 씨는 결단코 그 사람을 제2부시장 자리로 밀어내야 했다.

이 지방 상류사회 인사들이 레날 씨 댁에 만찬을 들러 왔을 때 뜻하지 않게 들었던 암시의 말을 쥘리앵은 그제야 이해할 수 있었다. 그 특권계층은 수석 부시장 선정에 몹시 정신이 팔려 있었으나, 나머지 시민들, 특히 자유주의자들은 그런 가능성을 어렴풋하게도 느끼지 못했다. 수석 부시장 선정 문제가 그토록 중요하게 된 것은 누구나 아는 것처럼 베리에르의 대로(大路)가 국도가 되어 그 길을 동쪽으로 9피트 이상 넓혀야 했기 때문이었다.

그런데 확장될 도로 쪽에 집을 세 채나 가지고 있는 무아로 씨가 수석 부시장에 선출된다면, 그리고 레날 씨가 국회의원이 되어 그가 시장으로 승진한다면, 국도 위에 나와 있는 집들을 눈에 띄지 않게 약간 수리만 해서 백 년은 더 내버려둘 수 있을 것이다. 무아로 씨의 높은 신앙심과 청렴은 널리 알려졌지만 사람들은 그와 '얘기가 통할' 거라고 확신하고 있었다. 왜냐하면 그는 많은 자녀를 두고 있었기 때문이다. 뒤로 물러나야 할 집 가운데 아홉 채는 베리에르에서 내로라하는 사람들의 소유였다.

쥘리앵의 눈에는 이 음모가 퐁트누아* 전투사보다 더 중요해 보였다. 퐁트누아라는 지명도 푸케가 보내준 책 가운데 한 권에서 처음 보았다. 사제관으로 매일 저녁 공부하러 다니던 오 년 전부터 쥘리앵을 놀라게 한 일은 많았다. 하지만 신학생의 으뜸가는 미덕은 신중함과 겸손이므로 질문한다는 것은 항상 불가능했다.

어느 날 레날 부인은 쥘리앵의 앙숙인 남편 방 하인에게 무슨 명령을 내렸다.

---

* 벨기에의 한 지방. 1745년 5월 11일 오스트리아 왕위계승 전쟁의 일환으로 프랑스군이 영국·네덜란드 연합군을 물리친 퐁트누아 전투로 유명하다.

"하지만 마님, 오늘은 이달 마지막 금요일인데요."

하인이 이상하다는 표정으로 대답했다.

"그럼 가봐요."

레날 부인이 말했다.

"그렇군요! 저 사람은 옛날에 교회였던 건초창고에 가는군요. 요사이 다시 예배 장소가 됐다는데, 뭘 하러 가는 겁니까? 제가 도무지 알수 없는 일 중 하나네요."

쥘리앵이 물었다.

"아주 유익하고 퍽이나 묘한 제도인가봐요. 여자들은 거기 들어가지 못한대요. 내가 알고 있는 것은 거기서는 누구든지 서로 말을 놓는다는 거예요. 예를 들어 아까 그 하인이 거기서 발르노 씨를 만나겠지만 그토록 거만하고 어리석은 발르노 씨도 저 생 장이 자기에게 말을 놓아도 화내지 않고 같은 투로 대답을 한다네요. 거기서 뭘 하는지 당신이 알고 싶다면 모지롱 씨와 발르노 씨에게 자세히 물어볼게요. 언젠가 폭동이라도 일어나면 우리를 죽이지 않도록 하인 한 명마다 이십 프랑씩 지급하고 있답니다."

시간은 흘러갔다. 애인의 매력을 생각하며 쥘리앵은 어두운 야심으로부터 마음을 돌리곤 했다. 각기 반대파에 속해 있었기 때문에 쥘리앵은 부인에게 우울하고 합리적인 이야기를 하지 않을 필요가 있었다. 그것이 쥘리앵이 부인에게서 얻은 행복과 쥘리앵에 대한 부인의 지배력을 부지불식간에 더해주었다.

너무 영리해진 아이들이 옆에 있어서 그들이 냉정하고 분별 있는 이야기밖에 나눌 수 없을 때면, 쥘리앵은 사랑에 빛나는 눈빛으로 그녀를 바라보면서 더할 나위 없이 온순한 태도로 부인이 해주는 세상 돌아가는 이야기에 귀 기울였다. 레날 부인은 도로나 납품 일에 관련된 지능적인 사기사건 따위의 이야기를 한참 하다가도 갑자기 착란 상태에 이를 정도로 혼란에 빠지곤 했다. 그리하여 쥘리앵에게 자기 아이들에게 하는 것 같은 허물없는 몸짓을 했다. 그러면 쥘리앵은 부인을 나무라고 싶은 생각이 드는 것이었다. 부인이 그를 자기 자식처럼 사랑한다는 착각이 들었기 때문이다. 좋은 집안에서 태어난 아이라면 열다섯 살이면 다 알 만한 수많은 단순한 일들을 쥘리앵이 순진하게 물어오고, 그녀는 끊임없이 대답해야 하지 않았던가? 그러나 다음 순간이면 그녀는 쥘리앵을 선생처럼 경탄해 마지않았다. 쥘리앵의 재능에 겁이 날 지경이었다. 그녀는 이 젊은 신학생에게서 나날이 미래의 위대한 인물의 모습을 더욱 분명하게 보았다. 그에게서 교황의 모습도 보고, 리슐리외* 같은 재상의 모습도 보았다.

"당신이 세상에 이름을 떨칠 때까지 내가 살 수 있을까요? 위대한 인물에게는 자리가 생기게 마련이에요. 왕정도 종교도 그런 사람을 필요로 하지요."

그녀는 쥘리앵에게 이렇게 말했다.

---

* 루이 13세 시대의 프랑스 추기경·재상.

18장 국왕의 베리에르 행차

여러분은 영혼도 없고 혈관에 피도 흐르지 않는
백성의 주검처럼,
다만 내동댕이쳐지는 것 이외에는
아무짝에도 쓸모없는 사람들이란 말이오?
— 성 클레망 교회에서 행한 주교의 강론

9월 3일 밤 열시, 헌병 하나가 말을 타고 대로를 올라가면서 온 베리에르 주민들의 잠을 깨웠다. 그는 국왕 폐하께서 다음 일요일에 이곳에 행차하신다는 소식을 가지고 왔다. 그날은 화요일이었다. 도지사는 의장대 구성을 허락했는데, 말하자면 의장대 구성을 요구한 것이나 다름이 없었다. 가능한 한 호화로운 행사를 펼쳐 보여야 했다. 급보를 전달할 사람이 베르지로 파견되었다. 레날 씨가 밤중에 도착해보니 온 도시가 흥분의 도가니였다. 모든 사람이 각자 주장하는 바가 있었다. 가장 한가한 사람들은 국왕이 베리에르로 들어오는 것을 보려고 발코니를 빌리기도 했다.

누가 의장대를 지휘할 것인가? 레날 시장은 무아로 씨가 그 지휘를 맡는 것이 뒤로 물러나야 할 가옥들의 이해관계에 얼마나 중요한지를 즉시 깨달았다. 의장대를 지휘한다는 것은 수석 부시장 자격을 얻는 것과 같았다. 무아로 씨의 신앙심은 모든 비교를 불허할 정도로 흠잡을 데 없었으나, 말을 타본 경험이 전혀 없었다. 그는 매사에 소심한 서른여섯 살의 남자로, 말에서 떨어지는 것도, 남의 웃음거리가 되는 것도 두려워하고 있었다.

시장은 새벽 다섯시에 그를 불렀다.

"무아로 씨, 모든 유지들이 추천하는 수석 부시장 자리에 당신이 이미 앉아 있는 것으로 보고 당신의 의견을 묻습니다. 이 불행한 도시에서는 제조업이 번창하고, 자유주의자들은 백만장자가 되어 권력을 열망하고 있소. 자유주의자들은 모든 수단을 동원할 거요. 국왕과 왕정 그리고 무엇보다도 성스러운 우리 신앙의 이해관계에 대하여 의논합시다. 무아로 씨, 당신은 의장대 지휘를 누가 맡아야 한다고 생각하시오?"

말(馬)에 대한 끔찍한 공포에도 불구하고 무아로 씨는 마침내 순교자의 심정으로 그 영예를 떠안고 말았다.

"큰 실수 없이 해보도록 하겠습니다."

그는 시장에게 말했다. 칠 년 전 왕자가 이곳을 지나갈 때 입었던 의장대 제복을 수선할 시간이 겨우 남아 있었다.

일곱시에 레날 부인이 쥘리앵, 아이들과 함께 베르지에서 돌아왔다. 응접실에는 자유파 부인들이 가득 모여 있었다. 그녀들은 당파연합을 힘주어 주장하며 자기 남편들이 의장대의 일원이 되도록 시장에게 청해달라고 레날 부인에게 부탁하러 온 참이었다. 그중 하나는 만약 자기 남편이 선발되지 못하면 슬픔으로 파산할 거라고 주장하기도

했다. 레날 부인은 당장 그녀들을 모두 돌려보냈다. 그녀는 매우 분주해 보였다.

쥘리앵은 부인이 그렇게 안절부절못하면서도 그 이유를 자기에게 감추는 것에 놀랐고 또 몹시 화가 났다. 그는 씁쓸한 기분으로 생각했다. 내 이럴 줄 알았다니까. 국왕을 자기 집에 모시는 기쁨 앞에서 사랑 따위는 빛을 잃는 거야. 이 여자는 이 모든 소란에 현혹된 거야. 계급 관념이 더이상 머리를 어지럽히지 않아야 나를 다시 사랑하겠지.

놀라운 것은 일이 이렇게 되어도 부인이 더욱 사랑스러워지는 것이었다.

실내장식업자들이 집 안 가득 몰려오기 시작했다. 쥘리앵은 오랫동안 부인에게 말을 걸 기회를 노렸지만 허사였다. 마침내 그는 그의 방에서 그의 옷 한 벌을 가지고 나오는 부인을 보았다. 그들 둘만 있었다. 그는 부인에게 말을 걸고 싶었다. 그러나 부인은 그의 말을 듣지 않고 나가버렸다. "저런 여자를 사랑하다니 나도 꽤나 어리석은 놈이지. 저 여자도 야심 때문에 남편만큼이나 정신이 나간 거야."

레날 부인은 그 이상으로 몰두해 있었다. 쥘리앵의 감정을 상하게 할까 두려워 고백은 못 했지만 그녀가 품고 있는 커다란 소원 중 하나는 단 하루만이라도 쥘리앵이 칙칙한 검은 옷을 벗은 모습을 보는 것이었다. 그토록 순수한 여인으로서는 정말 탄복할 만한 솜씨로 부인은 우선 무아로 씨에게, 그런 다음에는 군수 모지롱 씨에게 대여섯 명의 청년 대신 쥘리앵을 의장대원에 임명하도록 허락을 받아냈다. 그 대여섯 명의 청년들은 매우 부유한 공장주의 아들들로서, 그들 가운데 최소한 두 명은 남들에게 본보기가 될 만한 신앙심을 가지고 있었다. 시에서 가장 아름다운 부인들에게 자기 사륜마차를 빌려주어 자신의 노르망디 산(産) 준마들을 자랑하려던 발르노 씨도 자기가 가장 미워하는 쥘리앵에게 말 한 필을 빌려주는 데 동의하고 말았다. 그런데 의장대원들은 모두 칠 년 전에 눈부신 빛을 발했던 은제 대령 견장 두 개가 달린 멋진 하늘색 제복을 가지고 있거나 빌려올 수 있는 사람들이었다. 레날 부인은 쥘리앵에게 제복 한 벌을 만들어주고 싶었다. 그런데 브장송에 사람을 보내 제복과 무기, 모자 등 의장대원에게 필요한 물건을 가져오게 할 시간이 나흘밖에 남지 않았다. 재미있는 것은 부인이 베리에르에서 쥘리앵의 복장을 만들게 하는 것은 경솔한 짓이라고 생각했다는 점이다. 그녀는 쥘리앵을, 그리고 베리에르 시 전체를 놀라게 하고 싶었다.

의장대 준비와 시민들의 공공정신 고취 작업이 끝나자, 시장은 대규모 종교의식 준비에 몰두했다. 국왕이 시에서 1리외가량 떨어진 브레 르 오에 안치된 성 클레망의 유명한 유골에 참배하지 않고 베리에르를 지나치려 할 리 없었다. 많은 성직자들의 동참이 요구되었는데, 그것은 가장 타결하기 어려운 문제였다. 신임 사제 마슬롱 씨는 셸랑 씨의 참석을 기어코 막으려 들었다. 셸랑 사제를 못 오게 하는 것은 경솔한 짓이라고 레날 씨가 환기시켜보아도 헛일이었다. 선조 대대로 이 지방 영주였던 라 몰 후작이 국왕 수행원으로 지명되어 있었다. 그는 삼십 년 전부터 셸랑 사제와 알고 지냈다. 그가 베리에르에 도착하면 셸랑 사제의 소식을 물어볼 것이 뻔했다. 그리고 사제가 면직당한 것을 알게 되면 자기가 동원할 수 있는 수행원을 모두 이끌고 사제가 은거하고 있는 작은 집까지 직접 찾아갈 사람이었다. 그렇게 되면 얼마나 큰 망신인가!

하지만 마슬롱 사제는 이렇게 대답했다.

"저는 이곳에서도 브장송에서도 체면을 잃을 겁니다! 얀센주의자* 인 그를 우리 성직자단에 넣다니요."

"신부님께서 뭐라고 말씀하셔도 나는 베리에르의 행정기관이 라몰 씨에게 모욕을 당하도록 하지는 않을 겁니다. 신부님은 그 양반을 모릅니다. 그 양반은 궁정에서는 점잖지만 지방에서는 조롱과 야유를 좋아하는 짓궂은 익살꾼으로, 사람들을 난처하게 만들려고만 하지요. 그저 재미로 자유주의자들 앞에서 우리를 웃음거리로 만드는 것도 마다하지 않을 사람입니다."

레날 씨가 응수했다.

사흘간의 협상 끝에 토요일 밤 늦게야 마슬롱 사제의 자존심이 용기로 변한 시장의 두려움 앞에 무릎을 꿇었다. 노령과 불편한 몸이 허용한다면 브레 르 오의 유골 참배의식에 참석해달라고 간청하는 공손한 편지를 셸랑 사제에게 써야 했다. 셸랑 씨는 쥘리앵을 차부제(次副祭) 자격으로 동반하는 초청장을 요구해서 받아냈다.

일요일 아침부터 인근 산간지방에서 수천 명의 농부들이 모여들어 베리에르 거리에 넘쳐났다. 더없이 좋은 날씨였다. 이윽고 세시가 되자 군중은 일제히 술렁거렸다. 베리에르에서 2리외가량 떨어진 바위산에서 커다란 봉화가 피어올랐다. 국왕이 현(縣)의 경계를 막 넘었음을 알리는 신호였다. 곧이어 모든 종이 울리고 시에 속한 낡은 스페

---

* 예정설, 자유의지, 은총에 대한 이단교리를 주장한 코르넬리우스 얀센 주교의 추종자들.

인 대포가 연거푸 발사되면서 이 커다란 사건에 대한 기쁨을 표시했다. 주민의 반이 지붕 위로 올라갔다. 여자들은 모두 발코니로 나섰다. 의장대가 움직이기 시작했다. 사람들은 그들의 빛나는 제복에 감탄했으며, 각자 자기 친척이나 친구를 찾아보았다. 사람들은 매순간 손으로 조심스레 안장 앞테를 잡으려고 애쓰는 겁먹은 무아로 씨를 조롱했다. 그러나 한 가지 눈길을 끄는 것이 다른 모든 것을 잊게 했다. 제9열의 첫 기수가 아주 날씬하고 뛰어난 미소년이었는데, 처음에 사람들은 그가 누구인지 알아보지 못했다. 곧이어 일부 사람들에게서 터져나온 분개의 외침과 다른 사람들의 놀라워하는 침묵이 모든 사람의 느낌을 말해주었다. 마침내 사람들은 발르노 씨의 노르망디 산 말을 타고 있는 청년이 목수의 아들 소렐임을 알아보았다. 모든 사람들 사이에서, 특히 자유주의자들 사이에서 시장을 비난하는 외침이 터져나왔다. 무슨 짓이야. 부유한 공장주의 아들들인 모 씨, 모 씨를 제쳐놓고, 제 아이들의 가정교사라는 이유로 사제의 옷을 걸친 꼬마 노동자 녀석을 감히 의장대원으로 지명하다니!

"저 양반들이 천민 출신인 저 무례한 젊은이를 단단히 혼내야 할 거예요."

은행가 부인이 말했다.

"저 젊은이는 교활해요. 게다가 칼까지 차고 있으니, 보기보다 위험해서 다른 사람들에게 칼질을 할지도 몰라요."

옆의 사람이 대꾸했다.

귀족사회의 대화는 더 위험했다. 귀부인들은 그런 엄청나게 부적절한 일을 시장 혼자서 했겠냐고 수군댔다. 일반적으로 사람들은 시장이 신분이 미천한 사람들을 멸시한다는 것을 인정하고 있었다.

그토록 화제의 대상이 되는 동안, 쥘리앵은 사람들 가운데 가장 행복했다. 대담성을 타고난 그는 이 산악도시에 사는 대부분의 젊은이들보다 말을 잘 탔다. 그는 여인들의 눈에서 자기가 화제에 오르고 있음을 알아차렸다.

그의 견장은 새것이어서 더욱 빛났다. 그의 말은 매순간 뒷발로 일어섰고, 그는 기쁨의 절정에 다다라 있었다.

그의 행복이 끝간데없었을 때, 낡은 성벽 옆을 지나던 그의 말이 작은 대포 소리에 놀라 대열 밖으로 뛰어나왔다. 실로 다행으로 그는 말에서 떨어지지 않았다. 그 순간 그는 영웅이 된 듯한 느낌이었다. 나폴레옹의 전속 부관이 되어 포대를 향하여 진격하는 기분이었다.

그보다 더 행복한 사람이 하나 있었다. 처음에 그 사람은 시청 창문을 통해 그가 지나가는 것을 바라보았다. 그런 다음에 그녀는 사륜마차에 올라타 빠르게 다른 길로 우회하여 쥘리앵의 말이 대열을 이탈한 바로 그 시간에 도착하여 그 모습을 보고 몸을 떨었다. 마침내 그녀가 탄 사륜마차는 다른 성문을 통해 전속력으로 달려 국왕이 지나갈 도로에 합류하여 고상한 먼지가 흩날리는 길 한복판에서 의장대를 이십 보가량 간격을 두고 따라갈 수 있었다. 시장이 국왕 폐하를 환영하는 연설을 하자 만여 명의 농부들이 국왕 만세를 외쳤다. 한 시간 뒤 모든 연설이 끝나고 국왕은 시내로 들어갔다. 작은 대포가 빠르게 포성을 울리기 시작했다. 뒤이어 사고 하나가 발생했다. 사고는 라이프치히나 몽미라유 전투에 참여했던 대포수들에게가 아니라, 장차 수석 부시장이 될 무아로 씨에게 발생하였다. 그의 말이 큰길에 딱 하나 남아 있던 진흙 구덩이 속에 그를 부드럽게 떨어뜨린 것이다. 국왕의 마차가 지나갈 수 있도록 그를 거기서 끌어내야 했으므로 한 차례 소란이 벌어졌다.

국왕은 그날 진홍빛 커튼으로 장식한 아름다운 신축 교회에서 마차를 내렸다. 국왕은 점심을 들고 성 클레망의 유명한 유골에 참배하러 곧바로 마차에 다시 탈 예정이었다. 국왕이 교회에 도착하자마자 쥘리앵은 레날 씨 댁을 향하여 말을 달렸다. 거기서 그는 한숨을 내쉬며 아름다운 하늘색 제복과 칼, 견장을 벗고 초라한 검은색 옷으로 갈아입었다. 그는 다시 말에 오른 뒤 얼마 안 가서 아주 아름다운 언덕 꼭대기에 자리잡은 브레 르 오에 도착했다. 열광에 넘친 농부들의 수가 점점 늘어나는구나. 베리에르 사람들은 동작이 굼뜬데 이 옛 사원 주변에는 만 명이나 모였군. 쥘리앵은 생각했다. 혁명 때 문화파괴주의로 반쯤 무너졌던 사원은 왕정복고 후에 웅장하게 복원되었고, 사람들은 이제 기적을 이야기하기 시작했다. 쥘리앵은 셸랑 사제 곁으로 합류했다. 사제는 그를 몹시 책망하고는 수단과 중백의*를 건네주었다. 그는 재빨리 옷을 갈아입고 아그드의 젊은 주교를 만나러 가는 셸랑 사제의 뒤를 따랐다. 주교는 라 몰 후작의 조카로 최근에 임명을 받았는데, 국왕에게 유골을 참배하도록 하는 임무를 맡고 있었다. 그러나 그 주교를 찾을 수 없었다.

성직자단은 초조했다. 그들은 낡은 사원의 어두운 고딕 풍 회랑에서 그들의 지휘자를 기다렸다. 1789년 이전에 스물네 명의 참사로 구

---

* 성직자가 성사를 집행할 때 입는 무릎까지 내려오는 흰옷.

성되었던 예전의 브레 르 오 참사회를 본떠 스물네 명의 사제가 모여 있었다. 사십오 분 동안이나 주교의 젊은 나이를 한탄하고 나서 사제들은 사제 대표가 주교를 찾아가 국왕이 곧 도착하실 테니 주제단이 있는 내진(內陣)으로 나와달라고 알리는 것이 좋겠다고 생각했다. 셀랑 씨가 최연장자여서 사제 대표로 추대되어 있었다. 셀랑 사제는 쥘리앵이 못마땅했지만 그에게 자기를 따라오라고 손짓했다. 쥘리앵은 중백의를 아주 맵시 있게 입고 있었다. 어떤 성직자의 화장술을 사용했는지 몰라도 그의 아름다운 곱슬머리는 아주 곧게 펴져 있었다. 그러나 긴 수단 자락 밑으로 의장대원의 박차가 눈에 띄었는데, 그런 부주의가 셀랑 사제의 화를 더욱 돋우었다.

그들이 주교의 접견실에 다다르자, 요란하게 치장한 시종들이 주교께서는 지금 면회를 허락하지 않는다고 늙은 사제에게 겨우 한마디 대답했다. 셀랑 사제가 자기는 브레 르 오의 신성한 사제 대표 자격으로 왔으며 언제든 공적으로 주교를 만날 권리가 있다고 말하자 시종들은 그에게 코웃음을 쳤다.

자존심 강한 쥘리앵은 시종들의 거만한 태도에 감정이 상했다. 그는 보이는 문마다 모조리 흔들며 낡은 사원의 방들을 뒤지기 시작했다. 그는 아주 작은 문 하나를 힘껏 열어젖히고 검은 옷에 금 목걸이를 하고 있는 주교 하인들이 모인 방으로 들어갔다. 서두르는 태도를 보고서 하인들은 그를 주교가 부른 사람으로 생각하고 통과하도록 내버려두었다. 몇 걸음 나아가자 검은색 떡갈나무로 벽을 치장한 매우 어둡고 넓은 고딕 식 방이 나왔다. 위쪽이 뾰족한 창문들은 하나만 빼고는 모두 벽돌로 막혀 있었다. 벽돌 공사의 거칢이 그대로 드러나 있어서 멋진 옛 장식판자와 한심스러운 대조를 이루었다. 부르고뉴 고고학자들 사이에 이름난 이 홀은 샤를 르 테메레르 공이 1470년경에 짓게 했다는데, 그 양쪽 벽이 화려하게 조각한 나무판으로 장식되어 있었다. 거기에는 묵시록의 온갖 신비가 각기 다른 색깔의 나무로 형상화되어 있었다.

칠한 지 얼마 되지 않아 아직 하얀 벽토와 장식이 없는 벽돌 때문에 품위가 떨어지기는 했지만 그 애조를 띤 장엄함에 쥘리앵은 감동을 금할 수 없었다. 그는 조용히 걸음을 멈추었다. 홀의 반대편 저쪽, 햇빛이 새어들어오는 단 하나의 창문 곁에 마호가니로 틀을 한 움직이는 거울 하나가 보였다. 그 거울에서 몇 걸음 떨어진 곳에 보랏빛 옷과 레이스 달린 중백의를 걸치고 머리에는 모자를 쓰지 않은 젊은 사람 하나가 있었다. 그런 곳에 거울이 있다는 것이 이상했다. 아마 시내에서 가져온 듯했다. 쥘리앵은 그 젊은이가 화난 것을 알 수 있었다. 젊은이는 거울을 향하여 오른손으로 엄숙하게 축복을 주고 있었다.

저건 무슨 뜻일까? 쥘리앵은 생각했다. 저 젊은 사제는 의식의 예행연습을 하고 있는 걸까? 아마도 주교님의 비서일지도 몰라. 저 사람도 시종들처럼 건방지겠지. 아무러면 어때. 한번 물어보자.

쥘리앵은 앞으로 걸어갔다. 단 하나의 창문 쪽에 시선을 고정한 채 잠시도 쉬지 않고 끝없이 되풀이하면서 천천히 축복을 주는 몸짓을 하는 그 남자를 바라보면서 홀을 천천히 가로질러 끝까지 갔다.

가까이 다가가면서 쥘리앵은 그 사람의 화난 기색을 더욱 잘 분간하게 되었다. 레이스가 장식된 호화로운 중백의 차림새에 놀란 쥘리앵은 휘황찬란한 거울 몇 걸음 앞에서 본의 아니게 걸음을 멈췄다.

저 사람에게 말을 거는 것이 내 의무다. 마침내 쥘리앵은 생각했다. 그러나 아름다운 홀에 감동한 그는 그 남자가 자기에게 건네올 무뚝뚝한 말을 상상하고 미리 감정이 상했다.

젊은 남자는 거울 속으로 쥘리앵이 다가오는 것을 보고 몸을 돌리더니 갑자기 노한 기색을 풀고 더없이 부드러운 목소리로 말했다.

"자, 이제 준비가 되었소?"

쥘리앵은 깜짝 놀랐다. 그 젊은 남자가 쥘리앵 쪽으로 돌아섰을 때 그의 가슴에서 주교가 패용하는 십자가를 본 것이다. 이 남자가 바로 아그드의 주교였다. 저렇게 젊은 사람이…… 기껏해야 나보다 예닐곱 살 위일 텐데!…… 쥘리앵은 생각했다.

그리고 자기가 붙이고 있는 박차가 부끄러워졌다.

"주교님, 저는 참사회 사제 대표 셸랑 씨가 보내서 왔습니다."

쥘리앵은 주저하며 말했다.

"아! 그분에 관한 추천은 잘 받았소."

주교는 쥘리앵을 더욱 황홀하게 하는 정중한 말투로 얘기했다.

"그런데 미안하오. 당신을 주교관(主敎冠)을 가져온 사람으로 생각했으니 말이오. 파리에서 잘못 포장을 해서 관 위에 있는 은제 장식이 흉하게 망가졌더군. 그걸 그대로 쓰고 나가면 더없이 흉할 것 같아서 기다리는 중이오!"

젊은 주교는 우울한 표정으로 덧붙였다.

"주교님, 허락해주신다면 제가 주교관을 찾아오겠습니다."

쥘리앵의 아름다운 눈빛이 효력을 발휘했다.

"그럼 그렇게 하시오. 주교관이 즉시 필요해서…… 참사회 여러분을 기다리게 해서 미안하오."

주교는 매력적이고도 정중하게 대답했다.

홀 한가운데에 이르렀을 때 쥘리앵은 다시 주교 쪽을 돌아보았다. 주교는 축복 주는 일을 다시 시작했다. 저게 뭘까? 아마도 곧 거행될 전례의식에 필요한 연습일 거야. 쥘리앵은 이렇게 생각했다. 하인들이 모인 방에 도착하니 주교관은 그들의 손에 있었다. 그들은 쥘리앵의 거역할 수 없는 눈초리에 굴복하여 본의 아니게 그에게 주교관을 건네주었다.

그는 주교관을 들고 가는 것이 자랑스러웠다. 홀을 가로질러 천천히 걸어갔다. 주교는 거울 앞에 앉아 있었다. 그는 지쳐 보였지만 그래도 지친 오른손을 들고 이따금씩 축복을 주고 있었다. 쥘리앵은 주교가 관을 쓰는 것을 도와주었다. 주교는 머리를 흔들어보았다.

"아! 괜찮군. 좀 멀리서 봐주겠소?"

주교가 만족한 어조로 쥘리앵에게 말했다.

그러고는 상당히 빠른 걸음으로 홀 중앙까지 나아가더니 천천히 거울로 다가오면서 또다시 성난 표정으로 엄숙하게 축복을 주는 것이었다.

쥘리앵은 놀라서 꼼짝 않고 서 있었다. 질문을 하고 싶었으나 그럴 용기가 나지 않았다. 주교는 멈춰 서서 재빨리 엄숙한 표정을 풀더니 쥘리앵을 바라보며 물었다.

"내 주교관 어떻소? 잘 어울립니까?"

"아주 잘 어울립니다, 주교님."

"너무 뒤로 젖혀쓰지는 않았나요? 그러면 좀 바보스러워 보일 텐데. 그렇다고 사관들의 군모처럼 눈까지 눌러써도 안 되고."

"제가 보기에는 아주 잘 어울립니다."

"국왕께서는 존경받고 무척 근엄한 성직자들에게 익숙하십니다. 나는 나이가 젊다 해서 지나치게 경박한 태도를 보이기는 싫소."

주교는 다시 축복을 주면서 걷기 시작했다.

주교님은 축복 주는 걸 연습하시는 게 분명해. 쥘리앵은 마침내 알아차리고 이렇게 생각했다.

잠시 후 주교가 말했다.

"준비가 다 됐소. 자, 가서 사제 대표와 참사회 여러분에게 알려주시오."

뒤이어 셀랑 씨가 자기 다음으로 연로한 두 사제를 대동하고 호화롭게 조각된 커다란 문을 통하여 입장했다. 쥘리앵은 그때까지 그런 문이 있는지도 모르고 있었다. 이번에는 일행의 맨 끝 자기 자리에 머물게 되어 문으로 무리지어 몰려오는 성직자들의 어깨 너머로 겨우 주교의 모습을 볼 수 있었다.

주교는 천천히 홀을 가로질러 갔다. 그가 문턱에 이르렀을 때 사제들이 행진 대열을 만들었다. 잠시 혼란이 있은 뒤 대열은 시편을 노래하며 행진을 시작했다. 주교는 셀랑 씨와 아주 나이 많은 다른 사제 사이에서, 대열 맨 끝에서 걸어갔다. 쥘리앵은 셀랑 사제의 수행원으로서 주교 바로 옆으로 끼어들었다. 행렬은 브레 르 오 사원의 긴 복도를 따라 행진해갔다. 햇볕이 쏟아졌는데도 복도는 어둡고 축축했다. 마침내 회랑의 문에 도착했다. 쥘리앵은 너무나 아름다운 의식에 감탄하여 얼떨떨했다. 젊은 주교를 보고 깨어난 야망 그리고 그 고위 성직자의 감수성과 섬세한 예절이 그의 마음을 들끓게 했다. 그 예절은 레날 씨의 예절, 그가 기분 좋은 날 보여주는 예절과도 많이 달랐다. 사회적 지위가 높아질수록 그만큼 매력적인 거동을 보이나보다. 쥘리앵은 이렇게 생각했다.

대열은 옆문을 통하여 교회 안으로 들어갔다. 갑자기 무시무시한 소리가 교회의 둥근 천장에 울려 퍼졌다. 쥘리앵은 천장이 무너지는 줄 알았다. 하지만 그것은 또다시 울린 축포 소리였다. 전속력으로 달려온 여덟 마리 말에 끌려 방금 대포가 도착했다. 대포가 도착하자마자 라이프치히 전투의 용사였던 포수들은 그것을 포좌에 올리고 마치 프로이센군이 앞에 나타나기라도 한 듯이 일 분에 다섯 발씩 쏴댔다.

그러나 이 감탄할 만한 소리는 더이상 쥘리앵에게 효력을 미치지 못했다. 그는 이제 나폴레옹이나 군대의 영광을 생각하지 않았다. 저렇게 젊은 나이에 아그드의 주교라니! 그런데 아그드가 어디 있지? 저 주교는 얼마나 벌까? 아마도 20만~30만 프랑은 되겠지. 그는 이렇게 생각했다.

주교의 시종들이 찬란한 이동 닫집을 들고 나타났다. 셸랑 씨가 거기에 달린 막대기 하나를 잡았지만 실제로 그것을 붙잡고 있었던 것은 쥘리앵이었다. 주교가 닫집 아래에 자리를 잡았다. 그는 사실상 늙은 모습을 풍기고 있었다. 우리 주인공의 감탄은 이루 헤아릴 수가 없었다. 재주가 있으면 무엇을 못 하겠어! 그는 생각했다.

국왕이 들어왔다. 쥘리앵은 다행히도 국왕을 아주 가까이서 볼 수 있었다. 주교는 감동적인 어조로 강론을 했는데, 폐하에 대하여 매우 황공하여 당황스럽기까지 하다는 뉘앙스를 잊지 않았다.

브레 르 오에서 열린 의식을 되풀이해서 묘사하지는 않겠다. 그 의식은 이 주일 동안이나 현내 모든 신문의 지면을 꽉 채웠으니 말이다. 주교의 강론에서 쥘리앵은 국왕이 샤를 르 테메레르의 후예인 것을 알았다.

뒤에 쥘리앵은 이 의식에 소요된 비용의 회계를 확인해보았다. 자기 조카를 주교 자리에 앉힌 라 몰 씨가 비용을 모두 부담함으로써 조카에게 친절을 베풀었다. 브레 르 오의 의식 하나만에도 3800프랑의 비용이 소요되었다.

주교의 강론과 왕의 답사가 끝난 뒤 국왕 폐하는 닫집 밑으로 들어섰다. 그리고 제단 옆 방석 위에 아주 경건하게 무릎을 꿇었다. 성가대석은 성직자석으로 둘러싸여 있고 성직자석은 바닥에서 두 계단 높은 곳에 있었다. 쥘리앵은 로마 시스티나 예배당에서 추기경의 옷자락을 들어주는 사람처럼 셸랑 사제 밑의 계단 마지막 단에 앉아 있었다. 〈테 데움〉이 울려 퍼지며 향의 연기가 뭉게뭉게 피어오르고, 총포의 일제 사격 소리가 끝없이 울려 퍼졌다. 시골 사람들은 행복과 신심에 취해 있었다. 그런 하루는 자코뱅파 급진신문 100호 분량의 선동을 무찔러버릴 만큼의 효과가 있었다.

쥘리앵은 진정으로 기도에 몰두하는 국왕에게서 불과 몇 발짝 떨어진 곳에 자리잡고 있었다. 그는 재치 있는 눈길의 작은 체구의 사람을 처음으로 눈여겨보았다. 그 사람은 수가 거의 놓이지 않은 옷을 입고 있었다. 그러나 무척 소박한 그 옷 위에 성령기사단의 파란 훈장을 두르고 있었다. 그는 다른 귀족들보다 더 가까이에서 왕을 시중들고 있었다. 쥘리앵의 표현을 따르면 그 귀족들은 옷감이 보이지 않을 정도로 금색 수를 놓은 옷을 입고 있었다. 쥘리앵은 얼마 후 그 사람이 라 몰 후작이라는 것을 알았다. 그의 태도는 거만하고 무례하게까지 보였다.

이 후작은 우리의 멋진 주교처럼 정중하지 않을 것이다. 아아! 성직자라는 신분은 사람을 얼마나 부드럽고 현명하게 만드는가! 그런데 국왕께서는 유골에 참배하러 오셨다는데 내 눈에는 유골이 전혀 보이지 않는군. 성 클레망을 도대체 어디에 모셔두었지?

옆에 앉은 젊은 성직자 하나가 그 고귀한 유골은 건물 위쪽, '촛불을 켜놓은 예배당'에 있다고 쥘리앵에게 알려주었다.

촛불을 켜놓은 예배당이 무엇이지? 쥘리앵은 의문이 들었다.

그러나 그 말의 뜻을 물어보고 싶지는 않았다. 그는 더욱더 정신을 바짝 차렸다.

군주가 방문했을 경우에는 참사들이 주교를 수행하지 않는 것이 예법이었다. 그러나 촛불을 켜놓은 예배당으로 행진을 시작하면서 아그드의 주교는 셸랑 사제를 불렀다. 쥘리앵도 과감하게 셸랑 사제를 뒤따랐다.

긴 계단을 올라간 다음 주교 일행은 아주 작은 문에 다다랐다. 그 고딕 식 문틀은 눈부시게 도금 장식이 되어 있었다. 도금은 어제 한 것처럼 눈부셨다.

문 앞에는 베리에르에서 가장 훌륭한 집안의 딸들인 스물네 명의 처녀가 무릎을 꿇고 모여 있었다. 문을 열기 전에 주교는 그 어여쁜 처녀들 가운데에 꿇어앉았다. 주교가 큰 소리로 기도를 드리는 동안 처녀들은 그의 아름다운 레이스며 우아한 태도, 무척 젊고 온화한 용모에 충분히 감탄하지 못한 것 같았다. 이 광경은 우리의 주인공에게 남아 있던 마지막 이성을 앗아가버렸다. 그 순간 그는 종교재판을 위해서라도 성실하게 싸웠을 것이다. 갑자기 문이 열렸다. 작은 예배당은 불빛으로 타오르는 것처럼 보였다. 제단 위에 꽃다발을 사이에 두고 여덟 줄로 나뉘어 정렬된 천 개가 넘는 촛불이 보였다. 더없이 순수한 향냄새가 성전의 문에서 소용돌이치며 흘러나왔다. 새로 도금을 한 예배당은 매우 작았지만 천장이 대단히 높았다. 쥘리앵은 제단 위에 켜져 있는 15피트가 넘는 촛불들에 눈길이 끌렸다. 처녀들의 입에서 감탄의 외침이 흘러나왔다. 예배당의 작은 입구로 들어갈 수 있었던 사람은 스물네 명의 처녀와 사제 둘 그리고 쥘리앵뿐이었다.

잠시 후 라 몰 씨와 시종장만을 대동한 국왕이 도착했다. 호위병들까지도 받들어총 자세로 밖에 무릎을 꿇고 있었다.

국왕이 기도대 위에 털썩 몸을 내던지듯이 엎드렸다. 도금한 문에 바짝 붙어 있던 쥘리앵은 그때 어떤 처녀의 맨살이 드러난 팔 아래로 성 클레망의 아름다운 조각상을 보았다. 성 클레망은 젊은 로마 병사의 복장을 하고 제단 아래 누워 있었다. 목에는 피가 흐르는 듯한 큰 상처가 있었다. 예술가의 솜씨를 넘어선 것이었다. 죽어가는 두 눈은 자비로움으로 넘치며 반쯤 감겨 있었다. 아직도 기도하는 듯 반쯤 닫힌 아름다운 입가에는 수염이 자라나 덮여 있었다. 그 모습을 보고 쥘리앵 옆의 처녀가 뜨거운 눈물을 흘렸다. 쥘리앵의 손에 그 눈물이 한 방울 떨어졌다.

사방 10리외 안의 모든 마을에서 울리는 종소리만 은은하게 들려오는 더없이 깊은 정적 속에서 간략한 기도를 올린 아그드의 주교는 국왕에게 강론 허가를 청했다. 주교의 짧은 강론은 매우 감동적이었다. 말은 단순했지만 효과는 그만큼 더욱 뚜렷했다.

"젊은 신자들이여, 여러분은 지상에서 가장 위대한 국왕 한 분이 전지전능하고 두려운 천주님의 종복들 앞에 꿇어앉은 모습을 뵈었다는 사실을 결코 잊지 마십시오. 아직도 피가 흐르는 클레망 성인의 상처를 통하여 보았듯이, 이 지상에서는 약하고 박해받고 학살당하는 천주님의 종복들이 하늘나라에서는 승리하는 것입니다. 젊은 신자들이여, 여러분은 오늘을 영원히 기억할 것입니다. 그렇지 않습니까? 여러분은 불경을 증오하십시오. 여러분은 저 위대하고 두려운 그러나 선하신 천주님을 떠나지 않아야 합니다."

이렇게 말하고 주교는 위엄 있게 일어섰다.

"여러분은 그것을 나에게 약속하겠습니까?"

주교는 영감을 받은 표정으로 팔을 앞으로 내밀며 말했다.

"약속합니다."

처녀들이 눈물을 쏟으며 대답했다.

"나는 두려운 천주님의 이름으로 여러분의 약속을 받아들입니다."

주교가 우레 같은 목소리로 덧붙여 말했다. 이로써 의식은 끝이 났다.

국왕도 눈물을 흘리고 있었다. 한참 후에야 쥘리앵은 냉정을 되찾고 로마에서 부르고뉴 공 필리프 르 봉*에게 보내온 성 클레망의 유골

---

* 필리프 3세. 발루아 왕가의 부르고뉴 공작 가운데 중요한 인물이며 부르고뉴 공국의 진정한 창시자.

이 어디에 안치되어 있는지 물어보았다. 그는 유골이 밀랍으로 만든 그 조각상의 아름다운 얼굴 속에 안치되어 있음을 알게 되었다.

국왕 폐하는 예배당 안까지 자신을 수행한 처녀들이 붉은 리본을 다는 것을 허락했다. 그 리본에는 '불경을 증오하라, 끊임없이 천주를 찬미하라'라는 어구가 수놓여 있었다.

라 몰 씨는 농부들에게 포도주 만 병을 나누어주었다. 그날 저녁 베리에르의 자유주의자들은 왕당파보다 백배 이상 휘황찬란하게 자기들의 집에 불을 밝힐 이유를 찾아냈다. 출발에 앞서 국왕은 무아로 씨를 방문했다.

19장 생각은 괴로움을 낳고

> 일상사의 기괴함이
> 정열의 진정한 불행을 당신에게 감춰버린다.
> ─바르나브

라 몰 씨가 들렀던 방의 가구를 본래 있던 대로 옮기다가 쥘리앵은 네 겹으로 접힌 아주 빳빳한 종이 한 장을 발견했다. 그는 첫 쪽의 아랫부분에 적힌 글을 읽었다.

'프랑스 귀족원 의원이자 왕실 시종 무관 등등이신 라 몰 후작 각하께'

아주 거친 글씨로 쓴 요리사의 청원서였다.

후작님,
소인은 일생을 신앙의 원칙을 지키며 살아왔습니다. 지난 1793년, 생각만 해도 진저리나는 포위공격 당시 저는 리옹에서 포탄 세례를 받았습니다. 소인은 성체를 모시고 있으며 매주일 교구 성당에 나가 미사에 참례하고 있습니다. 소인은 생각하기에도 끔찍한 1793년에도 부활절 의무를 궐한 일이 없습니다. 혁명 전에는 소인도 하인을 두었으며, 소인의 식모는 금요일마다 기름기 없는 음식을 만들고 있습니다. 현재 소인은 베리에르에서 시민들의 존경을 받고 있는데, 감히 그럴 자격이 있다고 말씀드립니다. 행렬 때 소인은 사제님과 시장님 옆에서 마차의 이동 닫집 밑을 행진했습니다. 중요 행사 때면 제 부담으로 큰 초를 사서 들기도 합니다. 소인의 재산 증명서는 파리 재무성에 비치되어 있습니다. 저는 후작님께 베리에르 복권판매소장직을 청원합니다. 현직 소장은 중병을 앓고 있으며 선거 때마다 반대파에 투표하는 자이므로 불원간 그 자리에서 물러날 것으로 사료되옵니다.

                                            드 숄랭 올림

청원서의 여백에는 '드 무아로'라는 서명과 함께 난외 기록 추천문이 있었다. 그 추천문은 이렇게 시작하고 있었다.

"어제 저는 이 청을 올린 자에 대하여 말씀드리는 영광을 누렸습니다."

숄랭 같은 멍청이까지도 앞날을 개척하는 길을 이렇게 내게 보여주는구나. 쥘리앵은 생각했다.

국왕이 베리에르를 거쳐간 후 일주일 동안 수없는 거짓말, 바보 같은 해석, 우스꽝스러운 토론 등이 수면 위로 떠올랐다. 국왕, 아그드의 주교, 라 몰 후작, 포도주 만 병, 말에서 떨어진 불쌍한 무아로(그

172

는 훈장을 기대하고 낙마한 후 한 달이 지나서야 외출했다) 등등이 화제의 대상이 되었다. 사람들은 목수의 아들 쥘리앵 소렐을 의장대원으로 갑자기 임명한 것은 터무니없이 추잡한 짓이라고 말했다. 이 문제에 관하여는 아침저녁으로 카페에 모여 평등을 주장하는 부유한 날염직 제조업자들의 말이 들을 만했다. 레날 부인이라는 거만한 여자가 그런 가증스러운 행동을 한 장본인이라는 것이다. 그렇다면 그 이유는 무엇일까? 꼬마 사제 소렐의 아름다운 눈과 싱싱한 볼을 보면 나머지는 말 안 해도 다 알지 않느냐는 것이었다.

베르지로 돌아온 후 얼마 안 되어 막내 스타니슬라스 크사비에가 열이 오르고 아팠다. 갑자기 레날 부인은 무서운 후회에 사로잡혔다. 처음으로 자신의 사랑에 대하여 지속적인 가책을 느꼈다. 그녀는 자기가 얼마나 큰 과오에 자신을 내맡겼는지 기적적으로 깨달은 듯 보였다. 본시 종교적인 성격이었지만 그녀는 지금껏 하느님이 보시기에 자기의 죄가 얼마나 큰 것인지에 대해서는 생각하지 못했던 것이다.

예전에 성심 수녀원에 있을 때 그녀는 열정적으로 하느님을 섬겼다. 지금 이 상황에서도 똑같이 하느님이 두려웠다. 그 두려움은 합리적인 것이 아니었던 만큼 그녀의 마음에 고통을 주는 갈등은 더욱 끔찍했다. 쥘리앵은 이치를 따지는 말은 아무리 사소한 것이라도 그녀를 진정시키기는커녕 화만 돋운다는 것을 경험했다. 그녀에게는 그런 말이 악마의 소리로 들렸던 것이다. 그러나 쥘리앵도 어린 스타니슬라스를 무척 귀여워했으므로 그 아이의 병세에 대하여 이야기를 자주 하게 되었다. 이내 아이의 병세가 심각한 상태에 이르렀다. 그러자 레날 부인은 끝없는 회한으로 잠을 이룰 수 없게 되었다. 그녀는 성난 듯 침묵을 지켰다. 그녀가 입을 열었다면 하느님과 사람들에게 자기 죄를 고백하기 위해서였을 것이다.

단둘이 있게 되자 쥘리앵이 부인에게 얘기했다.

"제발 아무에게도 말하지 말아주세요. 그 고통을 오직 나에게만 털어놓으세요. 아직 나를 사랑한다면 그 누구에게도 말하지 마세요. 말한다고 스타니슬라스의 열이 내려가지는 않으니까요."

그러나 그 위로의 말도 아무런 소용이 없었다. 질투심 많은 하느님의 노여움을 가라앉히기 위해서는 쥘리앵을 미워하든가 자기 아들이 죽는 걸 봐야 한다는 생각에 레날 부인이 사로잡혀 있다는 것을 쥘리앵은 알지 못했다. 애인을 미워할 수 없기 때문에 그녀는 더욱 괴로웠다.

"내게서 떠나세요. 제발 이 집에서 나가주세요. 당신이 있어서 내 아이가 죽는 거예요."

어느 날 그녀가 쥘리앵에게 말했다. 그리고 낮은 목소리로 덧붙였다.

"하느님이 내게 벌을 내리시는 거예요. 당연하죠. 하느님의 공정하심을 흠숭해야죠. 내가 지은 죄는 끔찍해요. 그러고도 후회 없이 살아왔으니! 이건 하느님이 날 버리시는 첫 전조예요. 난 갑절로 벌을 받아야 해요."

쥘리앵은 깊은 감동을 받았다. 부인의 말에서 위선도 과장도 찾아볼 수 없었다. 부인은 나를 사랑했기 때문에 자기 아들이 죽는다고 생각한다. 그러나 이 불행한 여인은 자기 아들보다 나를 더 사랑하고 있다. 그래서 회한에 가슴이 찢어지는 것이다. 의심의 여지가 없다. 이

174

건 위대한 감정이다. 나같이 가난하고 교양 없고 무지하고, 이따금 내 멋대로 퉁명스러운 짓을 하는 놈이 어떻게 이런 사랑을 부인에게 불어넣을 수 있었지?

어느 날 밤, 아이가 매우 위독해졌다. 새벽 두시경 레날 씨가 아들을 보러 왔다. 아이는 고열로 괴로워하며 얼굴이 벌겋게 달아올랐고 아버지도 알아보지 못했다. 갑자기 레날 부인이 남편 발 밑에 엎드렸다. 쥘리앵은 그녀가 모든 걸 실토하고 영원히 파멸에 빠지려 한다는 것을 알았다.

다행히 그 이상한 행동을 레날 씨는 귀찮아했다.

"그만, 그만 해줘요!"

그가 나가면서 말했다.

"아니에요. 제 얘기를 들어보세요."

부인은 남편 앞에 무릎을 꿇고 앉아 남편을 붙잡으려 애쓰며 소리 질렀다.

"사실대로 말씀드릴게요. 아이를 죽게 만든 건 저예요. 제가 아이에게 생명을 주고 다시 거둬가는 거예요. 하늘이 저를 벌주는 거지요. 하느님이 보시기에 저는 살인죄를 지었어요. 저는 파멸당하고 모욕을 받아 마땅해요. 그래야만 주님의 노여움이 가라앉을 거예요."

레날 씨가 상상력이 있는 사람이었다면 모든 것을 알아챘을 것이다.

"공상소설 쓰고 있군!"

무릎을 붙잡으려는 아내를 밀치며 레날 씨가 외쳤다.

"그런 건 모두 헛된 공상이야! 쥘리앵, 날이 밝으면 곧장 의사를 불러주시오."

그러고는 다시 자러 갔다. 레날 부인은 부축하려는 쥘리앵을 발작적인 몸짓으로 밀치고는 반쯤 실신한 상태로 무릎을 꿇었다.

쥘리앵은 놀라 어찌할 바를 몰랐다.

'이런 것이 간통이구나! 간사한 사제들의 이야기가 옳았단 말인가! 그렇게 많은 죄를 범하는 주제에 그들이 어찌 죄의 진정한 뜻을 알 수 있단 말인가? 참으로 기이한 일이야!……'

쥘리앵은 생각했다.

레날 씨가 돌아간 후 이십 분 동안 쥘리앵은 자기를 사랑하는 여인이 아이의 작은 침대에 머리를 기대고서 거의 의식을 잃은 상태로 꼼짝 않고 있는 것을 지켜보았다. 뛰어난 성품을 지닌 여인이 나를 알았기 때문에 불행의 궁지에 몰려 있어. 그는 속으로 생각했다.

시간은 빨리 흘러간다. 나는 이 여인을 위하여 무엇을 할 수 있단 말인가? 결단이 필요하다. 여기서는 더이상 내가 문제가 아니다. 세상 사람들과 그들의 속 빈 겉치레가 내게 무슨 상관인가? 나는 이 여인을 위하여 무엇을 할 수 있는가?…… 그녀를 떠난다? 그러나 그건 더없이 끔찍한 고통 속에 그녀를 홀로 남겨두는 셈이다. 저 꼭두각시 남편은 이 여인에게 해를 끼칠망정 조금도 도움이 되지 않는다. 그자는 야비한 근성으로 자기 아내에게 인정머리 없는 말이나 하는 게 고작일 거다. 그녀는 정신이 나가 창문에서 뛰어내릴지도 모른다.

내가 이 여인을 내버려두고 주의깊게 돌보지 않는다면 이 여인은 남편에게 모든 걸 실토할 거다. 그러면 아마도 남편은 그녀가 자기에게 가져올 유산에도 불구하고 추문을 퍼뜨릴지도 몰라. 어떡하나! 부인은 모든 걸 말해버릴지도 몰라. 그…… 누구더라, 마슬롱 신부에게 말이야. 그 사람은 여섯 살 먹은 아이의 병을 핑계로 이 집에 죽치고 있거든. 무슨 꿍꿍이속인지 모르겠어. 괴로움과 하느님에 대한 두려움 때문에 부인은 인간이 어떤 존재인지 깡그리 잊어버리고 사제에게만 의지하려 하니.

"나가세요."

레날 부인이 갑자기 눈을 뜨고 말했다.

"부인을 도울 길을 알 수 있다면 골백번이라도 목숨을 바치겠어요."

쥘리앵이 대답했다.

"이렇게 당신을 사랑한 적은 이제껏 없었습니다. 내 사랑하는 천사여, 차라리 지금 이 순간 내가 당신의 진면목을 알고 당신을 진정으로 사랑하기 시작했다고 얘기하는 것이 옳겠지요. 당신이 나 때문에 불행해졌다는 걸 알고서 당신을 떠나면 내가 어떻게 되겠습니까? 그러나 내 고통 따위는 문제가 되지 않아요. 나는 떠날 겁니다. 그래요, 사랑하는 사람이여. 그러나 내가 떠나면, 내가 당신을 지켜보지 않으면, 내가 끊임없이 당신과 당신 남편 사이에 있지 않으면 당신은 모든 걸 말하겠지요. 그렇게 되면 곧 파멸일 겁니다. 수치스럽게 집에서 쫓겨날 것을 생각해보세요. 온 베리에르 사람들이, 온 브장송 사람들이 그 추문을 얘기하겠지요. 그들은 모든 잘못을 당신에게 뒤집어씌울 거고, 당신은 그 치욕에서 영원히 벗어날 수 없을 겁니다……"

"바로 그게 내가 바라는 거예요."

그녀는 벌떡 일어서며 외쳤다.

"고통받을 거예요. 차라리 잘됐지요."

"그러나 그런 추악한 소문이 돌면 당신 남편 신세도 불행해집니다!"

"나 스스로 모욕을 자청하는 거예요. 진흙탕 속으로 뛰어드는 거죠. 그렇게 하면 아마도 아들은 구할 수 있을 거예요. 모든 사람의 눈앞에서 모욕을 당하는 것이야말로 숨김 없는 속죄가 아닐까요. 연약한 내가 판단하는 한 이거야말로 하느님께 드릴 수 있는 가장 큰 희생이 아니겠어요? 아마도 하느님께서는 내 굴욕을 받아들이시고 아이를 살려주시겠죠! 더 고통스러운 희생이 있다면 알려주세요. 그리로 달려가죠."

"나도 벌을 받게 해주십시오. 나 역시 죄인입니다. 트라피스트 수도원에라도 들어갈까요? 그곳의 엄격한 고행생활이 당신의 하느님을 진정시킬 수 있겠지요…… 아! 왜 내가 스타니슬라스 대신 병에 걸릴 수 없단 말인가요……"

"아아! 당신도 그 아이를 사랑하는군요."

레날 부인이 몸을 일으켜 그의 품안에 뛰어들면서 외쳤다.

그러나 그 순간 공포에 떨며 그를 다시 밀쳐냈다.

"나는 당신을 믿어요! 당신을 믿어요!"

그녀는 다시 무릎을 꿇으며 말을 이었다.

"아, 내 유일한 친구! 왜 당신이 스타니슬라스의 아버지가 아닐까요! 만약 그렇다면 내가 스타니슬라스보다 당신을 더 사랑한다 해도 죄가 되지 않을 텐데."

"내가 댁에 계속 머물러 있어도 될까요? 그리고 앞으로는 남매처럼 사랑해도 될까요? 그것이 분별 있는 유일한 속죄일 겁니다. 그래야만 하늘에 계신 분의 노여움도 풀리겠죠."

"내가 당신을 남동생처럼 사랑할 수 있을까요? 내 힘으로 당신을 남동생처럼 사랑할 수 있을까요?"

그녀는 몸을 일으켜서 두 손으로 쥘리앵의 얼굴을 감싸고 뚫어지게 바라보며 말했다.

쥘리앵은 눈물을 흘렸다.

그는 부인의 발 아래 쓰러지며 말했다.

"부인의 말씀을 따르지요. 무슨 명령을 내려도 복종하겠습니다. 그 것만이 내가 할 수 있는 일입니다. 내 정신은 눈이 멀어버렸습니다. 어떻게 해야 할지 모르겠어요. 만약 내가 당신 곁을 떠나면 당신은 주인양반께 모든 것을 말할 것이고, 그러면 당신과 주인양반은 모두 파멸입니다. 한 번 그런 웃음거리가 되면 그분은 국회의원에 당선될 수 없습니다. 그러나 내가 남아 있는다면 당신은 아들이 목숨을 잃은 것이 나 때문이라고 생각하여 죽도록 고통스러울 겁니다. 내가 이 집을 나가면 어찌 되나 시험해보시겠습니까. 원하신다면 일주일 정도 헤어져 우리의 첫값을 받아보지요. 나는 부인께서 원하시는 대로 어떤 은거지에든 가겠습니다. 예를 들어 브레 르 오 수도원도 좋습니다. 그렇지만 내가 없는 동안 주인양반에게 아무것도 고백하지 않겠다고 맹세해주세요. 만약 고백하시면 내가 더이상 집으로 돌아올 수 없다는 것을 생각하세요."

그녀는 약속했다. 쥘리앵은 집을 떠났지만 이틀 만에 다시 불려왔다.

"당신 없이는 내 맹세를 지킬 수 없어요. 당신이 늘 곁에 있으면서 입을 다물라는 눈길로 명령을 내리지 않으면 나는 남편에게 말해버리게 될 거예요. 이 지긋지긋한 생활의 매시간이 내겐 마치 하루 종일처럼 지루해요."

마침내 하늘이 이 불쌍한 어머니를 가엾게 여겼는지 스타니슬라스가 점차 위험한 고비에서 벗어났다. 그러나 열정은 깨어지고 부인은 이성을 회복하여 자신의 죄가 얼마나 큰지 깨닫게 되었다. 그녀는 마음의 평정을 회복할 수 없었다. 회한이 남았다. 그것은 그녀처럼 성실한 사람에게 마땅히 있음직한 후회였다. 그녀의 삶은 천국이며 동시에 지옥이었다. 쥘리앵이 보이지 않을 때는 지옥, 그의 발치에 있을 때는 천국이었다.

"나는 이제 어떤 환상도 품지 않아요."

쥘리앵의 사랑에 온몸을 내맡기고 있을 때에도 그녀는 이렇게 말하는 것이었다.

"나는 저주받은 여자예요. 돌이킬 수 없을 만큼 저주받았어요. 당신은 젊어요. 당신은 내 유혹에 넘어갔어요. 하늘이 당신은 용서해줄 거예요. 그렇지만 나는 저주받았어요. 확실한 징후로 그걸 알아요. 무서워요. 지옥을 눈앞에 바라보며 그 누가 두렵지 않겠어요? 그렇지만 마음속으로는 전혀 뉘우치지 않아요. 죄를 지을 기회가 있으면 다시 죄를 지을 거예요. 다만 이 세상에 살아 있는 동안만은, 또 아이들에게만은 하늘이 벌을 내리지 않으셨으면 해요. 그 다음엔 죗값 이상의 벌을 받겠죠."

또 어떤 때는 이렇게 부르짖었다.

"나의 쥘리앵, 당신은, 적어도 당신만은 행복하죠? 내 사랑이 충분하다고 생각하나요?"

그 무엇보다도 희생이 따르는 사랑이 필요했던 쥘리앵의 의심과 고통스러운 자존심도 그토록 크고 그토록 의심할 여지가 없으며 시시각각 이루어지는 희생을 눈앞에 보고서는 굴복하지 않을 수 없었다. 그는 진심으로 레날 부인을 흠모했다. 부인이 귀족이고 내가 노동자의 아들이라 해도 소용없어. 부인은 날 사랑하고 있어…… 나는 부인 옆에서 정부(情夫) 역할을 맡은 하인은 아니야. 두려움이 사라지면서 쥘리앵은 극도의 불안 속에서 사랑의 온갖 광란에 빠져버렸다.

그가 자신의 사랑을 못 미더워하는 기색을 보고 부인은 외쳤다.

"우리가 함께 보내는 짧은 시간 동안만이라도 당신을 아주 행복하게 해주고 싶어요! 서둘러요. 내일이면 아마도 나는 당신 것이 아닐지도 몰라요. 만약 하늘이 내 아이들을 빼앗아가기라도 한다면 아이들이 죽은 것은 나의 죄 때문이라고 생각하지 않을 수 없어요. 그러면 나는 당신을 사랑하기 위해서만 살아갈 수는 없을 거예요. 그런 일을 겪고는 살아남을 수 없을 거예요. 살고 싶다 해도 살 수 없을 거예요. 나는 미쳐버릴 거예요. 아아! 당신이 그토록 너그럽게도 스타니슬라스의 병을 대신 앓았으면 좋겠다고 내게 얘기한 것처럼 내가 당신의 죄를 내 한 몸에 짊어질 수 있다면 좋으련만!"

이렇듯 크나큰 정신적 위기는 쥘리앵과 부인을 연인으로 묶어주던 때와는 다른 감정을 갖게 했다. 그의 사랑은 이제 연인의 아름다움에 대한 찬미만도 아니었고, 그녀를 소유하려는 자존심만도 아니었다.

이후로 그들의 행복은 훨씬 우월한 성격을 띠었고, 그들을 태우는 불길도 훨씬 강렬해졌다. 그들은 미친 듯한 환희를 맛보았다. 사람들의 눈에 띄었다면 그들의 행복은 커 보였을 것이다. 그러나 쥘리앵이 자기를 진정으로 사랑하지 않는다는 생각이 단 한 가지 불안이었던 사랑의 초기에 느꼈던 그 달콤한 평온함, 근심 없는 환희, 너그러운 행복을 레날 부인은 다시 찾을 수 없었다. 그들이 누리는 행복에 이따금 죄의 그림자가 깃들었던 것이다.

더없이 행복하고 외견상 더없이 평온해 보이는 순간에도 레날 부인은 경련이 난 듯한 움직임으로 쥘리앵의 손을 꼭 쥐고 갑자기 외치곤 했다.

"아! 하느님! 지옥이 보여요. 이 얼마나 무시무시한 고통이죠! 당해도 마땅하지만."

그녀는 벽에 붙은 담쟁이 넝쿨처럼 바짝 달라붙어 쥘리앵을 껴안았다.

쥘리앵이 부인의 동요된 마음을 진정시키려 해봤으나 허사였다. 그녀는 쥘리앵의 손을 잡고 입맞춤을 퍼부었다. 그러고는 다시 어두운 몽상에 빠지곤 했다. 지옥, 지옥이 내겐 은총일지도 몰라. 나는 아직이 세상에서 이 사람과 얼마 동안 같이 지내게 되겠지. 그러나 이승에서 지옥으로 떨어지고, 아이들이 죽는다면…… 그렇지만 그만 한 대가를 치러야 내 죄를 용서받을 수 있는지도 몰라…… 아! 그런 대가로 저를 용서하지는 마옵소서. 그 가엾은 아이들은 주님을 거스른 적이 없습니다. 저, 저 혼자서 죄를 저질렀습니다. 제 남편이 아닌 남자를 사랑하고 있습니다.

그런 다음 쥘리앵은 레날 부인의 흥분이 외견상 가라앉는 것을 보았다. 그녀는 자기 혼자 모든 것을 떠안고 싶었다. 자기가 사랑하는 사람들의 삶에 해를 끼치고 싶지 않았다.

사랑과 회한, 기쁨이 교차하는 가운데 세월은 번개처럼 빨리 흘러갔다. 쥘리앵은 깊이 생각에 잠기는 습관을 잃어버렸다.

엘리자 양이 작은 소송사건에 관련해서 베리에르에 갔다. 거기서 그녀는 발르노 씨가 쥘리앵에 대해서 매우 감정이 좋지 않다는 사실을 알게 되었다. 자기도 가정교사를 미워하고 있었으므로, 엘리자는 이따금 쥘리앵에 관한 일을 그에게 고해바쳤다.

"사실대로 말씀드렸다가는 제가 쫓겨날지도 몰라요……"

어느 날 엘리자가 발르노 씨에게 얘기했다.

"중요한 일에서는 주인들은 모두 의견이 일치하니까요…… 불쌍한 하인들이 털어놓는 어떤 일은 절대로 용서하지 않죠……"

비밀을 누설할 때 흔히 하는 이런 말이 나오자 발르노 씨는 호기심 때문에 초조한 나머지 그녀가 요약해서 말하게 했고, 자기의 자존심에 모욕을 주는 사실들을 알게 되었다.

이 지방에서 가장 빼어난 그 여자, 불행히도 사람들이 모두 알아차릴 만큼 자기가 육 년간이나 추파를 던져온 그 여자, 몇 번씩이나 모욕감으로 자신의 얼굴을 붉어지게 했던 그 오만한 여자가 가정교사로 위장한 어린 노동자를 정부로 삼았다니! 게다가 빈민수용소장의 분통을 더욱 돋우는 것은 레날 부인이 그 정부 녀석을 열렬히 사랑한다는 것이었다.

"그런데 쥘리앵 선생은 마님을 정복하는 데 전혀 힘을 들이지 않았어요. 마님에게도 늘 그렇듯 냉담한 태도를 버리지 않았거든요."

하녀는 한숨을 쉬며 덧붙였다.

엘리자는 시골 별장에 가서야 사태를 확실히 알게 되었지만, 그들의 관계가 훨씬 이전부터 시작되었다고 믿고 있었다. 그래서 홧김에 이렇게 덧붙여 말했다.

"지난번 그 사람이 저와 결혼하기를 거절한 것도 아마 그 때문일 거예요. 그런데 저는 바보처럼 레날 부인에게 상의하러 가서 그 사람에게 말 좀 해달라고 부탁까지 했지 뭐예요."

그날 저녁 레날 씨는 시내에서 오는 신문과 함께 긴 익명의 편지 한 통을 받았다. 그 편지는 그의 집에서 무슨 일이 일어났는지에 대하여 최대한 상세하게 레날 씨에게 알려주었다. 쥘리앵은 레날 씨가 푸르스름한 편지지에 쓰인 글을 읽더니 얼굴이 창백해지면서 냉혹한 눈길을 던지는 것을 봤다. 그날 밤 내내 시장은 혼란스러운 마음을 가라앉히지 못했다. 쥘리앵이 부르고뉴 지방 명문가의 가계에 대해 설명을 청하면서 그의 환심을 사려고 애썼으나 아무런 소용이 없었다.

20장 익명의 편지

사랑의 고삐를 너무 풀지 말게.
아무리 강한 맹세라 하더라도
정열의 불길에 비하면
지푸라기에 불과하다네.
—『템페스트』

자정 무렵 거실을 떠날 때 쥘리앵은 기회를 틈타 연인에게 이렇게 말했다.

"오늘밤에는 보지 맙시다. 남편께서 의심하고 있어요. 한숨을 쉬면서 읽던 그 긴 편지가 익명의 투서임이 틀림없어요."

다행히 쥘리앵은 자기 방을 자물쇠로 잠가두었다. 어리석게도 레날 부인은 그 말이 다만 자기와 만나지 않으려는 핑계에 불과하려니 생각했다. 부인은 정신을 차릴 수 없게 되어 여느 때 가던 시간이 되자 쥘리앵의 방 앞으로 갔다. 복도에서 발자국 소리가 들리자 쥘리앵은 즉시 램프불을 불어 껐다. 누군가 방문을 열려고 애쓰는 기척이 들렸다. 레날 부인일까? 아니면 질투심에 사로잡힌 남편일까?

다음날 이른 시간에 쥘리앵을 두둔하는 식모가 책 한 권을 가져왔다. 책 표지에는 이탈리아어로 '130쪽을 읽으세요'라고 쓰여 있었다.

쥘리앵은 그 신중치 못한 행동에 전율하며 130쪽을 찾아보았다. 거기에는 온통 눈물 자국이 있고 철자법도 제대로 되어 있지 않은, 급하게 갈겨쓴 다음과 같은 편지가 핀으로 꽂혀 있었다. 평소 레날 부인의 철자법은 매우 정확했다. 쥘리앵은 그런 세심함에 마음이 뭉클하여 무시무시한 경솔함을 다소나마 잊게 되었다.

당신 오늘밤 나를 만나지 않으려 했죠? 당신의 마음속 깊은 곳까지 읽을 수 없다고 생각될 때가 있어요. 당신의 눈초리가 무서워요. 당신이 두려워요. 아아! 당신은 나를 사랑하지 않았단 말인가요? 그렇다면 차라리 우리 사랑이 남편에게 발각되어 아이들과도 떨어져서 시골 감방에 영원히 갇혔으면 해요. 아마 하느님도 그러길 바라실 거예요. 그렇게 되면 나는 곧 죽을 거예요. 당신은 잔인한 사람이 될 거고요.

당신 날 사랑하지 않죠? 내 광기가, 내 회한이 지겨운 거죠, 불충한 사람? 내가 파멸하기를 원하나요? 그렇다면 아주 손쉬운 방법을 알려주죠. 가서 이 편지를 온 베리에르 사람들에게 보여주세요. 아니, 차라리 발르노 씨 한 사람에게 보여주세요. 그 사람에게 내가 당신을 사랑한다고 말하세요. 아니죠, 그런 모독의 말은 하지 마세요. 내가 당신을 흠모한다고, 당신을 만난 날 내 삶이 비로소 시작됐다고 말하세요. 내 젊은 시절, 미친 듯 들떠 있던 순간에도 당신으로부터 얻은 행복은 감히 꿈꿔본 일이 없다고. 내 삶을 그대에게 바쳤고 내 마음을 그대에게 바쳤다고 말하세요. 당신은 내가 그 이상의 것을 당신에게 바친다는 걸 알죠.

하지만 발르노 씨 같은 인물이 자기 희생이라는 걸 알기나 하겠어요? 그 사람에게 말하세요. 그를 화나게 하기 위해서라도 그에게 말하세요. 나는 모든 악인들을 무시한다고, 세상에서 오직 하나 불행이 있다면 그것은 내 생명을 붙들어주는 오직 한 사람이 변심하는 걸 보는 불행이라고요. 생명을 잃는다는 것이 내게는 얼마나 큰 행복일까요? 생명을 희생하여 아이들 걱정을 더이상 하지 않게 되면 얼마나 행복할까요?

사랑하는 사람이여! 의심하지 마세요. 익명의 편지가 왔다면 그건 틀림없이 그 가증스러운 인간에게서 왔을 거예요. 그 작자는 육년 동안이나 거친 목소리로, 승마 얘기로 거드름을 피우고 자기 장점을 끊임없이 꼽아가며 나를 따라다녔어요.

익명의 편지가 정말 왔을까요? 심술궂은 사람, 내가 당신과 의논하려던 것이 바로 그것이었어요. 하지만 안 될 일이었어요. 당신은 잘 처신했어요. 당신을 내 품에 껴안고는(아마도 그게 마지막 포옹이 되었을지도 모르지만) 지금 내가 혼자 하고 있는 것처럼 냉정하게 추론할 수 없었을 거예요. 이제부터는 우리의 행복도 예전처럼 쉽지 않을 듯해요. 그러면 당신은 불만스러울까요? 그래요, 당신은 푸케 씨로부터 재미있는 책을 받지 못하는 날처럼 괴롭겠지요. 희생은 이미 치러진 셈이에요. 익명의 편지가 왔든 안 왔든 내일 나도 익명의 편지를 받았노라고 남편에게 말할 거예요. 즉시 당신에게 얼마간의 금액을 지불하고 점잖은 핑계를 붙여 지체 없이 당신 부모님께 돌려보내야 한다고 말하겠어요.

아아! 사랑하는 사람, 우리는 아마도 보름이나 한 달 정도는 헤어져 있어야 할 거예요! 가세요. 나는 당신이 옳았다고 생각해요. 당신도 나만큼이나 괴롭겠죠. 결국 이게 익명의 투서에 대처하는 유일한 방법이겠죠. 남편이 나에 관한 그런 편지를 받은 게 처음은 아니에요. 아, 전에는 얼마나 그런 편지를 비웃었던지!

내 행동의 목적은 그 편지가 발르노 씨에게서 온 것이라고 남편이 믿게 하는 거예요. 그가 편지를 보낸 장본인이라는 건 의심의 여지가 없어요. 여기를 떠나면 베리에르에 가서 자리를 잡도록 해요. 나는 남편이 보름 정도 여기 머물도록 해서 남편과 나 사이에 아무 불화도 없다는 걸 바보 같은 사람들에게 증명해 보일 거예요. 베리에르에 가면 모든 사람들과 친하게 지내세요. 자유주의자들과도요. 부인들이 모두 당신과 교제하기를 원한다는 걸 난 알고 있어요.

발르노 씨에게 화를 내서는 안 돼요. 언젠가 말한 대로 혼내주지도 마세요. 오히려 가능한 한 최대의 친절을 베푸세요. 중요한 건 당신이 발르노 씨 집이나 그 밖의 어떤 사람 집에 가정교사로 들어갈 거라고 베리에르 사람들이 믿게 하는 거예요.

바로 그 대목에서 남편은 절대로 참지 못할 거예요. 만일 남편이 그러도록 내버려둘 작정이라 해도, 적어도 당신은 베리에르에 머물 테고 난 당신을 이따금 볼 수 있겠죠. 당신을 무척 좋아하는 내 아이들도 당신을 보러 갈 거예요. 아아! 아이들이 당신을 따르니까 그애들이 더욱 사랑스러워지는 것 같아요. 이 얼마나 큰 양심의 가책인지! 어떻게 하면 이 모든 것이 끝날까요? 갈피를 잡을 수가 없군요. 이제 당신이 할 일을 이해했지요? 부드럽고 예의 바르게 행동하세요. 상스러운 사람들을 경멸하지 마세요. 무릎 꿇고 빌게요. 그들이 우리 운명의 심판관이 될 거예요. 남편은 당신에 대한 태도를 세상 여론이 지시하는 대로 결정하리라는 것을 한순간도 잊어서는 안 돼요.

내게도 익명의 편지 한 통을 마련해주세요. 끈기와 가위를 준비하세요. 다음에 쓰여 있는 단어들을 책에서 오리세요. 그런 다음에 동봉한 푸르스름한 종이에 풀로 붙이세요. 그 종이는 발르노 씨에게서 온 거예요. 당신 방을 뒤질지 모르니까 단어를 오려낸 책장들은 태워버리세요. 완전한 단어를 찾지 못해도 한 자 한 자 인내심을 가지고 오려서 맞춰보세요. 당신의 수고를 덜기 위해 익명의 편지를 아주 짧게 만들었어요. 아아! 내가 두려워하는 것처럼 당신이 더이상 날 사랑하지 않는다면 내 편지가 당신에게 얼마나 지루하게 여겨질까요!

익명의 편지

부인께
당신의 사소한 비밀들이 모두 알려졌습니다. 그러나 그것을 알게 된 사람들은 당신의 행동을 바로잡으려 합니다. 당신에게 남아 있는 우정으로 충고하거니와, 그 어린 시골뜨기와의 관계를 완전히 끊으십시오. 만약 당신이 현명해서 내가 말한 대로 한다면 당신 남편은 자기에게 온 편지 내용이 거짓이라고 생각할 것입니다. 그리하여 당신 남편은 속게 될 것입니다. 내가 당신의 비

밀을 알고 있다는 것을 염두에 두십시오. 불쌍한 여인이여, 두려
워하십시오. 이제 내 앞으로 똑바로 걸어와야 합니다.

이 편지에 나온 단어들(그게 수용소장의 말투라는 걸 당신은 아
시나요?)을 오려붙이고 나면 집 밖으로 나가세요. 내가 만나러 가겠
어요.
나는 이웃 마을에 갔다가 당황한 얼굴로 돌아올 거예요. 사실 몹
시 당황하겠죠. 아아! 내가 지금 무슨 짓을 하고 있는 거죠? 이런
일은 모두 당신이 익명의 편지가 왔다고 추측하기 때문에 하는 일
이에요. 나는 모르는 사람이 보내온 이 편지를 어리둥절한 얼굴로
남편에게 건네줄 거예요. 당신은 아이들과 숲길로 산책을 나가서
식사 때가 되면 돌아오세요.
바위 꼭대기에서 보면 비둘기장의 뾰족한 탑이 보일 거예요. 우
리 일이 잘되면 거기에 흰 손수건을 걸게요. 그렇지 않은 경우에는
아무것도 걸지 않겠어요.
매정한 사람! 당신은 산책하러 나가기 전에 날 사랑한다는 말을
내게 전해주겠죠? 어떤 일이 일어나더라도 한 가지 사실만은 확신
하세요. 우리가 끝내 헤어진다면 나는 단 하루도 살아갈 수 없다는
것을요. 아! 몹쓸 엄마! 여기 쓰는 몹쓸 엄마라는 두 단어는 헛된
것이겠죠. 나는 진정 그렇게 느끼지는 않으니까요. 이 순간 당신밖
에는 생각할 수가 없어요. 당신의 비난이 두려워서 그렇게 써봤을
뿐이에요. 당신을 잃을지도 모르는 이 순간에 숨겨서 무슨 소용이
있겠어요? 그래요! 내가 당신 눈에 잔인해 보이더라도 이토록 좋아

하는 사람에게 거짓말은 하지 않겠어요! 나는 지금까지 너무 많은 거짓말을 하며 살아왔거든요. 당신을 용서하겠어요. 당신이 나를 사랑하지 않는다 해도. 이 편지를 다시 읽어볼 시간이 없어요. 당신의 품에 안겨 지낸 행복한 시간을 생각하면 내 생명을 내놓는 것쯤은 아무것도 아니에요. 내가 그 이상의 대가를 치르리라는 것은 당신도 알고 있을 거예요.

21장 주인과의 대화

아아, 우리 탓이 아니고 우리의 약함 탓이다.
우리는 그렇게 태어났으므로 그럴 수밖에.
—『십이야』

쥘리앵은 어린아이같이 즐거워하며 한 시간 동안 단어를 모았다.
방에서 나올 때 그는 아이들과 아이들의 어머니를 만났다. 그녀는 놀
랄 정도로 침착했으며 태연하고 용감하게 편지를 받았다.

"풀이 잘 말랐나요?"

부인이 그에게 물었다.

회한 때문에 그토록 미치다시피 했던 여인이 바로 이 사람이란 말
인가? 그는 생각했다. 이 순간 그녀에겐 어떤 계획이 있는 걸까? 쥘리
앵은 자존심 때문에 그걸 그녀에게 물어보지 못했다. 그러나 부인이
이처럼 그의 마음에 든 적은 한 번도 없었다.

"일이 잘 안 되면 나는 모든 걸 빼앗기고 말 거예요. 이 상자를 산속
어디엔가 묻어두세요. 어쩌면 이게 내 유일한 재산이 될지도 모르니

까요."

그녀는 여전히 침착한 어조로 덧붙여 말했다.

그녀는 붉은 모로코 가죽으로 만든 유리 뚜껑이 달린 상자를 내밀었는데, 거기에는 금과 약간의 다이아몬드가 들어 있었다.

"지금 출발하세요."

그녀가 말했다.

그녀는 아이들에게, 특히 막내에게는 두 번 입을 맞추었다. 쥘리앵은 꼼짝 않고 서 있었다. 그녀는 그를 바라보지 않고 빠른 걸음으로 떠나갔다.

익명의 편지를 열어본 순간부터 레날 씨는 끔찍한 상태에 빠졌다. 1816년 자신을 정당화하기 위하여 하마터면 결투를 벌일 뻔한 이후로 이처럼 동요된 적은 없었다. 총탄을 맞을지 모른다는 예측 속에서도 이렇게 불행하지는 않았다. 그는 편지를 여러 모로 살펴보았다. 여자의 필체가 아닌가? 그는 생각에 잠겼다. 그렇다면 어느 여자가 이걸 썼단 말인가? 그는 베리에르에서 알고 있는 여자들을 모두 떠올려보았으나 딱히 의심이 가는 사람을 찾을 수 없었다. 어떤 남자가 구술하고 받아쓰게 했을까? 그 남자는 누굴까? 그렇다 해도 불확실한 건 매한가지였다. 그가 아는 남자들은 대부분 그를 질투하거나 미워했다. 아내와 상의해봐야지. 그는 몸을 깊이 파묻고 있던 안락의자에서 일어나 평소처럼 중얼거렸다.

뭐라고! 지금 특히 경계해야 할 사람이 아내가 아닌가? 이 순간 아내는 내 적이다. 레날 씨는 의자에서 일어서자마자 머리를 치며 생각했다. 분에 겨워 눈물이 흘러내렸다.

이 지방에서는 메마른 감정이 삶의 실용적인 지혜로 여겨지지만, 그 정당한 보상일까, 레날 씨가 지금 가장 두려워하는 두 남자는 예전에 그의 가장 절친한 친구였다.

그들 말고도 아마 내겐 열 명쯤의 친구가 있지. 레날 씨는 그들 각자에게서 얼마만큼의 위안을 얻을 수 있는지 헤아려가며 그들의 모습을 떠올려봤다. 모두 그렇군! 모두 그래! 내 끔찍한 운명을 더없이 즐거워할 작자들이야. 그는 벌컥 화를 내며 소리쳤다.

국왕이 머물고 감으로써 영원한 영예를 얻은 시내의 훌륭한 저택 외에도 그는 잘 가꾼 베르지의 성관을 소유하고 있었다. 성관의 현관은 흰색으로 칠했고, 창문에는 아름다운 초록색 덧문이 달려 있었다. 그는 이 멋진 별장 생각을 하고는 한순간 위안을 얻었다. 사실 이 성관은 세월이 흐름에 따라 볼품없는 잿빛이 되어버린 모든 시골 주택이나 인근의 자칭 성관들을 무색케 할 정도로 3, 4리외 밖에서도 눈에 띄었다.

레날 씨는 교구재산 관리위원으로 있는 한 친구의 눈물과 동정을 믿을 수 있었다. 그러나 그는 모든 일에 눈물을 흘리는 위인이었다. 그래도 믿을 수 있는 건 그 친구뿐이었다.

나와 비교될 만한 불행이 또 어디 있단 말인가! 그는 분노에 차서 외쳤다. 왜 이렇게 외톨이가 되었담!

이게 가당키나 한 일인가? 진정 동정받을 처지가 된 이 남자는 이렇게 생각했다. 불행에 빠져도 조언을 구할 친구가 없다니, 이럴 수가 있는가! 갈피를 잡을 수가 없구나! 아, 팔코! 아, 뒤크로! 그는 쓰라린 가슴으로 외쳤다. 1814년에 건방지게 멀리해버린 어린 시절 두 친구의 이름이었다. 그들은 귀족이 아니었다. 그래서 어릴 때부터 지속해 온 평등한 교우관계를 끊어버린 것이다.

그들 중 한 사람인 팔코는 재주와 용기가 있는 인물이었다. 그는 베리에르에서 지물상을 하다가 현청 소재지에 인쇄소를 사서 신문을 발간하려 했다. 그러자 수도회에서는 그를 파산시키기로 결정했다. 그의 신문은 발행금지 처분을 받았고 인쇄면허는 몰수됐다. 이런 서글픈 상황 속에서 그는 십 년 만에 처음으로 레날 씨에게 편지를 쓰기로 했다. 베리에르 시장은 옛 로마 사람들처럼 답장을 써야 한다고 생각했다.

"만약 국왕 폐하의 대신이 본관에게 의논하는 영광을 베푸신다면 본관은 답변하리라. 지방의 모든 인쇄업자를 가차없이 파산시키십시오. 그리고 인쇄업을 담배처럼 국가 전매사업으로 만드십시오."

친한 친구에게 보낸 그 편지는 당시 베리에르의 온 시민들을 감탄시켰는데, 그 문구를 회상하니 레날 씨는 소름이 끼쳤다. 내 신분과 재산, 내 훈장을 가지고 훗날 그것을 후회할 줄 누가 알았으랴? 레날 씨는 때로는 자기 자신에 대한, 때로는 주위의 모든 사람들에 대한 분노에 찬 격정을 느끼며 참담한 하룻밤을 보냈다. 그러나 다행히 아내의 행동을 엿보려는 생각은 하지 않았다.

그는 생각했다. 나는 루이즈와의 생활에 익숙하다. 아내는 내가 하는 모든 일을 잘 알고 있다. 내가 내일 자유의 몸이 되어 다시 결혼한다 해도 루이즈 같은 여자는 찾아낼 수 없으리라. 그러자 그는 아내가 결백하리라는 생각이 들어 만족스러웠다. 그런 식으로 생각하니 단호한 성격을 보여야 할 필요도 별로 느껴지지 않았고 훨씬 마음이 편해지는 듯했다. 지금껏 그 얼마나 많은 여자들이 중상 모략을 받아왔던 가!

그는 갑자기 발작적인 걸음을 내디디면서 외쳤다. 뭐라고! 만일 그 여자가 자기 정부와 함께 나를 바보 취급한다면 나는 아무것도 아닌 놈, 맨발의 가난뱅이 거지처럼 그것을 참아내야 한단 말인가? 온 베리에르 사람들에게 사람 좋다고 공공연한 비웃음을 당해야 한단 말인가? 그들이 샤르미에(샤르미에는 이 지방에서 아내에게 속은 대표적 남편이다)에 대해 뭐라고 말했던가. 그의 이름을 입에 올릴 때마다 모두 입가에 미소를 띠지 않던가? 그는 훌륭한 변호사다. 그러나 그 사람의 언변에 대해 누가 이야기하는가? 아, 샤르미에! 샤르미에 드 베르나르! 사람들은 그에게 오명을 씌운 남자의 이름을 빗대어 그를 이렇게 지칭한다.

또다른 순간 레날 씨는 생각했다. 다행히 나는 딸이 없다. 그러니 어미를 어떻게 벌하든 간에 아이들의 입신에는 해롭지 않을 것이다. 그 어린 시골 놈을 아내와 함께 현장에서 붙잡아 둘 다 죽일 수도 있다. 그럴 경우 사건의 비극적 결과 때문에 남의 웃음거리에서 벗어날 수도 있다. 그는 이 생각에 솔깃해졌다. 이 생각의 모든 세부사항을 따져보았다. 형법도 내 편을 들어줄 것이다. 어떠한 일이 있더라도 우리 수도회와 배심원 친구들이 나를 구해줄 것이다. 그는 예리한 사냥 칼을 살펴보았다. 그러나 피를 본다는 생각을 하니 무서워졌다.

그 건방진 가정교사를 때려서 내쫓을 수도 있지만, 그러면 베리에르 시내, 나아가 현 전체가 떠들썩할 게 아닌가! 팔코의 신문이 폐간 되고 편집장이 감옥에서 나왔을 때, 나는 그자에게서 600프랑의 일자리를 뺏는 데 기여했지. 소문으로 들으니 그 엉터리 작가가 브장송에 모습을 나타냈다고 한다. 그 작자는 법정에 끌려가지는 않을 방법으로 나를 교묘하고 공공연하게 비난할 수도 있을 것이다. 그자를 법정에 세운다!⋯⋯ 그러면 그 뻔뻔한 녀석은 오만 가지 방법으로 자기 말이 사실이라고 주장하겠지. 나처럼 가문 좋고 지위 있는 사람은 천민에게 미움을 받게 마련이거든. 파리의 그 무서운 신문들에 내 이름이 실릴지도 모른다. 오, 맙소사! 이 무슨 낭패인가! 유서 깊은 레날 가문의 이름이 웃음거리의 진창에 빠지다니⋯⋯ 여행이라도 할라치면 성(姓)을 바꿔야 할 판이다. 뭐라고! 나의 명예와 세력의 원천인 성을 버린다고! 그 무슨 비참한 꼴인가!

만약 아내를 죽이지 않고 모욕을 주어 집에서 내쫓는다면, 브장송의 제 아주머니가 있으니 그 아주머니가 아내에게 전 재산을 물려줄 것이고, 아내는 쥘리앵과 함께 파리에 가서 살게 되겠지. 그러면 베리에르 사람들도 그걸 알게 될 거고, 나는 또다시 아내에게 속은 바보 취급을 받을 게 아닌가. 그때 이 불행한 사내는 램프불이 희미해진 것을 보고 날이 밝은 것을 알았다. 그는 시원한 바람을 좀 쐬려고 정원으로 갔다. 그 순간 그는 이 사건으로 물의를 일으키지 않겠다고 거의 작정을 했다. 사건이 터지면 무엇보다도 베리에르의 친구라는 인간들이 좋아 날뛰겠지 하는 생각이 들었던 것이다.

정원을 산책하니 다소 마음이 가라앉았다. 아니다. 나는 결코 아내와 헤어질 수 없다. 아내는 내게 너무 유용하다. 그는 이렇게 외쳤다. 아내가 없는 집안 사정을 생각하니 몸서리가 났다. 그에게 친척이라고는 단 한사람, 늙고 바보 같고 심술궂은 R후작부인이 있을 뿐이었다.

그때 대단히 사려 깊은 생각이 그의 머리에 떠올랐다. 그러나 그것을 실행하려면 이 가련한 남자가 지닌 것보다 훨씬 힘있는 성격이 필요했다. 그는 이렇게 생각했다. 만약 아내를 그대로 집에 둔다면 언젠가는 참다못해 아내의 허물을 책망하게 될 것이다. 아내는 자존심이 강하니까 우리는 사이가 틀어질 것이다. 그런데 그런 모든 일은 아내가 아주머니로부터 상속을 받기 전에 일어날 것이다. 그러면 사람들이 나를 얼마나 비웃을까! 아내는 아이들을 사랑하니까 결국은 아이들에게 돌아오겠지. 하지만 나는 베리에르의 웃음거리가 될 것이다. 뭐야, 저 인간은 자기 아내에게 복수조차 못 했잖아! 사람들은 이렇게 떠들어대겠지. 의심을 품은 채로 가만히 두고 진상을 밝히지 않는 편이 낫지 않을까! 하지만 그렇게 되면 나는 수수방관한 채 나중에 아내에게 한마디 질책도 못 할 게 아닌가.

잠시 후, 레날 씨는 상처받은 허영심을 회복하고 베리에르의 '카지노'나 '신사 클럽'의 당구장에서 어떤 입심 좋은 사람이 아내에게 속은 남편을 놀려대기 위해 내기를 중단시키며 떠들어댈 험구를 끈기 있게 생각해냈다. 그 순간 그런 농담들이 그에게는 얼마나 잔인하게 여겨졌던가!

아아! 차라리 아내가 죽기라도 했으면! 그렇다면 내가 놀림감이 되지는 않을 텐데. 내가 홀아비라면! 그러면 육 개월 정도 파리의 상류 사교계에서 지내련만. 그의 상상력은 홀아비가 된다는 생각에 잠시 행복했다가 진상을 확인하는 방법으로 되돌아갔다. 자정에 모두 잠든 뒤에 쥘리앵의 방문 앞에 겨를 가볍게 뿌려놓을까? 이튿날 아침 날이 밝으면 발자국을 볼 수 있을 것이다.

그러나 이 방법은 쓸모가 없다. 깜찍한 엘리자가 알아챌 테니까. 그러면 온 집안 사람들이 내가 질투한다는 것을 알게 될 테니까. 그는 별안간 화가 나서 외쳤다.

'카지노'에서 떠들어대는 얘기에 따르면, 어떤 남편은 아내와 정부의 방문에 머리카락 한 올을 봉인처럼 양초로 붙여서 자기의 불운을 확인했다고 한다.

그렇게 오래 주저한 끝에, 그 방법으로 자신의 운명을 밝히는 것이 그에게는 최선으로 보였다. 그가 어떻게 실행할 것인가 궁리하며 오솔길 모퉁이에 다다랐을 때, 죽기를 바랐던 아내와 마주쳤다.

그녀는 마을에서 돌아오는 길이었다. 베르지 교회의 미사에 참례하고 온 것이다. 냉정한 철학자의 눈으로 볼 때는 매우 불확실하지만, 아무튼 레날 부인이 굳게 믿고 있는 전설에 따르면 현재 사용하는 그 작은 교회는 옛 베르지 영주의 성에 딸려 있던 예배당이라고 한다. 그 교회에 기도하러 가려고 작정할 때마다 그 전설이 레날 부인의 머릿속에서 떠나지 않았다. 그녀는 남편이 사냥터에서 쥘리앵을 사고처럼 꾸며 죽인 다음, 저녁에 자기에게 쥘리앵의 심장을 먹이는 상상을 끊임없이 하곤 했다.

그녀는 생각했다. 내 운명은 저 사람이 내 얘기를 듣고 어떻게 생각하는가에 달려 있다. 이 운명의 십오 분이 지나면 더이상 저 사람에게 말할 기회가 없을지도 모른다. 남편은 이성에 따라 움직이는 현명한 인간은 아니다. 그러니 나는 내 미약한 이성의 도움을 얻어 남편이 무슨 짓을 하고 무슨 말을 할지 예상할 수 있을지도 모른다. 그가 우리의 운명을 결정할 것이다. 그에게는 그럴 힘이 있으니까. 그러나 그 운명은 내 수완에도 달려 있다. 분노에 눈이 멀어 사물의 반쪽밖에 못 보는 이 유별난 사람의 생각을 조종하는 기술도 내 수완에 달려 있다. 아아! 내게는 재능과 냉정함이 필요하다. 어디서 그런 것을 얻을 것인가?

정원에 들어선 후 멀리서 남편의 모습이 보이자, 그녀는 마술에 걸리기나 한 듯이 다시 침착해졌다. 남편의 헝클어진 머리와 옷매무새는 잠을 자지 못했음을 말해주고 있었다.

그녀는 겉봉을 뜯기는 했으나 내용물은 접힌 채로 있는 편지 한 통을 남편에게 내밀었다. 그는 편지를 열어보지도 않고 미친 듯한 눈길로 아내를 바라보았다.

"이 가증스러운 편지를 보세요. 공증인 집 정원 뒤를 지나는데, 당신을 잘 알고 있고 당신의 은혜를 입은 일도 있다는 인상 나쁜 사람이 이걸 저에게 줬어요. 당신에게 꼭 부탁할 게 있어요. 쥘리앵 선생을 지체 없이 자기 부모에게 돌려보내세요."

그녀는 남편에게 말했다. 레날 부인은 좀 일찍, 서둘러 이 말을 해버렸다. 말을 해야 한다는 무서운 생각에서 벗어나기 위해 그랬는지도 모른다.

그녀는 자기 말에 남편이 기뻐하는 것을 보고 자신도 기쁨에 사로잡혔다. 자기를 뚫어지게 바라보는 남편의 시선에서 그녀는 쥘리앵의 추측이 옳았다는 것을 알았다. 그녀는 생각했다. 이렇게 현실적인 불행 앞에서 슬퍼하지 않다니, 얼마나 비범한가! 얼마나 완벽하게 기민한가! 아직 아무 경험도 없는 젊은 사람이! 장차 그가 무엇인들 되지 못할까! 아아! 그러나 성공하면 나를 잊을 테지.

열렬히 사랑하는 사람에 대한 잠시 동안의 감탄이 그녀를 불안에서 완전히 회복시켰다.

그녀는 자신의 행동이 흡족했다. 나도 쥘리앵 못지않아. 그녀는 감미롭고 은밀한 쾌감을 느끼며 이렇게 생각했다.

깊이 간여하는 것이 두려웠던 레날 씨는 조작된 두번째 투서를 아무 말 없이 자세히 읽어보았다. 독자도 기억하시겠지만 푸르스름한 종이에 인쇄한 글자를 붙인 편지 말이다. 별의별 방법으로 나를 놀리는군. 피곤에 지친 레날 씨는 생각했다.

또 모욕을 당하는군. 그것도 늘 여편네 때문에! 그는 아내에게 가장 야비한 욕을 퍼부을 뻔했으나, 브장송의 아내 유산을 생각하고 가까스로 참았다. 무엇인가에 분풀이를 해야 할 듯싶어서 그는 두번째 익명의 편지를 구겨버렸다. 그리고 성큼성큼 걷기 시작했다. 아내로부터 멀어지고 싶었다. 그러나 잠시 후 마음이 훨씬 안정되어 아내 곁으로 돌아왔다.

"방침을 정하고 쥘리앵을 돌려보내는 게 문제군요."

남편이 곁에 오자 레날 부인이 말했다.

"그 사람은 결국 노동자의 아들에 지나지 않아요. 돈을 좀 줘서 보상해주세요. 그 사람은 영리하니까 쉽게 새 일자리를 찾을 거예요. 발르노 씨 댁이나 모지롱 군수 댁에도 아이들이 있잖아요. 그렇게 되면 당신이 그 사람에게 피해를 입히는 것도 아니고……"

"당신 무슨 바보 같은 소리를 하는 거요!"

레날 씨가 무시무시한 목소리로 외쳤다.

"하긴 여자에게 무슨 분별을 바라겠소? 이치에 맞는 일에는 한사코

주의를 기울이지 않으니, 그래서야 어찌 뭔가를 알겠소? 무사태평에 게을러빠져서 나비 쫓아다니는 데만 기운이 나니. 나 원, 집안에 이런 약해빠진 사람만 있으니 이 무슨 꼴인지!……"

레날 부인은 그가 지껄이는 대로 내버려두었다. 그는 한참 동안 이 야기를 늘어놓았다. 이 지방 말로 하면 그는 분풀이를 했던 것이다.

"이보세요, 저는 명예를 훼손당한 여자로서, 다시 말하면 가장 소중한 것을 짓밟힌 여자로서 말하고 있어요."

마침내 부인이 이렇게 대꾸했다.

레날 부인은 이 고통스러운 대화에서 변함 없이 냉정한 태도를 지켰다. 쥘리앵과 한 지붕 밑에 살 수 있는 가능성이 이 대화에 달려 있었던 것이다. 그녀는 남편의 맹목적인 분노를 조종하기에 가장 적합하다고 생각되는 방법을 찾고 있었다. 남편이 퍼붓는 모욕적인 말들에는 무감각했다. 그녀는 남편 말에는 귀 기울이지 않고 쥘리앵을 생각했다. 그는 내게 만족할까?

"우리가 그렇게 친절하게 대해줬고 선물까지 준 그 시골뜨기에게는 죄가 없을지도 몰라요."

이윽고 그녀는 이렇게 말했다.

"하지만 이런 모욕을 당하기는 이번이 처음이에요…… 이봐요! 이 추악한 종이쪽지를 읽었을 때, 나는 쥘리앵이 집을 나가든지 아니면 내가 나가야겠다고 생각했어요."

"당신은 소문을 내서 나와 당신 모두 체면을 잃게 하려고 그러오? 베리에르 사람들이 좋아라 할 웃음거리를 만들 셈이오?"

"당신의 행정 수완 덕택에 당신과 가족 그리고 시가 번영을 누리는 걸 사람들이 대체로 시샘하고 있는 게 사실이에요…… 그렇다면 쥘리앵에게 한 달간 휴가를 얻어 산속 목재 상인 친구 집에 가 있으라고 얘기하지요. 애송이 노동자에게 꼭 어울리는 친구 말이에요."

"당신은 가만있어."

레날 씨가 한결 침착해진 어조로 대꾸했다.

"내가 당신에게 무엇보다 요구하는 건 그 젊은이와 얘기를 하지 말라는 거요. 당신이 화풀이를 하면 나와 그 젊은이 사이가 틀어질 거요. 그 꼬마 선생이 얼마나 약삭빠른지 당신도 알지 않소?"

"그 젊은이는 눈치가 없어요. 당신이 아는 것처럼 지식이 있을지는 모르죠. 하지만 따져보면 영락없는 농사꾼에 불과하다고요."

레날 부인은 이렇게 대답했다.

"저는요, 그 사람이 엘리자와의 결혼을 거절한 후로 좀체 그에게 좋은 감정을 가질 수 없었어요. 그건 보장된 행운이었는데 말이에요. 거절의 이유가 엘리자가 때때로 발르노 씨를 몰래 찾아간다는 것이긴 했지만."

"아, 뭐라고! 쥘리앵이 당신에게 그런 말을 했소?"

레날 씨가 눈썹을 치켜올리며 물었다.

"아뇨, 확실히 그런건 아니에요. 그 사람은 입만 열면 성직에 대한 소명만 얘기하잖아요. 그런데 생각해보세요. 천한 사람들의 첫째가는 천직은 먹을 것을 버는 거잖아요. 엘리자의 비밀 방문을 자기도 모르지는 않노라고 암시하더군요."

"그런데 나는, 나는 그런 일을 모르고 있었어!"

레날 씨는 다시 분노에 휩싸여 말 한 마디 한 마디를 또박또박 힘을 주어 말했다.

"내가 모르는 일이 내 집에서 일어나고 있었다니…… 세상에! 엘리자와 발르노 사이에 그런 일이 있었어?"

"음! 그건 오래 전 얘기예요, 여보. 그리고 모르긴 해도 불미스러운 일은 없었을 거예요."

레날 부인은 웃으면서 말했다.

"당신의 좋은 친구 발르노 씨와 저 사이에 아주 플라토닉한 사랑이 오가고 있다고 베리에르 사람들이 생각하는 걸 발르노 씨도 싫어하지 않았던 때였으니까요."

"나도 그런 이야기를 한 번 들은 적은 있지만 당신은 내게 아무 말도 안 했소."

레날 씨는 화가 나서 머리를 치면서, 하나하나 새로운 발견을 한 듯 걸어가며 외쳤다.

"우리와 친한 수용소장이 허세를 좀 부렸다고 해서 친구 사이를 그르칠 필요가 있겠어요? 사교계 여자치고 그 사람의 대단히 재치 있고 좀 은근하기도 한 편지 몇 통 받지 않은 여자가 어디 있어요?"

"당신에게도 썼소?"

"많이 써보냈어요."

"그 편지들을 당장 보여줘. 남편의 명령이오."

레날 씨가 호기를 부리며 말했다.

"그건 안 되겠어요. 다음에 당신이 좀 누그러지면 그때 보여드릴게요."

레날 부인은 거의 무사태평한 듯 상냥한 목소리로 대답했다.

"빌어먹을, 지금 당장 보여달라니까!"

레날 씨는 울화가 치밀어 소리쳤다. 그렇지만 그는 지난 열두 시간 동안의 그 어느 때보다 행복한 기분이었다.

"맹세할 수 있어요? 그 편지 때문에 수용소장과 싸우지 않겠다고."

레날 부인이 아주 엄숙하게 물었다.

"싸우건 말건 그자에게서 고아원을 빼앗아올 순 있지. 아무튼 그 편지를 당장 봐야겠소. 어디 있소?"

그가 화를 내며 계속 말했다.

"제 책상 서랍에 있어요. 하지만 열쇠는 드리지 않겠어요."

"난 서랍을 부술 줄 안다고."

그가 아내의 방으로 달려가면서 소리쳤다.

그는 값비싼 마호가니로 만든 가시덩굴 무늬 책상을 정말 쇠꼬챙이로 부숴버렸다. 그 책상은 파리에서 사왔는데, 얼룩이 보인다 싶으면 그가 옷자락으로 닦을 정도로 소중히 여기던 것이었다.

레날 부인은 비둘기장까지 백이십 개의 계단을 뛰어서 올라갔다. 그녀는 흰 손수건 한 귀퉁이를 작은 창문의 쇠창살에 맸다. 그 순간 그녀는 가장 행복한 여인이었다. 그녀는 눈에 눈물이 글썽한 채 산의 숲 쪽을 바라보았다. 아마도 쥘리앵이 무성한 너도밤나무 밑에서 이 행복한 신호를 엿보고 있을 거야. 그녀는 생각했다. 그녀는 오랫동안 귀를 기울였다. 그리고 단조로운 매미 소리와 새들의 노랫소리를 저주했다. 이 성가신 소리만 없다면 큰 바위에서 쥘리앵이 보내오는 기쁨의 외침이 여기까지 들릴 수도 있을 텐데.

레날 부인은 간절한 눈길로 목장처럼 평평하고 넓은 짙은 녹색의

산허리를 뚫어지게 바라보았다. 그것은 나무 꼭대기들이 만들어놓은 형상이었다. 그 사람은 자기도 나처럼 기쁘다는 것을 알릴 신호를 생각해낼 재간도 없나? 그녀는 감격스러운 마음으로 생각했다. 남편이 자기를 찾으러 거기까지 올까 두려워지자 그때서야 비둘기장에서 내려왔다.

남편은 화가 나 있었다. 그는 대수롭지도 않은 발르노 씨의 편지 구절을 훑어보고 있었다. 그런 구절을 이렇게 흥분해서 읽는다는 것은 그에게 그리 익숙하지 않은 일이었다.

남편이 고함을 지르는 틈을 타서 레날 부인은 슬쩍 한마디 던져봤다.

"제 의견을 얘기하자면 쥘리앵이 여행을 떠나는 것이 좋을 듯해요. 라틴어에 대한 재능이 뛰어난지는 몰라도 그 사람은 결국 거칠고 눈치 없는 시골뜨기일 뿐이에요. 매일같이 제 딴에는 공손한 인사를 한답시고 저한테 과장되고 조잡한 찬사를 늘어놓지요. 어떤 소설에서 외운 것이겠지만……"

"그자는 소설 따위는 읽지 않아."

레날 씨가 소리를 질렀다.

"그건 내가 확신해. 내가 내 집에서 일어나는 일도 모르는 눈먼 가장인 줄 알아?"

"그렇다면, 그런 우스꽝스러운 찬사를 그 어디에서도 읽지 않았다면, 그 사람이 만들어낸 거군요. 그게 더 나빠요. 그 사람은 그런 말투로 베리에르 사람들에게 내 얘기를 할 거라고요……"

레날 부인은 무슨 발견이라도 한 듯한 기색으로 말했다.

"그렇지는 않다 하더라도 엘리자 앞에서 그렇게 말할 거예요. 그건 발르노 씨 앞에서 말하는 거나 다름없지 뭐예요."

갑자기 레날 씨가 책상과 방이 흔들릴 정도로 힘껏 책상을 내리치며 소리질렀다. 그때까지 볼 수 없었던 모습이었다.

"아! 인쇄된 익명의 편지와 발르노의 편지는 같은 종이에 쓴 것이야."

드디어!…… 레날 부인은 생각했다. 그녀는 남편의 이 발견에 깜짝 놀란 태도를 보이고는, 한 마디도 덧붙일 용기가 나지 않아 멀리 거실 구석의 안락의자에 가서 주저앉았다.

이제 싸움은 이긴 거다. 레날 부인은 익명의 편지 작성자로 추정되는 사람에게 따지러 가겠다는 레날 씨를 말리느라 무척 애를 써야 했다.

"충분한 증거도 없이 발르노 씨에게 싸움을 건다는 게 서툰 짓이라는 걸 왜 깨닫지 못하세요? 사람들이 당신을 시기하는 게 누구 잘못이에요? 당신 능력 때문이라고요. 당신의 현명한 행정력, 감각 있는 건축, 제가 당신에게 가져온 지참금, 터무니없이 과장되어 있긴 하지만 착한 제 아주머니께 기대할 수 있는 적지 않은 유산, 이런 것들이 당신을 베리에르에서 제일가는 인물로 만들었어요."

"당신은 가문을 잊고 있구려."

레날 씨가 살짝 미소마저 지으며 말했다.

"당신은 이 지역에서 가장 훌륭한 귀족이에요."

레날 부인은 민첩하게 덧붙였다.

"만약 국왕 폐하께서 가문에 따라 자유롭게 대우하실 수 있다면 당신은 귀족원에 참여할 수 있을 거예요. 당신은 그렇게 훌륭한 지위에 있으면서 당신을 부러워하는 사람들에게 이러쿵저러쿵 얘깃거리를 제공하실 건가요?

익명의 편지 문제로 지금 발르노 씨와 얘기한다는 건 레날 가문이 경솔하게도 그 소시민을 친밀하게 맞아줬다가 그에게 모욕을 당했다는 소문을 베리에르는 물론 브장송과 이 지방 전체에 퍼뜨리는 것과 다름없어요. 당신이 지금 읽은 편지에서 제가 발르노 씨의 연정에 응했다는 증거가 드러나면 저를 죽이셔도 좋아요. 제가 그랬다면 백번이고 죽어 마땅해요. 그러나 그 사람에게 화를 내서는 안 돼요. 이웃 사람들 모두 당신의 우월함에 복수할 구실만 기다리고 있다는 걸 잊지 마세요. 1816년의 몇몇 검거사건에 당신이 공헌했다는 것도 기억하세요. 지붕 위에 숨었던 그 사람도……"

"당신은 내 처지를 참작하지 않고 나에게 우정도 없군. 그리고 난 귀족원 의원인 적도 없지!……"

레날 씨는 지나간 일이 생각났는지 쓰라린 기분으로 외쳤다.

레날 부인이 미소를 지으며 말을 이었다.

"여보, 저는 제가 당신보다 더 부자가 될 거라고 생각해요. 그리고 전 십이 년간이나 당신의 동반자였어요. 저는 모든 면에서 발언권을 가져야 마땅해요. 특히 오늘 일은 더 그렇죠. 만약 당신이 저보다 쥘리앵 선생을 더 좋아한다면 저는 아주머니 댁에 가서 겨울을 보내겠어요."

그녀는 짐짓 분한 마음을 드러내 보이면서 이렇게 말했다.

이 말은 희한하게 효과가 있었다. 거기에는 공손한 듯하나 단호한 데가 있어서 레날 씨는 결심하지 않을 수 없었다. 그러나 이 지방의 관습에 따라 그는 한참 동안이나 얘기하면서 모든 논지를 거듭 열거했다. 레날 부인은 남편이 말하는 대로 내버려뒀다. 그의 말투에는 아직 분노가 묻어났다. 두 시간 동안이나 쓸데없는 소리를 지껄이고 나자 밤새 분노의 발작에 사로잡혔던 남자는 결국 기진맥진했다. 그는 발르노 씨와 쥘리앵 그리고 엘리자에 대해 취해야 할 행동노선을 정했다.

이런 연극이 한바탕 벌어지는 동안, 레날 부인은 십이 년 동안이나 자기의 반려자였던 남자의 뚜렷한 현실적 불행에 한두 번 동정심을 느낄 뻔했다. 그러나 진정한 정열은 이기적이다. 게다가 그녀는 남편이 전날 받은 익명의 투서에 대하여 고백하기를 시시각각 기다리고 있었다. 그러나 그는 끝내 그 얘기를 하지 않았다. 레날 부인은 자기 운명을 쥐고 있는 남편이 그 편지에서 어떤 암시를 받았는지 확신할 수 없었다. 시골에서는 남편의 의견에 따라 모든 것이 결정된다. 신세타령을 늘어놓는 남편은 비웃음을 사게 마련인데, 그런 일이 프랑스에서는 차츰 예사로워지고 있다. 남편이 돈을 주지 않을 경우 아내는 하루에 열댓 푼을 받는 여직공 신세로 추락한다. 그래도 선량한 사람들은 그 여직공을 고용하기를 꺼린다.

터키의 후궁이라면 혼신의 힘으로 군주를 사랑할지도 모른다. 군주는 전능해서, 후궁이 아무리 잔꾀를 부려도 군주의 권위에서 벗어날 희망이 없는 것이다. 주인의 복수는 무시무시하고 피비린내 나지만, 한편으로는 군대식이고 관대한 면도 있다. 단검의 일격으로 모든 것이 끝장나고 만다. 그런데 19세기 프랑스에서는 세상의 멸시라는 타격으로 남편이 아내를 죽인다. 아내가 모든 살롱에 출입하지 못하도록 막는 것이다.

자기 방으로 돌아오자 레날 부인은 위험한 상태에 처했다는 느낌이 강하게 되살아났다. 그녀는 자기 방이 어지럽혀진 것에 기분이 상했다. 예쁘고 작은 상자들의 자물쇠가 모두 부서져 있었다. 바닥에 깐 나무판 몇 개도 뜯겨 있었다. 남편은 내게 가차없구나! 그녀는 중얼거렸다. 자기도 그토록 아끼던 채색 나무 바닥을 이 꼴로 망쳐놓다니. 아이들 중 하나가 젖은 신발로 들어오면 얼굴이 시뻘게져서 화를 내던 남편이 완전히 망가졌어! 이런 난폭한 광경을 보자 너무 빨리 얻은 승리에 대한 가책도 금방 사라졌다.

점심 식사 종소리가 울리기 조금 전에 쥘리앵이 아이들과 함께 돌아왔다. 하인들도 물러가고 후식을 들 때, 레날 부인은 쥘리앵에게 아주 냉담한 어조로 말했다.

"선생이 베리에르에 가서 이 주일쯤 보내고 싶다고 했는데, 레날 씨가 휴가를 허락하시겠답니다. 아무 때나 좋을 때 떠나세요. 하지만 아이들이 시간을 낭비하지 않도록 매일 숙제를 선생께 보낼 테니 고쳐주세요."

"일주일 이상 휴가를 허락할 순 없소."

레날 씨가 매우 가시 돋친 어조로 이렇게 덧붙였다.

쥘리앵은 그의 얼굴에서 몹시 고민하는 사람의 불안한 기색을 엿보았다.

거실에서 잠시 둘만 있게 되었을 때 쥘리앵이 레날 부인에게 말했다.

"주인양반께서 아직 이렇다 할 방침을 정하지 못한 것 같군요."

레날 부인은 아침부터 자기가 해낸 모든 일을 그에게 재빨리 얘기했다.

"자세한 얘기는 오늘밤에."

그녀는 웃으며 덧붙였다.

여자의 사악함이라니! 여자들은 대체 어떤 쾌감, 어떤 본능으로 남자를 속이는 것일까? 쥘리앵은 문득 이런 생각이 들었다.

그는 좀 냉정하게 그녀에게 말했다.

"당신은 사랑 때문에 눈을 뜬 동시에 눈이 멀었어요. 오늘 당신이 한 행동은 감탄할 만해요. 하지만 우리가 오늘밤에 만나는 것이 신중한 일일까요? 이 집 안에는 적들이 우글우글해요. 엘리자가 얼마나 나를 미워하는지 생각해보세요."

"그 미움은 나에 대해 당신이 품고 있는 심한 무관심과 아주 비슷하군요."

"무관심하다 해도 어쩔 수 없어요. 나는 내가 빠뜨린 위험에서 당신을 구해내야 해요. 우연히 레날 씨가 엘리자와 얘기라도 한다면 엘리자의 한마디가 그에게 모든 걸 알려줄 수 있어요. 그리고 주인양반이 무장을 하고 제 방 옆에 숨어 있지 말란 법도 없잖아요……"

"뭐라고요! 당신은 용기도 없군요!"

레날 부인은 귀족의 딸다운 거만함을 보이면서 이렇게 말했다.

"자신의 용기를 운운하는 그런 비굴한 짓은 하지 않겠습니다."

쥘리앵은 냉담하게 말했다.

"그건 천한 짓거리입니다. 세상이 판단하겠죠."

그러나 그는 그녀의 손을 잡고 덧붙였다.

"내가 얼마나 당신에게 집중하고 있는지 당신은 모를 거예요. 또 쓰라린 이별이 오기 전에 당신과 작별인사를 나눌 시간을 갖는다면 얼마나 기쁠지 당신은 상상도 못 할 거예요."

22장 1830년의 행동방식

말은 생각을 숨기기 위하여
인간에게 주어졌다.
―R. P. 말라그리다

베리에르에 도착하자마자 쥘리앵은 레날 부인에 대한 자신의 태도
가 온당치 않았음에 가책을 느꼈다. 만약 부인이 나약해서 레날 씨와
의 연극에서 실패했다면 나는 부인을 보잘것없는 여자라고 경멸했을
것 아닌가! 그녀는 외교관처럼 어려운 일을 해결해냈다. 그런데 나는
내 적수인 패배자에게 동정심을 느꼈다. 내 행동에는 부르주아의 쩨
쩨한 근성이 있어. 레날 씨가 남자라는 이유로 내 자존심이 상했던 거
지! 나 역시 영광스럽게도 고귀하고 거대한 남성조합에 속해 있었던
거야. 나는 바보에 지나지 않아.

셸랑 씨는 파면당해서 사제관에서 쫓겨날 때 이 지방에서 가장 이
름난 자유주의자들이 서로 다투어 제공한 거처를 거절했다. 그가 세
든 방 두 개는 책으로 덮여 있었다. 성직자가 어떤 것인가를 베리에르

사람들에게 보여주고 싶어서 쥘리앵은 자기 아버지 집에서 전나무 판자 열두어 장을 등에 짊어지고 큰길을 걸어갔다. 그는 옛 친구에게 연장을 빌려 일종의 책장 같은 것을 만든 뒤 셸랑 씨의 책을 정돈해 넣었다.

"나는 자네가 세상의 허영심에 타락한 줄로 알았네."

늙은 사제는 기쁨의 눈물을 흘리며 말했다.

"자네에게 그토록 많은 적을 만들어준, 의장대원의 빛나는 제복을 입었던 유치한 짓도 이제는 속죄된 셈이지."

레날 씨는 쥘리앵에게 자기 집에서 묵으라고 일러놓았다. 아무도 무슨 일이 있었는지 의심하지 않았다. 베리에르에 온 지 사흘째 되는 날, 쥘리앵은 모지롱 군수가 자기 방으로 올라오는 것을 보았다. 그가 사람들의 악독함, 공금 관리를 담당한 사람들이 청렴하지 못한 점, 가난한 프랑스가 처한 위기 등 따분한 잡담과 기나긴 한탄을 두어 시간가량 늘어놓은 다음에야 쥘리앵은 그의 방문 목적을 조금 알아차렸다. 그때 그는 벌써 쥘리앵의 방을 나와 층계참까지 와 있었다. 반쯤 면직된 불쌍한 가정교사가 미래에 어느 행복한 현의 지사가 될 분을 적절한 존경심을 담아 전송하고 있었다. 그때 모지롱 씨는 쥘리앵의 장래를 걱정도 해주고, 금전 문제에 겸손하다는 등 칭찬도 늘어놓았다. 마침내 모지롱 씨는 더없이 어버이 같은 태도로 쥘리앵을 껴안고는 레날 씨 집을 나와 어떤 관리의 집으로 가지 않겠냐고 제의했다. 그 관리는 교육할 자녀들을 두었는데, 필리프 왕처럼 많은 자녀를 주신 것보다는 쥘리앵 이웃에서 그 아이들이 태어난 것을 하늘에 감사드릴 사람이라는 것이었다. 그 댁에 가정교사로 들어가면 800프랑의 연봉을 받게 되는데, 모지롱 씨에 의하면 월급제는 고상한 방법이 아니므로 매달 받지 않고 분기별로 선불로 지급받을 수 있다는 것이었다.

한 시간 반 전부터 지루하게 기다리던 쥘리앵이 말할 차례가 되었다. 그의 답변은 완벽했으며 무엇보다도 주교의 교서처럼 길었다. 그것은 모든 것을 말하고 있었으나 분명한 것은 아무것도 말하지 않은 셈이었다. 거기에는 레날 씨에 대한 존경과 베리에르 시민에 대한 경의와 탁월한 군수에 대한 감사가 동시에 들어 있었다. 쥘리앵이 자기보다 더 위선적인 것을 보고 놀란 군수는 무엇인가 분명한 얘기를 얻어내보려고 애썼으나 허사였다. 신바람이 난 쥘리앵은 자기 능력을 실험해볼 기회를 포착하고는 다른 말로 다시 답변을 시작하는 것이었다. 억지로 깨어 있는 체하는 의회의 회기 말을 이용하려는 웅변적인 대신도 이처럼 말을 많이 늘어놓고도 이처럼 조금밖에 말하지 않은 적은 없을 것이다. 모지롱 씨가 나가자마자 쥘리앵은 미친 사람처럼 웃기 시작했다. 자신의 위선적인 능변을 유리하게 이용할 생각에서 그는 레날 씨에게 아홉 페이지나 되는 편지를 썼다. 그는 그 편지에서 자기가 받은 제의를 모두 보고하고 겸손하게 레날 씨의 충고를 요청했다. 모지롱 씨는 가정교사 자리를 제안한 사람의 이름은 말하지 않았다! 그 사람은 내가 베리에르로 쫓겨온 것이 자기가 보낸 익명의 투서 때문이라고 알고 있는 발르노 씨일 것이다.

편지를 보내고 나서 쥘리앵은 셸랑 씨의 충고를 들으러 집을 나섰다. 맑은 가을아침 여섯시, 그는 사냥감이 많은 들판으로 나가는 사냥꾼처럼 만족한 기분이었다. 그러나 선량한 사제 댁에 도착하기 전에 하늘이 그에게 또다시 기쁨을 마련해주려는 듯 발르노 씨가 그의 앞에 나타났다. 그는 발르노 씨에게 자기가 갈등하고 있다고 숨김없이 말했다. 이런 얘기였다. 자기처럼 가난한 청년은 하늘이 마음속에 심어준 소명감에 전력을 기울여야 하겠지만, 이 천박한 세상에서는 소명감만으로 모든 것이 해결되지는 않는다. 영혼의 구원을 위해 일하려면, 그리고 많은 박식한 동료들에게 부끄럽지 않게 일을 하려면 교육을 받아야 한다. 브장송에 있는 신학교에 들어가 이 년쯤 배워야 하는데 비용이 많이 든다. 그래서 저축이 필요불가결한데, 연봉 600프랑을 받아 다달이 써버리는 것보다 800프랑을 삼 개월마다 나눠받으면 훨씬 유리하다. 그러나 한편으로 생각하면 자기에게 레날 가 아이들의 교육을 맡게 하고 무엇보다도 그 아이들에게 특별한 애착을 느끼게 한 것은 다른 아이들을 위해 그들의 교육을 저버려서는 안 된다는 계시가 아닐까?……

쥘리앵은 제정시대에 흔히 볼 수 있었던 성급한 행동을 대체한 이런 종류의 능변에서 드높은 완성의 경지에 도달한 나머지 마침내 자기 말소리에 스스로 지루함을 느끼게 되었다.

돌아오는 길에 쥘리앵은 멋진 제복을 차려입은 발르노 씨의 하인을 만났다. 그날 그는 오찬회 초대장을 가지고 쥘리앵을 찾아 온 시내를 헤맸다고 했다.

쥘리앵은 그 사람 집에 가본 적이 없었다. 며칠 전만 해도 경범재판 사건을 야기하지 않고 발르노 씨를 몽둥이로 두들겨팰 방법만 생각하고 있었다. 오찬회는 한시로 정해져 있었으나, 쥘리앵은 열두시 삼십분에 수용소장의 서재를 방문하는 것이 더 공손하다고 생각했다. 그는 서류철 더미 한가운데서 한껏 위엄을 뽐내고 있는 수용소장을 만났다. 굵고 검은 구레나룻, 엄청나게 무성한 머리숱, 머리 꼭대기에 비스듬하게 걸쳐쓴 그리스 풍의 챙 없는 모자, 커다란 파이프, 수놓은 실내화, 가슴 위에 여러 방향으로 늘어뜨린 굵은 금줄 등 자기가 여자들에게 인기 있는 사내라고 생각하는 이 시골 재력가의 모든 외관은 쥘리앵에게 전혀 존경심을 불러일으키지 못했을뿐더러, 오히려 몽둥이질을 하고 싶다는 생각만 더 일게 했다.

쥘리앵은 발르노 부인에게 소개되는 영광을 청했다. 부인은 화장하는 중이라 그를 맞이할 수 없었다. 대신 그는 수용소장이 몸단장하는 모습을 구경할 수 있었다. 그런 다음 발르노 부인의 방으로 건너갔다. 발르노 부인은 눈물이 글썽해 있는 아이들을 쥘리앵에게 소개했다. 그 부인은 베리에르에서 가장 유력한 여인들 가운데 한 명으로, 이 성대한 오찬을 위하여 남자처럼 커다란 얼굴에 연지를 바른 모습이었다. 부인은 그 얼굴에 온통 과장된 모성애를 드러내 보였다.

쥘리앵은 레날 부인을 생각했다. 그는 천성적으로 의심이 많아 대조가 만들어내는 그런 종류의 기억에 민감한 편이 아니었으나, 이때만은 그 대조가 측은한 마음이 들 정도로 놀라웠다. 그런 기분은 수용소장의 집을 둘러보면서 더욱 커졌다. 그는 집 안의 이곳저곳을 안내받았다. 모든 것이 화려하고 새것이었다. 주인은 가구마다 가격을 쥘리앵에게 말해주었다. 그러나 쥘리앵은 거기서 어딘지 모르게 천박한 면모를 엿보았고 훔친 돈 냄새를 느꼈다. 집안 모든 사람들이, 심지어 하인들까지 멸시받을까 싶어 행동을 확실하게 하는 기색이었다.

세무관, 간접세 징수관, 헌병 장교, 그리고 두세 명의 관리가 아내와 함께 도착했다. 몇 명의 부유한 자유주의자들도 뒤따라왔다. 오찬

이 시작되었다. 벌써부터 대단히 기분이 나빠진 쥘리앵은 식당 벽 저쪽에는 불쌍한 수용자들이 있다는 것을 생각했다. 주인이 쥘리앵을 놀라게 하려고 보여준 온갖 몰취미한 사치품들은 필경 수용자 몫으로 배당된 고기 조각에서 횡령한 돈으로 장만했을 것이라는 생각도 들었다.

이 순간에도 그들은 배가 고프겠지. 그는 혼자서 이렇게 생각했다. 목이 메어 먹을 수도, 거의 말을 할 수도 없었다. 십오 분 뒤에는 훨씬 더 딱한 상황이 벌어졌다. 멀리서 유행가 소리가 띄엄띄엄 들려왔다. 수용자 하나가 부르는 그 노래는 아닌 게 아니라 좀 상스러웠다. 발르노 씨가 화려한 제복을 입은 하인 한 명을 바라보았다. 하인이 사라지고, 이내 노랫소리도 더이상 들리지 않았다. 그때 하인 하나가 초록빛 잔에 따른 라인 산 포도주를 쥘리앵에게 내밀었다. 발르노 부인이 그 포도주를 생산지 가격으로 한 병당 9프랑을 주고 현지에서 사왔다고 쥘리앵에게 유의해서 설명했다. 쥘리앵은 초록빛 잔을 든 채 발르노 씨에게 말했다.

"이제는 그 고약한 노래를 부르지 않는군요."

"암! 그렇고말고요. 거지들을 조용하게 해놨으니까요."

소장이 의기양양하게 대답했다.

이 말은 쥘리앵에게 너무 심하게 들렸다. 그는 격식에 맞는 태도를 지니고 있었지만 아직 그 상태에 어울리는 마음씨는 지니지 못했다. 그렇게 자주 위선을 저질렀음에도 불구하고, 그는 굵은 눈물이 뺨을 타고 흘러내리는 것을 느꼈다.

쥘리앵은 초록빛 잔으로 눈물을 감추려 애썼다. 그러나 라인 산 포도주를 찬양하는 것은 절대적으로 불가능했다. 노래 부르는 것까지

금지하다니! 오, 하느님! 당신께서 이런 일을 묵인하시다니요! 그는 속으로 부르짖었다.

다행히 아무도 그의 이런 좋지 않은 연민을 눈치채지 못했다. 세무관이 왕당파의 노래를 부르기 시작했다. 그 노래의 후렴을 모두 떠들썩하게 합창하는 동안에 쥘리앵의 양심은 이렇게 부르짖고 있었다. 네가 도달하려고 하는 더러운 행운은 바로 이런 것이야. 너는 이런 조건에서 이런 무리와 즐길 수밖에 없을 거야! 너는 아마도 2만 프랑짜리 자리를 얻을지도 몰라. 그러나 잔뜩 고기를 처먹는 동안에 가엾은 죄수가 노래 부르는 것을 막아야 할 거야. 너는 죄수의 비참한 양식에서 훔쳐온 돈으로 오찬을 베풀 거야. 하지만 네가 식사하는 동안 죄수는 더욱더 불행해지겠지! 오, 나폴레옹이여! 위험한 전투로 행운을 개척하던 당신 시대는 얼마나 좋았던가. 그런데 비열하게도 불쌍한 사람들의 고통을 가중시키다니!

쥘리앵이 이 독백에서 보인 약점을 보고 나는 그에 대하여 보잘것없는 견해를 갖게 되었다는 사실을 고백한다. 큰 나라의 모든 생활방식을 바꾸겠다고 주장하면서 자신은 손톱만 한 흠결조차 지니기 싫어하는 저 노란 장갑을 낀 음모가들과 한통속이 되면 어울릴 것이다.

쥘리앵은 자기가 해야 할 역할이 번갯불처럼 머리에 떠올랐다. 공상이나 하며 잠자코 있으라고 그를 이 상류사회 오찬에 초대한 것은 아니었다.

지금은 은퇴한 날염 제조업자로 브장송 아카데미와 위제스 아카데미의 통신회원인 사람이 식탁 반대편 끝에서 쥘리앵에게 말을 걸어왔다. 그는 널리 알려진 대로 신약성서 연구에서 쥘리앵이 올린 놀라운 성과가 사실인지를 물었다.

갑자기 깊은 침묵이 흘렀다. 마술이라도 부린 듯이 라틴어 신약성서 한 권이 아카데미 두 곳에 소속된 그 박학다식한 회원의 손에 나타났다. 쥘리앵이 그렇다고 대답하자, 그는 되는대로 고른 라틴어 성서 구절 절반가량을 읽었다. 쥘리앵이 그 뒤를 이어 암송했다. 그의 기억력은 틀림이 없었다. 참석자들은 모두 끝나가는 오찬의 시끌벅적한 열정으로 이 놀라운 일을 찬양했다. 쥘리앵은 부인들의 상기된 얼굴을 쳐다보았다. 몇몇은 그런대로 인물이 괜찮은 편이었다. 노래를 잘 부르는 세무관의 아내가 그의 눈길을 끌었다.

그는 세무관의 아내를 바라보면서 말했다.

"사실 부인들 앞에서 이렇게 오래 라틴어를 말하는 것이 부끄럽습니다. 뤼비뇨 선생님(아카데미 두 곳의 회원 이름)께서 아무 데나 라틴어로 한 구절을 읽어주시면 라틴어로 그 다음을 암송하는 대신에 즉석에서 번역을 해보지요."

이 두번째 시도는 그의 영예를 절정에 이르게 했다.

거기에는 몇몇 부유한 자유주의자들도 있었지만 그들은 장학금을 탈 수 있는 자녀들을 둔 행복한 아버지로, 최근의 전도회 이후 갑자기 개종하였다. 이렇듯 교활한 처세에도 불구하고 레날 씨는 결코 그들을 자기 집에 받아들이려 하지 않았다. 그래서 쥘리앵을 평소 명성으로만 알고 있었고 국왕의 행차 날 말 탄 모습을 보았을 뿐인 이들은 이제 쥘리앵의 가장 소란스러운 찬미자들이 되었다. 이 바보들은 자기들이 이해하지도 못하는 이 성서 문체를 듣는 데 언제쯤 싫증을 낼까? 쥘리앵은 이런 생각을 했다. 그러나 반대로 그들은 낯선 성서 문

체를 재미있어했고 웃어대면서 좋아했다. 그러나 쥘리앵은 지쳐버
렸다.

여섯시를 치자 그는 엄숙하게 일어서서 다음날 셸랑 사제에게 암송
하기 위해 공부했던 리고리오의 새로운 신학 한 장에 대하여 얘기했다.

"남에게 암송을 시키거나 스스로 암송하는 것이 제 일이니까요."

그는 유쾌한 어조로 덧붙였다.

모두 박장대소하며 그를 칭송했다. 이런 재치는 베리에르에서 흔히
통용되는 것이었다. 쥘리앵은 벌써 일어서 있었다. 예법을 잊고 모두
그를 따라 자리에서 일어섰다. 이것이 천재의 위력이다. 발르노 부인
이 다시 십오 분 동안 그를 붙들어놓았다. 아이들이 교리문답 외우는
것을 들어주어야만 했다. 아이들의 암송은 매우 엉망이었지만 쥘리앵
만 그걸 알아챘다. 그는 잘못을 지적해주지 않았다. 종교의 초보적 원
리에 대해서도 이렇게 무식하구나! 그는 생각했다. 그는 인사를 하고
마침내 빠져나갈 수 있으리라 생각했다. 그러나 이번에는 라 퐁텐의
우화에 대해 말해야 했다.

"그 작가는 대단히 비도덕적입니다. 장 슈아르 씨에 관한 어떤 우
화에서는 가장 존중해야 할 것을 함부로 우롱했거든요. 그는 가장 우
수한 주석자들로부터 격렬하게 비판받고 있습니다."

그는 발르노 부인에게 이렇게 얘기했다.

쥘리앵은 떠나기 전에 네댓 건의 오찬 초대를 받았다.

"이 젊은이는 우리 현의 명예입니다."

아주 흥겨워진 참석자들이 이구동성으로 외쳤다. 그들은 쥘리앵이
파리에 가서 공부를 계속할 수 있도록 시 기금에서 보조금을 지급하

는 것에 대해 투표하자는 얘기까지 했다.

이런 신중치 못한 생각으로 식당이 떠들썩한 동안 쥘리앵은 재빠르게 정문에 이르렀다.

"아! 너절한 놈들! 너절한 놈들!"

그는 신선한 공기를 기쁘게 마시며 나지막한 소리로 서너 차례 계속 외쳤다.

그 순간에 그는 완전히 귀족이 된 듯했다. 레날 씨 집에서는 그를 대하는 공손함 속에서 경멸적인 미소와 거만한 우월감을 보고 오랫동안 그렇게 기분이 나빴는데 말이다. 그는 극도의 차이를 느끼지 않을 수 없었다. 걸어가면서 그는 생각했다. 불쌍한 수용자들에게서 돈을 훔쳤다는 것도, 노래 부르는 것을 금지했다는 것도 잊어버리자! 레날 씨가 자신이 대접하는 포도주 값을 손님들에게 일일이 말하려고 생각한 적이 있었던가? 그런데 발르노 씨라는 작자는 노상 자기 소유물 자랑만 하면서 제 아내가 곁에 있을 때면 '당신의' 집, '당신의' 소유지라는 말 빼고는 얘기도 못 하더군.

소유의 기쁨에 대해 아주 민감해 보이는 발르노 부인은 식사중 발 달린 잔 하나를 깨뜨린 하인에게 술잔 한 벌을 못 쓰게 만들었다고 고약하게 시비를 걸었다. 한편 그 하인도 더없이 무례한 태도로 대답했다.

그놈이 그놈이군! 쥘리앵은 중얼거렸다. 이들이 훔친 전 재산의 절반을 준다 해도 이들과 함께 살기는 싫어. 언젠가는 내 본심을 드러내고 말 거야. 이들이 하는 짓거리를 보고 경멸을 숨길 수 없게 될 거야.

하지만 레날 부인의 지시에 따라 같은 종류의 오찬 몇 군데에 참석해야만 했다. 쥘리앵은 사교계의 인기를 모았다. 사람들은 그가 의장 대원 제복을 입었던 일을 용서했다. 아니, 오히려 그 경솔했던 일이 그의 성공의 진정한 원인이 되었다. 이 박학다식한 젊은이를 쟁취하는 싸움에서 레날 씨와 수용소장 가운데 어느 쪽이 이길 것인가가 베리에르 전체의 관심사가 되었다. 이 두 인물은 마슬롱 씨와 함께 삼두 정치를 이루고 여러 해 전부터 베리에르 시를 마음대로 주물러왔다. 사람들은 시장을 시기했으며 자유주의자들은 시장을 원망했다. 그러나 어쨌든 시장은 귀족이었고 좋은 위치에 있게끔 태어난 사람이었다. 반면에 발르노 씨의 부친은 아들에게 연수입 600프랑조차도 물려주지 못했다. 그래서 젊었을 때 그가 입은 푸르스름한 사과빛의 초라한 옷을 보고 사람들이 동정했는데, 지금은 노르망디 산 말이며 금줄이며 파리에서 맞춰온 옷이며 그가 누리는 온갖 번영으로 사람들의 부러움을 사게 된 것이다.

쥘리앵은 새로운 사람들의 물결 속에서 정직한 인물 하나를 발견했다고 생각했다. 그 인물은 그로라는 이름의 측량기사인데 과격파로 통하고 있었다. 그러나 자기 자신에게 거짓으로 보이는 것만 이야기하기로 작정한 쥘리앵은 그로 씨에 대해서도 의심을 품지 않을 수 없었다. 그는 베르지로부터 커다란 숙제 꾸러미를 받았다. 종종 아버지를 만나보라는 충고도 받았는데, 이러한 하기 싫은 의무도 이행했다. 요컨대 자신에 대한 평판을 썩 잘 회복한 셈이었다. 그러던 어느 날 아침, 쥘리앵은 누가 두 손으로 자기 눈을 가리는 바람에 깜짝 놀라 잠이 깼다.

베리에르 시내로 나들이 나온 레날 부인이었다. 함께 나들이 나온 아이들이 토끼를 보살피도록 남겨두고서 층계를 한 번에 네 개씩 뛰어올라 아이들보다 한 걸음 먼저 쥘리앵 방에 도착한 것이다. 매우 짧지만 감미로운 순간이었다. 아이들이 선생님에게 보여주려고 토끼를 안고 당도하자 레날 부인은 모습을 감췄다. 쥘리앵은 모두를 반갑게 맞이했다. 토끼까지도. 가족들을 다시 만난 기분이었다. 그는 아이들을 사랑하고 있으며 그 아이들과 지껄이는 것이 유쾌하다고 느꼈다. 아이들의 상냥한 목소리, 순진하고 고상한 행동에 놀라워했다. 그는 베리에르에서 호흡하고 있는 온갖 불쾌한 생각과 모든 천박한 행동에 대한 상상을 씻어내고 싶었다. 늘 실수하지는 않을까 하는 두려움에 싸여 지냈으며 사치와 비참이 머리칼을 움켜쥐며 싸우는 꼴을 보아왔던 것이다. 그가 식사했던 집 사람들은 자기들이 대접하는 고기에 대해서도 자기들에게는 창피스럽고 듣는 사람에게는 구역질나는 속내 이야기를 늘어놓곤 했다.

"당신네 귀족들이 자존심 강한 것은 당연해요."

쥘리앵이 레날 부인에게 말했다. 그리고 부인에게 자기가 겪었던 오찬 이야기를 모두 들려주었다.

"그러니까 당신은 이제 사교계의 인기인이 되었네요!"

레날 부인은 쥘리앵을 만날 때마다 연지 바르는 의무를 다했다는 발르노 부인에 대해 생각하며 깔깔거리고 웃다가 한마디 덧붙였다.

"그 부인이 당신의 마음을 끌려는 것 같네요."

아침 식사는 즐거웠다. 아이들이 있는 것이 겉보기에는 방해가 되는 듯했으나 사실은 모두의 기쁨을 더해주었다. 가엾게도 그 아이들은 쥘리앵을 다시 만난 기쁨을 어떻게 나타내야 할지 몰랐다. 하인들은 아이들에게 쥘리앵이 발르노 씨 댁 아이들의 교육을 맡아주면 200 프랑을 더 주겠다는 제안을 받은 사실도 빠뜨리지 않고 얘기했다.

식사 도중 중병으로 아직도 창백한 스타니슬라스 크사비에가 갑자기 어머니에게 자기 은식기와 자기가 마시고 있는 찻잔이 얼마나 하느냐고 물었다.

"그건 왜?"

"팔아서 그 돈을 쥘리앵 선생님에게 드리려고요. 그러면 선생님이 계속 우리 집에 계셔도 속은 게 안 되니까요."

쥘리앵은 눈물을 글썽이며 아이를 껴안았다. 쥘리앵이 스타니슬라스를 무릎 위에 앉히고 속았다는 말은 그런 뜻으로는 하인들이나 쓰는 말이니 사용하지 말라고 설명하는 동안 그 아이의 어머니는 정말로 울고 있었다. 아이에게 한 설명이 부인을 기쁘게 한 것을 보고 쥘리앵은 아이들이 즐거워하는 생생한 예를 들어 속는다는 것이 어떤 것인지를 설명했다.

스타니슬라스가 말했다.

"알겠어요. 치즈를 떨어뜨려 아첨하는 여우에게 빼앗긴 바보 같은 까마귀가 그렇지."

레날 부인은 기뻐서 어쩔 줄 몰라하며 아이들에게 입맞춤을 퍼부었다. 그러느라 쥘리앵에게 몸을 약간 기대게 되었다.

갑자기 문이 열렸다. 레날 씨였다. 그의 근엄하고 불만스러운 얼굴은 그가 나타남으로써 사라져버린 아늑한 기쁨과 기이한 대조를 이루었다. 레날 부인의 얼굴이 파랗게 질렸다. 그녀는 아무것도 부인할 수 없는 상태에 놓였다고 느꼈다. 쥘리앵이 매우 큰 소리로 스타니슬라스가 팔고 싶다고 한 은잔 얘기를 시장에게 들려주기 시작했다. 그는 그 이야기가 환영받지 못하리라는 것을 확신했다. 레날 씨는 평소의 버릇대로 돈이라는 말만 들어도 우선 눈살부터 찌푸렸다. 돈 얘기가 입에 오르는 건 내 주머니에서 돈을 우려내려는 계획의 서막이란 말이야.

그러나 이번에는 금전관계 이상의 것이 있었다. 의심을 증폭시키는 그 무엇이 있었다. 자기가 없는 동안 가족이 행복해하는 것은 그토록 체면에 신경을 쓰는 허영심 많은 사내에게는 못마땅한 일이었다. 쥘리앵이 얼마나 친절하고 재치 넘치는 방법으로 아이들에게 새로운 생각을 부여했는지 아내가 칭찬하자, 그는 "그래! 그래! 알았다고. 그는 아이들이 나를 밉살스럽게 여기도록 만드는군. 사실 집주인인 나보다 몇 배 더 아이들의 호감을 사는 것은 그에게는 식은 죽 먹기지. 요즘 사람들은 정당한 권위를 싫어하는 경향이 있지. 불쌍한 프랑스야!" 하고 내뱉었다.

레날 부인은 자신에 대한 남편의 태도 변화를 쉬지 않고 살폈다. 쥘리앵과 열두 시간쯤 함께 지낼 가능성을 엿보았다. 부인은 시내에서 사야 할 물건이 많아 점심은 꼭 카바레에서 먹고 싶다고 말했다. 남편이 무슨 말을 하든, 무슨 행동을 하든, 그녀는 자기 주장을 고집했다. 아이들은 카바레라는 말만 들어도 좋아서 어쩔 줄 몰랐다. 오늘날 얌전한 체하는 사람들도 카바레라는 말을 하면 그렇게 즐거워한다.

레날 씨는 처음 들른 양품점에 아내를 남겨두고는 몇 군데 방문할 곳이 있다며 가버렸다. 그는 아침보다 더 침울해져서 돌아왔다. 온 도시가 자기와 쥘리앵에게 관심을 보이고 있음을 확인한 것이다. 사실

세간에 오르내리는 그 모욕적인 화제를 그에게 눈치채게 한 사람은 아직 아무도 없었다. 시장이 귀가 아프도록 들은 얘기는 다만 쥘리앵이 600프랑을 받으며 그의 집에 머물러 있을 것인지 아니면 수용소장이 제안한 800프랑을 받아들일 것인지의 문제였다.

사교 석상에서 레날 씨를 만난 수용소장은 냉랭한 태도를 보였다. 그런 행동에는 능란한 데가 없지 않아 있었다. 시골에서는 경솔한 언동이 거의 없다. 센세이션을 일으키는 일이 드물어서, 한 번 일이 생기면 바닥이 드러날 정도로 헤쳐보는 것이다.

발르노 씨는 파리에서 100리외 떨어진 이곳에서는 멋쟁이라고 불리는 사람이었다. 그는 뻔뻔하고 상스러운 성격의 인물이었다. 1815년부터 승승장구한 그의 입지가 그런 기질을 더욱 북돋웠다. 그는 말하자면 레날 씨의 명령 아래서 베리에르에 세력을 떨쳐왔다. 그러나 훨씬 더 활동적이고, 그 어느 것에도 얼굴을 붉히지 않고, 무슨 일에나 끼어들고, 가지 않는 데 없이 쏘다니고, 편지를 쓰고, 지껄여대고, 부끄러운 일은 곧 잊어버리고, 자기 주장이라고는 조금도 없는 그가 마침내 성직자 권력층에게 시장과 비등한 신임을 얻게 되었다. 어찌 보면 발르노 씨는 그 고장 식료품 상인들에게 '당신들 가운데 제일 바보 둘만 골라주시오'라고 하고, 법조인들에게는 '제일 무식한 사람 둘만 지적해주시오'라고 하고, 의사들에게는 '제일 돌팔이 둘만 지명해주시오'라고 말한 뒤 이렇게 각 직업에서 가장 뻔뻔한 자들을 모아놓고 '함께 다스립시다'라고 말하는 것이나 다름없었다.

그런 인간들의 행동이 레날 씨의 비위에 거슬렸다. 그러나 야비한 성격의 발르노 씨는 그 무엇에도 기분 상하는 법이 없었다. 여러 사람이 보는 가운데 젊은 사제 마슬롱에게 면박을 당하고도 자존심 상해 하지 않았다.

그러나 이렇게 잘 나가는 가운데서도 발르노 씨는 사람들이 진상을 지적하리라는 것을 잘 알고 있었기에 거기에 대항하여 건방지고 무례 하게 자신을 방어할 필요를 느끼고 있었다. 아페르 씨의 방문으로 겁 을 먹게 된 이후 그의 활동은 한층 더 활발해졌다. 그는 세 차례나 브 장송에 다녀왔다. 우편마차가 올 때마다 몇 통씩 편지를 써보냈으며 날이 저물 무렵 그의 집에 들르는 낯선 사람들 편에도 편지를 부탁했 다. 노사제 셸랑을 면직시킨 것은 그로서는 실책인지도 몰랐다. 그런 앙심 깊은 행동으로 말미암아 그가 신앙심이 깊은 몇몇 명문가 부인 들에게 근본적으로 사악한 인간으로 보였기 때문이다. 그런데다가 부 주교 프릴레르로부터 도움을 받고 난 후로는 그에게 완전히 매여 사 는 신세가 되어 그의 기묘한 지령을 받고 있었다. 익명의 투서를 쓰며 즐거워할 때 그가 처해 있던 정치적 위치는 지금 말한 것과 같다. 더 욱 난처하게도 그의 아내는 쥘리앵을 집에 데려오고 싶다고 선언했 다. 그녀의 허영심은 거기에 열중해 있었다.

이런 처지에서 발르노 씨는 예전의 동맹자였던 레날 씨와의 한판 결전을 예상하였다. 레날 씨가 그에게 심한 말을 했지만 그에겐 아무 상관 없었다. 문제는 레날 씨가 브장송이나 파리에 편지를 보낼지도 모른다는 것이었다. 어느 대신의 사촌이라는 작자가 느닷없이 베리에 르에 나타나 빈민수용소를 가로챌지도 모르는 일이었다. 그래서 발르 노 씨는 자유주의자들과 가깝게 지내려고 생각했다. 몇 명의 자유주 의자가 쥘리앵이 암송을 했던 오찬에 초대된 것도 그 때문이었다. 그는 시장에 대항하여 강력한 지지를 받을 수도 있었다. 그러나 선거가 돌발적으로 치러질 수도 있고, 득표 결과가 나쁠 경우 수용소를 맡지 못하게 되리라는 것은 너무 명백한 일이었다. 정치판 안팎을 환히 알고 있는 레날 부인은 쥘리앵의 팔을 붙잡고 상점가를 돌아다니는 동안 쥘리앵에게 이런 얘기를 해주었다. 그들은 이야기하면서 점점 충성 산책로 쪽으로 이끌려갔다. 거기서 그들은 거의 베르지에서처럼 조용하게 몇 시간을 보냈다.

그러는 동안에 발르노 씨는 옛 보호자에 대하여 대담한 태도를 취하면서도 그와의 결정적인 싸움만은 피하려고 애쓰고 있었다. 그날은 그런 전략이 성공했지만 시장의 성질을 더욱 돋우어놓았다.

허영심이 금전욕이 가질 수 있는 치사하고 비열한 그 모든 것과 맞붙은 나머지 카바레에 들어서는 레날 씨는 일찍이 겪어보지 못한 비참한 상태에 빠져들었다. 반대로 그의 아이들은 이보다 더 즐겁고 유쾌할 수 없었다. 이 대조에 그는 기분이 상할 대로 상했다.

"보아하니 우리 가족에서 나는 여분이로군!"

그는 음식점에 들어서면서 일부러 위엄 있는 어조로 말했다.

아내는 대답하는 대신 그를 따로 데려가서 쥘리앵을 멀리 보내야 할 필요성에 대해 설명했다. 방금 보내고 온 행복한 몇 시간 덕택에 그녀는 이 주일 전부터 구상해온 계획을 실행하는 데 필요한 마음의 여유와 단호함을 되찾았던 것이다. 가련한 베리에르 시장은 돈에 대한 그의 집착을 온 시내가 공공연히 놀려대고 있다는 사실을 알고 완전히 혼란에 빠져 있었다. 발르노 씨는 도둑처럼 통이 컸던 반면, 성조제프 신도회며 성모 수도회며 성체 수도회 등을 위한 최근 대여섯 차례의 기부금 모금에서 그는 화려하다기보다는 신중한 태도를 보였던 것이다.

기부금 모금 장부에는 베리에르와 인근 지방 명사들의 이름이 적혀 있는데, 교묘하게도 기부금 액수에 따라 정리되어 있었다. 마지막 줄에 레날 씨의 이름이 등장한 것이 한두 번이 아니었다. 그가 그까짓 것 하며 코웃음쳐봐도 소용없는 일이었다. 성직자들은 기부금 건에 관해서는 농담을 하지 않는다.

23장 관리의 비애

한 해 동안 으스대며 누리던 쾌락도
한순간 사라져버리는 수가 있다.
— 카스티

이 옹졸한 인간이 사소한 두려움에 떨게 내버려두기로 하자. 그는
하인 근성을 가진 사람이 필요했는데 왜 용기 있는 인물을 자기 집에
두었을까? 그가 자기 사람 고를 줄을 몰랐을까? 힘있고 가문 좋은 사
람이 용기 있는 인물을 만나면 그를 죽이거나, 추방하거나, 가두거나,
그렇지 않으면 심한 모욕을 준다든가 해서 상대방이 고통에 못 이겨
죽는 어리석음을 범하게 하는 것이 19세기의 보편적 풍조였다. 우연
히도 여기서는 고통당하는 사람이 아직 용기 있는 인물이 아니다. 프
랑스의 작은 도시나 뉴욕처럼 선거로 정부를 구성하는 곳의 큰 불행
은 레날 씨 같은 사람들이 존재함을 잊을 수 없다는 것이다. 인구 2만
명가량 되는 도시에서는 그런 사람들이 여론을 만드는데, 자치권을
가진 지역의 여론은 무서운 것이다. 여기 한 사람이 있다고 하자. 그

사람이 고상하고 관대한 마음을 지녔고, 당신의 친구가 될 수 있고, 당신으로부터 멀리 떨어져 산다면 그는 당신이 사는 도시의 여론에 따라 당신을 판단하게 되는데, 그 여론이라는 것은 우연히 좋은 가문에서 태어난 고상하고 부유하며 온건한 바보들에 의하여 이루어진다. 두각을 나타내는 사람에게는 불행이 따르는 것이다!

점심을 먹은 즉시 그들은 베르지를 향하여 떠났다. 그러나 쥘리앵은 이틀 만에 온 가족이 다시 베리에르로 돌아온 것을 보았다.

한 시간도 지나지 않아 그는 레날 부인이 자기에게 무언가 알 듯 모를 듯 비밀에 부치는 기색을 알아차리고 크게 놀랐다. 그가 모습을 드러내자 부인은 남편과의 대화를 멈추고 그가 자리를 떠났으면 하는 눈치였다. 쥘리앵은 두 번 다시 그런 행동을 하지 않고 자리를 떴다. 그는 쌀쌀하고 조심성 있는 태도를 취했다. 레날 부인도 그것을 눈치 챘지만 설명을 구하지 않았다. 쥘리앵은 생각했다. 부인이 내 후임자를 들이려는 것일까? 엊그제만 해도 내게 그렇게 친절하던 사람이! 하지만 귀부인들이란 그렇게 행동한다고 하더군. 집에 돌아가면 파면장을 받게 될 대신에게 전에 없이 극진한 친절을 베푸는 왕처럼 말이야.

쥘리앵은 자기가 가까이 가면 갑자기 끊기곤 하는 부부의 대화에서 베리에르 시에 속한 커다란 건물이 여러 번 언급되는 것에 주목했다. 그 건물은 낡았지만 크고 편리한 건물로, 시내에서 가장 번화한 곳의 교회 건너편에 위치해 있었다. 그 집과 새 애인 사이에 무슨 공통점이 있을 수 있을까? 쥘리앵은 생각했다. 쓸쓸한 기분에 그는 프랑수아 1세의 아름다운 시구를 되뇌었다. 레날 부인이 그에게 가르쳐준 지 한 달도 못 되기 때문에 그 시구는 아주 새롭게 보였다. 그때 그들은 얼마나 많은 맹세와 얼마나 많은 애무로 이 시구 하나하나를 부인했던가!

여자의 마음은 자주 변하는 것,
그걸 믿다니 어리석어라.

레날 씨는 역마차를 타고 브장송을 향해 떠났다. 그는 이 여행을 두 시간 사이에 결정했다. 몹시 괴로워 보였다. 여행에서 돌아오자 그는 회색 종이로 싼 커다란 꾸러미 하나를 책상 위에 내던졌다.

"이게 그 맹랑한 용건이오."
그가 아내에게 말했다.
한 시간 후에 쥘리앵은 광고 붙이는 사람이 그 커다란 꾸러미를 들고 가는 것을 보았다. 그는 서둘러 따라 나갔다. 길의 첫 모퉁이에서 비밀을 알아내야지.

그는 커다란 솔로 광고에 풀칠하는 사람 뒤에서 초조하게 기다렸다. 광고가 붙여진 후 호기심 많은 쥘리앵의 눈에 띈 것은 레날 부부의 대화 중에 그토록 자주 나오던 그 커다랗고 낡은 건물을 공개로 입찰 임대한다는 아주 상세한 안내문이었다. 임대차 입찰은 다음날 오후 두시 시청 홀에서 열리며, 세번째 불이 꺼질 때까지의 최고 입찰가로 낙찰된다는 것이었다. 쥘리앵은 매우 실망했다. 기간이 좀 짧은 듯했다. 어떻게 모든 경쟁자가 공고된 시간을 알 수 있단 말인가? 게다가 그 광고는 십오 일 전 날짜로 되어 있었고, 세 군데 다른 장소에서 모두 읽어보았지만 무슨 말인지 알 수가 없었다.

그는 임대한다는 건물에 가봤다. 그가 다가오는 것을 보지 못한 문지기가 옆사람에게 뭔가 수상쩍게 말했다.

"체! 헛수고야. 마슬롱 씨가 그 사람에게 삼백 프랑에 해주겠다고 약속했는데, 시장이 버티다가 프릴레르 부주교한테 주교관으로 불려 갔거든."

쥘리앵을 보자 두 친구는 몹시 방해를 받은 듯 한 마디도 하지 않았다.

쥘리앵은 임대차 입찰 현장에 갔다. 어두운 홀에 많은 사람들이 몰려와 있었다. 모든 사람들이 이상한 눈초리로 서로 훑어보았다. 그들의 시선은 모두 책상 위에 고정되어 있었다. 책상 위에 놓인 주석 쟁반에는 세 개의 초에 불이 붙어 있었다. 입찰 담당자가 소리쳤다.

"삼백 프랑입니다, 여러분!"

"삼백 프랑이라! 너무하군."

한 사람이 곁에 있는 사람에게 낮은 목소리로 얘기했다. 쥘리앵은 그 두 사람 사이에 끼어 있었다.

"이 건물은 팔백 프랑 이상의 가치가 있어. 내가 값을 올려보지."

"그건 공중에 침 뱉기야. 마슬롱 씨, 발르노 씨, 주교, 무서운 프릴레르 부주교, 그리고 그 패거리 전부와 등을 돌리고 뭘 얻을 셈인가?"

"삼백이십 프랑."

처음 말한 남자가 외쳤다.

"이런 어리석은 친구 같으니라고!"

옆사람이 대꾸했다. 그는 쥘리앵을 가리키며 덧붙였다.

"여기 시장의 첩자가 있어."

쥘리앵은 그 말을 응징하려고 휙 몸을 돌렸다. 그러나 두 명의 프랑슈 콩테 지방 사내는 그를 거들떠보지도 않았다. 그들의 냉정함에 쥘 리앵도 다시 냉정해졌다. 바로 그때, 마지막 촛불이 꺼졌다. 입찰 담 당자가 느린 목소리로 건물은 향후 구 년간 330프랑에 모(某) 현청의 생 지로 과장에게 낙찰되었다고 선언했다.

시장이 홀을 나가자마자 사람들은 쑥덕거렸다.

"그로조가 신중치 못해서 베리에르 시에 삼십 프랑을 보태줬군."

누군가가 말했다.

"하지만 생 지로 씨가 그로조에게 복수할걸. 그걸 떠넘기고 말 거야."

다른 사람이 대꾸했다.

쥘리앵 왼쪽에 있던 사내가 말했다.

"더러운 짓이군! 나 같으면 팔백 프랑이라도 내고 그 건물에 공장 을 꾸밀 텐데. 그래도 싼 거야."

"흥! 생 지로 씨는 수도회 회원 아닌가요? 네 명의 아이들은 장학 금도 받지 않았어요? 한심한 사람! 베리에르 시가 그 사람 봉급에 오 백 프랑을 추가로 얹어주는 셈이군요. 그게 문제죠."

자유주의자인 젊은 공장 주인이 대꾸했다.

세번째 사람이 말했다.

"시장이 그걸 막지 못했다니! 시장은 골수 왕당파니까. 일찍부터 말이야. 그러나 시장은 도둑질하는 사람은 아닌데."

또다른 사람이 말을 받았다.

"시장이 도둑질하지 않는다고? 그렇지, 훔치는 건 비둘기지. 모든 게 시의 금고 속으로 들어가 연말에 분배되겠지. 그런데 여기 소렐 영 감의 아들이 있잖아. 자, 그만들 갑시다."

쥘리앵은 매우 기분이 나빠져서 돌아왔다. 레날 부인도 몹시 우울해 보였다.

"입찰하는 데 다녀왔나요?"

그녀가 쥘리앵에게 물었다.

"네, 부인. 영광스럽게도 저를 시장님의 밀정으로 보더군요."

"그이는 내 말대로 여행이나 했어야 하는데."

그때 레날 씨가 나타났다. 레날 씨 또한 아주 침울해 보였다. 그는 말 한 마디 없이 식사를 했고, 쥘리앵에게 아이들과 함께 베르지로 가라고 지시했다. 쓸쓸한 나들이였다. 레날 부인은 남편을 위로했다.

"여보, 그런 일엔 익숙해져야 돼요."

저녁에 그들은 별 얘기 없이 난롯가에 앉아 있었다. 너도밤나무 장작 타는 소리가 유일한 심심풀이였다. 더없이 단란한 가정에서도 볼수 있는 쓸쓸한 한때였다. 그때 아이들 중 한 명이 즐거운 목소리로 외쳤다.

"초인종이 울려요. 누가 왔나봐요!"

"제기랄! 생 지로가 감사하다는 핑계로 귀찮게 굴려고 왔으면 뭐가 뭔지 얘기 좀 해줘야지. 이건 너무하잖아. 그자가 신세진 건 내가 아니라 발르노야. 나는 욕만 먹었지. 못된 과격파 신문들이 이번 일을 알아내서 나를 물고늘어지면 어쩌지?"

시장이 소리쳤다.

그때 검은 구레나룻이 있는 무척 잘생긴 남자가 하인의 안내를 받아 들어왔다.

"시장님, 저는 시뇨르 제로니모라고 합니다. 나폴리 대사관에 있는 보베지 씨가 보낸 편지 한 통을 가지고 왔습니다. 아흐레 전에 제가 떠날 때 시장님께 전하라고 건네줬지요."

시뇨르 제로니모는 레날 부인을 바라보며 쾌활한 어조로 덧붙였다.

"부인, 부인의 사촌인 시뇨르 보베지는 제 친한 친구인데, 부인께서 이탈리아어를 아신다고 말하더군요."

이 나폴리 사람의 쾌활한 성격 때문에 쓸쓸한 저녁나절이 아주 유쾌하게 바뀌었다. 레날 부인은 한사코 그에게 야식을 대접하고 싶어 했다. 부인은 온 집안을 활기차게 만들었다. 그날 하루 두 번이나 밀정이라는 소리를 들은 쥘리앵의 마음을 어떻게든 풀어주려 했다. 시뇨르 제로니모는 이름 있는 가수로, 상류사회에 드나들면서도 아주 명랑한 성격이었다. 그런 두 특성은 이제 프랑스에서는 거의 양립하지 않는다. 야식을 먹은 다음 그는 레날 부인과 함께 짧은 이중창을 불렀다. 그는 재미있는 얘기를 들려주었다. 밤 한시가 되자 쥘리앵이 아이들에게 그만 가서 자라고 했으나, 아이들은 싫다고 야단이었다.

"얘기 하나만 더 해줘요."

큰아이가 말했다.

시뇨르 제로니모가 다시 말을 이었다.

"이건 내 얘긴데요, 꼬마 도련님. 팔 년 전 나는 여러분처럼 나폴리에 있는 음악원에 다니는 어린 학생이었어요. 여러분 나이쯤 되었을 거예요. 물론 나는 아름다운 베리에르의 고명하신 시장님의 아들이라는 영광을 누리지는 못했죠."

이 말에 레날 씨는 한숨을 짓고 아내를 바라보았다.

"시뇨르 진가렐리라는 선생님이 계셨는데, 그분은 지나치게 엄격하셨어요."

그는 악센트를 좀 과장하여 아이들을 웃기며 말을 이어갔다.

"음악원 학생들은 그분을 좋아하지 않았어요. 그런데 그분은 우리가 늘 자기를 좋아하는 것처럼 행동하기를 바라셨죠. 나는 내가 할 수 있는 한 자주 학교 밖으로 나왔지요. 멋진 음악을 들으러 산 카를리노 소극장에 가곤 했어요. 그런데 아래층 입장료 8수를 모을 방법을 몰랐지요. 어마어마한 금액이잖아요."

이렇게 말하고 그가 아이들을 바라보자 아이들은 웃음을 터뜨렸다.

"산 카를리노 극장 지배인 지오반노네 씨가 내 노래를 듣게 되었어요. 그때 내 나이 열여섯이었지요. '이 아이는 보물이다.' 그분은 내 노래를 듣고 이렇게 말했어요.

그분이 내게 물었지요.

'자네 나와 계약하겠나?'

'저한테 얼마 주실 건데요?'

'한 달에 사십 듀카 주겠네.'

여러분, 그건 프랑스 돈으로는 백육십 프랑이에요. 천국이 열리는 것 같았어요.

'그런데 진가렐리 선생님에게 저를 내보내달라는 허락을 어떻게 얻죠?'

내가 지오반노네 씨에게 물었어요.

'라시아 파레 아 메'라고 그분이 대답했어요."

"'나에게 맡겨라'라는 뜻이죠!"

큰아이가 외쳤다.

"그렇지요, 꼬마 도련님.

'우선 계약을 하세.'

지오반노네 씨가 내게 말했어요.

나는 서명했죠. 내게 삼 듀카를 주더군요. 그렇게 큰돈을 가져본 적이 없었어요. 그 다음에 그분은 내가 어떻게 해야 하는지 말해주었어요.

이튿날, 나는 무서운 진가렐리 선생님에게 면담을 신청했지요. 늙은 하인이 나를 안내했어요.

'이 못된 놈아, 무슨 일이냐?'

진가렐리 선생님이 말씀하셨어요.

'선생님, 저는 제 잘못을 뉘우치고 있습니다. 다시는 철책을 뛰어넘어 음악원을 빠져나가지 않겠어요. 갑절 열심히 하겠습니다.'

나는 선생님께 말씀드렸죠.

'내가 들어본 가장 아름다운 베이스 목소리를 망칠 염려만 없다면 너를 가둬두고 이 주일간 빵과 물만 먹일지도 모른다, 이 망나니 같은 놈아.'

나는 다시 말했어요.

'선생님, 전교적인 모범생이 되겠습니다. 크레데테 아 메.* 그런데 선생님께 부탁이 하나 있습니다. 누가 와서 밖에서 노래 부르기를 요청하면 거절해주세요. 부디 그렇게 할 수 없다고 말씀해주세요.'

'너같이 몹쓸 놈을 어떤 작자가 원한단 말이냐? 네가 음악원을 나

---

* 이탈리아어로 '저를 믿어주세요'라는 뜻.

가도록 내가 허락할 줄 알아? 네 놈이 나를 놀리려고 그러느냐? 썩 물러가라! 물러가지 않으면 마른 빵과 감방 신세가 될 테니.'

선생님은 내 엉덩이를 걷어차려고 하면서 이렇게 소리치셨어요.

한 시간 후에 지오반노네 씨가 선생님을 찾아왔어요. 그는 선생님께 말했지요.

'제 행운을 이루기 위해 부탁을 드리러 왔습니다. 제로니모 군을 저에게 보내주십시오. 우리 극장에서 노래 부르게 하겠습니다. 그리고 올 겨울에는 제 딸과 결혼시킬까 합니다.'

'그 건달 녀석을 뭐에 쓰시려고요? 그렇게는 못 합니다. 그 아이를 데려갈 수는 없습니다. 설령 내가 동의해도 그 아이는 결코 음악원을 나가려 하지 않을 겁니다. 방금 내게 맹세했어요.'

진가렐리 선생님이 말씀하셨지요.

'본인의 의지가 문제라면, 카르타 칸타*! 여기 그의 서명이 있습니다.'

지오반노네 씨는 주머니에서 계약서를 꺼내며 엄숙한 어조로 말했어요. 화가 난 진가렐리 선생님은 그 즉시 벨을 눌러대며 '제로니모를 음악원에서 쫓아내라'라고 펄펄 뛰며 소리질렀어요. 그래서 나는 쫓겨났지요. 가가대소하면서요. 그날 나는 〈델 몰티플리코〉라는 곡을 노래했습니다. 폴리키넬레가 결혼하려고 살림에 필요한 물건을 손가락을 꼽아가며 세는데 그때마다 셈이 뒤죽박죽이 된다는 노래지요."

"아, 제로니모 씨, 그 노래를 우리에게 불러주세요."

---

* 이탈리아어로 '서류가 중요하지요'라는 뜻.

레날 부인이 말했다.

제로니모는 노래를 불렀다. 모두 웃다가 눈물이 날 지경이었다. 시뇨르 제로니모는 좋은 태도와 친절, 쾌활함으로 온 가족을 매료시키고 새벽 두시에 자러 갔다.

다음날 레날 씨 부부는 그가 프랑스 궁정에서 필요로 하는 편지를 써주었다.

'이렇게 모든 것이 거짓투성이구나' 하고 쥘리앵은 생각했다. '제로니모 씨는 육만 프랑을 벌어서 런던으로 가겠지. 그러나 산 카를리노 극장 지배인의 처세술이 없었다면 하늘이 내린 그의 목소리도 세상에 알려져 찬양받기까지 아마 십 년은 더 걸렸겠지…… 사실 나는 레날보다는 제로니모 같은 사람이 되고 싶다. 제로니모는 사회에서 그리 큰 명예는 얻지 못하겠지만 오늘처럼 입찰의 슬픔은 겪지 않아도 되니까. 더구나 그의 삶은 즐겁잖아.'

쥘리앵에게 놀라운 일이 하나 있었다. 베리에르의 레날 씨 집에서 쓸쓸히 지낸 몇 주일이 그에게는 행복한 시기였다는 것 말이다. 그가 혐오감과 처량한 기분을 느낀 것은 초대받아 간 식사 자리에서뿐이었다. 이 외로운 집에서 아무 방해도 받지 않으면서 읽고, 글을 쓰고, 생각에 잠길 수 있지 않았던가? 매순간 천한 인간의 마음을 살펴야 하는 잔인한 필요성 때문에 찬란한 몽상에서 빠져나올 필요도 없었고, 위선적인 행동과 말로 그 마음을 속일 필요도 없지 않았던가.

행복이 그토록 내 곁에 가까이 있는 걸까?…… 이렇게 인생을 허비하는 것은 대수로운 일이 아니다. 나는 내 의향대로 엘리자 양과 결혼할 수도 있고 푸케와 동업을 할 수도 있다…… 그러나 경사가 심한 산을 오른 나그네만이 그 꼭대기에 앉아 쉬는 완전한 기쁨을 맛본다. 항상 쉬라고만 강요하면 과연 그는 행복할까?

한편 레날 부인의 마음 상태는 치명적인 생각을 품기에 이르렀다. 그러지 않겠노라는 결심에도 불구하고 그녀는 쥘리앵에게 입찰사건의 내막을 모두 알려주었다. 그 사람은 내 맹세를 잊도록 만드는구나! 그녀는 생각했다.

남편이 위험에 빠져 있는 것을 보면 그녀는 남편의 생명을 구하기 위하여 서슴지 않고 자기 생명을 희생했을 것이다. 그녀는 용감한 행동의 가능성을 보고도 그것을 실행하지 않으면 죄를 저지른 것이나 다름없이 회한에 빠지는 고결하고도 공상적인 마음을 지녔다. 그렇지만 갑자기 미망인이 되어 쥘리앵과 결혼하면 경험하게 될 극도의 행복에 대한 환영을 못내 쫓아버릴 수 없는 암담한 나날들도 있었다.

쥘리앵은 레날 씨보다 훨씬 더 아이들을 사랑했다. 그가 엄격하고 공정하게 대했지만 아이들은 그를 매우 좋아했다. 그녀는 쥘리앵과 결혼하면 그토록 정다운 나무 그늘이 있는 베르지를 떠나야 한다는 것을 알고 있었다. 그녀는 모든 사람들의 경탄을 자아냈던 교육을 아들들에게 계속 시키면서 파리에서 사는 모습을 그려보았다. 아이들, 그녀 자신, 쥘리앵 모두 완전한 행복을 누릴 수 있을 것 같았다.

19세기의 결혼이 그렇듯이 결혼은 참으로 묘한 결과를 가져온다! 결혼 전에 상대를 사랑했을 경우, 결혼생활의 권태가 그 사랑을 확실히 소멸시켜버린다. 일하지 않아도 될 만큼 부유한 사람들에게는 결혼이 온갖 조용한 기쁨에 대한 깊은 권태를 가져온다고 철학자는 얘기할지도 모른다. 그리하여 여성들 중에 새로운 사랑으로 기울어지지 않는 여자는 메마른 영혼의 소유자밖에 없다고.

나는 이런 철학자의 성찰로 레날 부인을 용서한다. 그러나 베리에르 사람들은 그녀를 용서하지 않았다. 부인이 모르는 사이에 온 도시가 그녀의 연애사건에 관심을 집중했던 것이다. 그 중대한 사건 때문에 그해 가을, 사람들은 여느 때보다 덜 권태로웠다.

가을과 겨울의 한 시기가 빨리 지나가버렸다. 베르지 숲을 떠나야 했다. 베리에르 상류사회는 자기들의 맹렬한 비난이 레날 씨에게 그리 큰 영향을 주지 못한 데 대하여 분개하기 시작했다. 일주일이 못 되어 그런 종류의 임무를 완수하는 기쁨으로 평소의 엄숙함을 보상하는 근엄한 사람들은 더없이 조심스러운 어법으로서 레날 씨에게 가장 잔인한 의혹을 제기했다.

치밀한 발르노 씨는 여자가 다섯이나 있는 아주 존경받는 귀족 집안에 엘리자를 소개했다. 겨울 동안 일자리를 구하지 못할까봐 걱정스러웠던 엘리자는 시장 댁에서 받던 급료의 거의 삼분의 이만을 그 가정에 요구했다고 말했다. 이 처녀는 쥘리앵의 연애를 상세히 고해 바치기 위하여 옛 사제인 셸랑 씨와 새로운 사제에게 동시에 고해하러 가겠다는 기특한 생각을 품었다.

베리에르에 도착한 다음날 아침 여섯시, 셸랑 사제는 쥘리앵을 불렀다. 사제가 말했다.

"나는 자네에게 아무것도 묻지 않겠네. 내게도 아무 말 하지 말라고 자네에게 부탁하는 걸세. 필요하다면 나는 명령이라도 할 걸세. 사흘 안에 브장송 신학교로 가든지 아니면 항상 자네에게 멋진 운명을 열어줄 채비가 되어 있는 친구 푸케의 집으로 가게. 나는 모든 걸 예상하고 모든 걸 조정해봤네만, 그래도 자네는 떠나야 할 걸세. 그리고 베리에르에는 일 년 안에는 돌아오지 말게."

쥘리앵은 아무런 대답도 하지 않았다. 그는 결국 아버지도 아닌 셸랑 사제가 자기를 위해 취해준 배려가 자기의 명예를 손상할지의 여부를 곰곰 생각했다.

마침내 그는 사제에게 말했다.

"내일 같은 시간에 다시 뵙겠습니다."

이런 젊은이쯤은 쉽사리 설득할 것으로 생각했던 셸랑 사제는 여러 가지 이야기를 했다. 그러나 쥘리앵은 가장 겸손한 태도와 표정으로 자신을 숨긴 채 입을 열지 않았다.

마침내 사제의 집을 나온 쥘리앵은 레날 부인에게 달려가서 알렸다. 부인은 절망에 빠져 있었다. 남편이 그녀에게 상당히 솔직하게 얘기를 털어놓은 참이었다. 레날 씨는 태생적으로 나약한 성격인데다가 브장송에서 올 유산도 있고 하여 아내가 무고하다고 생각하고 지냈다. 그러나 베리에르의 여론 속에서 이상야릇한 상태에 처해 있음을 아내에게 실토한 것이다. 여론은 잘못된 것이다. 질투하는 사람들이 제멋대로 만든 것이다. 하지만 어찌해야 할 것인가?

레날 부인은 한순간 쥘리앵이 발르노 씨의 제안을 받아들여 베리에르에 머물 거라는 환상을 품었다. 그러나 그녀는 이제 작년처럼 단순하고 소심한 여인이 아니었다. 숙명적인 정열과 회한으로 말미암아 새롭게 눈을 뜬 것이다. 남편의 말을 들으며 그녀는 일시적으로나마 쥘리앵과의 이별이 불가피해졌다는 것을 깨닫고 괴로워했다. 나에게서 멀리 떨어져 있으면 쥘리앵은 그의 야심찬 계획에 다시 빠져들 것이다. 아무것도 가진 게 없으니 당연한 일이지. 아아! 그런데 나는 이렇게 부자구나! 내 행복에는 아무 쓸모 없는 재산! 그는 나를 잊을 거야. 그는 사랑스러운 사람이니 다른 여자에게 사랑을 받을 테고 그 또한 그 여자를 사랑하게 되겠지. 아아! 나는 불행한 여자야…… 내가 무엇을 원망할 수 있을까? 하늘은 공정해. 내가 죄를 멈출 힘이 없으니 하늘이 내 판단력을 빼앗아갔어. 엘리자를 돈의 힘으로 매수하는 일 따위는 아주 쉬운 일인데 나는 잠시 그런 궁리를 해보는 수고조차 하지 않았어. 미친 듯한 사랑의 상상에만 온통 시간을 탕진했지 뭐야. 이젠 파멸이구나.

쥘리앵은 레날 부인에게 그만 떠나겠다는 놀라운 소식을 알리면서 한 가지 사실에 놀랐다. 부인이 그 어떤 이기적인 반대도 하지 않은 것이다. 그녀는 눈물을 보이지 않으려고 애썼다.

"이봐요, 마음을 굳게 먹어야 해요."

그녀는 자기 머리칼을 한 움큼 잘라냈다. 그녀가 말했다.

"내가 앞으로 어떻게 될지 모르겠어요. 그러나 만일 내가 죽더라도 아이들을 잊지 않겠다고 약속해줘요. 멀리 있으나 가까이 있으나 아이들을 훌륭한 사람으로 만드는 데 애써주세요. 다시 혁명이 일어나면 귀족들은 모두 학살당할 거예요. 애들 아빠는 지붕 위에서 죽은 농부 때문에 외국으로 달아날지도 몰라요. 가족을 돌봐주세요…… 손 좀 잡게 해줘요. 잘 가요, 쥘리앵! 여기서는 이게 마지막이에요. 이 크나큰 희생을 치른 뒤 당당하게 내 명성을 생각하는 용기를 가지고 싶군요."

쥘리앵은 부인의 절망적인 모습을 예상하고 있었으므로, 이런 간단

한 이별에 충격을 받았다.

"아닙니다. 이렇게 헤어질 수는 없어요. 저는 떠납니다. 그들이 그걸 원하고, 부인도 원하니까요. 그러나 떠난 후 사흘째 되는 날 밤 부인을 만나러 오겠습니다."

레날 부인의 생활은 변했다. 쥘리앵이 자진해서 그녀를 다시 만나러 올 생각을 했다니, 쥘리앵은 그녀를 사랑하고 있었던 것이다. 그녀의 견딜 수 없는 괴로움은 전에 느껴보지 못했던 활기찬 기쁨의 감정으로 변했다. 그녀에게는 모든 것이 수월해졌다. 애인을 다시 만난다는 확신이 마지막 순간에 가슴을 찢어놓던 모든 감정을 앗아가버렸다. 이 순간부터 레날 부인의 행동은 용모처럼 고상하고 단호하고 나무랄 데 없는 것이 되었다.

레날 씨가 곧 돌아왔다. 그는 정신이 없었다. 마침내 그가 두 달 전에 받은 익명의 편지에 대해서 아내에게 이야기했다.

"그 편지를 카지노에 가지고 가서 비열한 발르노의 짓이라는 걸 만천하에 공개해야겠어. 거지 꼴이던 그 인간을 베리에르에서 가장 부자 중 한 사람으로 만들어준 사람이 나인데 말이야. 공개적으로 망신시키고 그 작자와 결투를 할 거야. 그자가 하는 짓거리가 너무 지나치지 않느냔 말이야."

저런! 내가 미망인이 될 수도 있겠군. 레날 부인은 생각했다. 그러나 거의 동시에 이렇게 중얼거렸다. 확실히 말릴 수 있는 이 결투를 말리지 않는다면 내가 남편을 죽이는 셈이야.

그녀가 이토록 교묘하게 남편의 허영심을 조종한 적은 일찍이 없었다. 두 시간 가까이 걸려, 그것도 한결같이 남편 스스로 판단하게 해서, 그녀는 남편이 그 어느 때보다 발르노 씨와 친하게 지내고 나아가 엘리자를 다시 집에 불러들이게 했다. 레날 부인이 자기의 모든 불행의 원인이 된 그 계집아이를 다시 볼 결심을 하는 데는 용기가 필요했다. 그러나 그 생각은 쥘리앵의 머리에서 나온 것이었다.

서너 차례 망설이고 나서, 마침내 레날 씨는 혼자서 경제적인 차원에서 매우 고통스러운 생각을 하기에 이르렀다. 온 베리에르 시가 그 이야기로 떠들썩한 판국에 쥘리앵이 발르노 씨의 아이들 가정교사로 베리에르에 체류한다면 그에게는 가장 불쾌한 일이 될 터였다. 쥘리앵으로서는 빈민수용소장의 제안을 승낙하는 것이 명백한 이익이었다. 반면 레날 씨의 명예를 위해서는 쥘리앵이 베리에르를 떠나 브장송이나 디종에 있는 신학교에 들어가는 것이 좋았다. 그러나 어떻게 해야 쥘리앵에게 그런 결심을 시킬 수 있을까? 그리고 그는 거기서 어떻게 살아갈 것인가?

촉박한 금전부담에 생각이 미치자 레날 씨는 자기 아내 이상으로 절망에 빠졌다. 이 대화 이후로 그녀는 흡사 삶에 지쳐 흰독말풀의 독을 삼킨 용감한 사람의 처지에 놓이게 되었다. 그런 사람은 말하자면 용수철의 힘으로만 움직일 뿐 더이상 그 무엇에도 흥미를 느끼지 못한다. 그리하여 루이 14세는 죽어가면서 이렇게 말했던 것이다. '내가 왕이었을 때.' 얼마나 놀라운 말인가!

다음날 새벽 레날 씨는 익명의 편지 한 통을 받았다. 그 편지는 더할 나위 없이 모욕적인 문체로 쓰여 있었다. 그의 처지를 겨냥한 더없이 야비한 어휘가 행마다 보였다. 어떤 저급한 시기하는 자의 짓거리였다. 이 편지를 보자 그는 발르노 씨와 결투하겠다는 생각이 들 만큼 대담해졌다. 그는 혼자 밖으로 나가 총기상에 가서 권총을 사고 장전했다.

그는 중얼거렸다. 사실 나폴레옹 황제의 엄격한 제정이 다시 온다 해도 나는 단 한푼도 사기쳤다고 비난받을 일이 없다. 나는 기껏해야 눈만 감아주었을 뿐이다. 그리고 내 결백을 증명해줄 문서가 내 책상에 있다.

레날 부인은 남편의 냉정한 분노에 놀랐다. 그토록 떨치기 힘들었던, 자기가 과부가 된다는 생각을 남편에게 비쳐봤다. 문을 잠그고 남편과 방 안에 들어앉았다. 몇 시간이나 이야기해봤으나 허사였다. 레날 씨는 익명의 편지 때문에 그런 결심을 한 것이다. 마침내 그녀는 발르노 씨의 따귀를 때리겠다는 레날 씨의 용기를 일 년간의 신학교 비용으로 600프랑을 쥘리앵에게 제공하겠다는 용기로 바꾸어놓았다. 레날 씨는 집에 가정교사를 들이겠다는 치명적인 생각을 한 날을 수 없이 저주하면서 익명의 편지를 잊기로 했다.

아내에게 이야기하지는 않았지만 한 가지 생각이 떠올라 약간 위안이 되었다. 젊은이의 공상적인 생각을 교묘하게 이용하여 적은 돈으로 발르노 씨의 제의를 거부하게끔 유도한다는 생각이었다.

레날 부인은 쥘리앵이 남편 체면을 위하여 수용소장이 공공연하게 제안한 800프랑을 포기하는 것이므로 떳떳이 그 배상을 받을 수 있다고 쥘리앵을 설득하는 데 남편을 설득하는 것 이상으로 애를 먹었다.

"하지만 나는 한순간도 그 제안을 받아들이려고 생각하지 않았어요. 부인 덕분에 점잖은 생활에 익숙해져서 그런 사람들의 상스러움을 접하면 죽을 지경이 될 겁니다."

쥘리앵의 대답은 한결같았다.

그러나 매정한 필요성은 강철 같은 손으로 쥘리앵의 의지를 꺾어놓았다. 자존심 강한 쥘리앵은 베리에르 시장이 제공한 금액을 빌린 것으로 하고 오 년 후에 이자를 포함하여 갚는다는 내용의 증서를 써줄 생각을 했다.

레날 부인은 여전히 수천 프랑의 돈을 산에 있는 작은 동굴에 숨겨놓고 있었다.

그녀는 쥘리앵이 화를 내며 거절할 거라는 것을 너무 잘 알면서도 떨면서 그에게 그 돈을 가지라고 했다.

"우리 사랑의 추억을 더럽힐 겁니까?"

쥘리앵이 말했다.

마침내 쥘리앵은 베리에르를 떠났다. 레날 씨도 퍽 행복해했다. 레날 씨에게 돈을 받는 결정적인 순간에 쥘리앵에게는 그 희생이 너무 크게 느껴졌다. 쥘리앵은 돈을 깨끗이 거절했다. 레날 씨는 눈에 눈물이 글썽해서 쥘리앵의 목을 껴안았다. 쥘리앵이 그에게 품행 증명서를 써달라고 요구하자, 그는 감격에 겨워 쥘리앵의 행실을 찬양할 근사한 말을 찾아내지 못했다. 우리의 주인공은 5루이의 저축을 가지고 있었고, 그만큼의 액수를 푸케에게 요청할 요량이었다.

쥘리앵은 몹시 감동했다. 그러나 그토록 많은 사랑을 남겨둔 베리에르에서 1리외쯤 되는 곳에 이르렀을 때, 그는 브장송과 같은 군사 대도시, 중심지를 보게 된다는 행복만을 생각할 따름이었다.

사흘간의 짧은 헤어짐 동안 레날 부인은 사랑의 가장 잔인한 기만에 속고 있었다. 그녀의 생활은 견딜 만한 것이었다. 그 생활과 극도의 불행 사이에는 쥘리앵과의 마지막 만남이 있었다. 그녀는 그 만남까지의 시간을 따져봤고 분까지도 세어봤다. 드디어 사흘째 되던 밤, 약속했던 신호 소리가 멀리서 들려왔다. 쥘리앵이 수많은 위험을 넘어서 그녀 앞에 모습을 나타냈다.

그 순간부터 그녀는 한 가지만 생각하게 되었다. 이 사람을 마지막으로 만나는구나 하는 생각이었다. 애인의 서두름에 순응하기는커녕 그녀는 겨우 생명을 부지하는 송장 같았다. 부인은 쥘리앵을 사랑한다는 말을 가까스로 하면서 거의 반대의 뜻으로 들릴 만큼 어색한 모습을 보이곤 했다. 그 어떤 것도 영원한 이별이라는 잔인한 생각으로부터 그녀의 마음을 돌리지 못했다. 의심 많은 쥘리앵은 한순간 자기가 벌써 잊혀졌나 하는 생각까지 했다. 이런 뜻이 담긴 쥘리앵의 언짢은 말에도 그녀는 말없이 굵은 눈물을 흘리면서 거의 경련을 일으키는 손으로 그의 손을 꼭 잡는 것으로 답할 따름이었다.

"어떻게 내가 당신을 믿길 바라나요? 단순히 알고 지내는 데르빌 부인에게도 당신은 백배나 더 진실한 애정을 보일 수 있을 텐데요."

애인의 냉담한 태도에 쥘리앵이 이렇게 말했다.

그러나 놀라움과 두려움에 굳어진 레날 부인은 겨우 이렇게 대답할 뿐이었다

"이 이상의 불행은 생각할 수도 없을 것 같아요…… 차라리 죽고 싶어요…… 심장이 얼어붙는 것 같아요……"

이것이 쥘리앵이 부인으로부터 얻어낼 수 있었던 가장 긴 대답이었다.

날이 밝아오고 쥘리앵이 출발해야 할 때가 오자 레날 부인은 눈물

을 완전히 거두었다. 그녀는 아무 말 없이, 쥘리앵에게 입맞춤도 하지 않고 그가 창문에 밧줄 매는 것을 바라보았다. 쥘리앵이 이런 말을 해 봐도 소용없었다.

"이걸로 우리는 당신이 그토록 원하던 대로 되었군요. 앞으로 당신은 회한 없이 살게 되겠죠. 아이들의 사소한 불편에도 금방 죽기라도 할 것처럼 걱정하지 않아도 되겠죠."

"당신이 스타니슬라스를 안을 수 없어서 섭섭하네요."

그녀의 말에는 생기가 없었다.

마침내 쥘리앵은 이 산송장의 열기 없는 포옹에 크게 놀랐다. 몇 리외를 가는 동안 다른 생각은 전혀 하지 못했다. 그는 몹시 상심했다. 산을 넘기 전 베리에르 교회의 종루가 보이는 동안, 그는 몇 번이고 뒤를 돌아다보았다.

24장 현청 소재지

많은 소음, 많은 분주한 사람들!
스무 살 젊은이의 머릿속에 든 장래에 대한 많은 포부!
사랑에 대한 놀라운 방심!
―바르나브

마침내 멀리 보이는 산마루 위로 검은 성벽이 눈에 띄었다. 브장송 성채였다. 그는 한숨을 내쉬며 말했다. 만일 내가 이 고상한 전쟁도시를 지키는 연대의 소위로 이곳에 왔다면 내겐 이곳이 얼마나 다른 모습으로 보였을까!

브장송은 프랑스에서 가장 예쁜 도시 중 하나일뿐더러 용기와 재주 있는 사람들이 많은 곳이기도 하다. 그러나 쥘리앵은 젊은 시골뜨기에 지나지 않았고 명사들과 접촉할 아무런 방법도 없었다.

그는 푸케의 집에서 평상복을 하나 얻었는데, 그 옷을 입고 도개교를 건넜다. 1674년 포위공격 때의 역사로 머리가 가득 찬 그는 신학교에 틀어박히기 전에 성벽과 성채를 보고 싶었다. 하마터면 두세 번 보초병들에게 붙들릴 뻔했다. 해마다 12~15프랑의 벌이가 되는 건

초를 팔아먹기 위하여 공병대가 일반인의 출입을 금지해놓은 곳에 들어갔던 것이다.

큰길에 있는 커다란 카페 앞을 지날 때, 그는 몇 시간 동안이나 성벽의 높이며 참호의 깊이, 대포의 무시무시한 모습에 정신을 쏟았다. 그는 놀라서 꼼짝 않고 있었다. 거대한 문짝 두 개의 윗부분에 굵게 쓰인 카페라는 말을 읽어봐도 소용이 없었다. 도무지 자기 눈을 믿을 수 없었다. 그는 소심함을 억제하면서 용기를 내어 안으로 들어갔다. 삼사십 보는 되는 길이에 천장 높이가 20피트는 족히 되어 보이는 홀이 나왔다. 그날 그에게는 모든 것이 마술처럼 보였다.

두 패가 당구를 치는 중이었다. 종업원이 점수를 외쳤다. 당구 치는 사람들은 구경꾼들로 복잡한 당구대 주위를 돌고 있었다. 모든 사람의 입에서 뿜어져나오는 담배연기의 물결이 푸른 구름처럼 그들을 감쌌다. 그들의 큰 키, 둥근 어깨, 묵직한 거동, 무성한 구레나룻, 그들이 걸치고 있는 긴 프록코트 같은 모든 것이 쥘리앵의 관심을 끌었다. 오랜 역사를 지닌 브장송에서 대대로 살아온 이들 귀족 자제들은 소리를 질러가며 얘기하고 있었다. 무시무시한 전사의 모습이었다. 쥘리앵은 꼼짝 않고 서서 감탄을 아끼지 않았다. 그는 브장송이라는 이 위대한 도시의 어마어마함과 멋진 모습을 생각하기에 골몰하였다. 당구 점수를 외치고 있는 오만한 시선의 종업원들 중 누구에게도 커피 한 잔을 주문할 용기가 나지 않았다.

그러나 난로에서 서너 걸음 떨어진 곳에 멈춰 서서 작은 꾸러미를 옆에 끼고서 멋진 흰 석고로 만든 국왕의 흉상을 바라보는 이 젊은 시골 신사의 매력적인 용모를 계산대의 아가씨는 진작에 눈여겨보고 있었다. 키가 크고 균형 잡힌 몸매에 카페 종업원다운 옷차림을 한 이 프랑슈 콩테 출신의 아가씨는 벌써 두 번이나 쥘리앵에게만 들리도록 작은 목소리로 "여보세요, 여보세요" 하고 불렀다. 쥘리앵은 아주 다정하고 커다란 푸른 두 눈과 마주쳤다. 그리고 그 여자가 자기에게 말을 걸어온 것을 알게 되었다.

그는 흡사 적을 향하여 나아가듯이 계산대의 아름다운 아가씨에게로 힘차게 다가갔다. 그렇게 움직이는 바람에 그의 꾸러미가 바닥에 떨어졌다.

열다섯 살이 되면 벌써 점잖게 카페를 드나들 줄 아는 파리의 고등학생들이 이 시골뜨기를 보면 얼마나 측은한 마음이 들까? 그러나 열다섯 살에 그렇게 멋지게 숙달된 아이들은 열여덟 살이 되면 평범해지게 마련이다. 시골에서 보는 정열적인 수줍음이 때로는 자기 자신을 극복하게 하고 의지력을 길러준다. 자기에게 일부러 말을 건 그 아름다운 아가씨에게 다가가면서 수줍음을 극복하고 용기가 생긴 쥘리앵은 저 여자에게 사실을 얘기해야지, 하고 생각했다.

"아가씨, 저는 브장송에 처음 왔습니다. 돈을 지불할 테니 빵과 커피 한 잔을 주세요."

아가씨는 살짝 웃더니 이윽고 얼굴을 붉혔다. 그녀는 이 잘생긴 청년에게 당구 치는 사람들이 빈정거리며 야유를 보내지나 않을까 걱정스러웠다. 그러면 이 사람은 겁이 나서 다시 나타나지 않을 것이다.

"여기 제 옆에 앉으세요."

그녀는 홀 쪽으로 돌출한 커다란 마호가니 계산대에 거의 다 가려진 대리석 탁자를 가리키며 쥘리앵에게 말했다.

아가씨가 계산대 밖으로 몸을 숙였는데, 이때 쥘리앵은 그녀의 멋진 몸매를 볼 수 있었다. 쥘리앵은 그녀를 눈여겨봤다. 모든 생각이 바뀌었다. 아름다운 아가씨는 쥘리앵 앞에 커피 잔과 설탕, 작은 빵 하나를 가져다놓았다. 그녀는 커피를 가져오라고 종업원을 부르기를 망설이고 있었다. 종업원이 오면 쥘리앵과 마주 앉아 있을 수 없기 때문이었다.

쥘리앵은 생각에 잠겨 이 쾌활한 금발 미녀와 그를 자주 뒤흔드는 몇몇 추억을 비교해봤다. 지금 자기가 이 여인의 열정의 대상이 되어 있다는 데 생각이 미치자 거의 모든 수줍음에서 벗어났다. 아름다운 아가씨는 쥘리앵의 시선이 뜻하는 바를 곧 알아차렸다.

"파이프 담배 연기 때문에 기침이 나시죠? 내일 아침 여덟시 전에 식사하러 오세요. 그땐 거의 저 혼자 있어요."

"이름이 뭐죠?"

행복한 수줍음이 담긴 미소를 지으며 쥘리앵이 물었다.

"아망다 비네라고 해요."

"한 시간 후에 이만 한 크기의 작은 꾸러미를 아가씨에게 보내도 될까요?"

아름다운 아망다는 잠시 생각했다.

"전 감시받고 있어요. 댁이 요구한 일 때문에 제가 난처해질지도 몰라요. 하지만 카드에 제 주소를 적어올 테니 꾸러미에 붙여서 보내세요."

"제 이름은 쥘리앵 소렐입니다. 전 브장송에 친척도, 아는 사람도 없어요."

그가 말했다.

"아! 알겠어요. 법률학교에 들어가려고 오셨군요?"

그녀가 기쁜 듯이 대꾸했다.

"저런, 아닙니다. 신학교에 들어가려고 왔습니다."

쥘리앵이 대답했다.

큰 실망의 기색이 아망다의 표정을 어둡게 했다. 그녀는 종업원을 불렀다. 이제는 용기가 생긴 것이다. 종업원은 쥘리앵을 보지도 않고 커피를 따랐다.

아망다는 계산대에서 돈을 받고 있었다. 쥘리앵은 용기를 내어 아망다에게 말을 건 것이 자랑스러웠다. 당구대 하나에서 말다툼이 벌어졌다. 넓은 홀에 시끄럽게 울리는 당구 치는 사람들의 고함과 반박하는 소리에 쥘리앵은 놀랐다. 아망다는 생각에 잠긴 듯 눈을 내리깔고 있었다.

"아가씨, 당신만 좋으시다면 내가 당신의 사촌이라고 말하지요."

쥘리앵은 안심한 듯 갑자기 말을 꺼냈다.

이런 사소하지만 당당한 태도가 아망다의 마음에 들었다. 이 사람은 별볼일 없는 청년은 아닌가보다. 그녀는 이렇게 생각했다. 누가 계산대로 다가오지 않는지 주의깊은 시선으로 살피고 있었으므로, 그녀는 쥘리앵은 쳐다보지도 않고 재빨리 말했다.

"저는 장리스에서 왔어요. 디종 근처죠. 댁도 장리스 출신이고 제 어머니의 사촌이라고 말하세요."

"꼭 그렇게 하지요."

"여름철에는 매주 목요일 오후 다섯시에 신학생들이 이 카페 앞으로 지나가요."

"저를 생각한다면 제가 지나갈 때 오랑캐꽃 한 다발을 손에 들고
계세요."

이 말에 놀라 아망다는 쥘리앵을 바라보았다. 그 시선에 쥘리앵의
용기는 무모함으로 바뀌었다. 그러나 그는 얼굴을 몹시 붉히며 그녀에
게 말했다.

"내가 당신을 열렬하게 사랑하는 것 같아요."

"좀 작게 말하세요."

아가씨가 겁에 질려 말했다.

쥘리앵은 베르지에서 읽은, 『누벨 엘로이즈』*의 전질 가운데 남아
있던 한 권에서 읽은 구절을 떠올려보았다. 기억력이 그를 잘 받쳐주
었다. 십 분 전부터 그는 황홀해하는 아망다에게 『누벨 엘로이즈』의
구절을 암송하면서 자신의 용감함에 기뻐하고 있었다. 그러던 중 그
아름다운 프랑슈 콩테 아가씨의 표정이 얼음처럼 싸늘해졌다. 그녀의
애인 가운데 하나가 카페 문 앞에 나타난 것이다.

그 사나이는 휘파람을 불며 어깨를 들먹이는 걸음걸이로 계산대로
다가왔다. 그가 쥘리앵을 노려봤다. 그 순간 항상 극단에 치우치는 쥘
리앵의 상상력은 결투 생각으로 가득 찼다. 쥘리앵은 얼굴이 해쓱해
지더니 커피 잔을 밀어놓고는 단호한 표정으로 연적을 뚫어지게 바라
봤다.

---

* 18세기 프랑스 작가 장 자크 루소의 서간체 소설. 이상적 사랑을 그린 연애소설이며
저자의 철학적·종교적 입장이 잘 드러나 있다.

연적이 허물없는 태도로 계산대 위에서 브랜디를 따르느라 고개를 숙이자, 아망다는 쥘리앵에게 노려보지 말라고 눈짓을 보냈다. 쥘리앵은 아망다의 말에 따랐지만 이 분 동안 창백한 얼굴로 단호하게 앞으로 일어날 일만 생각하면서 꼼짝 않고 버티고 있었다. 그 순간 쥘리앵의 모습은 진정 멋졌다. 연적은 쥘리앵의 눈길에 놀랐다. 그는 브랜디 한 잔을 단숨에 들이켜고 아망다에게 한마디 하고는, 두꺼운 프록코트 옆주머니에 두 손을 찌른 채 씨근덕거리며 쥘리앵을 노려보면서 당구대 쪽으로 갔다. 쥘리앵은 화가 치밀어올라 벌떡 일어섰다. 그러나 모욕을 주려면 어떻게 해야 할지를 몰랐다. 그는 작은 꾸러미를 내려놓고는 최대한 몸을 건들거리며 당구대로 갔다.

브장송에 도착하자마자 결투라니, 성직자로서의 앞날을 망칠 셈인가. 신중함이 그를 타일렀으나 소용없었다.

"까짓 것 무슨 상관이야. 불손한 놈을 그대로 내버려뒀다고 얘기하지는 않겠지."

아망다는 쥘리앵의 용기를 보았다. 그것은 그의 순진한 태도와 좋은 대조를 이루었다. 순간 아망다는 프록코트를 입은 덩치 큰 청년보다 쥘리앵을 더 좋아하게 되었다. 그녀는 일어서서 길을 지나가는 어떤 사람을 눈으로 좇는 듯하다가 재빨리 쥘리앵과 당구대 사이에 끼어들었다.

"저 사람을 노려보지 마세요. 제 형부예요."

"무슨 상관입니까? 저자가 날 먼저 노려봤는데."

"절 곤란하게 할 작정인가요? 당신을 그냥 쳐다봤겠죠. 아마 얘기를 걸지도 몰라요. 저는 저분에게 당신이 어머니의 친척이고 장리스에서 왔다고 말했어요. 저분도 프랑슈 콩테 사람이고, 부르고뉴 가도의 돌 읍(邑) 너머로는 가본 일이 없어요. 그러니 하고 싶은 얘기를 하세요. 염려하지 않아도 돼요."

쥘리앵은 아직 망설이고 있었다. 아망다가 재빨리 덧붙였다. 카운터 여종업원으로서의 상상력이 그녀에게 많은 거짓말을 제공했던 것이다.

"아마도 저분이 당신을 쳐다봤겠죠. 그러나 당신이 누구냐고 저한테 물어볼 때 그랬을 뿐이에요. 누구에게나 버릇없는 사람이에요. 특별히 당신에게 모욕을 주려고 한 건 아니에요."

쥘리앵의 눈길은 형부라는 남자의 뒤를 따르고 있었다. 그가 두 당구대 가운데 더 먼 쪽 당구대에서 내기당구 번호표를 사는 것이 눈에 띄었다. 쥘리앵은 위협적인 어조로 외치는 남자의 굵은 목소리를 들었다.

"내가 한번 해보겠어!"

쥘리앵은 아망다 뒤로 힘차게 지나갔다. 아망다가 그의 팔을 붙잡았다.

"먼저 계산을 하세요."

그녀가 쥘리앵에게 말했다.

옳은 얘기지. 내가 돈을 내지 않고 나갈까봐 겁이 났군. 쥘리앵은 이렇게 생각했다. 아망다도 쥘리앵만큼이나 흥분해서 얼굴이 빨개졌다. 그녀는 최대한 느리게 잔돈을 거슬러주면서 아주 낮은 목소리로 거듭 말했다.

"즉시 카페에서 나가세요. 그러지 않으면 더이상 당신을 좋아하지 않을 거예요. 그렇지만 저는 당신을 아주 좋아해요."

쥘리앵은 결국 카페에서 느릿느릿 나왔다. 이번엔 내가 씩씩거리면서 그 작자를 노려보러 가는 게 의무가 아닌가? 그는 거듭 생각했다. 이런 주저 속에서 카페 앞 큰길에 한 시간이나 묶여 있었다. 그 남자가 나오는지 바라다보았지만 그는 나타나지 않았고 쥘리앵은 그곳을 떠났다.

브장송에 온 지 몇 시간밖에 되지 않았지만 쥘리앵은 벌써 한 가지 후회가 생겼다. 늙은 군의관은 전에 신경통을 앓으면서도 그에게 검술을 조금 지도해준 적이 있었다. 그것이 쥘리앵이 분노를 해결하는 기술의 전부였다. 그러나 쥘리앵이 따귀를 갈기는 것 이외의 방법으로 분풀이를 할 줄 알았더라면 이런 난처한 상황은 아무것도 아니었을 것이다. 만약 주먹다짐이 발생했다면 상대방인 그 육중한 남자는 쥘리앵을 때려눕히고 갔을 것이다.

보호자도 없고 돈도 없는 나처럼 불쌍한 놈은 신학교에 가나 감옥에 가나 별 차이가 없을 거야. 쥘리앵은 생각했다. 여관에 내 평상복을 맡겨놓고 검은 옷으로 갈아입어야겠다. 몇 시간 동안 신학교에서 나오게 된다면 평상복으로 갈아입고 아주 근사하게 아망다 양을 다시 만나러 갈 수 있을 거야. 멋진 생각이었다. 그러나 쥘리앵은 여관마다 지나치면서도 어디에고 들어갈 용기가 나지 않았다.

마침내 '대사(大使) 호텔' 앞을 다시 지나갈 때 그의 불안한 시선이 어느 여인의 눈길과 마주쳤다. 그 여인은 뚱뚱하고, 아직 꽤 젊고, 혈색 좋고, 즐겁고 쾌활해 보이는 기색이었다. 쥘리앵은 그 여자에게 다가가서 자신의 사정을 털어놓았다.

"그렇게 하세요, 젊은 사제 양반. 제가 댁의 평상복을 맡아두고 더러 먼지도 털어내지요. 요즘에는 나사 옷을 손질하지 않고 그냥 두면 좋지 않아요."

대사 호텔 여주인이 말했다. 그녀는 열쇠를 쥐고 쥘리앵을 손수 방으로 안내하더니 맡기는 물건을 모두 적어놓으라고 권했다.

"소렐 사제님, 어쩌면 그렇게 혈색이 좋으셔."

그가 부엌으로 내려오자 뚱뚱한 여주인이 말했다.

"맛있는 점심을 차려드리죠."

그리고 낮은 목소리로 덧붙였다.

"누구에게든 오십 수를 받는데, 당신에게는 이십 수만 받겠어요. 당신의 작은 주머니를 절약해야 할 테니까요."

"제겐 십 루이가 있어요."

쥘리앵이 다소 자랑스럽게 대꾸했다.

"저런, 그렇게 큰 소리로 말하지 마세요. 브장송에는 못된 사람들이 많아요. 그만 한 돈쯤은 대번에 털리고 말죠. 특히 카페에는 절대 들어가지 마세요. 못된 인간들이 득실댄답니다."

마음씨 좋은 여주인이 놀란 표정으로 대답했다.

"정말 그래요."

쥘리앵은 여주인의 말에 생각나는 것이 있어서 이렇게 대꾸했다.

"내 집에만 오세요. 커피도 끓여드리죠. 여기 오면 좋은 친구와 이십 수짜리 맛있는 식사가 항상 있다는 걸 기억하세요. 그렇게 하기를 바라요. 자, 식탁 앞에 앉으세요. 내가 직접 차려드릴게요."

"먹을 마음이 없어요. 너무 흥분되는군요. 여길 나서면 신학교에 들어가야 해요."

쥘리앵이 그녀에게 말했다.

마음 착한 여주인은 쥘리앵의 호주머니 가득 먹을 것을 넣어준 뒤에야 그를 떠나보냈다. 드디어 쥘리앵은 무서운 곳을 향하여 걸음을 떼었다. 호텔 여주인이 문 밖에서 그에게 길을 가르쳐주었다.

25장 신학교

83상팀짜리 정찬이 삼백서른여섯,
38상팀짜리 저녁 식사가 삼백서른여섯,
몇몇 사람에게는 초콜릿 한 잔씩.
이런 청부견적으로 얼마나 벌겠습니까?
—브장송의 발르노

쥘리앵은 문에 달린 도금한 철제 십자가를 멀리서 보았다. 그는 천천히 다가갔다. 그의 다리에 기운이 쭉 빠졌다. 그래, 이곳이 바로 지상의 지옥이구나. 여기에서 빠져나올 수 없겠지! 이윽고 그는 초인종을 누르기로 작정했다. 초인종 소리가 외진 장소에서처럼 울려 퍼졌다. 십 분이 지나서야 검은 옷을 입은 창백한 남자가 문을 열어주러 왔다. 쥘리앵은 그를 바라보다가 곧 눈을 내리깔았다. 이 문지기는 괴상한 용모를 하고 있었다. 돌출한 초록색 동공이 고양이처럼 둥근 모양을 하고 있었고, 미동도 않는 눈꺼풀 주변은 모든 동정심이 불가능함을 알려주었다. 얇은 입술은 튀어나온 치아 위에 반원형으로 펼쳐져 있었다. 그 얼굴은 범죄의 분위기를 풍기지는 않았으나 젊은이에게는 더욱더 공포심을 불러일으키는 완벽한 무감각을 드러내는 것이었다. 쥘리앵이 한 번 흘끔 보고 나서 그 독실하고 기다란 얼굴에서 추측할 수 있었던 단 하나의 감정은 천국에 관한 관심이 아니라 그에게 얘기하려는 모든 것에 대한 뿌리 깊은 경멸이었다.

쥘리앵은 힘들게 눈을 떴다. 그리고 가슴의 고동 때문에 떨리는 목소리로 신학교 교장인 피라르 선생님과 이야기하고 싶다고 설명했다. 검은 옷을 입은 남자는 한 마디 말도 없이 자기를 따라오라고 손짓을 해보였다. 그들은 나무 난간이 달린 넓은 층계를 통해 3층으로 올라갔다. 구부러진 층계가 반대편 벽 쪽으로 완전히 기울어져 있어서 금방이라도 무너질 것 같았다. 묘지에 세워놓은 것처럼 검게 칠한 커다란 나무 십자가가 매달린 작은 문이 어렵사리 열렸다. 문지기는 어둡고 낮은 방으로 쥘리앵을 들여보냈다. 석회를 바른 흰 벽에는 세월에 거무스레해진 커다란 그림 두 점이 걸려 있었다. 쥘리앵은 거기에 혼자 남겨졌다. 그는 간이 콩알만 해졌다. 가슴이 세차게 뛰었다. 울기라도 하면 행복할 듯싶었다. 죽음과 같은 침묵이 건물 전체를 내리덮고 있었다.

그에게는 종일처럼 느껴진 십오 분이 지난 후, 험상궂은 얼굴의 문지기가 방의 반대편 끝에 있는 문간에 다시 나타났다. 그는 말없이 쥘리앵에게 다가오라는 신호를 보냈다. 쥘리앵은 처음의 방보다 훨씬 크고 몹시 어두운 방으로 들어갔다. 벽들은 역시 흰색이었지만 가구는 없었다. 다만 문 가까운 구석에 흰 나무 침대 하나, 짚을 넣은 의자 두 개, 전나무 판자로 만든 쿠션 없는 작은 팔걸이의자 하나가 있는 것을 지나가면서 보았을 뿐이다. 방의 반대편 끝에, 때 묻은 꽃병들이 놓여 있는 노랗게 바랜 유리가 끼워진 작은 창문 곁에 다 해진 수단을 입은 사람이 책상을 앞에 두고 앉아 있었다. 그는 성난 기색이었다. 그는 작고 네모난 종이쪽지 무더기에서 쪽지 하나씩을 집어들고는 거기에 몇 마디씩 쓴 다음 책상 위에 늘어놓고 있었다. 쥘리앵이 들어온 것도 모르는 모양이었다. 쥘리앵은 방 한가운데를 향하여 꼼짝 않고 서 있었다. 문지기는 쥘리앵을 남겨두고 다시 나가서 문을 닫아버렸다.

그렇게 십 분이 흘러갔다. 허름한 옷차림의 남자는 여전히 무엇인가를 쓰고 있었다. 쥘리앵은 흥분과 공포가 어마어마해서 쓰러질 지경이었다. 어떤 철학자는 이렇게 말했으리라. 그것은 아름다움을 사랑하도록 태어난 영혼에 추잡한 것이 불러일으킨 강렬한 인상이다, 라고. 아마도 잘못 봤겠지만.

글씨를 쓰던 남자가 머리를 들었다. 쥘리앵은 시간이 조금 지나서야 그것을 알아차렸다. 그것을 알아차린 다음에도 자기를 바라보는 무서운 시선 때문에 두려워 죽을 지경으로 꼼짝 않고 서 있었다. 쥘리앵의 불안한 눈에 극도로 창백해 보이는 이마를 제외하고는 온통 붉은 반점으로 덮인 긴 얼굴이 겨우 식별되었다. 붉은 두 뺨과 하얀 이마 사이에는 제아무리 용감한 사람이라도 겁에 질리게 할 작고 검은 두 눈이 빛나고 있었다. 넓은 이마 둘레에는 칠흑같이 까맣고 곧게 펴진 무성한 머리칼이 뚜렷하게 보였다.

"이리 가까이 오겠나?"

이윽고 남자가 참지 못하고 말했다.

쥘리앵은 자신 없는 걸음으로 앞으로 나아갔다. 그는 살아오면서 한 번도 해본 적이 없는 창백한 얼굴로 쓰러질 뻔하다가 네모난 종이

쪽지가 쌓여 있는 작은 나무 책상으로부터 몇 걸음 안 되는 곳에 멈춰
섰다.

"더 가까이."

남자가 말했다.

쥘리앵은 뭔가 기댈 것을 찾는 듯이 좀더 손을 앞으로 뻗으며 다시
다가갔다.

"이름은?"

"쥘리앵 소렐입니다."

"많이 늦었군."

남자가 또다시 무서운 시선으로 쥘리앵을 노려보면서 말했다.

쥘리앵은 그 눈길을 감당할 수 없었다. 그는 몸을 기대려는 듯이 손
을 뻗더니 마룻바닥에 길게 쓰러지고 말았다.

남자가 초인종을 눌렀다. 쥘리앵은 눈을 뜨고 있을 기력과 몸을 움
직일 힘만 잃었을 따름이었다. 다가오는 발걸음 소리가 들렸다.

누군가 그를 일으켜 작은 흰색 나무 의자에 앉혔다. 무서운 남자가
문지기에게 말하는 소리가 들렸다.

"보아하니 간질로 쓰러진 모양이야. 가지가지로군."

쥘리앵이 눈을 뜰 수 있게 되었을 때, 붉은 얼굴의 남자는 계속 글
씨를 쓰고 있었다. 문지기는 사라지고 없었다. 용기를 내야 해. 그리
고 특히 내가 느끼고 있는 것을 숨겨야 해. 우리의 주인공은 생각했
다. 그는 가슴에 격렬한 통증을 느꼈다. 사고라도 생긴다면 사람들이
나를 어떻게 생각할지 알 게 뭐야.

마침내 남자는 쓰던 일을 멈추고 쥘리앵을 곁눈질했다.

"대답할 수는 있겠나?"

"네, 선생님."

쥘리앵은 힘없이 대답했다.

"아! 그거 다행이로군."

검은 옷을 입은 남자는 반쯤 몸을 일으켜 삐걱하는 소리를 내며 전나무 책상 서랍을 열고는 성급하게 편지 한 통을 찾았다. 편지를 찾자 그는 얼마 남지 않은 쥘리앵의 생명을 빼앗기라도 하려는 듯한 태도로 다시 그를 노려보면서 천천히 자리에 앉았다.

"셸랑 신부님이 자네를 추천하셨더군. 그분은 교구에서 가장 훌륭한 사제이고 덕망 있는 분이고 나와는 삼십 년 친구 사이지."

"아! 그러면 선생님이 피라르 선생님이시군요."

쥘리앵이 기어들어가는 목소리로 말했다.

"그래."

신학교 교장은 그를 바라보며 성난 목소리로 대꾸했다.

그의 입가의 근육이 저도 모르게 움직이더니 작은 눈에 한층 더 광채가 돌았다. 먹이를 삼키는 즐거움을 미리 음미하는 호랑이의 표정이었다.

"셸랑 신부의 편지는 짧아."

그는 혼잣말하듯 중얼거렸다.

"인텔리겐티 파우카.* 세월은 흘러가는데 사람들은 짧게 쓸 줄 몰라."

---

* 알 만한 사람에게는 여러 말이 필요 없다.

그는 큰 소리로 편지를 읽었다.

"약 이십 년 전에 제가 영세를 준 본당 소속 쥘리앵 소렐을 귀하께 보냅니다. 부유한 목재상의 아들이지만 부친은 아들에게 한푼도 주지 않습니다. 쥘리앵은 장차 하느님의 포도밭에서 훌륭한 일꾼이 될 것입니다. 기억력, 이해력에 조금도 부족함이 없으며 통찰력도 있습니다. 그의 천직이 오래 지속될까요? 천직에 성실할까요?"

"성실이라!"

피라르 신부는 쥘리앵을 쳐다보며 놀란 기색으로 되풀이해 말했다. 그러나 이제 그의 시선은 어느 정도 인정이 있어 보였다.

"성실이라!"

그는 낮은 목소리로 되뇌더니 다시 편지를 읽었다.

"쥘리앵 소렐에게 장학금을 주십사 하고 요청드립니다. 그는 필요한 시험을 치러 자격을 갖추고 있습니다. 저는 그에게 신학을 좀 가르친 적이 있습니다. 보쉬에, 아르노, 플뢰리 같은 분들의 훌륭한 옛 신학 말입니다. 이 학생이 귀교에 적합하지 않으면 저에게 돌려보내주십시오. 당신께서도 아시는 빈민수용소장이 아이들 가정교사로 연 팔백 프랑을 그에게 제의하고 있습니다. 하느님의 은총으로 제 내면은 평안합니다. 그 무서운 타격에도 익숙해졌지요. 건강하시기를 빕니다."

피라르 사제는 여기까지 읽고 나서 서명을 읽을 때가 되자 목소리를 늦추면서 한숨을 내쉬더니 셸랑이라는 이름을 발음했다.

"평안하시군. 그분의 덕성으로 보아 그런 보답은 마땅하지. 주여, 저에게도 때가 오면 그런 은총을 베푸소서!"

그가 말했다.

그는 하늘을 쳐다보며 성호를 그었다. 이 성스러운 신호에 쥘리앵은 이 건물에 들어온 이후 그를 얼어붙게 만든 무서운 공포가 어느 정도 줄어든 것을 느꼈다.

"나는 여기서 가장 성스러운 일에 종사하려는 삼백스물한 명의 신학생을 가르치고 있네."

마침내 피라르 사제가 엄격하지만 악의 없는 어조로 얘기를 시작했다.

"그중 겨우 일고여덟 명만 셀랑 신부님같이 훌륭한 분들에게서 추천받았지. 그러니 삼백스물한 명 가운데 자네는 아홉번째 학생이 되는 셈이네. 그러나 내 보호는 특별히 돌봐주려는 것도 아니고 나약하게 만들려는 것도 아니네. 갑절의 정성과 엄격함을 기울여 악덕으로부터 보호하려는 것이지. 저리 가서 자물쇠로 문을 잠그고 오게."

쥘리앵은 걸어가느라 애를 썼다. 그는 쓰러지지 않고 걸어갔다. 그는 출입문 옆의 작은 창문이 들판을 향해 나 있음을 알았다. 그는 나무들을 바라보았다. 그 모습이 흡사 옛 친구들을 만난 것처럼 그의 마음을 편하게 했다.

"로퀘리스네 린구암 라티남?*"

그가 돌아오자 피라르 사제가 물었다.

"이타, 파테르 옵티메.**"

쥘리앵이 약간 제정신이 들어 대답했다. 물론 반시간 전부터 피라

---

* 라틴어를 아는가?
** 네, 존경하는 교부님.

르 씨만큼 존경스러운 사람은 세상에 없다고 생각했다.

대화는 라틴어로 계속되었다. 사제의 눈빛이 부드러워졌고 쥘리앵은 다소간 침착해졌다. 이 미덕의 외관에 위압당한다면 나는 얼마나 나약한 존재인가! 그는 생각했다. 이 사람은 마슬롱 씨처럼 단지 사기꾼에 불과할지도 모른다. 그리고 쥘리앵은 자기 돈의 거의 전부를 장화 속에 감춰놓은 것을 흡족하게 생각했다.

피라르 사제는 쥘리앵의 신학 실력을 시험해보고 그의 지식이 박학함에 놀랐다. 특히 성서에 대하여 물어봤을 때 피라르 사제는 더욱 놀랐다. 그러나 교부들의 교리에 관한 질문에 이르자 그는 쥘리앵이 성 히에로니무스,* 성 아우구스티누스, 성 보나벤투라,** 성 바실리우스*** 등의 이름조차도 모르는 것을 알게 되었다.

"이게 바로 내가 셀랑에 대하여 늘 비난하던 치명적인 신교적 경향이야. 성서만 깊게, 너무 깊게 알고 있거든."

(쥘리앵은 그가 묻지도 않았는데 창세기나 모세 오경 등이 쓰여진 '진정한' 연대에 대하여 피라르 사제에게 말했던 것이다.)

성서에 대한 이런 끝없는 추론은 어디에 다다르는가? 개인적 연구, 다시 말해 끔찍한 프로테스탄티즘으로 통하지 않는가? 그런 경솔한 학문에 치우치다보니 그와 같은 경향을 보상해줄 수 있는 교부들에

---

* 가톨릭 성인(347?~420?). 암브로시우스, 그레고리우스, 아우구스티누스와 함께 라틴 4대 교부로 꼽힌다.
** 대표적인 중세 신학자(1217?~1274). 프란체스코 수도회의 회칙을 개정했고 1588년 교회박사로 공표되었다.
*** 초대 교회의 교부(330?~379). 카이사리아의 주교로서 여러 권의 책을 집필했다.

대해서는 아무것도 모르고 있구나. 피라르 사제는 생각했다.

그러나 교황의 권위에 관하여 쥘리앵에게 질문했을 때 이 신학교 교장은 한없이 놀랐다. 옛 프랑스 교회의 준칙 정도를 답변하리라 기대했는데, 이 젊은이는 메스트르 씨의 저서 전부를 암송했던 것이다.

셸랑은 참 특이한 사람이야. 조롱하는 걸 가르치려고 이 청년에게 그 책을 보여줬단 말인가? 피라르 사제는 생각했다.

메스트르 씨의 교리를 진지하게 믿고 있는지 알아보기 위하여 쥘리앵에게 질문을 해보았으나 소득이 없었다. 젊은이는 기억력으로만 대답할 따름이었다. 이 순간부터 쥘리앵은 실제로 매우 훌륭해 보였다. 그는 제정신이 돌아온 것을 느꼈다. 아주 긴 시험이 끝나자, 그에 대한 피라르 씨의 엄격한 태도도 더이상 영향을 끼치지 못하는 것처럼 보였다. 사실 십오 년 전부터 신학생들에게 스스로 부과해온 엄격한 근엄함의 원칙만 없었던들, 신학교 교장은 논리의 이름으로 쥘리앵을 껴안아주었을 것이다. 그만큼 그는 쥘리앵의 답변에서 명석함, 정확함, 분명함을 보았던 것이다.

여기 대담하고 건전한 정신의 소유자가 있구나. 그러나 코르푸스 데빌레.* 그는 생각했다.

"자네는 그렇게 자주 쓰러지는가?"

그가 마룻바닥을 손가락으로 가리키며 쥘리앵에게 프랑스어로 물었다.

"태어나서 처음입니다. 문지기 양반의 얼굴을 보고 몸이 얼어붙는

---

* 몸이 허약하다.

듯했습니다."

아이들처럼 낯을 붉히며 쥘리앵이 대답했다.

피라르 사제는 거의 미소를 짓고 있었다.

"이 세상의 헛된 화려함의 결과란 바로 그런 것일세. 자네는 분명 웃는 낯에만 익숙할 거야. 그야말로 거짓투성이 연극이지. 이보게, 진실은 엄격한 것이라네. 이 세상에서의 우리의 사명 또한 엄격하지 않을까? 자네의 양심이 '외면의 헛된 우아함을 향한 지나친 감수성'이라는 약점을 경계하도록 주의해야 할 것이네. 만약 자네가 셸랑 신부님 같은 분에게 추천받지 않았다면,"

피라르 사제는 여기까지 말하고 나서 현저하게 즐거운 표정을 지으며 다시 라틴어로 말을 이었다.

"만약 자네가 셸랑 신부님 같은 분에게 추천받지 않았다면, 나도 자네가 익숙할 속세의 공허한 언어로 얘기할 거야. 자네가 청원하는 전액 장학금은 세상에서 가장 얻기 어려운 것이라고 얘기하고 싶네. 그러나 오십육 년 동안 사도직을 수행한 셸랑 신부 같은 분이 신학교에서 장학금 하나 마음대로 얻어줄 수 없다면 대접이 아니지."

이렇게 말하고 나서 피라르 사제는 자기의 승낙 없이는 어떤 단체나 비밀 수도회에도 들어가지 말라고 쥘리앵에게 일렀다.

"교부님 말씀에 따르기로 명예를 걸고 맹세합니다."

쥘리앵은 신사다운 쾌활한 마음으로 말했다.

신학교 교장은 처음으로 웃었다.

"여기서 그런 말을 써서는 안 되지."

그는 쥘리앵에게 말했다.

"그런 말은 흔히 수많은 과오와 죄악으로 이끄는 속세 사람들의 헛된 명예를 생각나게 한단 말이야. 자네는 성 피우스 5세*의 대칙서 17항에 따라 나에게 복종할 성스러운 의무가 있지. 나는 자네의 상급 성직자일세. 사랑하는 아들이여, 이 학교에서는 듣는 것이 곧 복종하는 것이네. 돈은 얼마나 가지고 있는가?"

그러면 그렇지. 그 말을 물어보려고 사랑하는 아들이라고 했구나. 쥘리앵은 생각했다.

"삼십오 프랑입니다, 교부님."

"그 돈을 쓰고 나서 내역을 세심하게 적어놓도록 하게. 나에게 보고해야 할 테니까."

이 괴로운 회견은 세 시간이나 계속되었다. 피라르 사제는 쥘리앵에게 문지기를 불러오도록 했다.

"쥘리앵 소렐 군을 103호실로 안내해주게."

피라르 사제가 문지기에게 말했다.

사제는 대단한 특별 대우로 쥘리앵에게 독방을 허락한 것이다.

"그의 짐도 그 방으로 들어다주시오."

피라르 사제가 덧붙였다.

쥘리앵은 아래쪽을 내려다봤다. 그러고는 자기 짐이 바로 맞은편에 놓여 있는 것을 알았다. 그는 그 짐을 세 시간 전부터 봤으나 알아차리지 못했던 것이다.

103호실은 건물 꼭대기 층에 있는 사방 8피트 되는 작은 방이었다.

---

* 로마 교황(재위기간 1566~1572). 트리엔트 공의회의 결정에 따라 전례서를 개혁했다.

쥘리앵은 그 방의 창문이 성벽 쪽으로 나 있는 것을 알았다. 성벽 너머로는 두 강이 시내와 경계를 짓고 있는 아름다운 평야가 바라다보였다.

얼마나 아름다운 경치인가! 쥘리앵은 소리쳤다. 그러나 그렇게 말하면서도 그 말이 무엇을 뜻하는지 느끼지는 못했다. 브장송에 와서 얼마 안 되는 동안 그가 겪은 그토록 강렬한 느낌이 그의 힘을 완전히 고갈시켰던 것이다. 그는 창문 옆에 놓인, 방 안에 단 하나 있는 나무 의자에 앉았다. 그리고 이내 깊은 잠에 빠져버렸다. 저녁 식사 종소리며 예배 종소리도 전혀 듣지 못했다. 다른 사람들도 그를 잊고 있었다.

다음날 아침 첫 햇살에 깨어보니 그는 마룻바닥에 누워 있었다.

26장 세상 또는 부자에게 없는 것

나는 지상에 혼자뿐이다.
아무도 나를 생각해주지 않는다.
내가 아는 모든 출세한 인간들은
내게는 어림도 없는 뻔뻔함과 냉혹함을 지니고 있다.
그들은 나의 유순하고 착한 천성 때문에 나를 미워한다.
아! 머지않아 나는 배고픔 때문에 또는 그처럼
냉혹한 인간들을 봐야 하는 슬픔 때문에 죽게 될 것이다.
—영

쥘리앵은 부랴부랴 옷을 털고 아래로 내려갔다. 시간에 늦은 것이
다. 조교가 호되게 그를 꾸짖었다. 그는 변명을 하려 들지 않고, 가슴
위에 두 팔을 엇갈리게 얹고는 "페카비, 파테르 옵티메*"라고 후회하
는 듯이 말했다. 쥘리앵의 첫 출현은 큰 성공을 거두었다. 신학생 가
운데 능란한 자들은 이 청년이 자기들의 직업적인 요소와는 거리가
먼 인물임을 알아보았다. 휴식 시간이 되었다. 쥘리앵은 자기가 모든
학생의 호기심의 대상이 되었다는 것을 알 수 있었다. 그러나 그는 신
중하게 침묵을 지켰다. 스스로 만들어놓은 행동방침에 따라 그는 삼
백스물한 명의 동료를 모두 적으로 간주했다. 그의 눈에 그중에서 가

---

* 제가 잘못했습니다. 제 잘못을 인정합니다, 교부님.

장 위험한 적은 피라르 사제로 보였다.

며칠 후, 쥘리앵은 고해사제를 한 명 선택해야 했다. 그는 사제 명부를 받았다.

이런! 나를 뭘로 아는 거야? 이게 무엇을 뜻하는지 내가 모를 줄 아나보지. 그는 이렇게 중얼거리며 피라르 사제를 선택했다.

그가 짐작도 못 하는 사이에 이런 처사는 결정적인 것이 되었다. 첫날부터 그의 친구를 자처하고 나선 베리에르 출신의 어린 신학생 하나가 부교장인 카스타네드 사제를 선택하는 편이 더 신중했을 거라고 알려주었다.

"카스타네드 사제는 얀센주의자라는 의심을 받고 있는 피라르 사제의 적수거든."

어린 신학생은 그의 귀에 대고 이렇게 덧붙여 말했다.

스스로 신중하다고 자부하는 우리의 주인공의 처음 행동들은 고해사제 선택과 마찬가지로 모두 경솔한 짓뿐이었다. 공상적인 인간의 자만심에 현혹된 그는 자신의 의도를 현실로 착각하면서 스스로 완벽한 위선자라고 자처하고 있었던 것이다. 어리석게도 그는 그런 약점의 기교를 부리면서 오히려 자신의 성공에 가책을 느끼기까지 했다.

아아! 이것만이 내 유일한 무기다! 다른 시대 같으면 적을 대적하는 당당한 행동으로 내 밥벌이를 할 수 있었을 텐데! 그는 이렇게 중얼거렸다.

자신의 거동에 만족하면서 쥘리앵은 주위를 둘러보았다. 그리고 도처에서 더없이 순결한 덕성의 외관을 발견하는 것이었다.

여남은 명의 신학생이 정말로 성스러워 보이는 생활을 하고 있었다. 그들은 성녀 테레사나 아펜니노 산맥의 베르나 산에서 성흔을 받았을 때의 성 프란체스코와 같은 환영을 간직하고 있었다. 그러나 그것은 큰 비밀로, 그들의 친구들도 그것을 감추었다. 환영을 좇는 그 가련한 청년들은 거의 병약한 자들이었다. 백여 명의 다른 축은 지칠 줄 모르는 근면성과 굳건한 신앙을 결합하는 자들이었다. 그들은 병이 날 정도로 열심히 공부했다. 그러나 대단한 성과를 올리는 것은 아니었다. 두세 명만 눈에 띄는 재능으로 두드러져 보였는데, 특히 샤젤이라는 이름의 청년이 그러했다. 그러나 쥘리앵은 그들과 서먹함을 느꼈고 그들도 쥘리앵에 대하여 그러했다.

삼백스물한 명의 신학생 가운데 나머지는 하루 종일 반복해 외우는 라틴어의 뜻조차 잘 이해하지 못하는 형편없는 무리였다. 거의 모두 농부의 자식으로, 땅을 파는 것보다는 라틴어 단어를 외움으로써 빵을 얻는 것을 좋아할 뿐이었다. 이렇게 관찰하고 난 쥘리앵은 처음부터 빠른 성공을 다짐했다. 그는 생각했다. 어느 분야에나 총명한 사람이 필요하다. 결국은 해내야 할 일이 있는 것이니까. 나폴레옹 치하에서라면 나는 상사가 되었을 테지. 그러나 이 미래의 신부들 사이에서 나는 부주교가 될 테다.

어린 시절부터 날품팔이였던 이 불쌍한 놈들은 이곳에 올 때까지 굳은 우유와 검은 빵으로 살아왔다. 그들은 오두막집에 살면서 일 년에 대여섯 번밖에 고기를 먹어보지 못했으리라. 전쟁을 휴식 시간처럼 여기는 로마 병사들처럼, 이 거친 농사꾼들은 신학교의 감미로움에 매료되어 있다. 그는 또다시 생각했다.

쥘리앵은 그들의 몽롱한 눈에서 식후에는 만족된 육체적 욕구를,

식전에는 육체적 쾌감에 대한 기대감을 제외하고는 아무것도 찾아볼 수 없었다. 그는 이런 인간들 가운데서 두각을 나타내야 했던 것이다. 그러나 교리, 교회사 등등 신학교에서 수강하는 여러 종류의 강의에서 일등을 차지하는 것은 그들의 눈에는 굉장한 죄악으로만 보일 뿐이라는 사실을 그들이 자신에게 얘기해주지 않았음을 쥘리앵은 모르고 있었다. 볼테르 이래로, 그리고 요컨대 불신과 개인적 성찰에 지나지 않으며 민중의 정신에 의심의 악습을 부여한 양원 제도가 성립된 이후로 프랑스 교회는 교회의 진정한 적이 서적이라는 사실을 깨달은 것 같았다. 교회가 보기에는 마음으로부터의 복종이 전부이다. 연구에서의 성공은 그것이 종교에 관한 것이라 해도 당연히 수상쩍은 것이다. 시에예스*나 그레구아르**같이 뛰어난 인간이 반대편으로 넘어가는 것을 그 누가 막을까! 흔들리는 교회는 유일한 구원의 기회인 양 교황에게 매달린다. 오직 교황만이 개인적 성찰을 마비시키려 애쓰고 교황청의 호화로운 종교예식으로 세상 사람들의 지치고 병든 정신에 깊은 감명을 줄 수 있다는 것이다.

신학교에서 하는 얘기에서는 모두 부인되는 이런 다양한 진실을 어중간하게나마 간파한 쥘리앵은 깊은 우울에 빠졌다. 그는 열심히 공부했다. 그래서 그가 보기에는 매우 거짓된 것이지만 성직자에게는 매우 유익한 여러 가지를 재빨리 습득했다. 그러나 그는 거기에 아무

---

* 가톨릭 사제로서 프랑스 대혁명 때 삼부회에 선출되었으며 후에 국민의회의 중심인물로 활약했다.
** 사제로서 진보적 정치관을 가졌던 인물. 1789년 삼부회 대의원으로서 특권 폐지와 보통선거를 지지했다.

런 흥미도 느끼지 못했다. 단지 달리 할 일이 아무것도 없는 듯이 생각되었을 뿐이다.

그렇다면 나는 이 지상에서 잊혀졌는가? 그는 생각했다. 그는 피라르 씨가 디종의 소인이 찍힌 편지 몇 통을 받아 불에 던졌다는 것을 알지 못했다. 그 편지들에는 더없이 예절 바른 문체에도 불구하고 더없이 강렬한 정열이 나타나 있었다. 격심한 회한과 사랑이 다투고 있는 듯한 편지였다. 다행이군, 이 젊은이가 사랑했던 여인은 적어도 신앙심이 없지는 않으니. 피라르 사제는 이렇게 생각했다.

어느 날 피라르 사제는 눈물로 반쯤은 지워진 듯한 편지 한 통을 뜯었다. 그것은 영원한 이별의 편지였다. 그 편지는 쥘리앵에게 이렇게 말하고 있었다. "마침내 하늘이 내게 미워할 수 있는 은총을 주셨어요. 늘 내게 세상에서 제일 소중한 사람, 내게 죄를 짓게 한 사람을 미워하지 말고 죄 자체를 미워하도록 말이에요. 희생은 치러졌어요. 당신이 보는 것처럼 나는 눈물을 흘리지 않을 수 없었어요. 내게는 내가 의무를 지고 있고 또 당신이 그토록 사랑했던 아이들의 구원이 중요해요. 공정하고 두려운 하느님도 이젠 어미의 죄를 아이들에게 묻지 않으시겠죠. 안녕히 계세요, 쥘리앵. 모든 사람에게 옳은 사람이 되세요."

편지의 끝은 거의 읽을 수 없게 되어 있었다. 주소가 디종으로 되어 있었으나, 쥘리앵이 답장을 하지 말든가 혹은 미덕을 되찾은 부인이 낯을 붉히지 않고 들을 수 있는 사연을 보내주기를 바라고 있었다.

우울감에 청부업자가 한 끼 83상팀으로 공급하는 신학교의 형편없는 음식이 더해져 쥘리앵의 건강에 영향을 끼치기 시작한 어느 날 아침, 푸케가 그의 방에 갑자기 나타났다.

"드디어 들어오게 되었군. 자넬 탓하는 것은 아니지만, 자네를 보려고 브장송에 다섯 차례나 왔어. 여전히 안색이 좋지 않군. 나는 자네가 나오는 걸 알려고 신학교 문 앞에 사람을 배치시켰어. 도대체 왜 그렇게 외출을 하지 않는 거야?"

"자진해서 겪는 시련이겠지."

"자네 많이 달라진 것 같아. 아무튼 드디어 자네를 다시 보는군. 오 프랑짜리 은화 두 개를 쥐여주고 나서 내가 여태껏 어리석었음을 깨달았어. 처음 왔을 때 진작 그렇게 하는 건데."

두 친구 사이에 대화가 끝없이 이어졌다. 푸케가 이런 이야기를 하자 쥘리앵의 안색이 변했다. "그런데 자네 아나? 자네가 가르친 애들의 어머니가 굉장한 신앙심에 불타고 있어."

푸케는 거리낌없이 말했다. 이런 푸케의 태도는 쥘리앵의 열정적인 마음에 매우 묘한 인상을 심어주었다. 푸케는 알지도 못하는 사이에 쥘리앵이 가장 소중히 여기는 관심사를 뒤흔들었던 것이다.

"그래, 이 친구야. 더할 나위 없이 열렬한 신앙이라던데. 들리는 말로는 순례라도 떠날 모양이야. 그토록 오랫동안 불쌍한 셸랑 신부님을 염탐해온 마슬롱 신부가 톡톡히 창피를 당한 셈이지. 레날 부인은 마슬롱 신부를 상대하려 하지 않고 디종이나 브장송으로 고해하러 간다는 거야."

"브장송에?"

쥘리앵이 얼굴을 붉히며 물었다.

"아주 자주 온대."

푸케가 의문에 찬 기색으로 대답했다.

"자네 헌정신문 가지고 있나?"

"무슨 소리야?"

푸케가 대꾸했다.

"헌정신문을 가지고 있냐고 물었어. 여기서는 한 부에 삼십 수 받고 판다네."

쥘리앵이 더없이 평온한 어조로 대답했다.

"뭐라고! 신학교 안에도 자유주의자가 있단 말이야!"

푸케가 외쳤다.

그러고는 "가련한 프랑스여!"라고 마슬롱 사제의 위선적인 목소리와 부드러운 어조로 덧붙였다.

그 다음날 쥘리앵이 어린아이로 생각하던 베리에르 출신 신학생으로부터 들은 한마디로 중대한 발견을 하게 되지 않았다면 푸케의 방문은 우리의 주인공에게 깊은 감명을 주었을 것이다. 신학교에 들어온 후로 쥘리앵의 행동은 거짓의 연속이었다. 그는 쓸쓸하게 자기 자신을 비웃었다.

사실 그는 일상의 중요한 행동을 교묘하게 처리해왔다. 그러나 세부사항에는 신경을 쓰지 않았는데, 신학교의 노련한 무리들은 세부적인 일만 중시하는 것이었다. 그래서 동료들 사이에서 그는 벌써 '자유사상가'로 통하고 있었다. 그의 갖가지 사소한 행동에서 그것이 드러났던 것이다.

동료들에게 그는 권위와 본보기를 맹목적으로 따르지 않고 '스스로 생각하고 판단한다'는 큰 악덕을 확인시켰다. 피라르 사제는 그에게 어떤 도움도 되지 못했다. 피라르 사제는 고해소 밖에서는 한 번도 쥘리앵에게 말을 걸지 않았다. 고해소에서도 사제는 말을 하기보다는 쥘리앵의 이야기를 듣는 편이었다. 고해사제로 카스타네드 사제를 선택했다면 사정은 무척 달라졌을 것이다.

자신의 과오를 알게 된 순간부터 쥘리앵은 더이상 권태롭지 않았다. 그는 악에 대하여 모든 것을 알고 싶었다. 그러기 위해 그는 동료들을 배척했던 그 도도하고 집요한 침묵에서 어느 정도 벗어나게 되었다. 그러자 동료들은 그에게 복수를 해왔다. 그가 다가가면 조롱 어린 경멸로 대했던 것이다. 그는 자기가 신학교에 입학한 뒤부터 특히 휴식 시간에는 언제나 자기에 대한 찬성이나 반대가 어느 쪽이건 화제의 대상이 되었으며 적의 수가 늘어났다는 것을 알게 되었다. 그러나 진실되게 덕성스럽거나 다른 패거리보다 덜 거친 몇몇 신학생들은 그에게 호감을 갖게 되었음도 알 수 있었다. 고쳐야 할 나쁜 점은 무척 많았고 그 노력은 몹시 어려웠다. 그때부터 쥘리앵은 자신을 감시하는 데 끊임없는 주의를 기울였다. 전혀 새로운 성격을 뚜렷이 드러내야 했던 것이다.

예를 들어 눈의 움직임도 그에게 많은 고통을 주었다. 이런 신학교에서는 사람들이 눈을 내리깔고 있는 것도 공연한 짓이 아닌 것이다. 쥘리앵은 생각했다. 나는 베리에르에서 얼마나 터무니없는 자만심을 가지고 있었던가! 나는 살고 있다고 생각했지만 다만 삶을 준비하고 있었을 따름이다. 이제 나는 세상에 나왔다. 진정한 적들에 둘러싸여 내 역할이 끝날 때까지 그것을 찾아야 하는 세상 말이다. 그는 또 생각했다. 매순간 이렇듯 위선 속에 산다는 것은 얼마나 크나큰 어려움인가! 이것은 헤라클레스도 무색케 할 고역이다. 젊은 시절 내내 활기

차고 도도했던 자신을 보아온 추기경 마흔 명을 연이어 십오 년 동안 겸손을 가장하여 속여온 식스투스 5세야말로 현대의 헤라클레스다.

쥘리앵은 원통한 마음으로 생각했다. 그러므로 학문은 여기서 아무 것도 아니다! 교리나 종교사 등에서 좋은 성적을 올리더라도 별수 없다. 그런 것에 대해 얘기하는 것은 모두 나처럼 어리석은 인간을 함정에 빠뜨리려는 수작이다. 아아! 나의 유일한 장점은 빠른 학업 진도와 그런 부질없는 이야기를 포착하는 것뿐이었다. 요컨대 그들은 그런 것의 진정한 가치를 제대로 평가할 것인가? 그들은 나처럼 그런 것들을 판단하고 있는가? 그런데도 나는 그것을 자랑스러워하는 어리석음을 범했지! 내가 늘 차지한 일등의 자리는 나에게 악착같은 적들을 만들어주었을 따름이다. 학식이 나보다 월등한 샤젤은 늘 일부러 작문에서 실수를 저질러 오십등으로 밀려나지 않는가. 혹시 그가 일등을 한다면 그건 방심했기 때문이다. 아! 피라르 사제의 한 마디, 단 한 마디가 나에게 얼마나 유익했을까!

쥘리앵이 잘못을 깨달은 순간부터, 그 동안 죽도록 지겨웠던 주당 다섯 번의 묵주신공이라든가 성당에서 부르는 찬송가 같은 금욕적이고 기나긴 수련이 더없이 재미있는 행위가 되었다. 자기 자신에 대하여 엄격하게 성찰하고, 특히 자신이 행하는 방법을 과장하지 않으려고 애쓰는 쥘리앵은 사람들의 모범이 되는 다른 신학생들처럼 매순간 의미심장한 행동을 하려고, 말하자면 기독교적 완성의 방식을 증명해 보이려고 갈망하지 않았다. 신학교에서는 달걀 반숙을 먹는 데서도 경건한 신앙생활에서 이루어진 진전을 알려주는 방법이 있는 것이다.

이런 얘기에 미소짓는 독자는 루이 16세의 궁정에 드나들던 어느 귀부인 댁 오찬에 초대받은 들릴 사제가 달걀을 먹으면서 저질렀던 모든 실수를 기억하시기 바란다.

쥘리앵은 먼저 논 쿨파*에 도달하려고 애썼다. 그것은 젊은 신학도의 상태로서, 걸음걸이 혹은 팔이나 눈을 움직이는 방법 등에서 세속의 냄새를 드러내지 않지만, 그렇다고 내세 관념과 이승의 순수허무에 마음을 빼앗긴 티도 아직 내지 않는 상태를 말한다.

복도 벽에 숯으로 써놓은 다음과 같은 구절이 쥘리앵의 눈에 줄곧 띄었다. '영겁의 지극한 즐거움이나 영겁의 지옥의 끓는 기름에 비하면 육십 년의 시련쯤 무엇이랴!' 그는 이제 그런 낙서를 경멸하지 않게 되었다. 그는 끊임없이 그런 구절을 눈앞에 품고 있어야 한다는 것을 깨달았다. 그는 생각했다. 나는 일생 동안 무엇을 할 것인가? 신자들에게 천국의 자리 하나를 팔겠지. 어떻게 천국의 자리를 신자들에게 보여줄 것인가? 나의 외관과 속인의 외관의 차이를 통해서.

몇 달 동안 매순간 전심전력하고서도 쥘리앵은 아직 '생각하는' 태도를 버리지 못했다. 눈과 입을 움직이는 그의 방식은 모든 것을 믿고 모든 것을 견뎌내며 순교까지도 할 채비가 된 암묵적인 신앙심을 보여주지 못하고 있었다. 쥘리앵은 자신이 더없이 거친 농사꾼 출신 동료들보다 이 점에서 뒤진다는 것을 알고는 화가 났다. 그들이 생각하는 태도를 갖추지 않는 것은 너무나 당연했다.

이탈리아 수도원에서 자주 발견되고 또 구에르치노**가 종교화 속

---

* 죄 없음.
** 17세기 이탈리아의 종교화가.

에서 우리 속인들에게 완벽한 모델들을 보여준, 모든 것을 믿고 모든 것을 견뎌낼 각오가 된 그 열렬하고 맹목적인 신앙심의 풍모에 도달하기 위해서라면 쥘리앵은 어떠한 고통이라도 감내했을 것이다.

큰 축제일에는 신학생들에게 양배추 절임을 곁들인 소시지가 제공되었다. 쥘리앵 옆에서 식사하는 동료들은 쥘리앵이 맛있는 음식에 무감각하다는 사실을 알게 되었다. 그것이 쥘리앵의 으뜸가는 죄 가운데 하나였다. 동료들은 그것을 가장 어리석은 위선의 밉살스러운 특징으로 보았던 것이다. 이보다 더 많은 적을 만든 경우는 없었다. 동료들은 얘기했다. 저 부르주아 녀석 좀 봐! 저 건방진 녀석은 양배추 절임과 소시지라는 최고의 음식을 깔보는 척하고 있어! 흥, 고약한 놈 같으니라고! 건방진 자식이야! 저주받을 녀석!

아아! 쥘리앵은 혼자 절망에 빠져 부르짖었다. 이 어린 촌놈들의 무지가 저들에게는 한없이 이로운 특전이구나. 그들이 신학교에 왔을 때 선생들은 내가 지니고 들어온 수많은 세속적 관념을 그들에게서 털어내려고 애쓸 필요도 없었겠지. 하지만 그들은 내가 무슨 짓을 하든 내 표정에서 그 세속적 관념을 읽어내는 것이다.

쥘리앵은 질투 비슷한 주의력으로 신학교에 들어오는 더없이 거칠고 젊은 시골뜨기들을 세심하게 살펴봤다. 그들이 검은 제복으로 갈아입으려고 입고 온 곱슬곱슬한 보풀이 일어난 나사 윗도리를 벗을 때, 그들의 교육 정도는 금전에 대한 어마어마하고 끝없는 존경심에 국한되어 드러났다. 그것은 프랑슈 콩테 지방에서 말하는 '현찰경화(現札硬貨)'에 대한 존경이었다.

그것은 '현금'이라는 숭고한 개념을 뜻하는, 성사(聖事)처럼 중대하고 영웅적인 이 지역의 표현법이었다.

행복이란 그런 신학생들에게는 볼테르 소설의 주인공들처럼 무엇보다도 잘 먹는 데 있었다. 쥘리앵은 그들이 거의 모두 고급 나사 의복을 입은 사람들에 대해 선천적인 존경심을 품고 있음을 알게 되었다. 이런 감정은 우리가 흔히 법정에서 듣는 표현으로 말하자면 '분배의 정의'로, 제 가치대로 또는 제 가치 이하로 평가한다는 것이다. "그로와 맞서봐야 무슨 소용이 있나?" 그들은 자기들끼리 흔히 이런 말을 쓰곤 한다.

'그로'라는 말은 쥐라 계곡에서는 부자를 지칭하는 용어이다. 그러므로 모든 부자 가운데 가장 부자인 정부에 대한 그들의 존경이 어떠한지 짐작할 수 있지 않겠는가!

프랑슈 콩테 지방 농부들은 도지사님이라는 이름이 나왔을 때 존경하는 마음으로 미소를 짓지 않으면 경솔한 짓으로 간주한다. 그런데 가난한 사람들에게 경솔하다는 것은 곧 밥줄이 끊어지는 징벌로 나타나게 마련이다.

처음에 그들에 대한 경멸감 때문에 숨이 막힐 것 같았던 쥘리앵은 마침내 동정심을 느끼게 되었다. 그들 대부분의 아버지들은 겨울 저녁에 빵이나 한 톨의 밤, 감자 한 알 없는 그들의 초가집으로 돌아가곤 했을 것이다. 그들이 보기에 행복한 사람이란 우선 잘 먹는 사람이고 다음으로는 좋은 옷을 입는 사람이라고 해도 그게 무슨 놀라운 일이겠는가! 쥘리앵은 생각했다. 내 동료들은 요지부동의 천직을 가지고 있다. 말하자면 그들은 성직자라는 신분 속에서 잘 먹고 겨울에 따뜻한 옷을 입는 오래 지속되는 행복을 보는 것이다.

상상력이 풍부한 어느 신학생이 자기 친구에게 얘기하는 것을 쥘리 앵이 듣게 되었다.

"돼지를 치다가 교황이 된 식스투스 5세처럼 왜 나라고 교황이 되지 못한단 말인가?"

친구가 대답했다.

"이탈리아 사람이 아니면 교황이 될 수 없어. 그러나 우리들도 결국은 운에 따라 부주교, 교회 참사, 아마도 주교까지는 될 수 있겠지. 샬롱의 P주교도 통장수의 아들이야. 우리 아버지도 통장수지."

하루는 교리 수업 시간에 피라르 사제가 쥘리앵을 불렀다. 이 가련한 청년은 자기가 빠져 있던 육체적, 정신적 분위기에서 벗어날 수 있어서 기뻤다.

쥘리앵은 교장에게서 신학교에 처음 들어오던 날 자기를 맞이하던 것과 같은 무서운 태도를 발견했다.

교장은 쥘리앵을 땅속으로 기어들어가게 할 요량으로 그를 노려보면서 말했다

"이 트럼프에 적힌 게 무슨 말인지 설명해봐라."

쥘리앵의 눈에 띈 것은 다음과 같은 구절이었다.

'아망다 비네. 라 지라프 카페에서 여덟시 이전에. 장리스 출신이고 내 어머니의 사촌이라고 말할 것.'

쥘리앵은 자기가 엄청난 위험에 맞닥뜨린 것을 직감했다. 카스타네드 사제의 밀정이 그 주소를 적은 쪽지를 훔쳐낸 것이다.

"신학교에 들어오던 날,"

쥘리앵은 피라르 사제의 이마를 쳐다보면서 대답했다. 왜냐하면 사

제의 무서운 눈초리를 견딜 수 없었기 때문이다.

"저는 떨고 있었습니다. 셸랑 신부님께서 저에게 이곳은 밀고와 온갖 심술궂은 일이 가득 찬 장소라고 말씀해주셨기 때문입니다. 동료 간에 염탐과 밀고 행위가 장려되고 있다고 말씀하셨습니다. 젊은 사제들에게 삶의 모습을 있는 그대로 보여주고 속세와 그 허영을 혐오하게 하려고 하느님도 그것을 원하신다는 것이었습니다."

"그게 내 질문에 대한 대답이란 말이냐, 이 고약한 놈아!"

피라르 사제가 격분해서 말했다.

쥘리앵은 침착하게 말을 이었다.

"베리에르에서 저의 형들은 저에게 시기심을 느낄 때면 저를 때렸습니다……"

"묻는 말에만 대답해! 사실만 말해!"

피라르 사제는 거의 제정신을 잃은 듯 소리쳤다.

쥘리앵은 조금도 겁을 내지 않고 얘기를 계속했다.

"브장송에 도착한 날 정오경에 저는 배가 고파 어느 카페에 들어갔습니다. 제 마음은 그 세속적인 곳에 대한 혐오감으로 충만해 있었습니다. 그러나 저는 그곳 점심 값이 여관보다 쌀 것으로 생각했습니다. 그 가게 주인으로 보이는 부인이 세상 물정 모르는 제 태도를 보고 불쌍하게 생각했습니다. 브장송에는 나쁜 사람들이 많아서 당신이 걱정이군요, 라고 그 부인이 제게 말했습니다. 그 부인은 무슨 좋지 않은 일이 생기면 자기에게 도움을 청하고 여덟시 이전에 카페로 기별을 하라고 했습니다. 신학교 문지기들이 심부름을 거절하면 제가 자기 친척이고 장리스 출신이라고 말하라는 것이었습니다……"

"그 객설을 확인해볼 거야."

피라르 사제는 자리에 앉지 못한 채 방 안을 왔다갔다하면서 외쳤다.

"방으로 돌아가!"

사제는 쥘리앵을 따라와 방에 집어넣고 자물쇠를 채웠다. 쥘리앵은 자기 가방을 뒤져보기 시작했다. 가방 밑바닥에 문제의 그 쪽지를 정성스럽게 숨겨놓았던 것이다. 가방 안에 없어진 것은 아무것도 없었으나 몇 군데 흩어져 있었다. 그런데 그는 가방 열쇠를 남에게 준 일이 없었다. 쥘리앵은 생각했다. 내가 눈멀어 지내는 동안 카스타네드 씨가 그토록 자주 친절하게 제안했던 외출 허가를 한 번도 받아들이지 않은 게 참 다행이었구나. 이제야 그 이유를 알겠어. 하마터면 나는 옷을 바꿔입고 아름다운 아망다를 만나러 갈 뻔했어. 그랬으면 끝장이었을 거야. 그런 식으로 정보를 이용하지 못하게 되자 밀고라는 방법을 썼군.

두 시간 뒤에 교장이 그를 다시 불렀다.

교장은 조금 누그러진 눈으로 말했다.

"거짓말을 하지 않았더군. 그러나 그런 주소를 적어둔다는 것은 자네는 대수롭지 않게 생각할지 모르지만 경솔한 짓이야. 십 년 후에 그것이 자네에게 화를 끼칠지도 모르지."

27장 인생의 첫 경험

저런! 현대는 언약의 궤이다.
거기에 손대는 자에게는 재앙이 있으리라.
— 디드로

독자 여러분께서는 이 시기 쥘리앵의 삶에 대하여 명백하고 정확한 사실을 너무 적게 쓰는 것을 양해해주시기 바란다. 그것은 사실이 부족하기 때문이 아니고 오히려 그 반대이다. 아마도 이 소설에서 유지하려 한 온건한 색채에 비하여 쥘리앵이 신학교에서 체험한 것이 너무 어두웠는지도 모른다. 각자 고민을 가지고 있는 현대인들로서는 그것을 떠올리게 되면 다른 모든 즐거움, 소설을 읽는 즐거움까지도 무력하게 만드는 두려움을 느낄 것이다.

쥘리앵은 자신의 언행을 위선적으로 꾸미려고 해보았지만 별로 성공을 거두지 못했다. 그는 어느 순간 싫증을 느꼈으며 완전한 좌절에 빠지기까지 했다. 그는 성공을 거두지 못하였다. 그것도 하찮은 인생행로에서 실패했던 것이다. 외부에서 조금만 도와줬다면 그는 충분히 용기를 회복할 수 있었으리라. 극복해야 할 어려움은 그다지 대수로운 것이 아니었다. 그러나 그는 망망한 대양 한복판에 버려진 작은 배 한 척처럼 외로웠다. 그는 생각했다. 내가 성공한다 해도 평생을 이런 형편없는 인간들과 함께 지내야 한다. 점심에 베이컨을 곁들인 오믈렛을 게걸스럽게 먹을 궁리만 하는 식충이들! 아니면 어떤 죄악 앞에서도 눈썹 하나 까딱하지 않을 카스타네드 사제 같은 부류! 그들이 권력을 쥐게 되겠지. 그러나 아아! 어떤 대가를 치러야 한단 말인가!

인간의 의지는 강하다. 나는 도처에서 그것을 목격한다. 그러나 의지만으로 그와 같은 혐오감을 충분히 극복할 수 있을까? 위인들의 임무는 쉬웠다. 위험이 아무리 무섭다 해도 위인들은 그 위험을 아름답다고 생각했다. 그런데 나를 제외하고 그 누가 나를 둘러싸고 있는 이 추악한 것들을 이해할 수 있을까?

이때야말로 쥘리앵의 일생을 통하여 가장 견디기 어려운 시기였다. 브장송에 주둔하는 훌륭한 연대 가운데 하나에 입대하는 것도 그에게는 아주 쉬운 일이었을 것이다! 라틴어 선생이 될 수도 있었다. 호구지책이나 하려면 돈이 그리 많이 필요하지 않을 것 아닌가! 그러나 그리 되면 더이상 야망을 펼칠 길이 없으며 그가 상상하는 미래도 없을 것이다. 그것은 죽는 것이나 다름없었다. 그의 우울했던 나날 중에서 하루를 자세히 살펴보자.

나는 자만해서 주변의 젊은 시골뜨기들과는 다르다는 것을 그토록 빈번히 자랑으로 여겨왔다. 그런데 이제 '다르다는 것은 미움을 낳는다'는 사실을 알 만큼 살아왔다. 쥘리앵은 어느 날 아침 중얼거렸다. 그는 가장 가슴을 찌르는 실패를 경험함으로써 이러한 큰 진리를 깨닫게 되었다. 그는 경건한 인상을 풍기며 사는 어느 신학생의 환심을 사려고 일주일 동안 무척 애를 썼다. 그는 선 채로 들어도 잠이 올 정도로 멍청한 이야기에도 순순히 귀 기울이며 그 신학생과 함께 교정을 거닐고 있었다. 갑자기 폭풍우가 몰려오면서 천둥이 쳤다. 성스러운 척하던 그 신학생이 쥘리앵을 거칠게 떼밀며 소리쳤다.

"이것 봐, 이 세상에서는 누구나 자기를 위해 살게 마련이야. 나는 벼락에 타죽고 싶지 않아. 하지만 너처럼 불경한 인간, 볼테르 같은 인간이라면 하느님이 벼락을 내려치실지도 모르지."

쥘리앵은 분노로 이를 악물고 번개 자국이 난 하늘을 노려보면서 외쳤다. 폭풍우가 치는 동안 멍청하게 잠들기라도 한다면 난 꼼짝없이 물에 빠져도 마땅할 거야! 유식한 체하는 나른한 놈을 정복해보자.

카스타네드 사제의 종교사 시간을 알리는 종이 울렸다.

그날 카스타네드 사제는 힘겨운 노동과 부모의 가난으로 가뜩이나 겁을 먹은 젊은 시골뜨기들에게 그들의 눈에 그처럼 무서운 존재인 정부도 지상에서 천주의 대행자인 교황의 위임에 의해서만 실질적이고 정당한 힘을 갖는다고 가르쳤다.

그리고 다음과 같이 덧붙였다.

"경건한 생활과 복종을 통해서 교황의 선의에 부끄럽지 않은 사람이 되시오. 교황님이 손에 쥔 지팡이처럼 되시오. 그러면 여러분은 모든 통제에서 벗어나 여러분이 우두머리로 지휘할 훌륭한 지위를 얻을 것이오. 봉급의 삼분의 일은 정부가 지급하고 삼분의 이는 여러분의 선교로 모인 신자들이 지급하는 종신의 자리 말이오."

수업을 마치고 나오면서 카스타네드 사제는 교정에서 발길을 멈추었다. 그러고는 자기를 빙 둘러싸고 있는 학생들에게 말했다.

"지위의 가치도 사람의 가치 나름이라는 말은 바로 사제의 지위를 두고 하는 말이지. 자네들에게 이런 얘기를 하고 있는 나는 사제의 부수입이 여러 도시보다 좋은 산골 교구들을 알고 있어. 신자들이 바치는 거세한 살진 수탉, 달걀, 신선한 버터와 기타 자질구레한 것들을 계산에 넣지 않고서도 그만큼의 현금 수입을 얻는다는 말일세. 거기서는 사제가 이론의 여지 없이 일인자거든. 사제가 초대받고 환대받지 않는 연회는 전혀 없어."

카스타네드 사제가 자기 방으로 다시 올라가자 학생들은 여러 패로 갈라졌다. 쥘리앵은 어느 패에도 끼지 못했다. 그들은 옴 오른 양처럼 쥘리앵을 상대해주지 않았다. 모든 패거리에서 각기 한 학생이 1수짜리 동전을 공중에 던졌다. 학생들은 동전이 앞면과 뒷면 중 어디로 떨어지는가를 그 학생이 제대로 알아맞히면 그가 부수입이 많은 사제직을 얻게 된다고 결론짓는 것이었다.

그런 다음에 사제들에 관한 일화를 얘기했다. 어떤 젊은 성직자는 서품된 지 일 년이 될까 말까 하는 참에 자기가 기른 토끼 한 마리를 늙은 주임사제의 식모에게 주고는 보좌신부로 임명되도록 부탁해보겠다고 약속을 받았는데, 몇 달 지나지 않아 주임사제가 죽는 바람에 훌륭한 교구의 주임사제가 되었다는 것이다. 또 어떤 사람은 중풍을 앓는 늙은 사제와 늘 식사를 같이 하며 닭고기를 먹기 좋게 잘라준 덕택에 부유한 큰 읍의 사제직 후계자로 지명받는 데 성공했다고 한다.

신학생들도 다른 모든 직업에 종사하는 젊은이들과 마찬가지로 좀 특별하고 상상을 자극하는 이런 사소한 방법의 효과를 과장하는 것이었다.

　나도 저런 대화에 끼어들어야 할 거야. 쥘리앵은 생각했다. 소시지나 좋은 교구에 대하여 이야기를 하지 않을 때면 그들은 교리 중에서 속된 부분에 관한 것, 즉 주교와 도지사 사이, 시장과 사제 사이의 분쟁 같은 것에 대하여 이야기를 나누었다. 쥘리앵은 거기서 제2의 신이라는 관념이 등장하는 것을 보았다. 그 신은 제1의 신보다 훨씬 두렵고 훨씬 강력하다는 것이었다. 제2의 신은 바로 교황이었다. 피라르 사제가 들을 염려가 없다는 것이 확실할 때면 그들은 낮은 목소리로 교황이 프랑스의 모든 도지사와 시장을 몸소 임명하는 수고를 하지 않는 것은 프랑스 국왕을 교회의 맏아들로 지명함으로써 교황이 그에게 그 일을 위임했기 때문이라고 이야기했다.

　그즈음에 쥘리앵은 메스트르 씨가 쓴 『교황론』을 인용하여 그들에게 자기를 인식시킬 수 있는 기회라고 생각했다. 그가 동료들을 놀라게 하기는 했다. 그러나 그것은 또 하나의 불행이었다. 그는 동료들보다도 더 잘 그들의 의견을 설명함으로써 그들을 언짢게 했던 것이다. 셸랑 사제는 자기 자신에 대해 신중치 못했던 것처럼 쥘리앵에게도 신중치 못했다. 올바르게 이치를 따지고 헛된 소리로 얼버무리지 않는 습관을 쥘리앵에게 길러준 후에 별로 신중치 못한 사람에게는 그런 습관이 죄가 된다는 것을 말해주지 않았던 것이다. 모든 훌륭한 논리는 사람들의 감정을 상하게 하기 때문이다.

　쥘리앵의 뛰어난 말솜씨는 그러므로 그에게 새로운 죄가 되었다. 동료들은 쥘리앵에 대하여 많이 생각한 끝에 쥘리앵이 자기들에게 불러일으킨 모든 혐오감을 단 한마디로 표현하기에 이르렀다. '마르틴 루터'라는 별명을 쥘리앵에게 붙여준 것이다. 특히 그를 그처럼 거들 먹거리게 만든 악마의 논리 때문에 그렇다고 그들은 수군거렸다.

쥘리앵보다 얼굴빛이 더 싱싱하고 용모도 더 잘생긴 어린 신학생들이 몇몇 있었다. 그러나 쥘리앵의 손은 하얀색이었고 섬세하고 정결한 습관을 숨길 수 없었다. 이 장점도 운명에 의해 빠져든 그 쓸쓸한 신학교에서는 결코 이로운 것이 아니었다. 함께 살아가는 불결한 촌 뜨기들은 그의 습성이 몹시 단정치 못하다고 언명했다. 우리 주인공의 수많은 불행 이야기 때문에 독자들이 피곤하지 않을까 걱정스럽다. 한 가지만 더 얘기한다면 그의 동료들 가운데 힘이 센 자들이 그를 두들겨패려고 하였다. 쥘리앵은 할 수 없이 쇠 컴퍼스를 꺼내 무장하고는 경우에 따라서는 그것을 쓰겠다는 시늉을 했다. 시늉해 보이는 것은 밀정이 보고를 하면 찌르겠다고 말하는 것만큼 유리하게 의사를 나타낼 수는 없었다.

28장 행렬

모두 감동해 있었다.
사방에 휘장이 쳐지고 신자들이 정성스레 모래를 깔아놓은,
고딕 식 건물이 서 있는 좁은 골목길에
하느님이 강림하신 듯했다.
—영

쥘리앵은 별볼일 없고 어리석은 자로 보이도록 노력했으나 허사였다. 그들의 마음에 들 수가 없었다. 그는 그들과는 너무 다른 인물이었다. 그러나 선생들은 수많은 사람 가운데서 뽑힌 수준 높은 사람들일 텐데 어찌하여 내 겸손을 좋아하지 않는 걸까? 그는 이렇게 생각했다. 단 한 사람만 모든 것을 믿어주고 모든 것에 속아줄 듯 사람이 좋아 보였다. 그는 바로 성당의 전례 책임자인 샤 베르나르 사제인데, 십오 년 전부터 성당의 참사 자리를 바라보고 있었다. 그는 그 직책을 바라보면서 신학교에서 설교술 강의를 담당했다. 쥘리앵이 신학교 분위기에 눈뜨기 전에는 맡아놓고 일등을 하던 학과목 중의 하나였다. 그런 연유로 샤 사제는 쥘리앵에게 호의를 보였고, 강의가 끝나면 기꺼이 쥘리앵의 팔을 붙들고는 정원을 몇 바퀴 돌곤 하였다.

이 사람은 무슨 얘기를 하려고 이러는 걸까? 쥘리앵은 이런 생각을 했다. 몇 시간 동안이나 꼬박 성당이 소유한 장식물 얘기를 하는 샤 사제를 쥘리앵은 놀라서 바라보았다. 성당에는 장례용 장식물 말고도 장식줄이 붙은 제의가 열일곱 벌 있다는 것이었다. 또 그는 늙은 뤼방프레 부인에게 큰 기대를 걸고 있었다. 아흔 살이나 된 그 부인은 금으로 수놓은 고급 리옹 산 옷감으로 만든 자신의 혼례복을 최소한 칠십 년 동안 간직해왔다. 샤 사제는 발걸음을 딱 멈추고 휘둥그런 눈으로 말했다.

"이보게, 생각 좀 해보게. 그 옷감에는 금실이 하도 많이 들어 있어서 세워놓으면 꼿꼿이 서 있다는 거야. 브장송에서는 그 노부인의 유언에 따라 성당의 '보물'이 대축제에 사용되는 장포 제의 네댓 벌 말고도 열 벌 이상 늘어날 것으로 대체로 믿고 있지."

이 대목에서 샤 사제는 목소리를 낮추면서 덧붙여 말했다.

"그뿐인가? 나는 그 부인이 도금한 멋진 은촛대 여덟 개를 우리에게 남겨주리라 생각하네. 그 촛대는 부르고뉴 공, 즉 샤를 르 테메레르가 이탈리아에서 사온 것으로 추측되네. 뤼방프레 부인의 선조 한 분이 그의 총애받는 신하였지."

쥘리앵은 생각했다. 그런데 이 사람은 이런 고물 얘기를 늘어놓아 어쩌겠다는 것일까? 교묘하게 이런 준비과정을 시작한 게 벌써 언제인데 아직도 드러난 것은 아무것도 없구나. 이자는 나를 경계하나보다! 이자는 이 주일 정도면 은밀한 목적이 간파되는 다른 자들보다 단수가 높군. 그래, 알겠다. 이 인간은 십오 년 전부터 야심 때문에 고통받고 있지 않은가!

어느 날 저녁 무술 시간에 쥘리앵은 피라르 사제 방에 불려갔다. 사제는 쥘리앵에게 말했다.

"내일은 성체축일일세. 샤 베르나르 신부님이 성당을 장식하는 데 자네의 도움이 필요하다더군. 가서 신부님이 시키는 대로 하게."

피라르 사제는 다시 그를 부르더니 측은하다는 표정으로 덧붙여 말했다.

"이 기회를 이용해서 시내를 돌아다니거나 말거나 알아서 하게."

"인케도 페르 이그네스.*"

쥘리앵이 대답했다.

다음날 이른 아침 쥘리앵은 눈을 내리깔고 성당으로 갔다. 아침을 맞은 시내 거리와 사람들의 움직임에 그는 기분이 좋아졌다. 사람들은 행렬을 구경하려고 사방에서 집 앞에 진을 치고 있었다. 신학교에서 보낸 모든 시간들이 그에게는 다만 한순간에 불과한 듯 느껴졌다. 그의 생각은 베르지와 아름다운 아망다 비네에게 가 있었다. 그녀의 카페가 그리 멀지 않았으므로 그녀와 만날지도 모를 일이었다. 자신이 아끼는 성당 문 앞에 있는 샤 베르나르 사제가 멀리서 눈에 띄었다. 몸집이 큰 사제는 유쾌한 모습에 활달한 태도였다. 그날 그는 의기양양했다. 저 멀리서 쥘리앵이 눈에 띄자 그는 소리쳤다.

"기다리고 있었지. 환영하네. 오늘 일은 시간이 오래 걸리고 힘들 걸세. 우선 뭔가 좀 먹고 원기를 차려두도록 하세. 두번째 식사는 열시 대미사 동안에 나올 거고."

---

* 제게는 숨은 적이 뒤따릅니다.

쥘리앵은 그에게 진지하게 말했다.

"선생님, 저는 잠시도 혼자 있고 싶지 않습니다."

쥘리앵은 머리 위에 걸린 큰 시계를 가리키면서 덧붙였다.

"제가 다섯시 일 분 전에 도착했다는 사실을 눈여겨봐주십시오."

"아! 신학교의 그 고약한 조무래기들 때문에 겁이 나는 모양이군! 그 녀석들 생각을 하다니 자네는 참 착하군. 하지만 길가의 나무 울타리에 가시가 있다 해서 그 길이 덜 아름답겠나? 고약한 가시들은 제자리에서 목 빠지도록 기다리게 내버려두고 나그네는 제 갈 길을 가는 거야. 그건 그렇고, 이제 일을 하세. 일을 해야지!"

샤 사제가 말했다.

일이 힘들 거라는 샤 사제의 말은 사실이었다. 전날 성당에서 큰 장례미사가 있어서 아무것도 준비해놓을 수 없었던 것이다. 오늘 오전 중으로 세 개의 신자석을 이루는 고딕 기둥을 30피트 높이까지 무늬를 짜넣은 붉은 천으로 모두 감싸올려야 했다. 주교가 우편마차 편으로 파리에서 실내장식업자 네 명을 불러왔지만, 그들만으로는 모든 일을 하기에 충분하지 않았다. 그들이 브장송 실내장식업자들의 서툰 솜씨를 보고 격려는커녕 놀려대는 바람에 일이 점점 더 서툴러지는 것이었다.

쥘리앵은 자기가 사다리로 올라가야 일이 될 것이라고 생각했다. 민첩함이 많은 도움이 되었다. 그는 브장송의 실내장식업자들을 지휘하는 일을 맡았다. 샤 사제는 이 사다리에서 저 사다리로 줄타기하듯 뛰어다니는 쥘리앵을 마법에 홀린 듯 바라보았다. 모든 기둥에 천을 감싸올리고 나니, 이번에는 다섯 개의 커다란 깃털 다발을 제단 위 천개에 달아야 했다. 이탈리아 대리석으로 만든 커다란 여덟 개의 나선 기둥이 금박을 입힌 화려한 목제 관(冠)을 떠받치고 있었다. 그러나 감실 위에 있는 천개 한가운데로 가기 위해서는 아마도 벌레 먹었을지도 모를 40피트 높이의 낡은 목제 코니스* 위를 걸어가야만 했다.

그 위험한 길을 보자, 그때까지 그토록 돋보이던 파리 실내장식업자들의 쾌활함이 잦아들었다. 그들은 밑에서 쳐다보며 말로만 떠들 뿐 올라가지는 않았다. 쥘리앵이 깃털 다발을 집어들더니 뛰어오르듯 사다리를 올라갔다. 그는 천개 한복판, 화관 모양을 한 장식물 위에 깃털 다발을 보기 좋게 꽂았다. 사다리에서 내려오자 샤 베르나르 사제가 그를 껴안았다.

"옵티메.** 주교님께 말씀드려야겠어."

착한 사제가 외쳤다.

열시의 아침 식사는 매우 유쾌했다. 샤 사제는 자기 교회가 이렇게 아름다운 것을 한 번도 본 적이 없었다.

그는 쥘리앵에게 얘기했다.

"이보게, 내 어머니는 이 거룩한 대성당에 의자를 세놓는 분이었네. 그래서 난 이 위대한 건물 속에서 자라났지. 로베스피에르의 공포 정치로 우리는 몰락했다네. 그때 내 나이 여덟 살이었지만, 벌써 방에서 비밀리에 미사 드리는 일을 도왔지. 미사가 있는 날이면 음식을 얻어먹었어. 나만큼 제의를 잘 갤 줄 아는 사람은 아무도 없었다네. 내

* 서양식 건축 벽면에 수평의 띠 모양으로 돌출한 부분.
** 멋지군.

가 제의를 개면 장식줄이 꺾이는 일이 결코 없었거든. 나폴레옹이 집
권하고 신앙의 자유가 회복된 이후로 나는 이 거룩한 대주교 관구의
모든 일을 도맡아 하는 기쁨을 누리고 있지. 해마다 다섯 번씩 이 성
당이 이렇게 아름답게 치장되는 것을 봐왔지만, 이번처럼 빛나게 장
식된 일은 일찍이 없었어. 비단 자락이 오늘처럼 잘 매이고 기둥에 착
달라붙은 적이 없었단 말일세."

'드디어 이 양반이 자기 비밀을 털어놓을 모양이구나.'

쥘리앵은 생각했다.

'나에게 자기 이야기를 꺼내는 품새가 그렇단 말이야. 속마음을 털
어놓는 거지. 그런데 분명히 흥분한 이 양반이 경솔한 말은 한 마디도
입 밖에 내지 않는군. 그렇지만 이 양반은 많은 일을 했고 행복하겠
지. 좋은 포도주도 넉넉히 마셨고. 놀라운 사람이군! 내게 모범이 될
사람이야! 이 사람이 으뜸이다!(늙은 군의관에게 들은 험구였다)'

대미사를 알리는 삼성창(三聖唱)이 울리자 쥘리앵은 장엄행진에서
주교를 따르려고 중백의를 입으려 했다.

"이보게, 도둑을 주의해야지, 도둑을! 그 생각을 못 하는군."

샤 사제가 외쳤다.

"행렬이 곧 떠날 거고 성당은 텅 비게 될 거야. 우리가 지켜야 하네.
자네와 내가. 기둥 밑을 감아놓은 저 아름다운 장식줄을 하나라도 잃
어보게. 참 큰일이지. 그것도 뤼방프레 부인이 기증한 거라네. 부인의
증조부 되는 유명한 백작이 물려준 것이지. 이 사람아, 저건 순금이란
말이야."

사제는 확실히 흥분한 태도로 쥘리앵의 귀에 속삭였다.

"진짜 순금이야! 자네는 북쪽 측면을 감시하게. 그곳을 떠나서는 안 되네. 나는 남쪽 측면과 본당을 지키겠네. 고해소를 조심하게. 도둑놈의 염탐꾼들은 거기서 우리가 뒤돌아보는 순간을 노리고 있으니까."

사제가 말을 마치자 열한시 사십오분이 되었다. 이윽고 성당의 종소리가 들려왔다. 종소리는 우렁차게 사방으로 울려 퍼졌다. 그토록 힘차고 그토록 장엄한 종소리에 쥘리앵은 감동했다. 그의 상상은 더 이상 지상에 머물러 있지 않았다.

향냄새와 성 요한으로 분장한 어린아이들이 성체 안치대 앞에 뿌리는 장미 꽃잎 냄새가 마침내 쥘리앵을 황홀경으로 이끌었다.

그 장중한 종소리가 50상팀을 받는 일꾼 스무 명이 열댓 명 정도의 신자들의 도움을 받아 행하는 노동이라는 생각을 쥘리앵에게 일깨워줘야 했을 것이다. 그는 종루의 밧줄이나 목재가 마멸되어가는 것이라든지 두 세기마다 떨어져내리는 종의 위험 같은 것을 생각해야 했을 것이고, 종지기들의 임금을 깎아내리는 수단이나 성당 재정을 축내지 않고 선심 쓰듯 어떤 물건을 대신 줌으로써 임금을 가로채는 수단 등을 성찰해야 했을 것이다.

그러나 쥘리앵의 영혼은 그런 현명한 성찰을 하는 대신에 그처럼 힘차고도 우렁찬 종소리에 고양되어 상상의 세계를 떠돌고 있었다. 결코 그는 좋은 성직자도 훌륭한 행정가도 되지 못할 것이다. 이처럼 잘 흥분하는 영혼은 기껏해야 예술가가 되기에 적합한 것이다. 여기서 쥘리앵의 자부심이라는 것이 백일하에 명백하게 드러난다. 어느 집 울타리 뒤에든 매복했다가 드러나는 공공연한 증오심과 과격 사상에 눈을 떠 삶의 현실에 주의를 기울이게 된 신학생들 중 쉰여 명가량이 성당의 힘찬 종소리를 들으면서 종지기들의 임금만을 생각했을 것이다. 그들은 바렘*이 지녔던 수학적 재능을 발휘하여 종소리를 듣는 대중이 받는 감동의 정도가 종지기들에게 지급되는 임금만큼 가치가 있는지를 검토했을 것이다. 만약 쥘리앵이 성당의 물질적 이해관계를 생각하고자 했다면, 목적 저 너머로 빗나간 그의 상상력은 교회 재산에서 40프랑을 절약할 생각은 했겠지만 25상팀의 지출을 피할 기회는 잃어버렸을 것이다.

더없이 화창한 날씨에 행렬이 천천히 브장송 시내를 돌아다니며 유지들이 경쟁적으로 조성해놓은 화려한 휴게소에서 쉬어가는 동안 성당은 깊은 침묵에 싸여 있었다. 성당 안은 어슴푸레했고 쾌적한 서늘함이 감돌고 있었다. 꽃과 향의 향긋한 냄새가 아직 배어 있었다.

침묵과 깊은 적막, 긴 신자석의 신선함이 쥘리앵의 몽상을 더욱 감미롭게 만들었다. 건물의 다른 쪽을 맡고 있는 샤 사제가 몽상을 깨뜨릴 걱정은 조금도 없었다. 그의 영혼은 자기의 감시구역인 북쪽 측면을 천천히 거닐고 있는 육체로부터 거의 떠나 있었다. 고해소에 신심 깊은 몇 명의 여신자만 있는 것을 확인하고는 더욱더 평온함을 느꼈다. 그는 눈을 뜨고는 있었지만 아무것도 보고 있지 않았던 것이다.

그렇지만 아주 훌륭한 옷차림을 한 두 여인이 무릎을 꿇고 있는 모습을 보자 그는 방심 상태에서 반쯤 깨어났다. 한 여인은 고해소에, 다른 여인은 그 바로 옆에 있는 의자에 무릎을 꿇고 있었다. 그는 무

─────────────

* 프랑스의 수학자.

심코 그쪽을 바라보았다. 의무감에 대한 막연한 감정에서든 혹은 부인들의 고상하면서도 소박한 옷차림에 끌려서든 간에 그는 고해소 안에 사제가 없다는 것에 주목하였다. 그는 생각했다. 이 아름다운 부인들이 신심이 깊다면 어느 휴게소 앞에서 무릎을 꿇고 있지 않은 것이 이상한 일이고, 세속적인 사람들이라면 어떤 발코니 맨 앞줄에 유리하게 자리잡고 있어야 할 텐데 이상하다. 그나저나 저 옷은 참 잘 재단되었구나! 얼마나 우아한가! 그는 두 여인을 자세히 보려고 발걸음을 늦추었다.

고해소에 꿇어앉아 있던 여인이 이 엄숙한 정적 속에서 들려오는 쥘리앵의 발걸음 소리에 고개를 조금 돌렸다. 그러더니 갑자기 나지막이 비명을 지르고 정신을 잃었다.

무릎을 꿇고 있던 그 부인은 앉아 있을 기운을 잃고 뒤로 쓰러졌다. 그녀의 곁에 있던 친구가 쓰러진 그녀를 부축하려고 달려들었다. 바로 그 순간, 쥘리앵은 뒤로 넘어진 부인의 어깨를 보았다. 그에게 낯익은, 굵은 진짜 진주알을 꼬아서 엮은 목걸이가 그의 시선을 끌었다. 레날 부인의 머리칼을 알아보았을 때 그는 얼마나 놀랐던가! 바로 레날 부인이었다. 그녀의 머리를 떠받치고 완전히 쓰러지지 않도록 붙잡은 여자는 데르빌 부인이었다. 쥘리앵은 정신을 잃고 뛰어들었다. 쥘리앵이 두 여인을 부축하지 않았다면 레날 부인이 넘어지는 바람에 친구까지 함께 쓰러질 뻔했다. 쥘리앵은 창백한 레날 부인의 얼굴이 아무 표정 없이 어깨 위에 축 늘어져 있는 것을 보았다. 쥘리앵은 데르빌 부인을 거들어 그 매력적인 얼굴을 짚 의자 위에 기대어놓았다. 그는 무릎을 꿇고 있었다.

데르빌 부인이 고개를 돌리더니 그가 쥘리앵인 것을 알아보았다.

"저리 가요. 비키세요!"

데르빌 부인은 더없이 격분한 어조로 말했다.

"특히 이 사람이 다시는 당신을 보지 못하도록 하세요. 사실 당신을 보면 정말 소름이 끼칠 거예요. 당신을 만나기 전에는 그토록 행복했는데! 당신 소행은 끔찍해요. 저리 가세요. 조금이라도 염치가 있다면 물러나주세요."

데르빌 부인이 이처럼 단호하게 말하자 쥘리앵은 마음이 몹시 약해졌으므로 그 자리를 물러났다. 저 여자는 줄곧 나를 미워했지. 쥘리앵은 데르빌 부인을 생각하며 이렇게 중얼거렸다.

바로 그때, 행렬의 선두에 선 성직자들이 콧소리로 흥얼거리는 찬송가가 성당 안에 울려 퍼졌다. 행렬이 돌아온 것이다. 샤 베르나르 사제가 몇 번이나 쥘리앵을 불렀지만 그는 처음에는 듣지 못했다. 마침내 사제는 기둥 뒤에 반쯤 죽은 사람처럼 숨어 있는 쥘리앵에게 와서 팔을 붙들었다. 사제는 쥘리앵을 주교에게 소개하고 싶었다.

"자네 몸이 좋지 않구먼."

얼굴이 창백하고 거의 걸음을 걸을 수 없는 상태가 된 쥘리앵을 보고 사제가 말했다.

"과로한 거야."

사제는 쥘리앵을 부축했다.

"이리 와서 내 뒤의 성수 뿌리는 사람이 앉는 작은 의자에 좀 앉도록 하게. 내가 자네를 가려줄 테니."

그때 두 사람은 정문 옆에 있었다.

"좀 진정하게. 주교님이 오시려면 아직 이십여 분은 족히 남았으니. 힘을 내도록 해보게. 그분이 지나가실 때 내가 자네를 일으켜 세움세. 나이는 먹었지만 나는 튼튼하고 기운이 있다고."

그러나 주교가 지나갈 때도 쥘리앵이 너무 떨고 있었으므로 샤 사제는 그를 소개하려는 생각을 접었다.

"너무 슬퍼 말게. 내가 기회를 다시 찾아봄세."

사제가 쥘리앵에게 말했다.

그날 저녁 사제는 신학교 예배당에 양초 10파운드를 보냈다. 사제는 쥘리앵이 재빨리 꺼서 절약한 것이라고 말했다. 그러나 그것은 전혀 사실이 아니었다. 불쌍한 쥘리앵 자신이 꺼져 있는 상태였다. 레날 부인을 본 뒤로 그는 어떠한 생각도 머리에 떠오르지 않았다.

29장 최초의 승진

그는 자기 시대를 알았고
자기 지방을 알았으며
이제 부자가 되었다.
─〈선구자〉

성당에서 일어난 사건 때문에 쥘리앵이 깊은 몽상에서 아직 벗어나
지 못하고 있던 어느 날 아침, 엄격한 피라르 사제가 그를 불렀다.

"샤 베르나르 신부님이 내게 편지를 보내 자네를 칭찬하셨더군. 나
는 자네의 행동 전반을 아주 흡족하게 여기고 있네. 자네는 그렇지 않
을 듯하면서도 방약무인하고 경솔하지. 그러나 오늘에 이르기까지 마
음이 선량하고 너그러운 점도 있었네. 머리도 뛰어난 편이었고. 요컨
대 나는 자네에게서 소홀히 할 수 없는 번득이는 재기를 보았네.

나는 십오 년간 여기서 일해왔지만 이 학교를 곧 떠날 듯하네. 내가
저지른 죄가 있다면, 신학생들을 그들의 자유 판단에 맡겨두었다는
것과 언젠가 고해소에서 자네가 얘기한 바 있는 그 비밀 결사를 보호
하지도 못하고 해산시키지도 못한 일이지. 떠나기 전에 자네에게 뭔

가를 해주고 싶군. 자네 방에서 발견된 아망다 비네의 주소에 의거한 밀고만 없었다면 나는 두 달 전에 이 일을 했을 거야. 자네는 그럴 자격이 있으니까 말이야. 자네를 신약과 구약의 복습교사로 임명하겠네."

쥘리앵은 감사하는 마음에 감격하여 꿇어앉아 천주께 감사드리고 싶었다. 그러나 그는 좀더 진실한 충동에 이끌렸다. 그는 피라르 사제에게 다가가 사제의 손을 잡고 자기 입술에 갖다댔다.

"이게 무슨 짓인가?"

교장은 성을 내며 소리쳤다. 하지만 쥘리앵의 눈은 자기의 행동 이상의 것을 말하고 있었다.

피라르 사제는 여러 해 전부터 섬세한 감정과 마주친 적 없이 지내온 사람처럼 놀란 얼굴로 그를 쳐다보았다. 쥘리앵을 주목하다보니 교장의 본심이 드러나고야 말았다. 사제는 변한 목소리로 말을 이었다.

"그렇다, 애야! 나는 너에게 애착을 느꼈다. 그것이 나로서도 어쩔수 없는 일이었음을 하느님도 아실 거야. 나는 공정해야 할 것이며 그누구에게도 증오나 사랑의 감정을 가져서는 안 될 것이다. 네 앞날은 험난할 것이다. 네게는 천박한 무리의 기분에 거슬리는 무엇인가가 있음을 나는 안다. 시기와 중상이 너를 따라다닐 것이다. 하느님의 뜻에 따라 네가 어느 곳에 있더라도 네 동료들은 기필코 너를 미워하게될 것이다. 그들이 너를 좋아하는 척하더라도 그것은 더욱 확실하게 배신하기 위한 것일 테지. 그 점에서 구원의 길은 하나뿐이야. 천주님만 의지해라. 천주께서 네가 미움을 받도록 하신 것은 네 교만함을 벌하시기 위해 그것이 필요했기 때문이야. 순결하게 행동해라. 그것이 네게 주어진 단 하나의 길이다. 불굴의 정신으로 진실만 가까이 한다면 조만간 너의 적들도 당황할 거야."

다정한 목소리를 들은 것이 하도 오랜만이라 쥘리앵의 마음이 약해진 것도 무리는 아니었다. 그는 울음을 터뜨렸다. 피라르 사제는 팔을 벌려 그를 껴안았다. 그 순간은 그들 둘 모두에게 무척 감미로웠다.

쥘리앵은 너무 기뻐 미칠 듯했다. 이 승진은 그가 얻은 최초의 승진이었다. 승진의 이점은 엄청났다. 여러 달 동안 한순간도 혼자 있지 못하고 대부분 견디기 어려운 존재들인 성가신 동료들과 항상 접촉하며 살아온 것을 생각하면 그 특전이 얼마나 큰 것인지 알 수 있었다. 그들의 고함 소리만으로도 섬세한 체질에 혼란을 가져오는 데 충분했을 것이다. 잘 먹고 잘 입게 된 이 촌뜨기들의 소란스러운 기쁨은 마음속으로만 즐기기에는 충분치 못하여 목이 터져라 고함을 지르지 않고는 시원하지 않았다.

이제 쥘리앵은 다른 신학생들보다 한 시간이나 늦게 거의 혼자 식사하게 되었다. 정원 열쇠도 한 개 가지게 되어 정원에 아무도 없을 때면 산책할 수 있게 되었다.

참으로 놀라운 일이지만 쥘리앵은 자기가 전처럼 미움을 받고 있지 않음을 알게 되었다. 사실 그는 전보다 훨씬 더 미움을 받게 되리라 예상했는데 말이다. 아무와도 얘기를 하고 싶지 않다는 그의 숨은 욕망, 이 욕망은 너무나 뚜렷하게 밖으로 나타나 그에게 그토록 많은 적을 만들었는데, 이제는 그것이 가소로운 오만함으로 보이지 않았다. 그를 둘러싼 거친 무리의 눈에는 그것이 그의 품위에서 우러나오는 정당한 감정으로 보였다. 증오심은 눈에 띄게 줄었다. 특히 그의 가르침을 받게 되고 그가 대단히 정중히 대해준 가장 어린 동료들이 그러했다. 차츰 그는 지지자들까지도 얻게 되었다. 그를 마르틴 루터라고 부르는 것은 못된 소리가 되었다.

그러나 자기 적을 동지라고 불러본들 무슨 소용이 있겠는가? 그런 모든 일은 추한 것이고, 속마음이 들여다보일수록 더욱더 추하기만 하다. 그러나 그런 자들이 민중이 지닌 유일한 도덕교사이니, 그들이 없다면 민중은 어찌 될 것인가? 언젠가 신문이 사제를 대신할 수 있을까?

쥘리앵이 새롭게 승진한 뒤로 신학교 교장은 남이 보는 데서가 아니면 그에게 말하려고 하지 않았다. 이런 신중한 행동은 스승이나 제자 모두를 위한 것이었다. 그러나 무엇보다도 그것은 '시험'이었다. 엄격한 얀센주의자인 피라르가 지켜온 불변의 원칙은 이러했다. 어떤 사람이 당신의 눈에 가치 있는 인간으로 보이는가? 그렇다면 그가 욕망하는 모든 것, 그가 시도하는 모든 것 앞에 장애물을 놓아보라. 그가 정말로 가치 있는 사람이라면 장애물을 무너뜨리거나 피할 수 있을 것이다.

마침 사냥철이 되었다. 푸케는 쥘리앵의 친척이 보내는 것처럼 해서 사슴 한 마리와 멧돼지 한 마리를 신학교에 보내려는 생각을 했다. 죽은 짐승들은 주방과 식당 사이 복도에 놓였다. 신학생들은 식사하러 가는 길에 모두 거기서 짐승들을 보게 되었다. 그것은 커다란 호기심의 대상이었다. 완전히 죽었는데도 멧돼지는 어린 신학생들을 겁먹게 했다. 그들은 멧돼지의 어금니를 만져보기도 했다. 일주일 동안 온통 그 짐승 얘기만 해댔다.

이 선물 덕분에 쥘리앵의 가족들은 존경받을 만한 사회 구성원으로 평가받았고, 신학생들은 더할 나위 없이 부러워했다. 그는 이제 재산으로도 우월한 사람이 되었다. 샤젤과 일부 가장 뛰어난 신학생들도 그에게 먼저 말을 붙여오는가 하면, 쥘리앵 부모의 재산 상태를 진작 얘기해주지 않아 그것에 대한 경의를 표하지 못한 데 대해 그에게 거의 불평할 지경이었다.

그 동안 군대 징집이 있었지만 쥘리앵은 신학생이라는 자격으로 면제받았다. 이 상황에 쥘리앵은 크게 마음이 흔들렸다. 이십 년 전이라면 나에게 영웅적인 삶이 시작될 때인데 그 순간이 영원히 가버리고 마는 것인가!

신학교 정원을 혼자 산책하다가 쥘리앵은 담장을 수리하는 미장이들이 자기들끼리 하는 이야기를 듣게 되었다.

"이젠 나도 끌려가야 할 판이야. 또 징집이 있다니 말이야."

"그 사람 시대가 호시절이었지! 미장이가 장교도 되고 장군도 되었으니까. 우리 눈으로 보지 않았나."

"어디 한번 나가보게! 지금 군대에 가는 놈은 거지들뿐이야. 돈푼깨나 있는 놈들은 처박혀 있고."

"팔자 더럽게 타고 난 놈은 평생 그렇게 사는 거지 뭐."

"헌데 말이야, 그 사람이 죽었다는데 그게 사실인가?"

세번째 미장이가 물었다.

"돈 있는 놈들이 그 따위 소문을 퍼뜨리는 거야! 알잖아! 부자 놈들은 그 사람을 무서워한다고."

"세상 많이 달라졌어. 그 사람 시대엔 모든 게 잘되어나갔는데! 그 사람의 장군들이 배반한 거야! 한번 들고 일어나야 해!"

그들의 대화를 듣고 있던 쥘리앵은 다소 위로가 되었다. 그는 그곳을 떠나면서 한숨을 쉬며 되뇌었다.

민중이 기억하고 있는 유일한 왕이여!

시험 기간이 되었다. 쥘리앵은 탁월하게 답변했다. 샤젤까지도 자신의 모든 지식을 짜내느라 안간힘을 썼는데 말이다.

시험 첫날, 유명한 프릴레르 부주교가 임명한 시험관들은 피라르 사제의 애제자로 알려진 쥘리앵 소렐이 일등 아니면 적어도 이등을 대놓고 차지하는 것을 보고 매우 난처해했다. 신학교에서는 쥘리앵이 전체 시험에서 수석을 차지할 것인가에 내기를 걸었다. 일등을 하면 주교관에서 식사를 하는 영예를 누리게 되어 있었다. 그런데 교부들에 대한 시험이 끝나갈 즈음 능란한 시험관 한 명이 쥘리앵에게 성 히에로니무스와 키케로에 관한 그의 열정을 물어보고 나서 호라티우스와 베르길리우스, 그리고 다른 세속 작가에 관하여 얘기를 꺼냈다. 쥘리앵은 학우들이 모르는 사이에 이런 작가들의 구절을 많이 암기하고 있었다. 그는 자신의 성공에 들떠 자기가 어떤 장소에 있는지도 잊어버리고 시험관의 계속되는 질문에 호라티우스의 오드* 여러 편을 암송하면서 장황한 설명을 열심히 덧붙였다. 이십 분 동안 제 꾀에 넘어가도록 내버려둔 다음 시험관은 별안간 안색을 바꾸더니 그 따위 세속적인 공부에 시간을 낭비하고 쓸모없고 죄스러운 관념을 머릿속에

---

* 고대 시가(詩歌)의 일종.

집어넣었다고 쥘리앵을 혹독하게 힐책했다.

"제가 어리석었습니다, 선생님. 지당하신 말씀입니다."

쥘리앵은 자기가 교활한 계략의 희생자가 된 것을 깨닫고 겸손하게 말했다.

아무리 신학교라 하더라도 시험관의 이런 간계는 비열한 일로 여겨졌다. 그렇지만 프릴레르 사제는 그 위세 있는 손으로 쥘리앵 이름 옆에 198등이라는 숫자를 적어넣고야 말았다. 이 능란한 인물은 브장송에 수도회 망을 교묘하게 조직해놓았는데, 그가 파리로 급송 공문서를 보내면 판사와 도지사는 물론 수비대 장성들까지 벌벌 떨었다. 그는 이렇게 자신의 적이며 얀센주의자인 피라르의 자존심을 상하게 하고는 기뻐했다.

십 년 전부터 피라르 사제로부터 신학교 교장직을 뺏는 것이 그의 큰 과업이었다. 쥘리앵에게 일러준 행동지침을 자기도 준수해온 피라르 사제는 성실하고, 신앙심 깊고, 술책을 모르며, 자신의 의무에 충실했다. 그러나 하늘은 그에게 노여울 때 성 잘 내는 기질을 부여하여 모욕과 증오를 받을 경우 그것을 가슴 깊이 느끼게 했다. 그의 불같은 성격은 자신이 받은 심한 모욕을 하나도 놓치지 않았다. 그는 백번이라도 사직하려 했을 테지만 하늘이 마련해준 직책에 자신이 필요하다고 믿었다. 나는 예수회 교리나 우상숭배가 확산되는 것을 막고 있어. 그는 이렇게 생각했다.

시험 무렵 그는 쥘리앵과 거의 두 달 동안 이야기하지 않고 지냈다. 그러나 시험 결과를 알리는 공문을 받고 신학교의 영예로 알고 있는 제자의 이름 옆에 198이라는 숫자가 적혀 있는 것을 본 피라르 사제는 일주일 동안 몸져누웠다. 이 엄격한 성격의 소유자에게 유일한 위안은 쥘리앵에게 자신의 모든 감독 수단을 집중하는 것이었다. 쥘리앵에게서 분노도, 복수의 계획도, 낙심도 보이지 않자 그는 매우 기뻤다.

몇 주일 후, 쥘리앵은 편지 한 통을 받고 몹시 놀랐다. 그 편지에는 파리 소인이 찍혀 있었다. 마침내 레날 부인이 약속을 기억해냈구나. 쥘리앵은 생각했다. 폴 소렐이라고 서명한 사람이 쥘리앵의 친척임을 자처하면서 그에게 500프랑짜리 환어음을 보내온 것이다. 만약 쥘리앵이 훌륭한 라틴 작가들을 성과 있게 계속 공부한다면 해마다 같은 액수를 그에게 보내주겠다고 적혀 있었다.

"레날 부인이야. 부인의 호의지!"

쥘리앵은 감동하여 혼자 중얼거렸다.

"부인이 나를 위로해주려는 거야. 그런데 왜 다정한 말이 한 마디도 없을까?"

그는 이 편지를 오해했다. 친구 데르빌 부인에게 통제받는 레날 부인은 온통 깊은 회한에 빠져 있었다. 자신의 생활을 뒤엎어놓은 그 특별한 사람을 자주 생각하곤 했지만 그에게 편지 쓰는 일은 삼가고 있었다.

신학교에서 쓰는 언어로 얘기한다면 우리는 이 500프랑짜리 송금에서 하나의 기적을 발견할 수 있다. 그리고 하늘이 프릴레르 씨, 바로 그 사람을 이용하여 쥘리앵에게 그런 선물을 주게 했다고 말할 수 있다.

십이 년 전 프릴레르 사제는 아주 조그만 여행가방을 하나 들고 브장송에 도착했다. 소문에 따르면 그 가방 안에 그의 전 재산이 들어 있었다고 한다. 그런데 그는 이제 현에서 제일가는 부유한 지주 가운데 하나가 되었다. 번창해가는 과정에서 그는 어떤 토지의 절반을 매입했는데, 그 토지의 나머지 반이 상속재산으로 라 몰 씨에게 떨어졌다. 거기서 두 인물 간에 큰 소송사건이 벌어지게 되었다.

파리에서 누리는 호화스러운 생활과 궁정에서 차지한 세력 있는 직위에도 불구하고 라 몰 후작은 브장송에서 도지사의 임명과 면직을 좌지우지한다고 알려진 부주교와 맞서 싸우는 것이 위험한 일임을 느꼈다. 라 몰 후작은 예산에 반영되는 어떤 명목으로 위장된 5만 프랑의 하사금을 청원하는 대신, 변변치 못한 5만 프랑짜리 소송을 프릴레르 사제에게 양보하는 대신 화를 냈다. 그는 자기에게 그럴 만한 이유가 있다고 생각했다. 아주 합당한 이유가!

그런데 이런 얘기를 하는 것이 허용된다면 말이지만, 밀어줘야 할 아들이나 사촌이 없는 판사가 세상에 어디 있단 말인가?

이야기의 곡절을 잘 모르는 사람들에게 설명을 해주기 위해 하는 말인데, 프릴레르 사제는 1심 판결에서 승소한 일주일 후 주교의 사륜마차를 타고 자기 변호사에게 레지옹 도뇌르 훈장을 몸소 가져다주었다. 상대편의 행동에 약간 얼떨떨해진 라 몰 씨는 자기 변호사들이 기가 죽을까봐 걱정되어 셀랑 사제에게 조언을 구했다. 그러자 셀랑 사제는 피라르 씨를 그에게 소개했다.

두 사람 사이의 관계는 우리의 이야기가 진행되는 이 시점까지 수년간 지속됐다. 피라르 사제는 이 사건에서 열정적인 성격을 보여줬다. 후작의 변호사들과 끊임없이 만나며 소송의 이유를 연구했으며 후작의 소송 이유가 정당하다는 것을 알게 되자 전능한 부주교에 맞서 공공연히 라 몰 후작의 지지자가 되었다. 부주교는 보잘것없는 얀센주의자의 무례함에 격분하였다.

"세력깨나 부린다는 저 궁정귀족의 꼴 좀 보시오!"

프릴레르 사제는 가까운 사람들에게 이런 말을 했다.

"라 몰 씨는 브장송의 자기 대리인에게 시답잖은 훈장 하나 주지 못했어요. 그자를 맥없이 파면되게 만들 거요. 그런데도 그 귀족원 의원께서는 한 주도 거르지 않고 법무대신의 살롱에 드나들며 자기의 청색훈장을 자랑한다고 합디다."

피라르 사제가 맹활약하였고 라 몰 씨가 여전히 법무대신과, 특히 그 휘하의 관리들과 친밀한 사이였음에도 육 년간의 노력 끝에 그가 해놓은 일은 소송에서 완전히 참패하지 않은 것이었다.

그들 둘이 함께 정열적으로 수행해온 사건 때문에 피라르 사제와 계속 서신 왕래를 한 후작은 마침내 사제의 성품을 존중하게 되었다. 사회적 지위의 엄청난 차이에도 불구하고 그들의 서신에서는 차츰 우정의 어조가 드러났다. 피라르 사제는 갖은 모욕을 당한 끝에 마침내 자신이 사직하지 않을 수 없을 것이라고 후작에게 편지를 썼다. 자기에 이어 쥘리앵에게까지 행해진 비열한 술책에 분노한 사제는 그 얘기도 후작한테 했다.

그 대영주는 대단히 부유했고 조금도 인색한 사람이 아니었다. 후작은 피라르 사제에게 소송 비용을 모두 갚아주려 했지만, 사제는 우편요금 환불조차 받으려 들지 않았다. 그래서 후작은 사제가 아끼는 제자에게 500프랑을 보내줄 생각을 했던 것이다.

라 몰 씨는 손수 송금 편지를 썼다. 그 편지를 쓰면서 사제 생각이 떠올랐다.

어느 날 피라르 사제는 작은 종이쪽지 한 장을 받았다. 급한 용무로 만나려고 하니 브장송 교외에 있는 어떤 여관으로 지체 없이 나와달라는 사연이었다. 피라르 사제는 거기서 라 몰 씨 집의 집사를 만나게 되었다.

"후작님께서 당신의 마차 편에 신부님을 모셔오라는 분부를 하셨습니다."

집사는 그에게 말했다.

"이 편지를 읽으신 뒤 사오 일 안에 파리로 출발하시면 좋겠다고 후작님께서는 희망하십니다. 신부님이 일러주시는 날짜까지 저는 프랑슈 콩테 지방에 있는 후작님의 영지를 돌아보며 시간을 보내겠습니다. 그런 다음 신부님께서 편하신 날짜에 파리로 떠나도록 하지요."

편지는 짧았다.

신부님, 시골의 온갖 귀찮은 일에서 벗어나 파리로 오셔서 평온한 바람을 쐬어보시지요. 신부님의 결정을 나흘간 기다리라고 지시해 제 마차를 보냅니다. 저는 화요일까지 파리에서 신부님을 기다릴 것입니다. 파리 근교의 사제구 하나를 신부님을 위하여 마련해두었으니 받아들여주시기 바랍니다. 미래의 사제님 교구 신자 중 가장 부유한 사람 중 한 명으로, 아직 신부님을 뵌 적은 없지만 신부님이 생각하는 이상으로 신부님을 흠모하는 사람이 있으니 그게 바로 저 라 몰 후작입니다.

엄격한 피라르 사제는 적들로 가득 차 있으며 십오 년 동안이나 자기의 모든 신념을 바쳐온 신학교를 자신도 모르는 사이에 사랑하고 있었다. 라 몰 씨의 편지는 그에게는 잔인하지만 꼭 필요한 수술을 책임진 외과 의사가 나타난 것과도 같았다. 그의 면직은 확실했다. 그는 사흘 후로 집사와 약속을 정했다.

사십팔 시간 동안 그는 주저와 망설임으로 흥분해 있었다. 마침내 그는 라 몰 씨에게 편지를 한 통 썼고, 주교에게도 한 통 썼다. 그 편지는 성직자들이 쓰는 문체로 쓰인 걸작이라 할 수 있었는데 약간 길었다. 그 편지보다 더 완전하고 더 진실한 존경심을 담은 문장을 발견하기란 어려울 것이다. 그렇지만 프릴레르 씨와 그의 보호자를 일시적으로 어려움에 빠뜨리기 위한 이 편지는 모든 중대한 문제에 관한 불평을 열거했고, 육 년 동안이나 체념하며 참아온 끝에 피라르 사제로 하여금 교구를 떠나도록 만든 사소하고 추악한 이간질까지 언급하였다.

자기의 장작 광에서 장작을 훔쳐간 이야기와 자기 개가 독살된 이야기 같은 것도 적혀 있었다.

편지를 다 쓰고 난 그는 다른 신학생들처럼 저녁 여덟시부터 잠자리에 들어가 있는 쥘리앵을 깨웠다.

"주교관이 어디 있는지 아나?"

피라르 사제가 유창한 라틴어로 그에게 말했다.

"이 편지를 주교님께 가져가게. 숨김없이 말하지만 나는 자네를 늑대들의 무리 속으로 보내는 것일세. 정신을 바짝 차려야 하네. 조금도 거짓 없이 대답하고. 그러나 자네에게 질문하는 자는 아마 자네를 해치는 일에서 진정 기쁨을 느낄 거라는 사실을 잊지 말도록. 자네와 헤어지기에 앞서 이런 경험을 하도록 해줘서 다행이야. 실은 자네가 가져가는 이 편지는 내 사직서거든."

쥘리앵은 꼼짝 않고 서 있었다. 그는 피라르 사제를 사랑했다. 이 정직한 분이 떠나버리면 성심회측에서는 내 지위를 박탈하고 아마도 나를 내쫓을지도 몰라. 그는 신중하게 이런 생각을 했지만 소용이 없었다.

자신의 앞날이 어찌 될지는 걱정할 수도 없었다. 공손하게 한 말씀 드리고 싶은데 도무지 적절한 말이 떠오르지 않아 난처할 뿐이었다.

"그럼 이 사람아, 다녀오게나."

"선생님, 선생님께서는 오래 학교를 관리하셨지만 돈 한푼 저축해놓은 것이 없으시다고들 얘기하더군요. 제게 육백 프랑이 있습니다."

쥘리앵은 머뭇거리며 말했다. 눈물이 흘러 더이상 말을 계속할 수 없었다.

"호의는 고맙네만,"

전임 교장은 냉정하게 말했다.

"주교관으로 가보게. 시간이 늦었어."

우연히도 그날 밤 주교관 응접실 담당은 프릴레르 사제였다. 주교는 도지사 관저에서 만찬중이었다. 쥘리앵이 편지를 건넨 사람이 프릴레르, 바로 그 사람이었지만 쥘리앵은 그를 알아보지 못했다.

쥘리앵은 주교 앞으로 보낸 편지를 그 사제가 대담하게도 뜯는 것을 보고 놀랐다. 부주교의 준수한 얼굴에 벅찬 기쁨과 놀라움의 기색이 함께 떠올랐다. 그러고는 더욱 엄숙한 표정을 지었다. 그가 편지를 읽는 동안 그의 잘생긴 얼굴에 놀란 쥘리앵은 그를 유심히 살펴보았다. 이 잘생긴 용모의 소유자는 한순간이라도 자기 용모에 주의를 기울이지 않는다면 가식을 드러내기까지 할 듯싶었다. 그의 용모에 나타나는 극도의 날카로움만 없었다면 그 얼굴은 더 근엄해 보였을 것이다. 상당히 높이 솟은 코가 유일하게 반듯한 선으로 뻗어 있었다. 그것이 불행히도 매우 탁월한 그의 옆모습을 어쩔 수 없이 여우의 형상과 닮아 보이게 했다. 게다가 피라르 씨의 사직서에 온통 정신이 팔린 듯 보이는 그 사제는 어떤 성직자에게서도 본 일이 없는 맵시 있는 옷을 입고 있어서 쥘리앵의 마음을 끌었다.

프릴레르 사제의 특별한 재능이 무엇인지 쥘리앵은 훨씬 나중에야 알게 되었다. 그는 파리에 머무르기를 좋아하여 브장송을 유배지처럼 여기는 사람 좋은 노인인 자기 주교를 즐겁게 해줄 줄을 알았다. 그 주교는 시력이 매우 좋지 않았는데 생선을 더없이 좋아했다. 프릴레르 사제는 주교에게 올리는 생선의 가시를 발라주었다.

쥘리앵은 사직서를 다시 읽고 있는 사제를 말없이 바라보았다. 그때 갑자기 문이 요란한 소리를 내며 열렸다. 화려한 옷차림의 하인이 재빨리 지나갔다. 쥘리앵이 문 쪽을 돌아보자 주교의 십자가를 가슴에 달고 있는 조그마한 노인이 눈에 띄었다. 쥘리앵은 경의의 표시로 몸을 엎드렸다. 주교는 그에게 상냥한 미소를 보내고는 지나갔다. 잘생긴 사제가 주교의 뒤를 따라갔다. 응접실에 혼자 남게 된 쥘리앵은 그곳의 경건하고 장엄한 분위기를 여유 있게 바라보며 감탄했다.

오래고 고된 망명생활로 정신적 시련을 겪었는데도 아직 정정한 브장송 주교는 일흔다섯 살이 넘었고 십 년 후에 일어날 일은 조금도 개의치 않는 사람이었다.

"아까 지나오면서 본 그 신학생은 누구인가? 눈초리가 총명하던데……"

주교가 말했다.

"내 규칙에 따르면 신학생들은 이 시간에 자고 있어야 하지 않나?"

"단언하건대 그 학생은 분명히 잠이 깨어 있습니다, 주교님. 그 학생이 중대한 소식을 가져왔더군요. 주교님 교구에 남아 있는 단 한 명의 얀센주의자가 사직서를 냈습니다. 그 무시무시한 피라르 사제가 마침내 자기 처지를 깨닫게 된 겁니다."

"그렇군! 하지만 그 사람만 한 후임자를 구하지 못하리라 생각하네. 그 사람의 모든 가치를 자네에게 보여주기 위해 내일 저녁 식사에 그를 초대하겠네."

주교가 웃으며 말했다.

부주교는 후임자의 인선에 관해서 몇 마디 비치려 했으나 업무 이야기를 하고 싶은 생각이 없는 주교는 그에게 이렇게 말했다.

"후임자를 들어오게 하기 전에, 전임자가 어떻게 떠나는지 좀 알아보세. 그 신학생을 들여보내게. 어린아이들은 거짓말을 하지 않는 법이거든."

쥘리앵은 주교에게 불려갔다. 이제 두 종교재판관 사이에 끼게 되는구나. 쥘리앵은 생각했다. 그는 전에 없이 용기가 솟구쳐오름을 느꼈다.

그가 들어섰을 때, 발르노 씨보다 더 훌륭한 옷차림을 한 시종 두

명이 주교의 옷을 벗기고 있었다. 주교는 피라르 씨에 대해 얘기하기 전에 학업에 관하여 쥘리앵에게 물어봐야겠다고 생각했다. 주교는 교리문답을 좀 해보고는 놀랐다. 곧이어 베르길리우스, 호라티우스, 키케로 같은 고전문학에 관한 얘기를 꺼냈다. 쥘리앵은 생각했다. 이런 이름들 때문에 나는 198등으로 떨어졌다. 잃을 것이 없으니 실력을 발휘해 보자. 쥘리앵은 성공했다. 그 자신 훌륭한 고전문학자였으므로 주교는 몹시 기뻐했다.

도지사 관저에서 열린 만찬에서는 마침 그즈음 유명해진 젊은 여자*가 「마들렌」이라는 시를 낭송했다. 문학 얘기를 하던 중이었으므로 주교는 호라티우스가 부자였나 가난했나 하는 문제에 대하여 신학생과 토론을 벌였고, 그러는 바람에 피라르 사제와 사무적인 일을 이내 모두 잊어버렸다. 주교는 몇 편의 오드를 인용했다. 그러나 때때로 그의 기억력이 막혀버렸다. 그러면 즉시 쥘리앵이 겸손한 태도로 오드 전체를 낭송했다. 주교가 놀란 것은 쥘리앵이 보통 대화의 어조를 조금도 벗어나지 않으면서 시를 낭송한다는 사실이었다. 그는 이삼십 편의 라틴어 시를 마치 신학교에서 일어난 일을 이야기하듯 낭송했다. 그들은 오랫동안 베르길리우스와 키케로에 대해 이야기했다. 결국 주교는 어린 신학생에게 찬사를 보내지 않을 수 없었다.

"이보다 더 훌륭하게 공부하기는 불가능할 걸세."

"주교님,"

쥘리앵이 말했다.

---

* 지라르댕 부인을 가리킨다. 여류 문인으로, 문학 살롱을 운영했다.

"주교님의 신학교에는 주교님의 칭찬을 들을 만한 학생이 197명이나 있습니다."

"그게 무슨 말인가?"

숫자에 놀라 주교가 물었다.

"제가 영광스럽게도 주교님께 말씀드리는 것은 공식적인 증거에 따른 것입니다. 저는 신학교 학년말 시험에서 지금 주교님의 칭찬을 받은 같은 주제에 대해 정확히 답한 뒤 198등이라는 석차를 얻었습니다."

"아! 자네가 바로 피라르 신부의 애제자군."

주교는 프릴레르 사제를 바라보고는 웃으며 소리쳤다.

"이럴 줄 알았다니까. 하지만 멋진 싸움이었네, 이 사람아."

주교는 쥘리앵에게 말하고 나서 다시 덧붙여 말했다.

"여기 보내려고 자네를 깨웠단 말인가?"

"네, 주교님. 저는 딱 한 번 신학교에서 혼자 외출한 적이 있습니다. 성체축일에 성당 장식을 하는 샤 베르나르 신부님을 도와드리러 갔을 때였습니다."

"옵티메."

주교가 말했다.

"그래, 깃털 다발을 천개에 다느라 그토록 용감하게 애쓴 사람이 바로 자네란 말이지? 매년 그 일만 생각하면 몸이 부들부들 떨린다네. 그 일 때문에 한 사람의 생명을 잃을까봐 늘 걱정하고 있어. 이보게, 자네는 전도양양하네. 자네의 빛나는 앞날을 배고픔 때문에 망쳐버리고 싶지 않아."

주교의 지시에 따라 비스킷과 말라가 포도주가 날라져왔다. 쥘리앵은 영광스러운 마음으로 잘 먹었다. 프릴레르 사제도 그 이상으로 잘 먹었다. 그는 주교가 남들이 즐겁고 맛있게 음식 먹는 것을 좋아한다는 사실을 알고 있었던 것이다.

그날 밤이 깊어갈수록 더욱 즐거워진 주교는 잠시 교회사 이야기를 했다. 그는 쥘리앵이 교회사를 이해하지 못한다는 것을 알았다. 그래서 주교는 화제를 콘스탄티누스 시대 여러 황제 치하에서 로마 제국의 도덕 상태로 돌렸다. 19세기의 쓸쓸하고 권태로운 정신을 황폐하게 만드는 불안과 의심, 이것은 콘스탄티누스 시대의 우상숭배가 당도한 말로이기도 했다. 주교는 쥘리앵이 타키투스에 관해서는 거의 이름조차 모른다는 것을 알았다.

그런 작가는 신학교 도서관에서 볼 수 없다고 쥘리앵이 솔직하게 대답하자 주교는 놀라지 않을 수 없었다.

"정말 기분 좋네."

주교가 쾌활하게 말했다.

"자네가 날 난처함에서 구해줬어. 뜻하지 않게 이토록 즐거운 저녁 시간을 마련해준 자네에게 어떻게 고마움을 표해야 할지 방금 전부터 궁리하는 중이네. 내 관할 신학교 학생 가운데서 학자를 찾아내리라고는 생각하지 못했네. 이런 일이 종규에 맞지 않을지도 모르지만, 자네에게 타키투스의 저서 한 질을 선물로 주고 싶네."

주교는 특별 장정본 여덟 권을 가져오게 해서 첫째 권 제목 위에 라틴어로 쥘리앵 소렐을 위한 헌사를 손수 썼다. 주교는 자신의 탁월한 라틴어 실력을 뽐내고 있었다. 마지막으로 그는 그때까지의 대화와는 뚜렷이 대조되는 엄숙한 어조로 쥘리앵에게 말했다.

"이보게, 앞으로 슬기롭게 처신한다면 자네를 장차 주교관으로부터 사백 킬로미터 안에 있는 내 교구 가운데 최상의 주임사제 자리로 보내주겠네. 그러나 슬기롭게 처신해야 하네."

쥘리앵은 열두시 치는 소리에 깜짝 놀라 책을 들고 주교관에서 나왔다.

주교는 피라르 사제에 대해서는 쥘리앵에게 한 마디도 언급하지 않았다. 쥘리앵은 무엇보다도 주교의 정중한 예절에 놀랐다. 그는 그토록 세련된 예의범절이 위엄 있는 태도에 자연스럽게 결합된 모습은 상상하지 못했던 것이다. 쥘리앵은 조바심을 내며 자기를 기다리고 있는 침울한 피라르 사제를 다시 보고는 두 사람의 대조적인 모습에 놀랐다.

"퀴드 티비 디크세룬트?*"

저만치서 쥘리앵이 눈에 띄자 사제는 큰 소리로 소리쳐 물었다.

쥘리앵은 주교의 얘기를 라틴어로 옮기느라 다소 혼란스러워했다.

"프랑스어로 말하게. 주교의 말씀을 하나도 덧붙이거나 빼지 말고 그대로 옮겨보도록 해."

신학교 전 교장은 무뚝뚝한 목소리로 매우 퉁명스럽게 말했다.

"주교라는 사람이 어린 신학생에게 별 희한한 선물을 다 하는군!"

그는 금박을 입힌 책의 단면이 혐오스럽다는 기색으로 호화롭게 제본된 타키투스 저작의 책장을 뒤적이며 말했다.

아주 세세한 보고를 듣고 나서 사제가 애제자에게 그만 방으로 돌

---

* 그들이 자네에게 뭐라고 얘기하던가?

아가라고 허락했을 때 시계는 두시를 치고 있었다.

"자네가 받은 책 가운데 주교님의 헌사가 적힌 첫째 권은 나한테 놔두고 가게.

그가 말했다.

"내가 떠난 다음 그 한 줄의 라틴어가 이 학교에서 자네의 피뢰침이 될 걸세.

에리트 티비, 필리 미, 수케소르 메우스 탄쿠암 레오 퀘렌스 쾀 데 보레트.*"

다음날 아침 쥘리앵은 동료들이 자신에게 말하는 태도에서 무엇인가 이상한 것을 발견했다. 그래서 더욱 조심성 있게 행동했다. 그는 이렇게 생각했다. 피라르 사제가 사직한 결과가 이렇게 나타나는군. 학교 전체가 그분의 사직을 알고 있고, 나는 그분의 애제자로 통하고 있지 않은가. 그들의 이런 태도에는 모욕이 숨어 있는 게 틀림없었다. 그러나 그는 거기서 모욕을 발견하지 못했다. 반대로 공동 침실에서 만나는 모든 사람들의 눈에서 증오가 사라져버렸다. 어찌 된 셈인가? 아마도 무슨 덫이겠지. 신중하게 행동하자. 마침내 베리에르 출신의 어린 신학생이 웃으며 라틴어로 그에게 말했다.

"코르넬리 타키티 오페라 옴니아.**"

이 말을 듣자 모두 쥘리앵이 주교님으로부터 받은 굉장한 선물에 대해서뿐만 아니라, 영광스럽게도 주교님과 두 시간 동안 나눈 대화

* 내 후임자는 자네를 물어뜯으려 드는 성난 사자 같을 것이므로.
** 타키투스 전집.

에 대해서 앞을 다투어 찬사를 아끼지 않았다. 그들은 아주 세부적인 일까지 알고 있었다. 이제 시기심이라고는 더이상 없었다. 그들은 쥘리앵의 환심을 사려고 비굴하게 애썼다. 어제까지만 해도 쥘리앵에게 극도로 거만하게 굴던 카스타네드 사제는 그의 팔을 붙들고 점심 식사에 초대했다.

쥘리앵 성격의 불운은 이러한 상스러운 인간들의 오만함에는 많은 고통을 받는 반면, 그들의 비굴한 꼴을 보면 즐겁기는커녕 혐오감만 느낀다는 점이었다.

정오 무렵 피라르 사제는 엄숙한 훈시를 하고 제자들과 헤어졌다.

"여러분은 세속의 명예와 모든 사회적 특전과 지배한다는 기쁨과 법을 무시하면서 모든 사람들에게 불손을 행하는 기쁨을 원합니까? 아니면 영원한 구원을 바라고 있습니까? 여러분 가운데 아직도 깨닫지 못한 사람들은 이 두 길을 분간하기 위하여 어서 눈을 떠야 할 것입니다."

피라르 사제가 떠나자마자 예수 성심회 신자들은 예배당에 가서 〈테 데움〉을 불렀다. 신학교에서는 아무도 전임 교장의 훈시를 진지하게 받아들이지 않았다. 면직된 것이 몹시 화나는 모양이야, 하고 여기저기서 수군거렸다. 큰 규모의 납품업자들과 그렇게 많은 관계가 있는 그 자리에서 그가 스스로 물러났다고 믿는 단순한 신학생은 아무도 없었다.

피라르 사제는 브장송에서 제일 좋은 여관에 투숙했다. 그리고 있지도 않은 볼일을 본다는 핑계로 거기서 이틀을 보내려 했다.

주교는 그를 만찬에 초대했다. 그리고 자기 부주교 프릴레르를 놀려주려고 피라르 사제를 치켜세웠다. 식사 후 후식을 먹는 동안 피라르 사제가 파리에서 4리외 거리에 있는 훌륭한 N교구의 주임사제로 임명되었다는 소식이 파리에서 전해졌다. 사람 좋은 주교는 그를 진심으로 축복해주었다. 그는 이 모든 일에서 '멋진 처신'을 보고 기뻐하며 피라르 사제의 재능을 높게 평가해주었다. 주교는 훌륭한 라틴어 증명서를 피라르 사제에게 써주면서, 감히 참견하려 드는 프릴레르 사제는 입도 열지 못하게 했다.

저녁에 주교는 뤼방프레 후작부인 집에서 피라르 사제에 대한 감탄을 늘어놓았다. 그것은 브장송 상류사회에서 큰 얘깃거리였다. 이 예외적인 두둔을 놓고 사람들은 이런저런 추측을 했다. 어떤 사람들은 벌써부터 주교가 된 피라르 사제를 그려보았다. 약삭빠른 축들은 라 몰 씨가 대신이 되지 않았나 생각하고 사교계에서 거들먹거리는 프릴레르 사제의 태도를 그날만은 서슴지 않고 비웃기도 했다.

다음날 아침 사람들은 거리에서 피라르 사제의 뒤를 졸졸 따라다니다시피 했다. 상인들은 가게 문간까지 나와서 후작의 소송사건을 담당한 판사들에게 청원하러 가는 피라르 사제를 구경했다. 처음으로 그가 상인들에게 정중한 대우를 받은 것이다. 눈에 띄는 모든 것에 분개하는 엄격한 얀센주의자 피라르 사제는 라 몰 후작을 위해 자기가 선임한 변호사들과 오랜 시간 논의한 후 파리로 떠났다. 그에게도 약점은 있었다. 사륜마차까지 그를 배웅하고 마차에 붙은 문장(紋章)에 감탄하던 중학교 친구 두세 명에게 십오 년 동안 신학교를 관리하고서 겨우 520프랑의 저금을 가지고 브장송을 떠난다고 얘기해버린 것이다. 그 친구들은 눈물이 글썽해서 그를 껴안았지만 자기들끼리 뒤에서 이렇게 수군거렸다.

"착한 사제로서 그런 거짓말은 하지 않으면 좋았을 텐데. 저 사람 너무나 우습군."

금전욕에 눈이 먼 속인들은 피라르 사제가 육 년 동안 마리 알라코크, 예수 성심회, 예수회원들, 자기 주교 등과 맞서 혼자 싸우는 데 필요한 힘을 오직 자신의 성실성에서 얻었다는 사실을 이해하지 못했다.

30장 야심가

단 하나의 귀족은 '공작' 뿐이다.
후작은 우스꽝스럽게 여기지만,
공작이라고 하면 고개를 돌리고 바라본다.
―『에든버러 리뷰』

라 몰 후작은 피라르 사제를 맞이할 때 매우 공손한 듯하지만 아는 사람들에게는 무례하기 짝이 없어 보이는 대영주의 거들먹거리는 티를 내지 않았다. 거들먹거리다가는 시간을 낭비하게 된다. 중요한 사건들에 당면해 있었으므로 후작은 낭비할 시간이 없었다.

그는 반년 전부터 잘만 되면 공작 작위를 받을 수 있는, 국왕과 국민에게 어떤 내각의 수락을 종용하는 음모를 획책하고 있었다.

후작은 오래 전부터 브장송에 있는 자기 변호사에게 프랑슈 콩테 지방의 소송사건에 대해 명료하고도 정확한 활동을 요구했으나 소용이 없었다. 아무리 유명한 변호사라 하더라도 자기 스스로 그 사건의 내용을 이해하지 못한다면 어떻게 후작에게 설명을 해줄 수 있겠는가? 그러나 사제가 그에게 넘겨준 조그만 종이쪽지가 모든 것을 설명해주고 있었다.

오 분도 안 걸려서 인사치레와 개인적 신상에 관한 질문을 모두 끝내버리고 후작은 그에게 이렇게 말했다.

"존경하는 신부님, 저는 소위 유복한 환경 속에 있지만 사소하면서도 종국에는 중요한 것이기도 한 두 가지 일에 진지하게 몰두할 시간적 여유가 없습니다. 그것은 제 가족과 저의 개인적인 문제입니다. 저는 가문의 운명에 대해 많은 염려를 하고 있고, 또 가문을 번성시킬 수 있습니다. 그리고 제 자신의 즐거움에도 마음을 쓰고 있습니다. 그것이야말로 모든 것에 앞서야 할 일일 겁니다."

여기까지 말하고 나서 그는 피라르 사제의 눈에서 놀라는 기색을 보고 "적어도 제가 보기에는 그렇다는 거죠"라고 덧붙였다. 피라르 사제는 상식을 갖춘 사람이었지만 자신의 향락에 대하여 그처럼 솔직하게 이야기하는 노인을 보고 경탄하지 않을 수 없었다.

"아마 파리에도 근면한 사람들이 있겠지요."

대영주는 이야기를 이어갔다.

"그러나 그들은 대체로 육층 맨 꼭대기에서 가난하게 살고 있습니다. 그런데 그런 사람이 나와 친해지면 집을 삼층으로 옮기게 되고 그 사람의 아내는 사람들을 초대하지요. 요컨대 사교계의 인물이 되거나 사교계에 모습을 비추기 위하여 애쓰는 것입니다. 파리 사람들은 식생활이 해결되기만 하면 사교생활을 꿈꾸지요.

제 소송만 해도 그렇습니다. 정확히 말하자면 제게는 각각 별개의 소송사건을 위해 목숨을 바쳐가며 열심히 일하는 변호사들이 있습니다. 엊그제 변호사 한 명이 폐병으로 죽기도 했지요. 그런데 말입니다, 신부님, 저의 일 전반에서 제 대신 편지를 써주고 자기가 하는 일을 좀 진지하게 생각할 만한 사람을 삼 년 전부터 찾고 있는데 찾지 못했다는 사실을 믿으시겠습니까? 게다가 이 모든 것은 서론에 지나지 않습니다.

저는 신부님을 존경합니다. 그리고 굳이 말씀드리자면, 오늘 처음으로 만나뵈었지만 저는 신부님이 마음에 듭니다. 제 비서가 되어주시지 않겠습니까? 봉급은 팔천 프랑, 아니, 그 두 배라도 좋습니다. 단언컨대 저는 계속 잘되어나갈 것입니다. 우리가 더이상 함께 일하지 않아도 될 날을 위해 신부님께 훌륭한 교구를 마련하도록 손을 쓰겠습니다."

사제는 거절했다. 그러나 대화가 끝나갈 즈음 후작이 정말 난처해하는 모습을 보고 사제의 머리에 한 가지 생각이 떠올랐다.

"저는 가련한 청년 하나를 신학교에 두고 왔습니다. 제가 잘못 생각하고 있지 않다면 그 청년은 거기서 심하게 박해받고 있을 것입니다. 그 청년이 단순한 수도사에 불과하다면 그를 벌써 수도원 감옥에 가두었을 겁니다.

아직까지 그 청년이 아는 것이라고는 라틴어와 성서밖에 없습니다만 언젠가는 설교라든가 인간의 영혼을 이끌어가는 일에서 엄청난 재능을 펼쳐 보일 수 있을 겁니다. 그가 무엇을 하게 될지 모르지만, 그는 성스러운 열정을 가지고 뛰어난 인물이 될 수 있습니다. 후작님처럼 사람과 일을 알아보는 안목을 다소라도 지닌 사람을 만나게 되면 그 청년을 우리 주교님께 보내려고 생각하고 있었습니다."

"그 청년은 어느 지방 출신이지요?"

후작이 물었다.

"저희 산악지방 목수의 아들이라고들 하는데, 제가 생각하기로는 어느 부호의 사생아가 아닐까 합니다. 그 청년이 오백 프랑짜리 환어음이 들어 있는 익명 또는 가명의 편지를 받는 것을 본 적이 있으니까요."

"아! 쥘리앵 소렐이군요."

후작이 말했다.

"그 청년의 이름을 어디서 알게 됐나요?"

놀란 사제가 물었다.

후작은 그 물음에 얼굴이 붉어지며 "그건 말씀드리기 좀 거북합니다"라고 대답했다.

"좋습니다."

사제가 말했다.

"그 청년을 시험 삼아 비서로 써보시는 것이 어떨까요? 그는 힘이 있고 분별력도 있습니다. 요컨대 한번 시도해볼 만합니다."

"물론이죠."

후작이 말했다.

"그런데 그 청년이 경찰국장이나 그 밖의 다른 사람에게서 뇌물을 받고 내 집을 염탐하지는 않을까요? 그것이 제일 마음에 걸립니다."

피라르 사제의 호의적인 보증에 따라 후작은 1000프랑짜리 수표 한 장을 내놓으며 말했다.

"이 여비를 쥘리앵 소렐에게 전하시고 그를 내 집으로 보내주십시오."

피라르 사제가 말했다.

"후작님께서 파리에 살고 계신 것을 잘 알겠군요. 후작님은 모르십니다. 가련한 우리 시골 사람들, 특히 예수회파와 같은 편이 아닌 성직자들이 얼마나 심한 압제를 받고 있는지를. 그들은 쥘리앵 소렐이 떠나도록 내버려두지 않을 겁니다. 그가 아프다는 둥, 편지를 못 받았다는 둥 교활한 핑계를 둘러댈 것입니다."

"그러면 근일 중으로 대신이 주교에게 보내는 편지를 한 통 얻어보겠습니다."

후작이 말했다.

"한 가지 주의할 것을 잊었군요."

사제가 말했다.

"그 청년은 비록 출신은 무척 비천하지만 높은 기개를 품고 있습니다. 그의 자존심을 언짢게 하면 그는 아무짝에도 쓸모가 없어질 것입니다. 그를 바보로 만들게 되는 겁니다."

"그건 내 마음에 드는군요. 그 청년을 내 아들의 친구가 되게 하지요. 그러면 충분하지 않겠습니까?"

후작이 말했다.

그리고 얼마 지나서 쥘리앵은 샬롱의 우표가 붙은 낯모르는 필체의 편지를 한 통 받았다. 그 안에는 브장송의 어느 상인 이름으로 된 수표 한 장과 지체 없이 파리로 오라는 사연이 들어 있었다. 편지의 서명은 가공의 이름이었으나 편지를 열어보고서 쥘리앵은 기쁨에 몸을 떨었다. 그의 발 밑에 나뭇잎 하나가 떨어진 것이다. 그것은 피라르 사제와 미리 약속해둔 신호였다.

그로부터 한 시간도 지나지 않아 쥘리앵은 주교관에 불려갔다. 주교는 어버이처럼 더없이 다정하게 그를 맞이했다. 호라티우스의 시구를 인용해가면서 주교는 파리에서 쥘리앵을 기다리고 있는 상류사회의 운명에 대하여 능란한 솜씨로 축하해주었다. 주교는 축하의 말을 하면서 답례로 그 행운에 대한 설명을 기대했지만 쥘리앵은 처음에는 아무 말도 할 수 없었다. 아는 것이 없었기 때문이다. 주교는 그를 위해 많은 배려를 아끼지 않았다. 주교관의 젊은 성직자 하나가 시장에게 편지를 썼고, 시장은 자신이 서명한 여행 증명서를 부랴부랴 손수 가지고 왔다. 그러나 여행 증명서의 성명란은 비워두었다.

그날 밤 자정이 되기 전 쥘리앵은 푸케의 집에 있었다. 이 총명한 친구는 쥘리앵을 기다리고 있는 미래에 대하여 기뻐하기보다는 놀라움을 나타냈다.

"결국 자네는 정부에서 한 자리 차지하겠지."

자유파에 투표하는 푸케는 말했다.

"그러고는 신문에서 중상 모략을 당할 어떤 행위를 하도록 강요받을 거야. 나는 자네가 망신당했다는 소식을 접하게 되겠지. 이걸 기억하게. 경제적 측면에서 말하더라도 자기가 주인이 되어 목재 사업으로 백 루이를 버는 것이 정부에서 사천 프랑을 받는 것보다 나아. 설령 그것이 솔로몬 왕의 정부라 해도 말이야."

그러나 쥘리앵은 이런 모든 얘기를 시골 부르주아의 좁은 소견으로 여길 따름이었다. 그는 마침내 큼지막한 일을 하러 극장 무대에 나설 참이었다. 대단히 위선적인 음모꾼들이 바글바글하겠지만 브장송의 주교나 아그드의 주교같이 공손한 사람들도 많을 것 같은 파리에 간다는 기쁨에 그는 다른 것이 눈에 들어오지 않았다. 그는 피라르 사제의 편지 때문에 자유의지를 빼앗겼노라고 친구에게 자기 입장을 설명하였다.

다음날 정오경, 쥘리앵은 더없이 기쁜 마음으로 베리에르에 도착했다. 레날 부인을 다시 만날 요량이었다. 그는 우선 자신의 첫 보호자였던 선량한 셸랑 사제 댁을 찾아갔다. 사제는 무뚝뚝하게 그를 맞이했다.

"자네는 내게 무슨 의무를 지고 있다고 생각하는 모양이지?"

셸랑 사제는 쥘리앵의 인사에 대꾸도 하지 않고 말했다.

"나와 함께 점심 식사를 하세. 그 동안에 자네를 위해 말을 한 필 빌려오도록 사람을 보냄세. 아무도 만나지 말고 베리에르를 떠나도록 하게."

"듣는다는 것은 곧 복종하는 것입니다."

쥘리앵은 신학생답게 대답했다. 그러고는 신학과 라틴 문학에 대해서만 이야기를 했다.

그는 말을 타고 1리외 정도 가서 숲을 하나 발견한 다음, 보는 사람이 아무도 없자 숲속 깊이 들어갔다. 황혼 무렵 그는 말을 돌려보냈다. 한참 뒤에 어느 농가에 들어갔다. 그 집의 농부에게 사다리 하나를 팔고 베리에르의 충성 산책로를 내려다볼 수 있는 작은 숲까지 그 사다리를 가지고 자기를 따라오기로 약속을 받아냈다.

"내가 불쌍한 징병 기피자나 밀수입자 같군."

쥘리앵과 헤어진 후 농부는 중얼거렸다.

"하지만 상관없어! 사다리 값도 두둑하게 받았겠다, 나 자신도 한 평생 시계태엽처럼 살아온 것도 아닌데 뭘."

그날 밤은 몹시 어두웠다. 새벽 한시쯤 쥘리앵은 사다리를 짊어지고 베리에르로 들어섰다. 그는 양쪽으로 담벼락을 끼고 레날 씨의 멋진 정원을 10피트 깊이로 가로지르는 급류 밑바닥으로 서둘러 내려갔다. 쥘리앵은 수월하게 사다리를 타고 담 위로 올라갔다. 집 지키는 개들이 어떻게 나를 맞아줄까? 쥘리앵은 생각했다. 모든 문제는 거기에 있었다. 개들이 짖어대며 그에게 달려왔다. 그러나 그가 부드럽게 휘파람을 불자 개들은 그에게 와서 꼬리를 흔들었다.

철책 문은 모두 닫혀 있었으나, 그는 이 테라스에서 저 테라스로 차례로 기어올라 레날 부인 침실의 창문 아래까지 어렵잖게 도달했다. 그 창문은 땅에서 8∼9피트 높이로 정원 쪽을 향해 나 있었다.

덧문에는 하트형의 작은 구멍이 뚫려 있었는데, 쥘리앵도 잘 알고 있었다. 그 작은 구멍으로 방 안의 야등 빛이 새어나오지 않자 쥘리앵의 마음은 몹시 우울했다.

제기랄! 그는 생각했다. 오늘밤 레날 부인은 이 방에 없단 말인가! 부인은 어디서 자고 있단 말인가? 개들이 있는 걸 보니 가족들이 베리에르에 있는 게 분명한데. 야등을 켜놓지 않은 이 방에서 레날 씨나 모르는 사람과 마주칠지도 모른다. 그러면 어떤 소란법석이 벌어질까!

가장 신중한 방법은 그대로 물러서는 것이었다. 그러나 그 생각을 하니 쥘리앵은 소름이 끼쳤다. 만약 낯선 사람이 거기에 있다면 사다리를 내팽개치고 부리나케 달아나면 돼. 그러나 부인이 있다면 나를 어떻게 맞이할까? 부인이 회한에 싸여 더없는 신앙심에 빠져 있는 것은 의심의 여지가 없어. 그러나 어쨌든 얼마 전에 내게 편지를 했으니 부인에게는 아직 얼마간 내 생각이 남아 있는 거야. 이런 생각이 들자 그는 결심했다.

가슴이 떨렸지만 그는 부인을 만나거나 아니면 죽겠다는 단호한 마음으로 작은 조약돌들을 덧문에 던졌다. 아무런 기척도 없었다. 그는 창문 곁에 사다리를 기대어놓고 직접 겉창을 두드렸다. 처음에는 살살 두드리다가 나중에는 더 세게 두드려봤다. 아무리 어둡다 해도 이러다가는 누가 내게 총을 쏠지도 모르겠군. 쥘리앵은 생각했다. 그러나 이런 생각은 그의 미친 듯한 시도를 더욱 대담하게 만들 따름이었다.

오늘밤 이 방은 비어 있는 게 틀림없어. 그는 생각했다. 그렇지 않다면 누가 있든 지금쯤 잠이 깼을 거야. 그러니 이 방에 대해서는 더 이상 조심할 게 없어. 다만 다른 방에서 자고 있는 사람들에게 들리지 않게 해야겠군.

그는 아래로 내려가서 사다리를 덧문 한쪽에 기대어놓고 다시 올라갔다. 그리고 하트 모양의 구멍에 손을 넣자 다행히 덧문을 채우는 걸쇠에 붙어 있는 철사 줄이 이내 잡혔다. 그는 철사 줄을 잡아당겼다. 걸쇠가 벗겨져 덧문이 열린 것을 알고 그는 형언할 수 없는 기쁨을 느꼈다. 덧문을 조금씩 열고 내 목소리를 알아듣도록 해야겠다, 라고 생각했다. 그는 자기 머리가 들어갈 정도로 덧문을 열고 "당신 친구예요"라고 나지막이 거듭 말해보았다.

그는 귀를 기울였다. 방 안의 깊은 침묵이 조금도 흔들리지 않았다. 과연 야등이 켜져 있지 않았고 벽난로에는 꺼져가는 불길조차 없었다. 무척이나 좋지 않은 징조였다.

총질을 조심해야 한다! 잠시 생각하다가 그는 과감하게 손가락으로 유리창을 두드렸다. 대답이 없었다. 더 세게 두드렸다. 유리창이 깨지는 한이 있더라도 끝장을 내야 한다. 그가 아주 세차게 창문을 두드리자 더없이 캄캄한 어둠 한가운데서 방을 지나가는 흰 그림자 같은 것이 언뜻 보인 듯했다. 더이상 의심할 여지가 없었다. 아주 느리게 다가오는 그림자가 보이더니, 별안간 그가 눈을 대고 있는 유리창에 사람의 볼이 기대어져 있었다.

그는 소스라치게 놀라며 뒤로 조금 물러났다. 어둠이 너무 짙어서 그 정도의 거리에서도 그 사람이 레날 부인인지 아닌지를 분간할 수 없었다. 그 사람이 놀라서 소리를 지를까봐 걱정이 되었다. 사다리 아래에서는 개들이 빙글빙글 돌면서 어중간하게 으르렁거리는 소리가 들렸다. "저예요, 친구입니다." 그는 꽤 큰 목소리로 되풀이했다. 대답이 없었다. 흰 유령은 사라졌다. "창문을 좀 열어주세요. 말할 게 있습니다. 저는 너무도 불쌍한 사람이에요!" 그는 유리창이 깨져라 두드려댔다.

찰칵하고 작은 소리가 들려왔다. 걸쇠가 벗겨진 것이다. 그는 창문을 밀어젖히고 가볍게 방 안으로 뛰어들어갔다.

흰 유령이 뒤로 물러났다. 그는 유령의 두 팔을 붙들었다. 여자였다. 용감했던 모든 생각은 사라져버렸다. 이 사람이 레날 부인이라면 그녀는 무슨 말을 할 것인가? 짧은 외침을 듣고 그 사람이 레날 부인임을 알게 되었을 때 그는 어찌할 바를 몰랐다.

그는 부인을 품에 끌어안았다. 그녀는 떨고 있었고 겨우 쥘리앵을 떠밀 정도의 힘밖에 없었다.

"이 바보! 이게 무슨 짓이에요?"

그녀는 발작적인 목소리로 겨우 이 한마디밖에 할 수 없었다. 쥘리
앵은 이 말에서 가장 진정한 분노를 보았다.

"저는 십사 개월 동안의 잔인한 이별 후에 당신을 보러 온 겁니다."

"나가요. 당장 떠나주세요. 아아! 왜 셀랑 신부님은 내가 편지 쓰는
것을 막으셨을까? 나는 이런 무서운 일이 일어나리라는 것을 예상하
고 있었는데."

그녀는 실로 놀랄 만한 힘으로 그를 떠밀었다.

"나는 내 죄를 후회하고 있어요. 하느님이 내 눈을 뜨게 하셨어요."

그녀는 숨이 차서 군데군데 끊어진 목소리로 되풀이해 말했다.

"나가세요! 어서 사라져요!"

"십사 개월을 괴롭게 보내고 나서 당신에게 말 한 마디 못 하고 떠
나지는 않을 겁니다. 부인이 겪은 모든 일을 알고 싶습니다. 아! 나는
당신을 진정 사랑했으니 그 이야기를 들을 자격이 있지요…… 모든
걸 알고 싶어요."

레날 부인의 거부에도 불구하고 쥘리앵의 단호한 어조는 부인의 마
음을 움직였다.

부인을 품에 껴안고 벗어나려 애쓰는 그녀의 힘에 버티던 쥘리앵
이 팔에 주었던 힘을 조금 풀었다. 그 동작이 레날 부인을 조금 안심
시켰다.

"사다리를 끌어올리겠습니다. 소리를 듣고 깨어난 하인이 집 안을
돌아보면 꼴이 뭐가 되겠어요."

쥘리앵이 말했다.

"아! 그러지 마세요. 나가세요."

그녀가 정말 화를 내며 말했다.

"사람들을 무서워할 게 뭐 있겠어요? 당신이 나에게 하고 있는 이 끔찍한 장면을 하느님이 보고 계세요. 그리고 내게 벌을 내리실 거예요. 당신은 전에 내가 당신에게 가졌던 감정을 비겁하게 악용하고 있어요. 하지만 그런 감정은 이젠 없어요. 쥘리앵 선생, 아시겠어요?"

쥘리앵은 소리를 내지 않으려고 아주 천천히 사다리를 끌어올렸다.

"당신 남편은 시내에 계신 거죠?"

부인에게 도전하려는 의도가 아니라 옛 습관 때문에 쥘리앵은 그렇게 말했다.

"제발 내게 그런 식으로 말하지 마세요. 계속 그러면 남편을 부르겠어요. 어찌 됐거나 당신을 내쫓지 않은 것만으로도 나는 벌써 죄가 너무 많아요. 당신이 불쌍해요."

쥘리앵이 자극에 무척 민감하다는 것을 알고 있는 부인은 쥘리앵의 자존심을 상하게 하려고 애쓰면서 이렇게 말했다.

허물없이 쓰던 말투를 거부하고 아직도 기대하는 부드러운 애정의 끈마저 끊어버리려는 통명스러운 태도는 쥘리앵의 사랑의 격정을 미칠 듯한 흥분으로 몰고 갔다.

"뭐라고요! 이제 나를 사랑하지 않는다고요? 그게 말이 됩니까!"

그는 냉정하게 듣기 어려운, 가슴에서 솟구치는 어조로 그녀에게 말했다.

그녀는 대답하지 않았다. 쥘리앵은 비통한 눈물을 흘리고 있었다.

실제로 그는 더이상 말할 힘도 없었다.

"이렇게 나를 사랑했던 단 한 사람에게서도 완전히 버림을 받게 되었군요! 이제 살아서 무엇 하겠습니까?"

다른 사람에게 들킬 위험을 걱정하지 않게 되자마자 그의 용기는 모두 사라지고 말았다. 사랑만 남고 그의 가슴속에서 모든 것이 빠져나간 것이다.

그는 오래도록 말없이 울었다. 그는 그녀의 손을 잡았다. 그녀는 손을 빼내려 했다. 그렇지만 손을 빼내려고 몇 번 발작에 가까운 동작을 하고 난 다음에는 손을 잡힌 채 가만히 있었다. 방 안은 몹시 어두웠다. 두 사람은 부인의 침대 위에 나란히 앉아 있었다.

십사 개월 전과 이렇게 많이 달라졌단 말인가! 쥘리앵은 생각했다. 그러자 눈물이 더욱 솟구쳤다. 눈앞에 직접 보지 않으면 인간의 감정은 죄다 파괴되고 마는구나!

"당신에게 무슨 일이 일어났는지 말해주세요."

침묵에 난처해진 쥘리앵이 마침내 울음 섞인 목소리로 말했다.

레날 부인은 쥘리앵을 나무라는 듯 쌀쌀한 어조의 무뚝뚝한 목소리로 대답했다.

"아마도 당신이 떠날 즈음 소문이 시내에 쫙 퍼졌겠지요. 당신의 행동에는 조심성이라고는 없었으니까요! 얼마 지나 내가 절망적인 상태에 빠져 있을 때 존경하는 셸랑 신부님이 나를 보러 오셨어요. 그분은 오랫동안 내 고백을 들으려고 애쓰셨지만 여의치 않았어요. 하루는 그분이 내가 첫 영성체를 했던 디종의 성당에 나를 데려가려고 생각하셨어요. 거기서 그분이 먼저 말씀하셨는데……"

레날 부인은 눈물 때문에 말을 멈췄다.

"얼마나 부끄럽던지! 다 고백하고 말았죠. 그 착한 분은 노하긴 하셨지만 나를 질책하지는 않으셨어요. 나와 함께 몹시 슬퍼하셨죠. 그 무렵 나는 매일같이 당신에게 편지를 썼지만 차마 부치지는 못했어요. 편지를 조심스럽게 감추어두고, 너무 슬퍼지면 내 방에 틀어박혀 그것을 꺼내 읽고 또 읽곤 했죠.

결국엔 셸랑 신부님이 그 편지를 자기에게 맡겨두게 하셨어요. 조금 더 신중하게 쓴 편지 몇 통은 당신에게 부쳤지요. 답장은 일체 없었고요."

"맹세코 나는 신학교에서 당신의 편지를 단 한 통도 받지 못했어요."

"저런, 누가 그 편지를 가로챘을까요?"

"내가 얼마나 괴로웠을지 생각해보세요. 성당에서 당신을 본 그날 전까지는 당신의 생사조차 모르고 있었으니."

"하느님은 은총을 내리셔서 내가 하느님과 아이들과 남편에게 얼마나 큰 죄를 지었는지 깨닫게 하셨어요. 내 남편은 그 무렵 당신이 나를 사랑했다고 생각하는 만큼 나를 사랑해준 적은 결코 없었지만."

레날 부인이 다시 말했다.

쥘리앵은 아무 생각 없이 정신을 놓은 채로 부인의 품안으로 달려들었다. 그러나 레날 부인은 그를 밀쳐내고 단호하게 얘기를 이어갔다.

"존경하는 셸랑 신부님은 내가 레날 씨와 결혼할 때 그에게 바치기로 약속한 내 모든 애정, 그리고 당신과 그 숙명적인 관계를 맺기 전까지 내가 알지도 겪어보지도 못했던 애정까지도 깨우쳐주셨어요…… 내가 그토록 아끼던 그 편지들을 셸랑 신부님께 맡기고 단념한 이후로 내 생활은 행복하다고는 할 수 없지만 적어도 꽤 평온하게 흘러갔어요. 내 생활을 흔들지 마세요. 내 친구가 되어주세요…… 친구 중에서 제일 좋은 친구가."

쥘리앵은 그녀의 손에 입맞춤을 거듭했다. 그녀는 쥘리앵이 아직도 울고 있음을 알았다.

"울지 마세요. 당신은 나를 너무도 괴롭게 하는군요…… 이젠 당신이 어떻게 지냈는지 나에게 얘기할 차례예요."

쥘리앵은 말할 수가 없었다.

"당신이 신학교에서 어떤 생활을 했는지 알고 싶어요. 얘기해주고 가세요."

그녀가 거듭 말했다.

쥘리앵은 자기가 무슨 얘기를 하는지도 모르는 채 신학교에 들어가서 처음 봉착했던 수많은 음모와 질투, 그리고 복습교사로 임명된 뒤부터 다소 평온해진 생활 등을 얘기했다.

"그때였습니다."

그는 말을 이었다.

"아마도 제가 오늘 알게 된 것들, 즉 당신이 더이상 저를 사랑하지 않는다는 것과 제가 당신에게 상관없는 사람이 되었음을 깨닫게 하려는 것이겠지만, 오래 소식이 없던 끝에……"

이때 레날 부인이 쥘리앵의 손을 꼭 잡았다.

"당신이 오백 프랑의 돈을 제게 보내셨지요."

"나는 보낸 적이 없어요."

레날 부인이 말했다.

"의심받지 않으려고 폴 소렐이라고 서명한 파리 소인이 찍힌 편지였어요."

그 편지의 가능한 출처에 관해서 얘기가 조금 오고갔다. 그러면서 그들의 심경에 변화가 일어났다. 레날 부인과 쥘리앵이 모르는 사이에 점잔을 빼는 말투를 버리고 다정하고 친밀한 어조로 돌아온 것이다. 그들은 서로의 얼굴을 보지 못했다. 어둠이 너무 짙었던 것이다. 그러나 목소리가 모든 것을 말하고 있었다. 쥘리앵은 연인의 허리를 팔로 안았다. 그 동작은 몹시 위험한 것이었다. 부인은 쥘리앵의 팔을 풀어버리려고 했지만, 그 순간 쥘리앵은 능란한 솜씨로 재미있게 이야기를 펼쳐놓으면서 부인의 관심을 이끌었다. 그래서 쥘리앵의 팔은 그가 차지한 그 자리에 그냥 남아 있게 되었다.

500프랑이 든 편지의 출처에 대해 여러 추측을 해본 다음, 쥘리앵은 다시 자기 얘기를 계속했다. 그 순간 자기에게 일어나고 있는 일에 비하면 별로 흥미롭지 못한 지난날의 삶을 이야기하는 동안 그는 조금 더 제정신을 차려갔다. 그의 주의력은 이 방문을 어떻게 결말 맺을까에 온통 쏠려 있었다. "가주세요" 하는 퉁명스러운 말투가 여전히 때때로 들려왔다.

여기서 쫓겨나면 내 꼴이 뭐가 될까! 내 일생을 망쳐버릴 회한이 될 거야. 쥘리앵은 생각했다. 부인은 절대로 내게 편지를 쓰지 않을 것이고, 내가 언제 이 고장에 다시 오게 될지 누가 알겠어! 그 순간 쥘리앵의 마음속에 있던 모든 순수함은 삽시간에 사라져버렸다. 지난날 자기가 그토록 행복을 느꼈던 방 안에서, 그토록 사랑하는 여인 곁에서 그녀를 거의 껴안다시피 하고 앉아서, 캄캄한 어둠 속에서 조금 전부터 그녀가 울고 있다는 걸 잘 알면서, 그리고 그녀의 가슴의 움직임으로 미루어 그녀가 흐느껴운다는 것을 느끼며, 그는 신학교 교정에서 자기보다 힘센 동료로부터 놀림의 대상이 되었던 때만큼 계산적이고 냉정해졌으며 불행히도 정략적이고 냉랭한 인간이 되었다. 쥘리앵은 하던 얘기를 계속하며 베리에르를 떠난 이후 겪은 불행한 삶에 대해 말했다. 그러자 레날 부인은 이렇게 생각했다. 이 사람은 추억의 흔적을 거의 모두 빼앗긴 채 내가 잊고 있는 사이 오로지 베르지에서의 행복했던 날을 회상하는 데 몰두했구나. 그녀는 한층 더 흐느껴울었다. 쥘리앵은 자기 계획이 성공하고 있음을 알아챘다. 그는 마지막 수단을 시도해야 한다고 생각했다. 느닷없이 그는 파리에서 온 편지 얘기를 꺼냈다.

"저는 주교님께 작별인사를 드렸습니다."

"뭐라고요! 브장송으로 다시 돌아가지 않나요? 우리 곁을 영영 떠나는 건가요?"

"그렇습니다."

쥘리앵은 결심한 듯이 대답했다.

"네, 일생 동안 가장 사랑했던 사람마저 저를 잊은 이곳을 떠납니다. 떠나서 두 번 다시 돌아오지 않겠습니다. 저는 파리로 갑니다……"

"파리로 간다고!"

레날 부인은 꽤 큰 소리로 외쳤다.

그녀의 목소리는 거의 눈물로 가로막혀 극단적인 마음의 동요를 나타내 보였다. 쥘리앵은 용기가 필요했다. 그는 지금 자기가 처해 있는 상황의 모든 것을 결정하려는 참이었다. 그러나 부인의 부르짖음을 듣기 전까지는 자기 말이 어떤 효과를 나타낼지 전혀 알지 못하였다. 더이상 주저하지 않았다. 후회하리라는 두려움이 그에게 자제력을 심어주었다. 그는 일어서면서 냉랭한 목소리로 말했다.

"그렇습니다, 부인. 저는 영원히 부인을 떠납니다. 행복하세요. 안녕."

그는 창문을 향해 몇 발자국 걸어갔다. 벌써 창문을 열고 있었다. 그러자 레날 부인이 달려와 그의 품안에 몸을 던졌다.

이렇게 세 시간에 걸쳐 대화한 끝에 쥘리앵은 첫 두 시간 동안 그토록 열렬히 바라던 것을 얻게 되었다. 애정의 감정이 좀더 일찍 되살아나고 회한이 레날 부인에게서 더 빨리 사라졌더라면 더할 나위 없는 행복이었을 테지만 이처럼 계략으로 얻고 보니 그것은 쾌락에 불과할 따름이었다. 부인의 간청에도 불구하고 쥘리앵은 기어코 야등을 켜자고 했다.

"당신을 만나본 어떤 기억도 남지 않게 하고 싶은가요? 그 매혹적인 눈에 어린 사랑의 빛이 제게서 사라지게 할 건가요? 그 하얗고 예쁜 손을 제가 못 보게 하실 작정인가요? 생각 좀 해보세요. 나는 아마도 무척 오랫동안 당신을 떠나 있게 될 겁니다."

영원히 이별한다는 생각에 눈물을 터뜨린 부인은 이제 거절할 것이 아무것도 없었다. 그러나 벌써 새벽이 되어 베리에르 동쪽 산 전나무 숲의 윤곽이 뚜렷이 나타나기 시작했다. 사랑의 기쁨에 도취한 쥘리앵은 떠나는 대신에 부인의 방에 숨어 온종일 지내다가 다음날 밤에 떠나겠노라고 레날 부인에게 부탁했다.

"그렇게 하세요."

그녀가 대답했다.

"이 숙명적인 사랑의 재발은 내게서 자존심을 다 앗아가버렸어요. 그리고 내 평생 불행할 거예요."

그녀는 이렇게 대답하며 쥘리앵을 가슴에 꼭 껴안았다.

"남편도 예전 같지 않아요. 의심을 품고 있지요. 내가 자기를 이 모든 사건에 끌어들였다고 생각하며 몹시 화를 내고 있어요. 남편이 조그만 소리라도 듣는다면 나는 끝이에요. 몹쓸 여자라고 나를 쫓아낼 거예요."

"아! 셸랑 신부님의 말투 같아요."

쥘리앵이 말했다.

"당신은 그렇게 말하지 않았을 텐데요. 신학교를 향한 그 쓰라린 출발 이전이라면 말이에요. 그때는 당신이 나를 사랑하고 있었습니다!"

쥘리앵의 침착한 이 말은 효과를 가져왔다. 쥘리앵이 자기 사랑을 의심하지나 않을까 하는 더 큰 위험 앞에서, 남편이 나타나서 겪게 될 위험을 그녀가 재빨리 잊어버렸다는 것을 쥘리앵은 알 수 있었다. 아침해가 점점 밝아와 방을 훤히 비췄다. 불과 몇 시간 전만 해도 두려운 하느님을 무서워하며 자신의 의무에 대한 존중에만 몰두하던 여인, 자기가 사랑했던 단 하나의 여인이 자기 발 밑에서 거의 꿇어앉듯이 품에 안겨 있는 것을 보자 쥘리앵은 자존심의 기쁨을 모두 되찾았다. 일 년간 쉼 없이 다져온 결심도 쥘리앵의 용기 앞에서는 지켜낼 수 없었다.

이윽고 집에서 부산스러운 소리가 들렸다. 생각지 않고 있던 일 하나가 레날 부인을 불안하게 했다.

"그 고약한 엘리자가 방에 들어올 텐데, 이 커다란 사다리를 어떡하면 좋죠?"

그녀가 쥘리앵에게 말했다.

"이걸 어디에 감출까요? 광에 갖다놓을게요."

그녀는 갑자기 쾌활하게 소리쳤다.

"그러려면 하인방을 지나가야 하잖아요."

놀란 쥘리앵이 말했다.

"사다리를 복도에 놓아두고 하인을 불러 심부름을 시켜서 내보내죠."

"하인이 복도를 지나가다가 사다리를 볼지도 모르니 적당한 핑계를 생각해보세요."

"그러죠, 귀여운 사람."

레날 부인은 그에게 입맞추며 말했다.

"당신은 내가 없는 사이 엘리자가 이 방에 들어오면 재빨리 침대 밑에 숨을 생각이나 하세요."

쥘리앵은 이런 느닷없는 쾌활함에 놀랐다. 그는 생각했다. 이렇게 부인은 현실적인 위험이 다가와도 당황하기는커녕 오히려 쾌활해지는구나. 회한을 잊어버린 때문인가보다! 진정 뛰어난 여인이야! 아! 이런 영혼도 있구나. 그 영혼 안에 군림하는 것은 얼마나 영광스러울까! 쥘리앵은 황홀해졌다.

레날 부인은 사다리를 쥐었다. 그것은 분명히 그녀에게는 너무 무거웠다. 쥘리앵은 그녀를 거들어주려고 다가갔다. 그는 아무리 봐도 힘이라고는 있을 법하지 않은 그녀의 우아한 자태를 바라보며 감탄했다. 그때 갑자기 그녀가 아무 도움도 받지 않고 사다리를 집더니 들어올렸다. 마치 의자라도 들어올리듯이. 부인은 급히 4층 복도로 사다리를 들고 가서 벽 쪽으로 눕혀놓았다. 그녀는 하인을 불렀다. 그리고 하인에게 옷을 입을 시간을 주기 위하여 비둘기장으로 올라갔다. 오분 후에 복도로 돌아오니 사다리가 보이지 않았다. 어찌 된 일일까? 만약 쥘리앵이 집 밖으로 나갔다면 그런 위험은 별 상관이 없었을 것이다. 그러나 남편이 사다리를 봤다면! 그 사건은 고약한 결과를 가져올 수도 있었다. 레날 부인은 곳곳을 뛰어다녔고 마침내 지붕 밑에서 사다리를 찾아냈다. 하인이 그리로 가져가 숨겨놓았던 것이다. 이상한 일이었다. 예전 같았으면 그녀는 이런 일에 불안해했을 것이다.

이십사 시간 후 쥘리앵이 떠나간 다음에 어떤 일이 일어난다 해도 무슨 상관인가? 그때 내게는 모든 것이 공포와 후회 아니겠는가?

그녀는 목숨을 버려야 한다는 생각을 막연하게 해보았다. 그렇게 된들 어떻단 말인가! 영원할 것이라고 믿었던 이별 후에 그가 찾아오지 않았는가. 그녀는 그 사람을 다시 보게 되었다. 그리고 그녀에게 다다르기 위하여 그가 행한 일은 극진한 사랑을 보여주지 않았는가!

사다리 사건을 쥘리앵에게 이야기하면서 그녀가 말했다.

"하인이 사다리를 발견했다고 남편에게 얘기하면 나는 뭐라고 대답할까요?"

그리고 나서 잠시 생각에 잠겼다.

"당신에게 사다리를 판 농부를 찾으려면 하루는 걸릴 거예요."

그녀는 쥘리앵의 품에 뛰어들어 바르르 떨며 그를 꼭 껴안았다.

"아, 죽고 싶어! 이대로 죽고 싶어!"

그녀는 쥘리앵에게 입맞춤을 퍼부으며 외쳤다.

"그래도 당신을 굶겨 죽일 순 없어요."

그녀는 웃으며 말했다.

"이리 오세요. 우선 당신을 데르빌 부인 방에 숨겨놔야겠어요. 그 방은 항상 자물쇠를 채워두고 있어요."

부인이 복도 끝에 가서 망을 봤다. 그 사이에 쥘리앵은 그 방으로 뛰어들어갔다.

"누가 문을 두드려도 열지 마세요."

그녀는 방문을 잠그며 말했다.

"아이들이 자기들끼리 놀면서 장난으로 문을 두드리곤 한답니다."

"창문 밑 정원으로 아이들이 오게 해주세요. 아이들을 보면 기쁠 거예요. 그리고 아이들에게 말도 시키세요."

쥘리앵이 말했다.

"네, 네."

부인이 그곳을 떠나며 그에게 외쳤다.

그녀는 오렌지와 비스킷, 말라가 포도주 한 병을 들고 곧 돌아왔다. 빵을 훔치기는 불가능했던 것이다.

"남편은 뭘 하고 있죠?"

쥘리앵이 물었다.

"농부들과 매매 계약서를 쓰고 있어요."

여덟시가 울리자 집 안이 매우 시끄러워졌다. 레날 부인이 보이지 않으면 모두 사방에서 그녀를 찾아다닐 것이었다. 그래서 그녀는 하는 수 없이 쥘리앵의 곁을 떠났다. 곧 그녀는 조심성이라곤 없이 커피 한 잔을 가지고 돌아왔다. 쥘리앵이 굶어죽지나 않을까 전전긍긍하고 있었던 것이다. 아침 식사를 마치고 그녀는 데르빌 부인의 방 창문 아래로 아이들을 데리고 나올 수 있었다. 쥘리앵은 아이들이 많이 자란 것을 알았다. 그런데 아이들은 평범한 모습을 하고 있었다. 그의 생각이 변해서 그렇게 보이는지도 몰랐다.

레날 부인은 아이들에게 쥘리앵 얘기를 했다. 큰아이는 예전의 가정교사에 대하여 정다움과 그리움이 깃든 대답을 했다. 그러나 밑의 아이들은 그를 거의 잊어버린 듯했다.

레날 씨는 그날 아침 외출하지 않았다. 그는 수확한 감자를 농부들에게 파는 일에 골몰하여 쉴새없이 집 안을 오르락내리락하고 있었다. 저녁 식사 때까지 레날 부인은 자신의 수인(囚人)을 위하여 한순간의 틈도 낼 수 없었다. 식사를 알리는 종이 울리고 식탁이 차려졌을 때, 부인은 쥘리앵에게 줄 따뜻한 수프 한 접시를 훔칠 생각을 하였다. 수프 한 접시를 조심스럽게 들고 쥘리앵이 있는 방으로 소리내지 않고 다가갔을 때, 그녀는 아침에 사다리를 치운 하인과 정면으로 마주쳤다. 하인도 발소리를 내지 않고 복도를 걸어오고 있었다. 무엇엔가 귀를 기울이며 걷는 듯했다. 아마도 쥘리앵이 조심성 없이 방 안을 걸어다녔던 모양이다. 하인은 약간 당황스러워하며 그 자리를 떠났다. 레날 부인은 대담하게 쥘리앵이 있는 방으로 들어갔다. 하인과 마주쳤다는 이야기에 쥘리앵은 몸을 부들부들 떨었다.

"두렵군요?"

부인이 그에게 물었다.

"나는요, 세상의 모든 위험을 눈썹 하나 까딱 않고 무시해버릴 거예요. 내게는 두려운 게 단 하나밖에 없어요. 당신이 떠나고 나 혼자 남게 되는 그 순간 말이에요."

그리고 부인은 방을 뛰어나갔다.

"아! 이 숭고한 영혼을 두렵게 하는 유일한 위험은 회한의 감정뿐이구나!"

흥분한 쥘리앵이 중얼거렸다.

드디어 밤이 되었다. 레날 씨는 카지노로 갔다.

부인은 두통이 심하다고 알리고 자기 방으로 와서 서둘러 엘리자를 보내고는 쥘리앵의 방문을 열어주기 위해 재빨리 다시 일어났다.

쥘리앵은 실제로 배가 고파 죽을 지경이었다. 레날 부인은 찬방으로 빵을 찾으러 갔다. 쥘리앵은 큰 외침 소리를 들었다. 레날 부인이 돌아와서, 등불도 켜지 않은 찬방으로 들어가 빵을 넣어두는 찬장에 다가서서 손을 내미는 순간 웬 여자의 팔에 닿았다고 얘기해주었다. 쥘리앵이 들었던 외침 소리는 엘리자가 낸 소리였다.

"엘리자는 거기서 뭘 하고 있었어요?"

"사탕을 좀 훔쳤거나 아니면 우리를 엿보고 있었겠죠."

레날 부인은 완전히 무관심하게 말했다.

"그렇지만 다행히도 파이 하나와 큰 빵 한 덩어리를 찾았어요."

"거기엔 뭐가 들어 있어요?"

쥘리앵이 부인의 앞치마 주머니를 가리키며 물었다.

레날 부인은 저녁 식사 때부터 앞치마 주머니에 빵을 가득 채워둔 것을 잊어버리고 있었다.

줄리앵은 모든 정열을 다해 부인을 힘차게 품에 껴안았다. 그녀가 이토록 아름답게 보인 적은 일찍이 없었다. 파리에서도 나는 이보다 더 훌륭한 성품을 지닌 사람을 만날 수 없을 거야. 줄리앵은 막연하게 이런 생각을 했다. 그녀는 이런 종류의 배려에는 별로 익숙지 않아 매우 어설펐지만, 동시에 그것과는 다른 종류의, 훨씬 더 무서운 위험 이외에는 아무것도 두려워하지 않는 사람의 진정한 용기를 지니고 있었다.

줄리앵이 밤참을 맛있게 먹는 동안, 진지한 얘기를 몹시 싫어하는 부인이 그 소박한 음식에 대하여 줄리앵을 놀리고 있는데 방문이 갑자기 세게 흔들렸다. 레날 씨였다.

"왜 방에 들어박혀 있는 거요?"

그가 부인에게 외쳤다.

줄리앵은 겨우 긴 의자 밑으로 기어들어갈 시간밖에 없었다.

"무슨 일이지! 당신은 옷을 입은 채구려."

레날 씨가 방으로 들어오면서 말했다.

"야식을 들고 있었군. 그러면서 문을 잠가두다니!"

여느 때 같으면 부부간의 이런 무뚝뚝한 질문에 레날 부인은 머리가 어지러웠겠지만 지금은 남편이 조금만 몸을 숙여도 줄리앵을 알아볼 것 같아 조마조마했다. 레날 씨가 긴 의자 맞은편에 있는, 조금 전에 줄리앵이 앉아 있던 의자에 털썩 주저앉아버린 것이다.

두통이 모든 것에 핑계로 쓰였다. 정말 19프랑씩 건 내기였지! 라면서 남편이 카지노 내기당구에서 이긴 얘기를 장황하게 늘어놓는 동안 그녀는 그들 앞 서너 발짝 거리의 의자 위에 쥘리앵의 모자가 놓인 것을 언뜻 보았다. 그녀는 한층 더 침착하게 옷을 벗기 시작했다. 그녀는 어느 순간 남편 뒤로 재빨리 돌아가서 모자가 있는 의자 위에 옷을 던졌다.

이윽고 레날 씨가 방을 나갔다. 그녀는 쥘리앵에게 신학교 생활 얘기를 다시 해달라고 청했다.

"어제 당신이 하는 얘기를 듣지 못했어요. 당신이 얘기할 때 어떻게 해서 당신을 돌려보낼까 하는 생각뿐이었어요."

부인은 조심성이 없었다. 그들은 무척 큰 소리로 얘기를 나누었다. 새벽 두시경이었을 것이다. 그들은 세차게 문을 두드리는 소리에 이야기를 중단했다. 레날 씨가 다시 온 것이다.

"빨리 문을 열어요. 집에 도둑이 들어왔단 말이오! 오늘 아침 생 장이 도둑놈의 사다리를 발견했다니까."

레날 씨가 소리질렀다.

레날 부인은 "이것으로 모든 게 끝나는군요!"라고 부르짖으며 쥘리앵의 품속으로 뛰어들었다.

"저 사람은 우리 둘 모두 죽일 거예요. 도둑이 들었다고 생각하는 게 아니에요. 난 당신 품에서 죽겠어요. 살아 있는 것보다 죽는 것이 더 행복해요."

그녀는 격분한 남편에게는 전혀 대답하지 않고 쥘리앵을 열정적으로 껴안았다.

"스타니슬라스의 어머니를 구하세요."

쥘리앵이 명령조의 시선으로 그녀에게 말했다.

"나는 화장실 창문을 통해 마당으로 뛰어내려 정원으로 달아날게요. 개들은 날 알고 있어요. 될 수 있는 대로 빨리 내 옷을 뭉쳐서 정원으로 던져요. 그러는 사이 문을 부수고 들어올 거면 그러라고 하죠. 무엇보다도 실토하면 안 됩니다. 절대 말하지 마세요. 확신보다는 의심하는 게 낫죠."

"뛰어내리면 당신은 죽을 거예요!"

그것이 그녀의 유일한 대답이었고 유일한 염려였다.

그녀는 화장실 창문까지 그와 함께 갔다. 그리고 쥘리앵의 옷을 숨겨놓았다. 그러고 나서야 머리끝까지 화가 난 남편에게 문을 열어주었다. 남편은 한 마디 말도 없이 방과 화장실을 살피고는 방에서 나갔다. 그녀는 쥘리앵에게 옷을 던졌다. 그는 옷을 집어들고 두 강 쪽을 향한 정원 아래편으로 잽싸게 뛰어갔다.

달려가고 있는데 총알이 휙휙 하고 스쳐가는 소리가 들리더니 곧 총성이 울렸다.

저건 레날 씨가 아니야. 그는 생각했다. 그 사람은 이보다는 훨씬 못 쏘지. 개들이 소리 없이 그의 곁에서 달리고 있었다. 두번째 총알이 아마 개의 다리를 부러뜨렸는지 개가 비통하게 비명을 지르기 시작했다. 쥘리앵은 테라스 담을 뛰어넘어 몸을 숨기고 오십 보가량 가다가 또다른 방향으로 다시 도망치기 시작했다. 사람들이 서로 불러대는 소리가 들렸고, 그의 적(敵)인 하인이 총을 쏘는 것이 똑똑히 보였다. 소작인 하나가 정원 반대편에서도 총을 난사하고 있었다. 그러나 이미 쥘리앵은 두 강가에 이르러 그곳에서 옷을 입었다.

한 시간 후, 쥘리앵은 베리에르에서 1리외쯤 되는 제네바로 가는 길에 나와 있었다. 그들이 뭔가 낌새를 챘다면 파리로 가는 길목에서 나를 찾겠지, 라고 그는 생각했다.

(2권으로 이어집니다)

세계문학은 국민문학 혹은 지역문학을 떠나 존재하는 문학이 아니지만 그것들의 총합도 아니다. 세계문학이라는 용어에는 그 나름의 언어와 전통을 갖고 있는 국민문학이나 지역문학의 존재를 인정하면서 그것을 넘어서는 문학의 보편적 질서에 대한 관념이 새겨져 있다. 그 용어를 처음 고안한 19세기 유럽인들은 유럽 문학을 중심으로 그 질서를 구축했지만 풍부한 국민문학의 전통을 가지고 있는 현대의 문학 강국들은 나름의 방식으로 세계문학을 이해하면서 정전(正典)의 목록을 작성하고 또 수정한다.

한국에서도 세계문학 관념은 우리 사회와 문화의 변화 속에서 거듭 수정돼왔다. 어느 시기에는 제국 일본의 교양주의를 반영한 세계문학 관념이, 어느 시기에는 제3세계 민족주의에 동조한 세계문학 관념이 출현했고, 그러한 관념을 실천한 전집물이 출판됐다. 21세기 한국에 새로운 세계문학전집이 필요하다는 것은 명백하다. 우리의 지성과 감성의 기준에 부합하는 세계문학을 다시 구상할 때가 되었다.

문학동네 세계문학전집은 범세계적으로 통용되는 고전에 대한 상식을 존중하면서도 지난 반세기 동안 해외 주요 언어권에서 창작과 연구의 진전에 따라 일어난 정전의 변동을 고려하여 편성되었다. 그래서 불멸의 명작은 물론 동시대 세계의 중요한 정치·문화적 실천에 영감을 준 새로운 작품들을 두루 포함시켰다.

창립 이후 지금까지 한국문학 및 번역문학 출판에서 가장 전문적이고 생산적인 그룹을 대표해온 문학동네가 그간 축적한 문학 출판 경험을 바탕으로 새로운 세계문학전집을 펴낸다. 인류가 무지와 몽매의 어둠 속을 방황하면서도 끝내 길을 잃지 않은 것은 세계문학사의 하늘에 떠 있는 빛나는 별들이 길잡이가 되어주었기 때문이다. 우리가 자부심과 사명감 속에서 그리게 될 이 새로운 별자리가 독자들의 관심과 애정에 힘입어 우리 모두의 뿌듯한 자산이 되기를 소망한다.

문학동네 세계문학전집 편집위원
민은경, 박유하, 변현태, 송병선, 이재룡, 홍길표, 남진우, 황종연

세계문학전집 017

적과 흑 1

1판 1쇄 2009년 12월 15일
1판 7쇄 2025년 5월 20일

지은이 스탕달 | 옮긴이 이규식

책임편집 최정수 이승희 | 독자모니터 김현주
디자인 송윤형 한충현 | 저작권 박지영 형소진 오서영
마케팅 정민호 서지화 한민아 이민경 왕지경 정유진 정경주 김수인 김혜원 김예진 나현후 이서진
브랜딩 함유지 박민재 이송이 김희숙 박다솔 조다현 김하연 이준희
제작 강신은 김동욱 이순호 | 제작처 한영문화사

펴낸곳 (주)문학동네 | 펴낸이 김소영
출판등록 1993년 10월 22일 제2003-000045호
주소 10881 경기도 파주시 회동길 210
전자우편 editor@munhak.com
대표전화 031) 955-8888 | 팩스 031) 955-8855
문학동네카페 http://cafe.naver.com/mhdn
인스타그램 @munhakdongne | 트위터 @munhakdongne
북클럽문학동네 http://bookclubmunhak.com

ISBN 978-89-546-0918-0 04860
     978-89-546-0901-2 (세트)

www.munhak.com

● 문학동네 세계문학전집은 계속 출간됩니다